GANZ UNTEN

METHUEN'S TWENTIETH CENTURY
GERMAN TEXTS

METHUEN'S TWENTIETH CENTURY GERMAN TEXTS

Günter Wallraff

GANZ UNTEN

Edited by

Arthur Nockels

Methuen Educational Ltd

First published in this edition in 1987 by
Methuen & Co. Ltd
11 New Fetter Lane, London EC4P 4EE

Text © 1985 Verlag Kiepenheuer & Witsch, Köln
Introduction and Notes © 1987 Arthur Nockels

Printed in Great Britain by
Richard Clay Ltd, Bungay, Suffolk

British Library Cataloguing in Publication Data
Wallraff, Gunther
Ganz unten. — (Methuen's twentieth
century German texts).
1. Turks — Germany (West) — Social
conditions   2. Germany (West) — Social
conditions
I. Title   II. Nockels, Arthur
305.8'9435'0430924   DD258.55.T8

ISBN 0–423–51660–4

CONTENTS

ACKNOWLEDGEMENTS

The editor wishes to thank the following:
Deutscher Taschenbuch Verlag of Munich for permission to print extracts from *Als Fremder in Deutschland* edited by Irmgard Ackermann and published in 1982; Steidl Verlag of Göttingen for permission to print extracts from *Predigt von unten* by Günter Wallraff published in 1986; Friederike Dünkel-Hüttemann of Kiepenheuer & Witsch for much patient guidance; Helmut Stegmiller for his unfailing helpfulness and many years of friendship; Brian Burlinson for his explanation of pharmaceutical terms and for his help with the vocabulary; other German friends for their ready response to enquiries; Dr Eric Dickins for advice and discussion in the early stages.

INTRODUCTION

WALLRAFF WAR DA!

'Wallraff war da! Das ist hierzulande ja fast ein geflügeltes Wort geworden – dieses geflügelte Wort läßt natürlich auch erkennen, daß Wallraff hierzulande längst zu einer Institution erklärt worden ist.'[1]

Over twenty years Günter Wallraff's highly individual investigations have made him a controversial figure in the Bundesrepublik. He has exposed to the general public little-known aspects of industrial, social, and manipulative forces. His readiness to assume an identity in order to gain direct experience is legendary. Since 1973 he has given to the Swedish language both a verb, *wallraffen*, and a noun, *Wallraffiade*. His singular methods have generated popular jokes like the one in which a telephone call is received in the office of *konkret*: 'Do you know where Wallraff is now?' – 'No' – 'Then just take a look at the new Pope.'

The impact of *Ganz unten*, published in October 1985 with record sales both in West Germany and abroad in translation, was seismic. Repercussions were felt throughout society – in legal and political circles, in religious organizations, in the media, in the largely uncharted world of the exploited and underprivileged, in the domain of the entrepreneur, and essentially in the national conscience – and they continue.

From the life style and demeanour of Günter Wallraff one would never suppose him to be the internationally acclaimed author of the best-selling social document ever to emerge from the Bundesrepublik. He is in great demand for public speaking and reading, interview, and discussion. He travels tirelessly to meet those who can give him more information or material. He is always ready to respond to those who need him. This means that he is often away, but those, like the present editor, who have been able to meet him at his home in the unpretentious working-class Ehrenfeld district of Cologne, will have been impressed by the combined strength, friendliness, and gentleness of his personality. When the writer visited him he was sitting in discussion with three young people, one of whom represented an immigrant Turkish publication. In a most relaxed atmosphere Wallraff listened carefully and responded quietly and carefully to the points and questions raised in the conversation. Frequent telephone calls were answered patiently. As he talked he inscribed the flyleaf of many copies of *Ganz unten* to be taken away by one of the group for well-wishers. At the centre of the storm of argument and legal action stirred by *Ganz unten* there was a calm sense of purpose.

Christian Linder's portrayal of Wallraff is convincing and consistent with this impression. 'Auf den ersten Blick wirkt er wie ein guter Bekannter. Wildfremde Leute duzen ihn sofort, und denen er meint vertrauen zu können, die duzt er auch bereits nach kurzer Zeit.'[2]

WALLRAFF AND HIS WORKS

The early years

Günter Wallraff was born at Burscheid near Cologne on 1 October 1942 as the child of his mother's second marriage into what he himself has described as 'ein sehr bürgerliches Elternhaus'. His maternal grandparents owned a piano factory. Their business contacts meant that his mother knew people of some social standing in a different sphere from that of her second husband, an illegitimate child, who had experienced rejection. As a Ford car worker Wallraff's father had been employed for part of his time in the paint shop. This had brought premature ill health through kidney damage. Wallraff's mother never really came to terms with this situation and tried to keep up appearances.

Leaving the *Gymnasium* after taking the *Mittlere Reife*

(the first public examination in schools, taken as the leaving examination in the *Realschule* and by those in the *Gymnasium* not taking the *Abitur*) Wallraff was apprenticed to the retail book trade from 1957 to 1961. At this time he wrote some poetry which he has rejected as 'gequälte Versuche'. One of his teachers, a convinced pacifist as a result of his wartime experiences, had introduced him to the work of Wolfgang Borchert and Heinrich Böll, whose niece Wallraff was to marry. However, this marriage was later dissolved because of the strains of Wallraff's involvement in investigations. Böll was to describe Wallraff as occupying a special position among writers in the Bundesrepublik. In his *Rede anläßlich einer Hommage für Heinrich Böll* (1985) Wallraff expressed in moving words his recognition of his own debt and that of the oppressed in society to his fellow townsman:

> Böll war es, der meinen Weg als Autor entscheidend beeinflußt hat. Ohne seine frühen Werke, die uns ein Deutschlehrer nahebrachte, der als Freiwilliger in den letzten Krieg ging und als Pazifist zurückkehrte, wäre es bei mir wahrscheinlich nicht zu der Konsequenz gekommen, den Kriegsdienst zu verweigern, auch innerhalb der Truppe.

Mein Tagebuch aus der Bundeswehr (1963–64)

Shortly after his training in the book trade ended Wallraff was called up for military service. He did not lodge his application for recognition as a conscientious objector till after the medical examination. He was obliged to join the armed forces. When it was his turn to sign the oath of allegiance he wanted to add the words 'ohne Waffengewalt', but the document was snatched out of his hand. Throughout the ten months of his service he refused to handle a rifle. In *Mein Tagebuch aus der Bundeswehr* he called this his *Schlüsselerlebnis*, an experience which he described with irreverent detachment and humour. After he has placed wild flowers in the rifle barrels of his comrades he records: 'Man verbot mir den Blumenzauber.' A ludicrous physical exercise is depicted under the direction of Staff NCO Flach:

> Die nächste Übung: Entengang einmal quer über den Platz! . . . Wir müssen runter in die Knie und hinter ihm [the NCO] herwatscheln. Das ist sehr anstrengend.
>
> Flach macht kurz, quak, quak, und wir sollen ihm laut quakend folgen. Die meisten quaken mit sichtlichem Vergnügen, um nicht unangenehm aufzufallen.

The Catholic military chaplain is both familiar and pugnacious in his address to recruits. He is dismissive of those who say they cannot kill a fellow human being: 'die sind in meinen Augen nicht normal'.

Other episodes reveal aspects of the changeless military mind and its approach to the lower ranks. Wallraff declined the bargain offered that he should withdraw his conscientious objection in return for enrolment in the medical corps. His complaint that he was enlisted against his will was rejected by an examining tribunal and his appeal against this decision was followed by a bizarre series of events. After a fall during a weekend leave he was taken into military hospital and treated as a psychiatric patient. After ten months of military service he was released as 'verwendungsunfähig auf Dauer'.

Industriereportagen (1964–66)

After his release Wallraff rejected the idea of returning to the book trade. He spent six months in 1964 hitch-hiking through Scandinavia. During this period the effects of his brief experiment with the drug mescalin were described in sixteen pages under the simple title *Meskalin – ein Selbstversuch* which is no longer in print. Mescalin is the non-habit-forming drug with which the English author, Aldous Huxley, had experimented as a form of mental release.

Huxley's account of this experience was described in *The Doors of Perception*, a very influential book in the subculture of the 1960s. Like LSD, mescalin has its dangers. Later Wallraff claimed that he was unable to retract his publication, but, in a short preface written in 1967, he did include a warning about dangerous side effects like the inability to concentrate and depersonalization.

Between 1964 and 1966 Wallraff worked for various large concerns, partly to earn a living, but also to write reports for the metal workers' trade union journal *Metall* under the pseudonym 'Wallmann'. These reports were first published collectively with the title *Wir brauchen dich – als Arbeiter in den deutschen Industriebetrieben* (1966). The paperback edition which appeared in 1970 sold 50,000 copies in three months and 350,000 by 1978.

These early *Industriereportagen* described inhuman working conditions: the soul-destroying monotony of the assembly line, the threat to family life of exhausting shift work, the subordination of the individual to the organization, the loss of personal identity. Even here Wallraff already mentions the use of foreign labour for lower-grade manual work. In *Am Fließband*, where he is insisting on working on the assembly line of a car manufacturing company, the personnel officer replies: 'und wollen Sie auf das Geld verzichten, das Sie im Büro mehr verdienen? Außerdem sind am Band fast nur ausländische Arbeiter beschäftigt'. Wallraff comments: 'Dieses »nur ausländische Arbeiter« klingt wie, »zweitklassige Menschen«'.

Im Stahlrohrwerk contains a description of the effects of piece work – another recurrent Wallraff theme: 'Die Akkordhetze wirkt sich natürlich auf das Betriebsklima aus. Der Akkordler unterwirft sich während seiner Arbeit dem Rhythmus der Maschine und wird zum Roboter. Das Gesicht des Akkordlers ist reglos und grau, als wäre es nicht aus Fleisch.'

13 unerwünschte Reportagen (1969)

In 1966 Wallraff became an editor with the *Hamburger Morgenpost* and was a regular contributor to the satirical periodical *pardon*. Two years later he extended his editorial experience to the magazine *konkret*. November 1968 also saw the award to Wallraff of 'ein Förderpreis des Landes Nordrhein-Westfalen für Literatur'. This was a sponsorship prize to encourage and assist a young writer. This award was criticized by the Christian Democrats in the Landtag and Heinz Kühn, the Social Democrat Prime Minister of Nordrhein-Westfalen, admitted that he had never read any of Wallraff's work, but had relied totally on the opinion of the judges. The decision that future prize-winners should be firmly rooted in free democratic order provoked from Heinrich Böll a demand that this slur on Wallraff should be withdrawn. Wallraff transferred the prize money jointly to the legal aid fund of the extraparliamentary opposition (groups and parties opposed to the government, but not represented in parliament) and to Aid for Vietnam.

In 1969 a collection of Wallraff reports previously appearing in *konkret* and *pardon* was published with the title *13 unerwünschte Reportagen*. Pursuing the role of the concealed observer in the style which was becoming characteristic, he described a variety of experiences which now extended beyond the industrial.

In *Als Alkoholiker im Irrenhaus* the reader hears the night sounds in the dormitory of a mental home:

> Trotz der Nachtzeit ist der Saal voller Stimmen. Abgesehen von gelegentlichem Ächzen und Stöhnen scheinen sich einzelne zu unterhalten. Aber bald merke ich, daß die Gespräche keine logischen, aufeinanderbezogenen Dialoge sind. Nur dem Rhythmus nach erfolgen Antworten. Es sind unverständliche Wort- und Satzfetzen.

In *Töten um Gottes willen* he attends as a civilian a retreat for members of the armed forces in the Braunshardt monastery near Darmstadt. The priest in charge of the exercise, when asking for coffee, calls it 'Negerschweiß'. In the *Briefe an Soldaten* issued by the military episcopate he reads: 'Tatsächlich ist es Hitlers unverzeihliche Schuld, daß er den Bolschewismus im Gefolge seiner dummen Politik bis in die Mitte Deutschlands hereingezogen und ihm ganz Osteuropa ausgeliefert hat. Ihm verdanken wir die heutige Situation.' Here and elsewhere Wallraff is critical of the detachment of the official Catholic church in the Bundesrepublik from fundamental human problems. However, he distinguishes clearly between the stance of certain individuals within the church bureaucracy and the practical support for the deprived and oppressed offered by priests and others in the setting of world-wide Christianity. He explains that his portrayal of particular priests in *Ganz unten* ('Die Umtaufe') is misunderstood by those who see this as a generalized attack on Christianity or, indeed, on the Catholic church in all its aspects.

> Ich habe in beiden Kirchen soziales Engagement erfahren, das ich respektabel finde: die langjährige Industriearbeit des evangelischen Pfarrers Symanowski und vieler, die es ihm gleichgetan haben; dann die Arbeit katholischer Arbeiterpriester in vielen Ländern der Welt – um nur zwei Beispiele zu . . . nennen. Was mich mit all diesen Christen verbindet ist das, was man in der religiösen Sprache ganz schlicht ,Nachfolge Christi' nennt.[3]

Heinrich Böll's position is not very different.

Wallraff's *Asyl ohne Rückfahrkarte* is a doss-house for down-and-outs in Hamburg to which Wallraff turns as a homeless person. 'Die Betten sind zweistöckige Eisengestelle, keine Matratzen, keine Bettwäsche, keine Decken. Die oberen Plätze sind begehrt. Wer unten liegen muß, kann das Pech haben, daß der Kumpel im Oberbett im Delirium den Urin nicht halten kann.'

Wallraff's method of investigating and exposing deprivation, exploitation, and social injustice in realistic detail was now established. It was to recur in other situations – in his impersonation of a *BILD-Zeitung* reporter in 1977 and, most effectively of all, in his Ali role in *Ganz unten*.

Other reports in this collection describe his experiences as a student seeking a room in West Berlin, as an applicant for what he called *Lehensdienst* on the estate of a Westphalian baroness, as a Catholic manufacturer of napalm seeking advice from a prominent father confessor, as a participant in the basic training programme of the federal civil defence organization, and as a supposed government officer representing an imaginary committee of the Ministry of the Interior wishing to learn more about the increasing militarization of the West German industrial security service.

The Ministry for the Interior of Nordrhein-Westfalen instituted proceedings against Wallraff for fraudulently impersonating a public official, but he was acquitted. No action for libel followed the publication of *13 unerwünschte Reportagen*. This suggests that Wallraff's revelations were substantially accurate. Only by assuming a false identity could he obtain information which would otherwise be hidden from the public and where normal journalistic methods would produce no result. Before his investigation of paramilitarism in industrial security all the companies concerned had denied its existence, but Wallraff showed how a number of firms had armed themselves to deal with possible emergencies which, according to him, would include wildcat strikes and other forms of industrial unrest. Wallraff's decision to widen his range of themes beyond the industrial resulted partly from his own desire to extend his insights and partly from a warning circulated with his personal description to industrial employers through their information system.

In 1970 Heinrich Böll described Wallraff's actions in *13 unerwünschte Reportagen* as 'ein lebensgefährliches Spiel' and went on to pinpoint his method and his motive: 'Er unterwirft sich einer Situation und schildert sie vom Standort des Unterworfenen aus'. To those who objected to Wallraff's methods Böll made this reply: 'Ich habe nur einen Einwand gegen Wallraffs Methode; er wird sie nicht mehr lange anwenden können, weil er zu bekannt wird. Und so weiß ich nur einen Ausweg: schafft fünf, sechs, schafft ein Dutzend Wallraffs.'[4]

Neue Reportagen, Untersuchungen und Lehrbeispiele (1970–72)

Wallraff's *Bundeswehr-Tagebuch* reappeared in 1970 as part of a collection entitled *Von einem, der auszog und das Fürchten lernte*. In the same year he gave a talk setting out basic principles at the first working conference of the newly founded *Werkkreis Literatur der Arbeitswelt*. A television documentary written by Wallraff with the title *Flucht vor den Heimen* was transmitted in 1971 by *Zweites Deutsches Fernsehen* and he was also elected to the PEN club. *Neue Reportagen, Untersuchungen und Lehrbeispiele* is a further anthology of revised and extended versions of items produced between 1970 and 1972. It includes the text of the inaugural 'Werkkreis' lecture with the title *Wirkungen in der Praxis*, a significant statement of Wallraff's view of literature and the role of the writer. Reporting in this anthology is more traditionally objective with varied documentation.

Two items demonstrate Wallraff's concern for issues which were later to be pursued with maximum public impact in the major investigations leading to the publication of *Der Aufmacher* and *Ganz unten*. *Gegengeschichten zur BILD-Zeitung* begins with the statement: 'Es ist bekannt, daß *BILD* Nachrichten einseitig herausstellt und verfälscht, Fakten unterschlägt und verdreht, um Massen unmündig zu halten und zu verdummen, damit die so verdummten am

Ende noch an ihrer eigenen Unterdrückung Spaß haben'.
Wallraff proceeds to describe actual cases where *BILD* has
falsified events to produce a desired effect.

In the article 'Gastarbeiter oder der gewöhnliche
Kapitalismus' Wallraff reports in some detail aspects of
injustice and inhumanity towards immigrant workers in the
early 1970s. Prejudice and intolerance are fomented in
popular journals. Accommodation is often in enclosed
camps of huts belonging to the employing firm or in privately
owned substandard lodgings at exorbitant rents. Foreign
workers are much exploited over working hours or wages.
There are allusions to the subcontractors who hire out
immigrant labour at a profit, a practice which became the
central focus of criticism in *Ganz unten*.

It is argued by Ulla Hahn[5] that Wallraff changed his
approach in this anthology from that of the earlier
Reportagen. She sees the latter as the subjective reporting of
the concern felt by one who had become an industrial worker
in order to see 'wo und als was ich mich wiederfand',[6]
whereas *Neue Reportagen* carry more indications of the
consciously professional writer. She anticipates the two
projects which were to produce the disclosures of *Der
Aufmacher* and *Ganz unten* in the following conclusion:
'Bekannt   geworden   ist   Wallraff   durch   seine
Rollenreportagen. Um bekannt zu bleiben, mußte er diese
Arbeitsweise auch weiterhin anwenden.'

On 20 July 1973 the reviewer of *Neue Reportagen* wrote in
the *Times Literary Supplement*:[7]

> Report after report tells the same story: loss of dignity,
> exploitation, ruthlessness – all in pursuit of ever greater
> profits. It is precisely this that Wallraff is trying to
> demonstrate: that there is a ubiquitous pattern in industry
> (to which the unions and political parties turn a blind eye)
> of non-democratic and repressive processes dictated by
> powerful interest groups. This latest collection reveals
> that these processes extend to the press (*BILD-Zeitung*),

the judiciary, the police and immigrant labour.

Ihr da oben – wir da unten (1973)

Two publications written jointly with a collaborator appeared in 1973. Jens Hagen was Wallraff's associate in the first of these, *Was wollt ihr denn, ihr lebt ja noch* with the subtitle *Chronik einer Industrieansiedlung*. The battle over the proposal for the sale and industrial development, including a power station, of a recreational area of Dinslaken in the Ruhr is presented as a Lehrstück (a didactic play which informs or carries a message). An initial dramatic section is followed by extracts from the records of the specially authorized representative of the industrial interests involved and a general collection of other documentary items. The questionable methods of the initiators of the scheme are revealed, primarily in their attempts to sway local opinion which had opposed the plan, but which finally lost the day. The *Times Literary Supplement* commented: 'as an exercise in consciousness-raising . . . it hits the mark. Its importance is as a model of how the face of common purpose can be mustered against a common social threat.'[8]

Bernt Engelmann collaborated with Wallraff in *Ihr da oben – wir da unten*, the second joint publication to appear in 1973. This is an example of what has been called 'pincer movement reporting'. Engelmann described the career and life style of a whole range of the affluent while Wallraff examined their companies from the standpoint of their employees. The extravagant comforts of the money barons are contrasted with the hardship and vulnerability of their workers. There are striking examples. Exploitation, dubious practices, and excessively hierarchical behaviour are exposed. It has been objected that the selection was far from typical, representing no more than the extremes, but the book was an immediate bestseller.

The report on Hans Gerling, head of a Cologne insurance house, who was depicted as neurotically dictatorial, led to action by the health and safety inspectorate which insisted on improvements in the working conditions of Gerling employees. To obtain first-hand material for this report Wallraff had reverted to his former method by taking a job under an assumed name as a porter in the establishment. Dressed in his porter's uniform he demanded lunch in the directors' dining-room. On the next day he arranged to be photographed squatting on Gerling's own office-desk. In spite of the comic element this action had a point for Wallraff in that Gerling's outlook was extremely hierarchical and he regarded his office particularly as his own private sanctum. Wallraff was sacked the next day. He believed the effect on readers from the lower strata of employment to be important: 'Man überträgt automatisch dieses Vorgehen auf den eigenen Bereich, stellt sich vor, wie es wäre, wenn man es mit den eigenen Bossen ähnlich machte'.[9]

Wallraff arranged for the scene of his unmasking to be transmitted live on Swedish television. Gerling was Swedish Consul-General in Cologne, a title which was now withdrawn. The company tried by various means to get hold of Wallraff's manuscript before publication. The services of an agent were enlisted, but word of this reached Wallraff who steered a false manuscript into the hands of the company's press officer. The firm's manoeuvres were ultimately revealed in the television programme *Monitor*.

In 1975 proceedings were initiated against Wallraff by Kurt Ziesel, a member of the committee of the ultra-conservative Deutschland-Stiftung, for forging documents and the improper use of identity papers. He was fined 560 Marks, but he lodged an appeal – not because of the fine, but because of the threat of this judgment to his working methods. Heinrich Böll was called as an expert witness by the defence. He argued that Wallraff's artifice was justified since this was the only way in which the truth could emerge from what he described as 'Geheimwelten . . . unabhängig vom gesellschaftlichen oder politischen System'. Permanent employees could not reveal the facts because of the danger to their livelihood. Wallraff's subterfuge was undertaken entirely in the public interest to expose questionable, often illegal, practices. Böll made his position clear:

> es besteht für mich kein Zweifel an der schriftstellerischen und moralischen Qualifikation und auch der Legitimation von Günter Wallraff, und hier ist mir zum ersten Mal klar geworden, daß das, was man seine gesellschaftliche Funktion nennen kann, tatsächlich unverzichtbar ist.[10]

He went on to quote historical precedents. Wallraff was finally acquitted, but only on the technical point that he had previously been misinformed by a lawyer over the illegality of presenting certain false papers. This meant that his actual method of working had not received legal clearance and he described the acquittal as 'Freispruch zweiter Klasse'. As a commentator wrote at the time: 'Ein Freispruch wurde zum Verbot'.[11]

Protest in Athens

On 10 May 1974, when Greece was under the dictatorship of the colonels, Wallraff chained himself to a lamppost in the Sintagma (Constitution) Square in Athens and distributed pamphlets demanding the release of political prisoners and the restoration of democracy with a free press and free elections. He had previously removed from his person all evidence of his West German identity. He was knocked to the ground by members of the secret police armed with steel rods. For twenty-four hours he was beaten at secret police headquarters until his citizenship of the Bundesrepublik had been established. He was condemned to fourteen months' imprisonment, but was released after three months in the general amnesty which followed the downfall of the colonels' junta. In the speech made in his own defence at his trial Wallraff took the offensive and spoke out bravely: 'Sie [die Militärjunta] sind die Dinosaurier in unserer gegenwärtigen politischen Landschaft: viel Panzer, kaum Hirn, darum zum Aussterben verurteilt'.

Wallraff's Greek protest received wide publicity in the press both of the Bundesrepublik and of the world. Even his political enemies claimed to respect his action, although some West German newspapers were very cautious and there was some unfair criticism of his motives. *The Times* carried a report in London. His action was described by the ex–prime minister of Greece, Kanellopoulos, as a beacon of unselfish solidarity. A report on these events written jointly with Eckart Spoo, president of the West German Union of Journalists, drew attention to the tolerance of the junta shown by West European capitalism.

Der Aufmacher (1977); Zeugen der Anklage (1979);
Bild–Störung (1981); Günter Wallraff's Bilderbuch (1986)

In 1974 there appeared Heinrich Böll's novel *Die verlorene Ehre der Katharina Blum,*[12] the moving story of the character assassination and ultimate destruction of a young woman through a smear campaign conducted by an unscrupulous and sensational tabloid newspaper. Böll was stigmatizing *BILD–Zeitung,* the most widely read daily of the Federal Republic, an organ of the right–wing Axel Springer press. Like Böll, Wallraff had always condemned the methods of *BILD–Zeitung.* In the report *Gegengeschichten zur BILD–Zeitung,* mentioned earlier in this introduction, he had illustrated its unprincipled practices, its misrepresentations, and its callous disregard for distortions. Böll had subtitled his story *Wie Gewalt entstehen und wohin sie führen kann* and it was this misuse of power which most concerned Wallraff, not only in its more directly prejudiced statements, but in the hidden implications of some of its reports.

In March 1977 Wallraff joined the reporting staff of the Hanover office of *BILD* under the assumed name Hans Esser. He intended to experience at first hand the practices which he strongly suspected. The four months spent in the service of *BILD–Zeitung* are reported with comments in two books: *Der Aufmacher – der Mann, der bei BILD Hans Esser war* (1977) and *Zeugen der Anklage* (1979). A third publication, *BILD–Störung* (1981), described as *ein Handbuch*, contained documents, analyses, and reports of individual experiences. In the preface to *Der Aufmacher* Wallraff explains the reasons for this venture:

> Bekannt und häufig beschrieben ist, was Springer will und was er macht. Aber er kann es doch nicht alleine tun, er hat ein Heer von Helfern, die für ihn die Wirklichkeit nach seinem Bild formen. Was sind das für Menschen, die ihm die *BILD–Zeitung* machen? Sind es Hilfswillige, Sklaven, Infantile, Zyniker? . . . man kann einen dieser Typen so darstellen, wie Heinrich Böll das in seiner *Katharina Blum* getan hat. Aber wer nimmt einem das ab?

He tells how he developed with Wolf Biermann[13] the idea that he should slip into the role of a journalist with *BILD* and how he presented his simulated persona to the head of the newspaper's editorial office in Hanover: 'Ich bin jetzt Hans Esser, 30 Jahre, habe vorher Psychologie studiert, davor Betriebswirtschaft, leistungsorientiert, kapitalbewußt; ich komme aus der Werbung, sehe hier eine direkte Nahtstelle zu meiner neuen Karriere'. He arranged an introduction through Alfred Breull, a former *BILD* journalist, who had been compelled by economic circumstances to work unwillingly for the newspaper for two years. Having restored his financial position, Breull, who was a talented journalist, had pretexted the need to continue his studies when declining a well–paid new contract. Wallraff, disguised by the removal of his moustache and with contact lenses replacing his spectacles, was presented to *BILD* as a possible successor. Wallraff worked for *BILD* as Hans Esser from 7 March to 1 July in 1977. The operation ended prematurely because the facts were revealed in the periodical *dasda* –

somewhat ironically since this magazine was sympathetic to Wallraff's views.

BILD went on the offensive immediately, warning its readers that the 'Untergrundkommunist' Wallraff had wormed his way into the newspaper's service and was about to pour out a bucketful of filth. A report which appeared on 23 July attempted to discredit Wallraff by presenting him as a crazy neurotic inclined to sycophancy and alcoholic indulgence:

> Er kaute auf Gras und auf Blättern, kippte auch schon morgens mal ein Glas Whisky »Ballantines«, löffelte Vitaminpulver und fluchte, wenn er beim Tischtennis verlor. Er beugte immer tiefer den Rücken, konnte keinem so recht in die Augen schauen, sprach allzu oft mit sanfter Stimme »jawohl«.

Shortly before this the newspaper had given 'its popular colleague Esser' every hope of promotion to a permanent editorship. In two subsequent series of defamatory articles *BILD* mounted a most unpleasant attack on Wallraff. It was suggested that he was a psychopath: 'Hat Wallraff noch alle Tassen im Schrank?' He was repeatedly stigmatized as a liar: 'Wallraff log – und einer Mutter wurden die Kinder weggenommen'. Other Springer publications hinted that he had links with the security services of the GDR and terrorist organizations. A whole team of investigators was set on his trail. Legal proceedings were instituted which ended only after seven years substantially in favour of Wallraff and his publishers.[14] In spite of the *BILD* campaign and the legal action 250,000 copies of Wallraff's book were sold in three months. Wallraff commented that Axel Springer's response was of itself as informative and as compelling as his own experiences in four months with *BILD* in Hanover.

A television team had accompanied Wallraff on his *BILD* investigations and had been able on one occasion to film in the editorial office. These sequences were combined with shots of Wallraff describing and discussing his experiences at the end of a day's work. The resulting film should have been shown by *Westdeutscher Rundfunk*, but the transmission was cancelled at very short notice. However, the film was screened in cinemas and in other European countries. It was awarded the special prize for the best television film at the 26th Mannheim International Film Festival.

Not only those who, like Böll's Katharina Blum, had suffered as the targets of *BILD* reporting, but also the *BILD* reporters themselves were seen by Wallraff as victims of the Springer organization. In *Der Aufmacher* he writes of *BILD* reporters:

> Sie sind ja nicht als Bösewichter, als Lügner und Heuchler auf die Welt gekommen. Sie mußten da mal eine ,,schnelle Geschichte'' wider besseres Wissen schreiben, weil die entsprechende Schlagzeile schon „abgefahren" oder unwiderruflich für die Bundesausgabe nach Hamburg gemeldet war, sie haben mal was erfunden, weil sie drei Tage hintereinander mit ihren langweiligen Geschichten nicht ins Blatt gekommen waren, und ihr Kurs an der Hausbörse stürzte; sie haben dort mal dem Redaktionsleiter nicht widersprochen, als er ihre Geschichte auf den Kopf stellte.

He sees the danger for anyone in their position:

> Ich frage mich immer häufiger, was aus mir in einem derartigen Umfeld würde, hätte ich nicht meine ganz besonderen Erfahrungen, Prägungen und Orientierungen. Ich bin mir nicht so sicher. Aus einer gewissen spielerischen Leichtigkeit könnte hier schnell eine sich über alles hinwegsetzende Skrupellosigkeit werden, aus Überzeugungskraft Überredungskunst, aus Einfühlsamkeit Anpassungsfähigkeit und aus dem Überlisten von Stärkeren das Übertölpeln von Schwächeren.

Wallraff's great concern was not only for the misuse of the power of the press, but also for the victims of that misuse.

'Da werden Menschen – auch durch ein mörderisches Arbeitstempo – krank und kaputtgemacht. Was sie produzieren macht andere krank und kaputt.' The dedication of *Zeugen der Anklage* reads simply 'den Opfern'. With the royalties from the books dealing with *BILD-Zeitung* Wallraff established a legal aid fund for the victims of the newspaper. The preface of *Zeugen der Anklage* indicates that dozens of claimants had already taken advantage of the fund by 1979.

His own Ehrenfeld district of Cologne was the subject of a film which he presented for ZDF television in 1981 with the title *Knoblauch, Kölsch und Edelweiß*. A visit to Nicaragua after the fall of the Somoza regime produced the report *Nicaragua von innen* (1983).

In 1986 there appeared a final legacy from Wallraff's involvement with *BILD*. This is a collection from his archives covering fifteen years of *BILD* headlines shown from a satirical angle in *Günter Wallraffs Bilderbuch*.

GANZ UNTEN (1985)

Preparation and parallels

In 'Die Verwandlung', the introductory section of *Ganz unten*, Wallraff writes that he had had his action in mind for some ten years. He knew about the problems of deprival, rejection, exploitation, and discrimination encountered by many of the immigrant workers who had flowed into the Bundesrepublik since the late 1950s and early 1960s when agreement over recruitment had been reached with a number of countries bordering on the Mediterranean. Finally he decided to experience the life of a Turkish immigrant worker directly. This was to be a large-scale version of the role-playing which had characterized his earlier investigations. He began his preparations early in 1983. Apart from his disguise these included physical training, which had begun much earlier with long-distance running – sometimes from Duisburg to Cologne. There was also technical planning for his intended film. In a radio interview of 23 January 1986, however, Wallraff rejected the idea that there had been any detailed grand strategy and explained that this was intentional: 'du kannst es auch nur spontan machen'.[15] For him the essential prerequisites were the right inward disposition, good contacts with the Turkish friends ready to accept him as one of themselves, and the successful testing of his disguise.

This was not the first time that an attempt had been made to experience life in the Bundesrepublik as a foreign worker. A few years before, a *Stern* reporter, Gerhard Kromschröder, had disguised himself as a Turkish worker and had reported on his experiences. Following his example, school pupils had appeared as Turkish children on the streets and had noticed how much more readily they were suspected of shoplifting. These were, however, small-scale actions with limited impact, even though they were commendable in themselves.

An interesting comparison may be made with the experience in 1959 of John Howard Griffin,[16] the American writer, who assumed the identity of a negro and travelled through the hostile Deep South of the United States at a time when racism was a powerful force. Like Wallraff, Griffin had to change his appearance fundamentally. Advised by a prominent dermatologist, he darkened the colour of his skin by combining oral medication with exposure to ultraviolet rays. Wallraff darkened his eyes with contact lenses, grew a moustache which he dyed, and wore a black hair-piece. As a 43-year-old West German he had to resemble a 30-year-old Turkish worker.

There is a striking similarity between sections of the preface to both reports, confirming that the essential issue is neither geographically nor historically restricted. Griffin writes:

The real story is the universal one of men who destroy the

souls and bodies of other men (and in the process destroy themselves) for reasons neither really understands. It is the story of the persecuted, the defrauded, the feared and detested. I could have been a Jew in Germany, a Mexican in a number of states, or a member of any 'inferior' group. Only the details would have differed. The story would be the same.

There are clear echoes in Wallraff's account of his experience:

Ich weiß inzwischen immer noch nicht, *wie* ein Ausländer die täglichen Demütigungen, die Feindseligkeiten und den Haß verarbeitet. Aber ich weiß jetzt, was er zu ertragen hat und wie weit die Menschenverachtung in diesem Land gehen kann. Ein Stück Apartheid findet mitten unter uns statt – in unserer Demokratie.

Both were motivated by the urge to experience directly the everyday life of the underprivileged. Both were struck by reports of personality disturbances in the social group they were proposing to join. Wallraff writes: 'Ich wußte, daß fast die Hälfte der ausländischen Jugendlichen psychisch erkrankt ist. Sie können die zahllosen Zumutungen nicht mehr verdauen.' Griffin had observed correspondingly:

What is it like to experience discrimination based on skin colour, something over which one has no control? This speculation was sparked again by a report that lay on my desk in the old barn that served as my office. The report mentioned the rise in suicide tendency among Southern Negroes. This did not mean that they killed themselves, but rather that they had reached a stage where they simply no longer cared whether they lived or died.

Both men feared what lay before them and have admitted their apprehension. Wallraff: 'Zehn Jahre habe ich diese Rolle vor mir hergeschoben. Wohl, weil ich geahnt habe, was mir bevorstehen würde.' Griffin in *Black like me*: 'I felt the beginning loneliness, the terrible dread of what I had decided to do'. The doctor who has advised Griffin about his dark pigmentation leaves him with the words: 'Now you go into oblivion'. There is a comparable chilling note in Wallraff's 'Viel war nicht nötig, um mich ins Abseits zu begeben'.

On 6 March 1983 Wallraff tested his new disguise by attending the meeting where the Christian Democrats were celebrating their success in the Bundestag elections. He chatted undetected with leading politicians about their victory. In the same month he inserted in various newspapers the small advertisement which appears on page 57 of *Ganz unten*. The action had begun.

The publication of Ganz unten

Wallraff's underground operation in the role of Ali Levent Sigirlioglu was to continue for more than two years. His work in that period took him to many parts of the Bundesrepublik. He shovelled fish meal in a Husum factory. He replaced the seating in Wuppertal cinemas. In Bavarian Straubing he played a barrel-organ in the street. In the renovation of a riding stable in a Cologne suburb he was given the overhead work, balancing on a scaffold and eating his food in isolation. On a farm in Niedersachsen he was offered accommodation and pocket money in return for his ten hours of daily work. The accommodation turned out to be a choice between a rusty old car, a smelly stable, and the unfinished, rubble-filled area in which he actually lived. He never saw the pocket money. He worked for McDonald in Hamburg – an experience presented with startling reality in the chapter 'Essen mit Spaß'. He encountered discrimination as a building worker in Düsseldorf. Through the agency of the subcontractors Remmert/Adler (Vogel) he worked at the Thyssen steelworks in Duisburg and uncovered the illegal exploitation which was to be the most important theme of *Ganz unten*. Still hired out by Adler

(Vogel) he painted seemingly interminable metal railings for Remmert's brother at a preposterously low piece rate. He became a guinea-pig in a private pharmaceutical laboratory. Claiming with some irony to be a karate expert, he was promoted to the position of chauffeur/minder to Adler in 1985. He ended the experience by directing an imaginary scenario to delude Adler into providing Turkish labour for unauthorized dangerous work in an atomic power station.

Wallraff encountered xenophobia not only in the working situation. Predictably his proposal to set up a Turkish *Stammtisch* (table reserved for Turkish regulars) was rejected by the landlords of dozens of pubs, even though the *Stammtisch* is a feature of West German life. Sitting among fanatical young West German supporters at an international soccer match, he had to belie his assumed Turkish nationality. Having ventured into a mass meeting of the CSU in Bavaria, he was refused service at the bar, and the seat next to him remained empty in a tightly packed hall. By a fine stroke of irony, posing as a supporter of the extreme right-wing Turkish politician, Türkes, he obtained the autograph of the acclaimed CSU leader, Franz-Josef Strauß. His unsuccessful attempts to be speedily accepted as a convert into the Roman Catholic church are described with a certain humour in 'Die Umtaufe'.

Interwoven into the report of Wallraff's experiences are the distressing stories of other immigrant workers whose working and living conditions are disturbingly portrayed.

Using a concealed camera and microphone Wallraff was able to record many of these events in a film which was later to be the subject of controversy. Towards the end of the period, on 26 July 1985, Adler provided him with a testimonial. To end his role-playing as Ali, Wallraff had intended to be expelled from the Bundesrepublik by taking the identity of a real Turkish worker. However, the man whom he was to impersonate had fled to Sweden so that this plan came to nothing.

On 21 October 1985 *Ganz unten* appeared with

unprecedented impact on the book world and on society. In the first two weeks 647,258 copies were sold – a world record.

Impact and aftermath

The unmatched success of *Ganz unten* has continued. By January 1987 sales of copies printed in West Germany had exceeded two-and-a-half million, not including foreign translations. This demand far surpassed the expectation of Wallraff and his publishers. In an interview with Radio Bremen Wallraff revealed that both professional media experts and a leading trade union official had made discouraging predictions. They believed that the immigrant worker theme was already exhausted and the trade union official added: 'Wenn du das als Deutscher gemacht hättest, ja das wäre ein Thema!' Wallraff had to press his publishers to increase the first printing. Within a few days two major printing firms could hardly meet the demand. The book prompted a massive reaction in the literary and political media where reports of the phenomenon sounded a recurrent note. Extracts were printed in *Der Spiegel*. The description in *Die Süddeutsche Zeitung* was: 'der größte Bucherfolg, den es in der Bundesrepublik Deutschland je gab'.[17] *Die Zeit* pronounced it 'der größte Bucherfolg der Nachkriegszeit'.[18] Simone Sitte's comment was 'der Erfolg von *Ganz unten* ist überwältigend, wohl einzigartig'.[19] The Radio Bremen interviewer gave the significant reminder: 'aber nicht nur verkauft, sondern gelesen'.[20] Many people bought the book who would not normally enter a bookshop.

   In the relatively short period since the book's appearance there have been positive reactions on the official level. Wallraff referred to this encouraging outcome in an interview with *Die Woche*:[21] 'Ich sehe auch eine ziemliche Ermutigung. Früher war es so, daß Staatsanwälte und Gerichte gegen einen losgingen. Jetzt gehen sie gegen die eigentlichen Täter vor.' He believed that his book had sensitized both the judiciary and society in general. He claimed that proceedings had been initiated in 13,000 cases throughout the Bundesrepublik. A government study had shown that between 60 per cent and 80 per cent of companies hiring out labour (depending on the particular Bundesland) had operated illegally in some way.

On the day when the book was first on sale the premises of Remmert and Thyssen were searched by investigators from the offices of the public prosecutor and the tax authorities. Both Vogel (referred to in the book as Adler) and Remmert were questioned. Within a short time Vogel's business had been adversely affected and he was expelled from the SPD.[22] Early in 1986 the Public Prosecutor in Duisburg brought charges against Vogel and Remmert for offences under the law concerning the transfer of labour, tax evasion, and fraud. Sentence was passed at the beginning of December 1986. Vogel had to pay a fine of 10,000 marks and was given a suspended prison sentence of fifteen months. Remmert had to pay fines of 24,000 marks and 35,000 marks. In the judges' opinion, however, there had been no deliberately unfair discrimination against foreign workers and there was no proof that Vogel had been guilty of excessive profiteering. The conclusion of the Wirtschaftsstrafkammer was that, between January and September 1985, the labour force hired out by Vogel to Remmert through bogus contracts had clocked up 12,000 hours cleaning industrial installations. A payment of 20 marks per man-hour had been agreed, of which the Vogel workers had received on average only 8.5 marks per hour. Neither overtime nor special holiday rates had been paid. In imposing their penalties the judges had made allowances for the fact that the accused had co-operated within certain limits in establishing the facts and that they had already been harmed by the publicity given to their case. The professional ban placed on Vogel was no longer necessary as he was now working in a different field.

Shortly after publication the Minister of Labour for Nordrhein-Westfalen, Hermann Heinemann, had twenty-seven firms hiring out labour to four major companies in the steel and chemical industries in the Duisburg/Oberhausen area investigated by health and safety inspectors. He stated in January 1986 that some cause for complaint had been found in all these firms. In two-thirds of the cases legal action had been initiated. He admitted that Wallraff's conclusions had been largely confirmed. Workers from firms supplying foreign labour sometimes had to operate in what he called 'katastrophale Bedingungen'. There was evidence of eighteen-hour shifts, the improper transfer of labour, and significant lack of health and safety protection. None of these was uncommon. He decided to set up a special task force to look into the working conditions of those whose labour was subcontracted. By May 1986, 288 labour hiring firms had been inspected in Nordrhein-Westfalen. In a press conference Heinemann summarized the findings: 'Überall, wo sie hinfaßte, ist sie beinahe fündig geworden'. Examples of all the irregularities revealed in *Ganz unten* are mentioned. Heinemann did not reject the hiring of labour, but demanded from the Bonn legislators action to ensure that major concerns should satisfy the judiciary that there is no question of the illegal use of labour. He announced that an agreement along these lines had already been reached with Thyssen and with the association of employers in the steel industry.

Liselotte Funcke of the FDP, Beauftragte der Bundesregierung für Ausländerfragen, gave the following opinion on *Ganz unten* in October 1985:

Das Buch . . . macht betroffen. Es zeigt in einer beklemmenden Verdichtung Grenzfälle der Ausländerbeschäftigung in der Bundesrepublik Deutschland auf, die leider nicht ganz selten sind. Sicher wäre es falsch, seine Erfahrungen als repräsentativ für die Lage ausländischer Arbeitnehmer anzusehen, denn der Großteil der in der Bundesrepublik tätigen ausländischen Arbeitnehmer steht in einem geordneten

Arbeitsverhältnis, genießt Arbeitsschutz, tarifliche
Bezahlung und Rechtsvertretung und ist vorschriftsmäßig
versichert.

Es gibt aber einen Freiraum, in dem gewissenlose
Leihunternehmer die Notlage arbeitsloser Ausländer zu
ihrem Vorteil ausnutzen . . . Deshalb muß diesem
Wildwuchs entschlossen entgegengetreten werden.

Der Bericht von Günter Wallraff ist aber nicht nur eine
Anklage gegen Mißstände im Beschäftigungsbereich. Er
richtet sich zugleich auch an die Gesellschaft insgesamt
und hält ihr die Frage vor, wie sie mit Menschen anderer
Nationalität umgeht.

Speakers on both sides of the Bundestag welcomed
Wallraff's work and there was considerable support for the
drafting of a law which would tighten the rules governing the
conditions for the hiring of labour. One FDP member
claimed that nothing in the book had been verified, whereas
a member of the SPD demanded that the ban on hired labour
in the building industry should be extended to other areas.

Individual and group response outside official circles has
been extensive and frequently constructive. Wallraff has
characteristically decided to divert his massive royalties to
the advantage of the Gastarbeiter by immediately
establishing a fund to be known as Ausländersolidarität
through which foreign workers in the Bundesrepublik can
obtain free professional advice if they have legal problems
with authorities, employers, or landlords. In the very house
in the Duisburg Dieselstraße where Ali lived close to the
steelworks there has existed for some months an advice and
social centre also financed from Ausländersolidarität. It is
manned several times a week by bilingual helpers.

The most ambitious project to be funded from the profits
of the book and from Wallraff's fees for public appearances
is to be a model residential area in Duisburg. His publishers
will also contribute funds. Wallraff has described it as 'ein
Wohnmodell, wo Deutsche und Ausländer einmal

vorbildlich zusammenleben können und die ganzen
Vorurteile abgebaut werden sollen'. In the first weeks after
publication the author had already allocated 1.2 million
marks to this scheme of which the anticipated cost is between
5 and 7 million marks. By December 1985 negotiations had
already begun with the town of Duisburg. Wallraff intends to
live there for a period himself. The head of the municipal
housing department has announced that the residents of the
Flurstraße, the site of the development, will be represented
on the project working party which is being formed.

A joint undertaking is the funding of the Günter Wallraff
Prize for the promotion of bilingualism among the children
of foreign workers. Wallraff, his publishers, and the
translator of the Turkish version of *Ganz unten* have all
contributed equally to the initial 10,000 mark endowment.
Wallraff himself was awarded the Prize 86 sponsored by the
Jäggi book business of Switzerland.

In the months immediately following publication meetings
for reading and discussion took place almost daily in all parts
of the Bundesrepublik, frequently involving trade unions or
large booksellers. Attendance at these meetings ranged
from 800 to 4,000. One notable early occasion in December
1985 was the preparatory meeting in the *Bundeshaus*
attended by the chairman of the parliamentary SPD. Rudolf
Dreßler, chairman of the SPD's association for the study of
working conditions, stated that there were plans for a
hearing over a possible ban on the subcontracting of labour.
On 1 January 1986 Wallraff was invited to preach at the
Johanniskirche in the Hanover suburb of Wettbergen. His
address is printed in *Predigt von unten*.

Wallraff's life as an individual has been much affected by
his experiences and the book's success. With his family and
colleagues he has had scarcely a minute's rest. Demand
follows demand: telephone calls, interviews, television
appearances, public discussions and readings, consultations
with authorities, legal officers, and works committees. They
are usually busy into the small hours. Wallraff has been

supported throughout by his second wife and his daughters who saw him very rarely during his time as a Turkish worker. The physical legacies of his industrial labour are chronic bronchitis and a painful shoulder. In addition to his great travelling commitment he has a massive personal correspondence, including many letters from Turkish immigrants. *Der Spiegel* reported that the postal service needed very little in the way of a correct address.[23] One envelope reaching him carried only the words 'per Post Gutten Bekannt'. He also receives many letters from non-Turkish disabled and handicapped people and from children.

Within six months Wallraff was able to say: 'Das Buch hat Verbesserung an Ort und Stelle eingeleitet'. The great Thyssen steel concern had reacted quickly. Fifteen of his former fellow workers were placed on a permanent footing; work controls were tightened and the company ceased to deal with certain subcontractors, while introducing closer supervision of others. 16- and 24-hour shifts were no longer possible. There was, however, some delay over the establishment of an independent commission of enquiry because of disagreement between Wallraff and the Thyssen management over its membership.

Several commentators on *Ganz unten* have drawn attention to the role of the so-called policy of labour flexibility in increasing the possibility of unscrupulous practices in the hire of workers. Permanent staffs are reduced with less protection against dismissal. This practice has been encouraged by the government's 'Beschäftigungsförderungsgesetz' (law for the stimulation of employment) which is viewed by some employers as an invitation to subordinate other considerations to productivity and the profit motive.

In the final paragraph of an article which is in places highly critical of Wallraff's conclusions Karl-Heinz Brinkmann[24] writes: 'Summa summarum: Für dieses Buch, für seine Enthüllungen und die damit in Kauf genommenen

Strapazen und Gefahren hätte der Autor das Bundesverdienstkreuz verdient'. The membership of those groups in society concerned to support immigrant workers has increased. More individuals in extreme need have been helped and some expulsions have even been prevented. In Wallraff's own words:

> Viele merken seit langem, daß es ihnen auf dem Rücken entrechteter Bevölkerungsschichten relativ besser geht, daß eine Gesellschaft herangewachsen ist, in der für manche Gruppen einfach keine Rechte vorhanden sind. Das wird in dem Buch auch so deutlich belegt, daß sich so eine Art schweigende Mehrheit regt, daß hier ein Nerv freigelegt wird, der schmerzhaft reagiert.

International interest

Ganz unten has awakened lively interest outside the Bundesrepublik. There was an immediate response in Scandinavia, the Netherlands, Switzerland, and Turkey. On 24 October 1985 *The Times* published a 'Letter from Bonn' headed 'Grim tales of the dealers in men' and two months later it carried a review by the same writer, Frank Johnson, entitled 'The book that shook an entire nation'. He commented: 'Whatever the truth, or consequences, it is moving, for a Briton, to see things happening because of a book' and he went on to place *Ganz unten* in the tradition of Rachel Carson's *Silent Spring* and Ralph Nader's *Unsafe at any Speed*.

The first translations of the book appeared in the Netherlands and Sweden. Translations have now also been published in Norway, Denmark, Finland, Turkey, France, Italy, Yugoslavia (Serbo-Croat), Greece, Iceland, USSR (part of the work), and Vietnam. Translations are being prepared in Britain, Japan, Spain, Czechoslovakia, Bulgaria, Poland, Yugoslavia (Slovenian), and Hungary. Negotiations are in hand with Portugal, Brazil, USSR (full translation), USA, and China. There is even a version in Albanian.

There were 25,000 pre-publication orders for the Turkish translation by Osman Okkan which had its first public reading in the Bundesrepublik on 28 April 1986. In Denmark the exceptional interest stimulated by *Ganz unten* prompted the Health and Safety Executive to conduct a thorough investigation into the working conditions of immigrants. They concluded that the most unpleasant and dangerous jobs were given to foreign workers. The situation was worse than they had expected, although cases were not as extreme as those reported in West Germany by Wallraff.

Legal action against Ganz unten

Before the book was published legal action was expected. Wallraff himself spoke of a possible ban, but the early appearance of extracts in *Der Spiegel* showed that there would be great public interest. On 11 November 1985 *Der Spiegel* was able to report: 'Überhaupt hat es keinerlei juristische Schritte gegeben . . . Bis jetzt haben viele gedroht, aber passiert ist noch nichts.' A former constitutional judge had promised to represent Wallraff free of charge if cases were brought against him.

Only one attempt was made to gain a temporary injunction against publication by Alfred Keitel (see page 90), a former Düsseldorf subcontractor, but his complaint was withdrawn at the start of proceedings. The presiding judge informed Keitel that his application for costs would be rejected because his case had slim chances of success and the court regarded Wallraff's statements about his (Keitel's) practices as substantiated by witnesses and documentary evidence. A strong point of Wallraff's legal position throughout has been his ability to prove the validity of his facts and the authenticity of his descriptions. In his own words: 'Jeder Fakt ist durch Zeugen, durch eidesstattliche Erklärungen belegt'.

The Düsseldorf newspaper *Die Westdeutsche Zeitung* was forced to withdraw its allegation that the photograph of Wallraff as Ali at the Ash Wednesday meeting of the CSU in Passau had been faked. Wallraff proved this claim to be unfounded by producing technical evidence.

The immediate response of Vogel and Remmert was vigorously to reject Wallraff's accusations and to announce through their lawyers that they would sue him for slander and defamation of character. They stated that he would be compelled through the courts to delete inaccurate passages from the text. Remmert referred to Wallraff's revelations as scandalous and Vogel called them half-truths. By now they were themselves being investigated by the authorities and a summons had already been taken out against Vogel who later made a confession which, according to the public prosecutor, corresponded in content with Wallraff's statements.

Two of the major businesses criticized in *Ganz unten* did bring actions against Wallraff. In March 1986 the Thyssen steel company filed an injunction suit. The company stated that the aim of this proceeding was to obtain from Wallraff, in accordance with precedents set by the Federal Supreme Court in similar cases, factual details of the abuses which he claimed to have existed in the company's plants. According to Thyssen Steel their own investigations had so far not confirmed these allegations. They were now seeking support from the courts because Herr Wallraff had as yet been unwilling to substantiate his sweeping assertions with verifiable concrete evidence. Many witnesses were called in order to make clear whether Wallraff should be allowed to continue to circulate various allegations in his book. A Turkish worker reported that he had, with rare exceptions, been refused a dust-mask, adding: 'Sie haben sogar ihre Späße mit mir getrieben und gesagt, die eisenhaltige Luft ist gut für meine Lungen'. He had worked with Wallraff in the oxygen plant. Protective clothing had not been provided. Thyssen had argued that the subcontractor alone was responsible for safety precautions of this kind and their lawyers tried to prove the inaccuracy of certain statements by Wallraff. In February 1987 the Düsseldorf district court ruled that slight changes must be made to two of the seven passages to which Thyssen had objected.

In May 1986 many newspapers carried a report with headlines like 'Eichmännlein – Vorwurf gegen Thyssen verboten'. In a public discussion of *Ganz unten* in Dortmund Wallraff had said that there were at work on the board of Thyssen Stahl AG in Duisburg 'kleine Eichmänner, die die Verantwortung weiterschoben'. The company had taken legal action against him because of the comparison with the Nazi criminal, Eichmann.[25] Wallraff explained that this expression was intended for those who do their duty with no thought for the consequences. The Dortmund district court ruled, however, that the use of expressions like 'kleine Eichmänner', 'Eichmännlein', 'Eichmännchen' was prohibited and that any contravention of this ruling would carry maximum penalties of either a 500,000 mark fine or six months' imprisonment.

The second large concern to proceed against Wallraff was the McDonald restaurant company. Following a civil action in the Munich district court Wallraff was forbidden to allege that highly resistant salmonellae might possibly be present in McDonald's burgers or that McDonald employees had suffered from skin rashes after eating only the company's food. These allegations had been made only in a book review. At the same time the statements appearing in *Ganz unten* were allowed to stand. The court divided the payment of costs for the case between Wallraff and McDonald in the ratio 3:2. Wallraff's lawyer said: 'Soweit es um die Behauptungen im Buch *Ganz unten* geht, haben wir gewonnen'.

Other counter-moves

Since Wallraff has carefully assembled proof of his

revelations in various forms there has been no successful legal counter-attack on the essentials of *Ganz unten*. Less formal critical response, especially from the right-wing press, would obviously be expected. Wallraff has always encountered a certain hostility. Less than one week after the appearance of *Ganz unten* he was asked in a newspaper interview if he feared the revenge of his victims. He agreed that he had to be somewhat wary, but felt that any personal retaliation would be counter-productive. *Spiegel* commented that neither *BILD* nor *Die Welt*, both Springer publications, had written a word about *Ganz unten* and its consequences.

The first major criticism of *Ganz unten* came from Günther von Lojewski, a well-known friend of Franz-Josef Strauß and presenter of the television programme *Report München*. In January 1986 Lojewski claimed that Wallraff had not only 'getürkt' (a deliberately chosen word meaning 'diddled' or 'deceived'), but that he had so far prevented an independent commission of enquiry from checking the accusations he had made against Thyssen. The truth is that, on 8 November, Thyssen had proposed a commission which would include four Thyssen executives and four other persons. As Wallraff was unwilling to accept this pattern of membership for the commission and as the Thyssen company was doing its best to prevent his own nominee, Günther Spahn, from joining the commission, it had not yet been possible for work to begin. Wallraff had not objected to the participation of two other experts, a doctor of medicine and a senior official of the Duisburg office of industrial health and safety control. In fact he had himself proposed the head of the latter authority. These facts were withheld by Lojewski. In February 1986 Wallraff's publishers pointed out that he had presented a compromise proposal to which the chairman of Thyssen had agreed in a television broadcast. Wallraff's suggestion was that the commission should be appointed by the Ministry of Labour for Nordrhein-Westfalen, but enquiry had revealed that

Thyssen had as yet made no contact with the Ministry.

Lojewski served up yet again the accusation of plagiarism which had previously been admitted and explained, as if this were a new discovery. Wallraff had earlier been accused of copying from a study on the situation of foreign workers. He admitted that a colleague working on the text had quoted without his (Wallraff's) knowledge from an expert in the field. This affected no more than thirty lines which were now indicated in editions of the book. Other criticism by Lojewski of detail in the description of the Ash Wednesday CSU meeting has been dismissed as trivial, even by commentators unsympathetic to Wallraff.

Adverse comment has tended to rely on irrelevant comparisons with other countries or on suggestions that Wallraff might have had similar experiences even if he had appeared as a German. The fundamental point remains that detailed examination of the text by those who would wish legally to disprove its revelations has produced no substantial result.

The Ganz unten film

Among the many items assembled by Wallraff to prove the authenticity of *Ganz unten* is a remarkable film. This is mentioned in his definitive statement about the validity of his reports:

> Ich bin heute froh, daß ich die wichtigsten Erlebnisse auf Video aufgezeichnet habe. Wenn etwa seitens Thyssen behauptet wird, es gebe keine Doppelschichten, dann kann ich durch das Videomaterial beweisen, daß wir gezwungen wurden, sechzehn Stunden lang zu arbeiten, und wer sich da weigert, wird entlassen.

Many of the shots were taken by Wallraff himself. In Ali's shoulder-bag were hidden a photo-sensitive video camera with the lens aimed through a hole covered by a thin plastic film, and a slightly adapted mini-recorder. Using a highly sensitive black and white video film he recorded the events in Vogel's office. The position of his bag meant that some of the shots simply showed the office wall or Vogel's forehead. Other sequences were filmed by Jörgen Gfrörer, posing as an Italian fellow worker and following Wallraff about as he worked. In Gfrörer's own words: 'Für die Kollegen war ich der Verrückte, der dem Türken die Tasche hinterherschleppt'. Gfrörer's technical costs amounted to almost half a million marks.

The final version of the film was edited from about eighty hours of material by Gfrörer. It begins at dawn in an empty street of industrial Duisburg. At first a single worker walks along the street. Then other scattered individuals appear to a background of Turkish music. This scene is followed by a shot of Ali in a gang of Vogel labourers off to work in a van. A popular song *Hallo, guten Morgen, Deutschland. Ich lebe hier, weil ich dich mag* contrasts with the images on the screen. The technical quality of the sequences taken with Wallraff's hidden camera is naturally poor. Other scenes are stage-managed, as when Ali requests a Turkish Stammtisch in a pub. The very contrast in quality and style between different sections, loosely and arbitrarily linked, underlines the documentary quality of the film. It reflects the confusion, the element of chance, the monotony and emptiness, the vulnerability of the lives of the Gastarbeiter. The scenes where Vogel deals with the supposed representatives of the atomic power industry have been described as 'ein inszenierter Real–Krimi'.

Many other photographs of the venture were taken by Günter Zint who has collaborated with Wallraff over a number of years. From March 1983 Zint covered more than 60,000 kilometres, taking photographs and making video films. He is mentioned by name in the final negotiation over labour for the atomic power station.

At the end of February 1986 the film was shown to an audience of 1,500 in Duisburg, followed by a discussion in which the press officer of Thyssen had to face much adverse criticism. By 6 March Vogel had started proceedings against the film's distributors, Film Verleih Constantia of Munich, on the ground that the film violated his rights as a person.

The film was removed in March 1986 by ARD[26] from the programme of *Erstes Deutsches Fernsehen* in which it had previously been time-tabled for 1 May. The reason given was that the organization would not broadcast any film made with a hidden camera and that the film was not considered to be truly documentary. The comment of *Volkszeitung* was: 'Die Begründung ist so lächerlich wie politisch'.

On 13 June police officers entered Wallraff's private house in Cologne to search for film and an audio-tape. On a petition from Hans Vogel the Munich court had ordered the confiscation of the original material. In spite of Wallraff's assurance that he had lodged the material with a solicitor, the police made a thorough search and left empty-handed after two hours. Gfrörer's home and business premises were also searched. Film of the original material intended for showing to the Association of Film Journalists as part of the Munich Film Festival was confiscated on 26 June by officers of the state security department. Wallraff stated his intention to enter a complaint against the judges and public prosecutors responsible for the confiscation. On 30 June the Association of Film Journalists protested formally about the action of the state security department. They regarded this as an attack on the freedom of the press.

In February 1987 the Munich district court imposed on Wallraff a fine of 75,000 marks with the alternative of 150 days' imprisonment for breach of confidentiality in the recording of conversations with Vogel. Gfrörer was also fined and two of Wallraff's collaborators received minor penalties. An appeal has been lodged by Wallraff.

Theatrical productions based on *Ganz unten* have been mounted both in Stuttgart and Munich.

WALLRAFF'S METHOD OF REPORTING

Students of Wallraff should consider whether his method of investigative reporting is morally justifiable. How far is it defensible to infiltrate an organization by assuming a false personality in order to obtain otherwise inaccessible information? This question has been asked regularly throughout Wallraff's reporting career. The essential issue is identified by Fritz J. Raddatz in the article which appeared in *Die Zeit* of 5 August 1977 under the heading 'Ich habe mitgelogen, mitgefälscht'.

> Die Frage bleibt: Rechtfertigt das Resultat die Mittel? »Darf einer denn das«, fragt *die Zeit* schon vor Jahren, »andere täuschen, belügen und sei's um der Wahrheit willen?« So man Journalismus nicht lediglich als die Schreibfertigkeit hurtiger Preßbengel begreift, sondern als verantwortliche Möglichkeit des Korrektivs, darf man sich um diese Frage nicht herummogeln.

As Raddatz says, the question of whether the end justifies the means cannot be dodged, but he makes a significant distinction between the slick writing skills of the newspaper boys (*Preßbengel* – an inventive play on an older word for the impression handle of a hand press, using *Bengel* in its current meaning 'boy' with an implication of cheekiness) and the responsible use of an opportunity to put right something which is wrong. The two sides of this contrast are personified by the sensation-mongers of *Die verlorene Ehre der Katharina Blum* or *Der Aufmacher* on the one hand and by Günter Wallraff on the other.

The argument that the end never justifies the means is difficult to sustain in the real world where injustice, discrimination, and exploitation exist. It is clearly morally questionable to adopt a false identity in the manner of the reporter Tötges in Böll's novel who disguises himself as a painter working in a hospital in order to interview

Katharina's dying mother whose words he subsequently distorts with the intention of misrepresenting Katharina's character. Tötges does not reveal the truth; he creates falsehood and his intention is to boost circulation through sensationalism. Legal challenge and journalistic discussions have established that Wallraff searches out the truth and that he aims at reducing injustice, exploitation, and self-interested deceit by exposing these wrongs. The view expressed in a variety of forms by most commentators is that each case should be judged on the evidence. In the above-mentioned article Raddatz reflects this conclusion: 'Mir scheint, es gibt keine generelle Antwort, nur eine von Fall zu Fall'.

Wallraff does not claim that the end always justifies the means. Speaking in his own defence on 10 December 1975 before the Cologne district court he stated: 'Ich vertrete keineswegs den jesuitischen Grundsatz, daß der Zweck die Mittel heilige'. Commenting on Wallraff's *BILD*-Zeitung revelations Klaus Schmidt wrote:[27]

> Eine weitere Frage: Benutzt Wallraff nicht Methoden, die er selbst verurteilt? – Die Antwort fällt meist so aus: die Methoden sind nicht 100% gut, aber für diesen Zweck gibt es keine anderen Mittel, um richtige Information zu beschaffen.

A more detailed exposition is given by Karl F. Schumann:[28]

> Es gibt allerdings Forschungsfelder, bei denen der Verzicht auf Täuschung zugleich ein Verzicht auf Forschung wäre. Ich schlage folgende Regel vor: Verdeckte Forschung ist zu rechtfertigen in direkter Proportion zu der Macht der zu untersuchenden Gruppe oder Organisation, Informationen über sich gegenüber der Öffentlichkeit zurückzuhalten und zu manipulieren.

It would therefore seem reasonable for the student of Wallraff to use this criterion in judging the acceptability of his methods of research. Criticisms of *Ganz unten* have included the comment that the work is uneven because of certain more frivolous episodes, included rather for their superficial popular appeal than as an exposure of major social injustice. 'Die Umtaufe' and 'Das Begräbnis oder lebend entsorgt' are cited in this context.

This book is concerned not only with the exploitation of immigrant workers in employment, but also with the wider issues of prejudice within society. Therefore any facet of the Ich (Ali) experience which contributes to the full picture is admissible. Criticism is based rather on the view that these episodes are unworthy of the whole work because of their relative flippancy, their intentional indulgence of the tastes of a mass readership, and the selective nature of their examples, especially in the case of 'Die Umtaufe', to give a distorted, unrepresentative impression. It is true that there has been much concern within the Roman Catholic church over the problems of immigrant workers and this concern has found practical expression among the voluntary groups mentioned in the section of this introduction headed 'Foreign Workers in the Bundesrepublik'.

The humorous touch often added by Wallraff is certainly present in these two chapters. For some readers this may detract from the quality of the work. For others it will enhance it. This is a question of taste which the student must answer for himself. 'Das Begräbnis oder lebend entsorgt' is firmly in the tradition of Evelyn Waugh's *The Loved One* or Jessica Mitford's *The American Way of Death*. The commercializing of funeral arrangements is a fair target and Wallraff's chapter also reflects an insensitivity on the part of the undertakers which may well be more marked in their dealings with a Turkish immigrant.

On 14 March 1986 the radio channel *Deutsche Welle* commented on 'Die Umtaufe' in its programme *Büchermagazin*: 'Ali/Wallraff neigt auch hier zur Übertreibung, als er bei verschiedenen Geistlichen um die Taufe nachsuchte und wunderte sich, daß er abgewiesen wurde . . . . Diese Passage liest sich denn auch fast wie eine

Schmierenkomödie.'

Wallraff's own response to questioning about his attitude to the church in this chapter would emphasize the point made in *Der Tagesspiegel* of 12 November 1985: 'Daß viele unserer christlichen Seelsorger „verbeamtet" sind, den Verdacht hatte man auch schon bisweilen'. However, the article goes on to point out, in mitigation of the clerical attitude, that a Turkish worker, urgently seeking baptism with possibly dubious motives, must have been a rarity in the priests' experience.

Again the reader must decide whether these are trivial, unfairly biased events which devalue the book or whether the lighter note adds variety and whether it is clear that Wallraff's barbs are aimed only at elements of the church establishment.

WALLRAFF'S CONCEPTION OF CHRISTIANITY

Wallraff has always maintained that he does not attack religious belief or the Christian ethic, as is shown in the extract from *Predigt von unten* quoted earlier in this introduction (see page 7). In the same public statement he also said:

> Meine Arbeit wird durch die Initiative »Kirche von unten« in den Zusammenhang der »Theologie« und vor allem der »Praxis der Befreiung« gestellt. Ich bin gern damit einverstanden. Das kann nur die- jenigen wundern, die meine Demaskierung katholischer Pfarrer in meinem Buch als Absage an die Kirche schlechthin mißverstanden haben.

In conversation with Heinz-Ludwig Arnold he made a distinction between socially engaged Christians and the official Catholic church:

> Das ist eine so bürokratisierte, versteinerte Kirche, die dem Urheber dieser Lehre eigentlich längst den Rücken gekehrt hat. Man kann durchaus sagen: Das hat alles mit

Christus nichts mehr zu tun, das ist inzwischen eine verwaltete, verkrustete, verfettete *Amtskirche*, eine Allianz zwischen Großkapital und einer Partei.

Later in the same conversation he stated his position quite simply: 'Für mich war Christus nicht irgendein Pappkamerad! Das war mein ureigenstes Christusverständnis. Ich bin ja in diesem Laden aufgewachsen, und ich bin auch heute noch christlich geprägt und würde Christus als eines der großen Vorbilder ansehen'.

THE FUTURE?

Die Kölnische Rundschau of 7 April 1986 reported that Wallraff had stated his intention of finding a new working role. He had been much more at home as a Turkish Gastarbeiter than as a *BILD* reporter, but he would not be striving for a similar role in the future.

FOREIGN WORKERS IN THE BUNDESREPUBLIK

Most industrially developed countries of western Europe have needed immigrant labour in the period following the Second World War. The phenomenal development of the Bundesrepublik in the 1950s and 1960s produced a greatly increased demand for workers which could not be met from the native labour force. Contributory factors were the shorter working hours negotiated by trade unions and the introduction of universal military service. After the building of the Berlin wall in August 1961 the flow of refugee workers from Germany's former eastern territories was stemmed. This strengthened still further the call for workers from other countries.

The Bundesrepublik looked towards the countries bordering the Mediterranean. Agreements for the recruitment of labour were made:

1955 with Italy (revised version 1965)

1960 with Spain and Greece
1961 with Turkey (revised version 1964)
1963 with Morocco (additional agreement 1971)
1964 with Portugal
1965 with Tunisia
1968 with Yugoslavia

As a rule these agreements were supplemented with mutual contracts between the participating countries over social security for foreign workers, ensuring for the latter complete parity of social and industrial rights.

The recruitment policy brought a steady stream of foreign workers into the Bundesrepublik. By 1963 they numbered 900,000 and, ten years later, 2.6 million. At the end of July 1985, 4.36 million foreigners, including the families of workers, were living in West German territory. Of the 1.81 million who were employable, 1.55 million were in jobs registered for insurance contributions; 260,000 were unemployed.

It soon became clear that neither employers nor foreign employees were interested in short-term engagements. Even the trade unions supported longer periods of employment for their foreign fellow workers. With the approval of the governments of the day residence and work permits were extended. Wives and families inevitably followed.

In November 1973 the national government ordered an end to recruitment largely because it was recognized that the housing market, the educational system, and the infrastructures of the community would be unable to cope with further increases in the immigrant population. In 1982, for the first time the number of foreign workers leaving the Bundesrepublik was greater than the number arriving or being born there. At the same time there was a clear trend towards long-term residence among those who remained.

An employer who engages a foreign worker without a work permit commits a punishable offence. This applies also if he employs a foreign worker in working conditions which contrast sharply with those in which native West Germans are employed in comparable work. Foreign workers are on the same footing as Germans under the labour and social laws. They enjoy the same protection under the state's social insurance arrangements. Like all West Germans they are subject to compulsory registration with the *Einwohnermeldeamt*.

Turkish persons constitute the largest group in the foreign population with 1.5 million or 32 per cent. Immigrant workers are concentrated in the industrial areas of Baden-Württemberg, Nordrhein-Westfalen, the Rhein-Main-Neckar, and West Berlin. In Frankfurt-am-Main there are 235 foreigners to every 1,000 inhabitants. The Turkish immigrants live mainly in West Berlin (120,000), Cologne (64,000), Duisburg (49,000), Hamburg (57,000), and Munich (42,000). Three-quarters of all foreigners in mining, two-thirds of those in shipbuilding, and more than half of those in iron and steel production are Turks.

Foreign workers undertook the hardest, most unpleasant, least valued jobs which it proved impossible to fill with native labour. This led the native worker to believe that he held a higher position in society. It has been commented: 'Es gibt noch eine Gruppe, auf die sie herabsehen können'.[29]

The initial barrier was obviously that of language. The compulsion to adapt to what was a completely strange technical environment and the pressure to conform to German norms of behaviour must have been provoking, but the foreign worker did not rebel. He tried to fit in. In order to survive he undertook more and more hours of overtime. This was viewed with suspicion by his German colleagues who themselves now had no alternative but to be willing to work extra hours. This point is made by Wallraff in the *Industriereportagen*. Those German workers with limited job qualifications felt themselves threatened by the foreigners, particularly as the economic situation changed and unemployment began to rise. The facts suggest that this fear has been exaggerated. It was a natural, though mistaken, reaction that some native employees should blame the supposed interlopers. Although the true causes of economic crisis were further removed, the foreign worker was a daily physical presence. Thus there was a tendency among native workers to overlook interests held in common with the immigrants. Castles and Kosack commented in *links* (1971): 'Die Ausländer werden nicht als Klassengenossen, sondern als fremde Eindringlinge angesehen, die eine Bedrohung für die wirtschaftliche und soziale Sicherheit bedeuten'.

In the early days of the influx the great majority of foreign workers lived in hutted camps often provided by the employer. As wives and families began to arrive, other accommodation was essential. By 1980 almost 90 per cent were living in rented rooms, flats, or houses. For the obvious social and economic reasons there have been concentrations of foreign tenants in particular districts of large towns. New arrivals have naturally tended to find accommodation alongside fellow countrymen. The conspicuous existence of such settlements, where language, religion, customs, and life style are unfamiliar, has combined with economic and housing pressures to trigger latent prejudices. Right-wing elements in politics and the media have exploited this situation. This has given rise to that familiar, if somewhat irrational, alliance of those whose hostility derives from ignorance and an ill-defined sense of threat with the consciously xenophobic and nationalistic groups from a much wider social and economic background.

Until the end of the 1970s official policy on foreigners was no more than a labour market policy, but growing awareness of the social and political aspects led Heinrich Kühn, Beauftragter der Bundesregierung für Ausländerfragen (the predecessor of Liselotte Funcke), to describe the foreigner issue as one of the central internal political problems of the 1980s. He demanded a deliberate policy of integration, as the presence of second- and third-generation foreigners clearly necessitated permanent strategies. Kühn was the first commissioner for the integration of foreign workers and their families. Liselotte Funcke has continued in this post since 1981, a situation made possible by the transferred support of her party (FDP) from the SPD to the CDU/CSU coalition. Her response to *Ganz unten* is mentioned earlier.

Hostility to foreign workers has taken various forms, some of which are strikingly described in *Ganz unten*. An analysis of press references to Gastarbeiter in Nordrhein-Westfalen over three years revealed that 31 per cent were sensational, sexual, or criminal in content, and 27 per cent made antagonistic judgments. *BILD* claimed: 'Wir wollen keine Italiener mehr' and 'Sie arbeiten schlecht, fehlen zu oft und verlangen zu viel Lohn!' *Neue Illustrierte* led with 'Sie flachsen unsere Ehefrauen an, prügeln Polizisten und wollen von uns noch geliebt werden'. Under the banner headline *Läuse im Gepäck*, the *Rheinische Merkur* commented that foreign workers were 'Sorgenkinder der Gesundheitsbehörden'. Implications that criminality is higher among foreigners are statistically proved to be completely false.

Slogans like 'Türken 'raus!' 'Ausländer 'raus!' have appeared frequently on walls and hoardings over the years. In August 1982 *Die Süddeutsche Zeitung* carried a long report of the experiences of a Turkish family. One morning the father discovered painted on the entrance to his house the words 'Ausländer 'raus!' with the initials NPD.[30] He said: 'Da hab' ich plötzlich Angst bekommen'. In a Munich underground station a Turkish man caught a 53-year-old fitter painting anti-Turkish slogans on the wall. In spite of an injury from the knife carried by the culprit the cleaner held him till the police arrived.

A detailed report of the football international between the Bundesrepublik and Turkey in *Die Süddeutsche Zeitung* of 28 October 1983 can be compared with Wallraff's experiences at the same match. The journalist Volker Skierka observed the 'rechtsradikale Fußballfans': 'Eingekreist durch Polizisten, skandierten sie mit Fäusten oder mit der zum Hitlergruß gestreckten Hand: »Ausländer 'raus! Nieder mit dem Türkenpack! Deutschland den Deutschen! Haut den Türken den Schädel ein!« und »Rotfront verrecke!«' Significantly Skierka also reports: 'Und tanzte der Schiedsrichter nicht nach ihrer Pfeife, hallte es ihm »Jude! Jude!« entgegen'. These shouted slogans and battle cries carry an echo of the intolerance of the National Socialists which led to the persecution of the Jews in the 1930s and early 1940s.

In spite of evidence of such hostility amongst certain groups, it would be wrong to attribute such feelings to a majority of the West German population. Certain ill-founded preconceptions are more widely encountered among those not actively antagonistic to foreign workers who are often considered dirty, illiterate, or 'pushy' with German women, but there is a considerable body of opinion in the Bundesrepublik favourable to integration and equality, and totally opposed to any form of discrimination or exploitation. If certain newspapers and periodicals are guilty of blatant prejudice and sensationalism, others like *Die Zeit*, *Die Süddeutsche Zeitung*, *Der Spiegel*, and a large number of national and local dailies and weeklies present a balanced, well considered, and humane view. This is equally true of many individuals and organizations. Liselotte Funcke has already been mentioned and other politicians reflect similar or more sympathetic opinions.

Great efforts have been made by Land governments to support the education of immigrant children. Successive national governments have advocated integration. Although the 1984 report of the commission which considered the whole policy towards foreigners included proposals for controls over further entry, encouragement for those who wished to return to their country of origin, and fairly strict conditions for the extension of residence permits, it did state that the integration of foreigners should be the principal aim of government policy.

There are some 1,500 voluntary groups which concern themselves with the everyday problems of living together.

They believe with Liselotte Funcke that prejudices disappear as people get to know each other. Much direct help is provided by these groups which include churches, welfare associations, and trade unions. This support covers help with homework, advice about leisure activities, language, and other courses for workers and their families, social, legal, personal, and educational advisory services, assistance in finding a home, and sporting activities. Local authorities often run parallel advisory centres and foreigners have formed their own clubs and associations.

Immigrants living and working in the Bundesrepublik have written creatively in German. I am indebted to the Deutscher Taschenbuch Verlag of Munich for permission to quote the following examples from their publication *Als Fremder in Deutschland*.[31]

Jean Apatride (Hungarian emigrant – born 1937)

DAS HAUS
Für Samuel Beckett

Wir dachten, wir seien eingeladen
worden. Wir dachten, wir seien
Gäste. Es dauerte lange, bis wir
verstanden, daß wir hier zwar
Gäste sind, daß es aber keinen
Gastgeber gibt, der für uns sorgen
könnte.

Hatice Kartal (born 1963) and Hulya Ozkan (born 1956) (both Turkish)

SEHNSUCHT (EXTRACT)

Wir haben die Freiheit verloren, wir sind wie
Sklaven
Wir haben eine Zunge, doch können wir nicht
reden – wir sind wie Stumme
Wir sind in Deutschland Menschen dritter Klasse

Gott beschütze mein schönes Vaterland.

Levent Aktoprak (born 1959 – Turkish)

ENTWICKLUNG

Hände lernen
das deutsche ABC

Lippen studieren
deutsche Geschichte

Und heute
an die Hauswand gekritzelt
lese ich

»Türken 'raus«
Meine Abiturfrage hieß:
»Was
waren
die Ursachen des deutschen Faschismus?«

Jusuf Naoum (Lebanese – born 1941)

SINBADS LETZTE REISE. EIN MÄRCHEN (EXTRACT)

»Ich habe in unserer Fabrik nach Arbeit für dich gefragt,
aber leider eine Absage bekommen. Sie beschäftigen
niemand ohne Arbeitserlaubnis. Es gibt noch eine andere
Möglichkeit. Du kannst ja bei einem Sklavenhändler
arbeiten.«

Als Sinbad das hört, denkt er gleich an die Zeiten, in
denen noch Menschen als Sklaven verkauft wurden.

Er hatte geglaubt, das sei Vergangenheit, und staunt
nicht schlecht, daß es in dieser zivilisierten Stadt noch
Sklavenhändler geben soll.

»Ich will kein Sklave sein!« ruft er wütend. »Ich bin als
freier Mensch geboren und werde auch als freier Mensch
sterben.«

Mustafa Bulbul erklärt Sinbad, daß sich die Sklaverei in

der modernen Zeit geändert hat: »Bei einem Sklavenhändler zu arbeiten bedeutet, ein Arbeitsvermittler vermittelt dir Arbeit für einen Tag. Nach der Arbeit bekommst du den Lohn, und davon kassiert der Vermittler die Hälfte des Geldes.«

NOTES TO THE INTRODUCTION

1 Christian Linder (ed.), (1986) *In Sachen Wallraff*, Cologne: Kiepenheuer & Witsch, p.41.
2 Ibid., p.18.
3 Günter Wallraff (1986) *Predigt von unten*, Göttingen: Steidl Verlag, p.25.
4 *See* note 1, p.73
5 Ulla Hahn and Michael Töteberg (1979) *Günter Wallraff* (Autorenbücher 14), Munich: C.H.Beck, p.39.
6 Christian Linder, *Ein anderes Schreiben für ein anderes Leben; und umgekehrt*, Cologne (also extracts in *Die Zeit*, 2.II. 1973).
7 'Information as Art', *Times Literary Supplement*, 20 July 1973.
8 Ibid.
9 Christian Linder (ed.) (1975) *In Sachen Wallraff: Berichte, Analysen, Meinungen und Dokumente*, Cologne: (Erweiterte Ausgabe, Reinbek, 1977).
10 Heinrich Böll, 'Aussage als Sachverständiger vor dem Kölner Landgericht am 9.11.1976', reproduced in C. Linder (ed.) *In Sachen Wallraff*, p.167 (*see* note 1).
11 Heinrich Vormweg, *Die Süddeutsche Zeitung*, 11 December 1976.
12 Heinrich Böll (1974) *Die verlorene Ehre der Katharina Blum*, Cologne: Kiepenheuer & Witsch.
13 Wolf Biermann: born Hamburg 1936; moved to East Berlin 1953; gifted poet; 1972 *Deutschland. Ein Wintermärchen* – an outspoken satire on life in the GDR; 1976 Wallraff organized protest against Biermann's expulsion from GDR.
14 In his commentary on the judgment of the Bundesgerichtshof, Jürgen Stahlberg wrote: 'Das Urteil gibt Wallraff und seinem Verlag weitgehend

recht. Damit wird es Presserechtsgeschichte machen',
in C. Linder (ed.), *In Sachen Wallraff*, p.203 (*see* note
1).

15 Heinz-Ludwig Arnold, 'Im Gespräch mit Günter
Wallraff', Radio Bremen, 23 January 1986.

16 John Howard Griffin (1962) *Black like me*, London:
Collins;(1964) London: Panther Books.

17 Karl-Otto Saur, 'Aufklärung, Beleidigung, Vorurteile',
Die Süddeutsche Zeitung, 17 January 1986.

18 Gerhard Spörl, 'Ali, der gute Deutsche', *Die Zeit*, 17
Febuary 1986.

19 Simone Sitte, 'Die Leiden des jungen Ali', in C. Linder
(ed.) *In Sachen Wallraff*, p.355 (*see* note 1).

20 *See* note 15.

21 'Kräfte von ganz unten mobilisieren', *Die Woche*, 30
April 1986.

22 Reported in *Die Süddeutsche Zeitung*, 17 January 1986.

23 'Ein Scherf', *Der Spiegel*, 11 November 1985.

24 Karl-Heinz Brinkmann, 'Eine Form von Sklavenarbeit
in der Bundesrepublik', *Der Tagesspiegel*, 12
November 1985.

25 Adolf Eichmann: Austrian-born head of the Gestapo's
Jewish Extermination Department; after the Second
World War found to be living in Argentina under an
assumed name; kidnapped by Israeli agents;
condemned and executed in 1962 for crimes against the
Jewish people and against humanity.

26 ARD – *Arbeitsgemeinschaft der Rundfunkanstalten
Deutschlands*, the organization which controls *Erstes
Deutsches Fernsehen*.

27 Christian Linder (ed.), *In Sachen Wallraff* (*see* note 1).
The article by Klaus Schmidt is entitled 'Wallraff im
Unterricht'. Reference is to p.229.

28 Ibid. The article by Karl F. Schumann is entitled 'Aus
der Schule plaudern'. Reference is to p.261.

29 S.Castles, *links*, September 1971.

30 NPD – *National-Demokratische Partei Deutschlands*

which is well to the right of the CDU and has strongly opposed policies for the integration of foreigners. In the general election of 1983 the NPD achieved only 0.2 per cent of the votes.

31   Irmgard Ackermann (ed.) (1982) *Als Fremder in Deutschland*, Munich: Deutscher Taschenbuch Verlag.

GANZ UNTEN

Ein großer Teil des Honorars aus dem Verkauf dieses Buches wird dem neugeschaffenen Fonds »Ausländersolidarität« zur Verfügung gestellt. Aus den vorhandenen Mitteln sollen kostenlose Beratung für Ausländer, Rechtshilfe, Aufklärungskampagnen und ein Wohnprojekt von Deutschen gemeinsam mit Ausländern finanziert werden.
Im vorliegenden Buch konnten bei weitem nicht alle Erfahrungen und verfügbaren Unterlagen ausgewertet werden. Einige Freunde und Mitarbeiter arbeiten gegenwärtig noch in anderen Bereichen weiter am gleichen Thema. Wer eigene Erfahrungen oder Informationen weitergeben möchte, wende sich bitte an folgende Adressen:

Hilfsfond »Ausländersolidarität«
Postfach 30 14 43
5000 Köln 30
oder:
Günter Wallraff
© Verlag Kiepenheuer & Witsch
Rondorfer Straße 5
5000 Köln 51

Wegen der zu erwartenden Prozesse wurden aus der Fülle des noch unveröffentlichten Materials bereits neue Kapitel vorbereitet, um das kontinuierliche Erscheinen dieses Buches zu gewährleisten.

Köln, 7. Oktober 1985

Allen Freunden und Mitarbeitern, die beim Zustandekommen dieses Buches geholfen haben, möchte ich danken.

Levent (Ali) Sigirlioglu, der mir seinen Namen lieh

Taner Alday, Mathias Altenburg, Frank Berger, Anna Bödeker, Levent Direkoglu, Emine Erdem, Hüseyin Erdem, Sükru Eren, Paul Esser, Jörg Gfrörer, Uwe Herzog, Bekir Karadeniz, Röza Krug, Gesine Lassen, Klaus Liebe-Harkort, Claudia Marquardt, Hans-Peter Martin, Werner Merz, Heinrich Pachl, Franz Pelster, Frank Reglin, Ilse Rilke, Harry Rosina, Ayetel Sayin, Klaus Schmidt, Günter Zint

Besonderer Dank auch Herrn Prof. Dr. Armin Klümper, Freiburg, der mir mit seiner ärztlichen Kunst »den Rücken stärkte«, so daß ich die Schwerstarbeit trotz eines Bandscheibenschadens durchhielt.

INHALT

für

Cemal Kemal Altun
Semra Ertam
Selcuk Sevinc
und all die anderen

DIE VERWANDLUNG

Zehn Jahre habe ich diese Rolle vor mir hergeschoben. Wohl, weil ich geahnt habe, was mir bevorstehen würde. Ich hatte ganz einfach Angst. Aus Erzählungen von Freunden, aus vielen Veröffentlichungen konnte ich mir ein Bild machen vom Leben der Ausländer in der Bundesrepublik. Ich wußte, daß fast die Hälfte der ausländischen Jugendlichen psychisch erkrankt ist. Sie können die zahllosen Zumutungen nicht mehr *verdauen*. Sie haben kaum eine Chance auf dem Arbeitsmarkt. Es gibt für sie, hier aufgewachsen, kein wirkliches Zurück in ihr Herkunftsland. Sie sind heimatlos.

Die Verschärfung des Asylrechts,* der Fremdenhaß, die zunehmende Gettoisierung* – ich wußte davon und hatte es doch nie erfahren.

Im März 1983 gab ich folgende Anzeige in verschiedenen Zeitungen auf:

> **Ausländer,** kräftig, sucht Arbeit, egal was, auch Schwerst- u. Drecksarb., auch für wenig Geld. Angebote unter 358458

Viel war nicht nötig, um mich ins Abseits zu begeben, um zu einer ausgestoßenen Minderheit zu gehören, um *ganz unten* zu sein. Von einem Spezialisten ließ ich mir zwei dünne, sehr dunkel gefärbte Kontaktlinsen anfertigen, die ich Tag und Nacht tragen konnte. »Jetzt haben Sie einen stechenden Blick wie ein Südländer«, wunderte sich der Optiker. Normalerweise verlangen seine Kunden nur blaue Augen.

Ein schwarzes Haarteil verknotete ich mit meinen eigenen, inzwischen spärlich gewordenen Haaren. Ich wirkte dadurch um etliche Jahre jünger. So ging ich als Sechsundzwanzig- bis Dreißigjähriger durch. Ich bekam

Arbeiten und Jobs, an die ich nicht herangekommen wäre,
wenn ich mein wirkliches Alter – ich bin inzwischen
dreiundvierzig – genannt hätte. So wirkte ich in meiner Rolle
zwar jugendlicher, unverbrauchter und leistungsfähiger,
aber sie machte mich gleichzeitig zu einem Außenseiter,
zum *letzten Dreck*. Das »Ausländerdeutsch«,das ich für die
Zeit meiner Verwandlung benutzte, war so ungehobelt und
unbeholfen, daß jeder, der sich die Mühe gemacht hat,
einem hier lebenden Türken oder Griechen einmal wirklich
zuzuhören, eigentlich hätte merken müssen, daß mit mir
etwas nicht stimmte. Ich ließ lediglich ein paar Endsilben
weg, stellte den Satzbau um oder sprach oft ganz einfach ein
leicht gebrochenes »Kölsch«.* Um so verblüffender die
Wirkung: niemand wurde mißtrauisch. Diese paar
Kleinigkeiten genügten. Meine Verstellung bewirkte, daß
man mir direkt und ehrlich zu verstehen gab, was man von
mir hielt. Meine gespielte Torheit machte mich schlauer,
eröffnete mir Einblicke in die Borniertheit und Eiseskälte
einer Gesellschaft, die sich für so gescheit, souverän,
endgültig und gerecht hält. Ich war der Narr, dem man die
Wahrheit unverstellt sagt.

Sicher, ich war nicht wirklich ein Türke. Aber man muß
sich verkleiden, um die Gesellschaft zu demaskieren, muß
täuschen und sich verstellen, um die Wahrheit
herauszufinden.

Ich weiß inzwischen immer noch nicht, *wie* ein Ausländer
die täglichen Demütigungen, die Feindseligkeiten und den
Haß verarbeitet. Aber ich weiß jetzt, *was* er zu ertragen hat
und wie weit die Menschenverachtung in diesem Land gehen
kann. Ein Stück Apartheid findet mitten unter uns statt – in
unserer *Demokratie*. Die Erlebnisse haben alle meine
Erwartungen übertroffen. In negativer Hinsicht. Ich habe
mitten in der Bundesrepublik Zustände erlebt, wie sie
eigentlich sonst nur in den Geschichtsbüchern über das 19.
Jahrhundert beschrieben werden.

So dreckig, zermürbend und an die letzten Reserven
gehend die Arbeit auch war, so sehr ich

Menschenverachtung und Demütigungen zu spüren bekam: es hat mich nicht nur beschädigt, es hat mich auf eine andere Weise auch psychisch aufgebaut. In den Fabriken und auf der Baustelle habe ich – anders als während der Arbeit in der Redaktion der *Bild*-Zeitung – Freunde gewonnen und Solidarität erfahren, Freunde, denen ich aus Sicherheitsgründen meine Identität nicht preisgeben durfte.

Jetzt, kurz vor Erscheinen des Buches, habe ich einige ins Vertrauen gezogen. Und es gab keinen, der mir wegen meiner Tarnung Vorwürfe gemacht hat. Im Gegenteil. Sie haben mich verstanden und empfanden auch die Provokationen innerhalb meiner Rolle als befreiend. Trotzdem mußte ich zum Schutz meiner Kollegen ihre Namen in diesem Buch zum großen Teil verändern.

Günter Wallraff
Köln, 7.Oktober 1985

DIE GENERALPROBE

Um zu testen, ob meine Maskerade auch kritischen Blicken standhält und mein äußeres Erscheinungsbild stimmt, besuchte ich einige Kneipen, in denen ich auch sonst verkehre. Niemand erkannte mich.

Trotzdem, um mit der Arbeit beginnen zu können, fehlte mir die endgültige Sicherheit. Immer noch hatte ich Angst, im entscheidenden Augenblick enttarnt zu werden.

Als am Abend des 6. März 1983 die Wende* gewählt wurde und die CDU-Prominenz* mit denen, die von dieser Wahl profitierten, ihren Sieg im Konrad-Adenauer-Haus* in Bonn feierte, nutzte ich die Gelegenheit zur Generalprobe. Um nicht schon am Eingang Verdacht zu erregen, versah ich mich mit einer gußeisernen Handlampe, schloß mich einem Fernsehteam an und gelangte so in das Gebäude. Der Saal war überfüllt und bis in den letzten Winkel in gleißendes Scheinwerferlicht getaucht. Mittendrin stand ich, bekleidet mit meinem einzigen dunklen Anzug, inzwischen schon fünfzehn Jahre alt, und leuchtete abwechselnd diesen oder jenen Prominenten mit meinem kümmerlichen Lämpchen an. Einigen Beamten kam das merkwürdig vor; sie fragten nach meiner Nationalität, wohl, um sicherzugehen, daß ich nichts mit einem Anschlag zu tun hatte, der von Iranern angekündigt war. Eine Frau in eleganter Abendgarderobe fragte mit abfälligem Seitenblick: »Was hat der denn hier zu suchen?« Und ein älterer Beamtentyp: »Das ist ja hier ganz international. Sogar der Kaukasus feiert mit.«

Mit der Prominenz verstand ich mich prächtig. Bei Kurt Biedenkopf* stellte ich mich als Abgesandter von Türkes,* einem führenden Politiker der türkischen Faschisten, vor. Wir plauderten angeregt über den Wahlsieg der Union. Der Arbeitsminister Norbert Blüm* machte auf Völkerverständigung, hakte sich spontan bei mir unter und sang schunkelnd und lauthals mit den anderen: »So ein Tag, so wunderschön wie heute.«

Als Kohl* seine Siegesrede hielt, kam ich ganz nah an sein Podest heran. Nachdem er sich und die Seinen genügend gefeiert hatte und heruntersteigen wollte, war ich drauf und dran, ihm meine Schulter anzubieten und ihn als jubelnden Sieger durch den Saal zu tragen. Um unter der schweren Last dieses Kanzlers nicht zusammenzubrechen, verzichtete ich jedoch lieber auf mein Vorhaben.

Die zahlreichen Sicherheitsbeamten, alle auf Enttarnung trainiert, hatten meine Maskerade nicht durchschaut. Jetzt, nachdem ich diesen Test bestanden hatte, war meine Angst vor den kommenden Schwierigkeiten gemildert. Ich fühlte mich sicherer und souveräner und brauchte fortan nicht mehr zu befürchten, daß mich von den zahlreichen Menschen, denen ich begegnen würde, jemand identifizieren könnte.

GEHVERSUCHE

Tatsächlich bekam ich auf meine Anzeige hin einige »Stellen«–Angebote: fast alles Drecksarbeiten mit Stundenlöhnen zwischen fünf und neun Mark. Keiner dieser Jobs wäre von Dauer gewesen. Einige davon habe ich ausprobiert, geprobt habe ich dabei auch meine Rolle.

Da ging es zum Beispiel um die Renovierung eines Reitstalls in einem Kölner Villenvorort. Für sieben Mark pro Stunde wurde ich (Ali)* für die Überkopf-Arbeit eingeteilt, das heißt, ich mußte auf Gerüsten herumbalancieren und die Decken streichen. Die anderen Kollegen dort waren Polen, alles illegale Arbeiter. Entweder war eine Verständigung mit ihnen nicht möglich oder sie wollten einfach nicht mit mir reden. Ich wurde ignoriert und isoliert. Auch die Chefin, die nebenbei noch einen Antiquitätenladen betreibt, vermied jeden Kontakt mit mir (Ali). Nur kurze Arbeitsbefehle gab es: »Mach dies, mach das, dalli-dalli, hopp-hopp«. Natürlich mußte ich auch meine Mahlzeiten alleine, getrennt von den anderen, einnehmen. Mit einer Ziege, die dort im Reitstall herumlief, hatte ich engeren Kontakt als mit den Arbeitern; sie nagte an meiner Plastiktüte, fraß von meinen Butterbroten.

Natürlich war der Türke schuld, als eines Tages die Alarmanlage des Betriebs ausfiel. Auch die Kripo, die nach langen Untersuchungen schließlich eingeschaltet wurde, verdächtigte mich (Ali). Die Nichtbeachtung schlug in offene Feindseligkeit um. Nach einigen Wochen kündigte ich.

Meine nächste Station war ein Bauernhof in Niedersachsen, in der Hähe des Atomkraftwerks Grohnde.* Die Bäuerin und ihre Tochter, Ostflüchtlinge, bewirtschafteten den Hof alleine und suchten nun wieder eine männliche Kraft. Sie hatten früher schon einmal einen türkischen Knecht beschäftigt, wußten also, wie man mit so einem redet: »Ist uns egal, was du angestellt hast. Auch wenn du einen umgebracht haben solltest, wollen wir das nicht wissen. Hauptsache, du machst deine Arbeit. Dafür kannst du bei uns essen und wohnen, und ein Taschengeld kriegst du auch noch.«

Auf das Taschengeld wartete ich vergeblich. Dafür mußte ich täglich zehn Stunden lang Brennesseln roden und Bewässerungsgräben voll Schlamm reinigen. Und was die Wohnung anbetrifft: die durfte ich mir sogar aussuchen. Die Bäuerin bot mir einen alten rostigen Wagen an, der vor ihrem Haus stand, oder einen verfallenen, stinkigen Stall, den ich mir mit einer Katze zu teilen gehabt hätte. Ich akzeptierte die dritte Wahl: ein Raum auf einer abgebrochenen Baustelle, dessen Boden noch mit Schutt bedeckt war und der nicht einmal eine abschließbare Tür hatte. Im Bauernhaus standen einige warme und saubere Zimmer leer.

Vor den Nachbarn wurde ich (Ali) versteckt. Niemand sollte das Anwesen einen »Türkenhof« schimpfen können. Das Dorf war für mich (Ali) tabu, weder beim Kaufmann noch in der Kneipe durfte ich mich blicken lassen. Ich wurde wie ein Nutztier gehalten – aber für die Bäuerin war das offensichtlich ein Akt christlicher Nächstenliebe. In ihrem Verständnis gegenüber meiner »mohammedanischen Minderheit« ging sie sogar so weit, mir ein paar Küken zu versprechen. Die sollte ich mir aufziehen, weil ich ja kein Schweinefleisch essen durfte. Vor so viel Barmherzigkeit ergriff ich bald die Flucht.

Fast ein Jahr lang hatte ich so versucht, mich mit den verschiedensten Jobs über Wasser zu halten. Wäre ich wirklich nur Ali gewesen, hätte ich kaum überleben können. Dabei war ich doch bereit, buchstäblich jede Arbeit anzunehmen: für einen Wuppertaler Großgastronomen und Kinokettenbesitzer wechselte ich die Bestuhlungen aus und half beim Renovieren seiner Bars, in einer Husumer Fischverarbeitungsfabrik schaufelte ich Fischmehl, und im bayrischen Straubing versuchte ich mich als Drehorgelmann. Stundenlang hab ich umsonst georgelt.

Überrascht hat mich das nicht. Der alltägliche Ausländerhaß hat keinen Neuigkeitswert mehr. Da war es schon wieder bemerkenswert, wenn einem mal keine Feindschaft entgegenschlug. Kinder vor allem waren gegenüber dem seltsamen Leierkastenonkel mit seinem Schild »Türke ohn Arbeit, 11 Jahr Deutschland, will hierbleiben. Dank« sehr nett – bis sie von ihren Eltern weggezerrt wurden. Und dann gab es noch ein Gauklerpärchen, das sich auf dem Straubinger Marktplatz mir genau gegenüber postiert hatte. Auch sie hatten eine Drehorgel dabei. Sei luden mich, Ali, ihren Konkurrenten, in ihren Zirkuswagen ein. Es wurde ein sehr schöner Abend.

Oft genug ging es weniger gemütlich zu. Zum Beispiel an jenem Faschingstag* in Regensburg. Keine deutsche Kneipe braucht ein Schild an der Tür »Ausländer unerwünscht«. Wenn ich, Ali, ein Wirtshaus betrat, wurde ich meist ignoriert. Ich konnte einfach nichts bestellen. So war es schon eine Überraschung für mich, daß ich in dieser Regensburger Kneipe voll christlicher Narren mit lautem

Hallo angesprochen wurde. »Du schmeißt jetzt für uns eine
Runde!« rief einer der Gäste. »Nee«, antwortete ich (Ali),
»ihr mir ein geb' aus. Ich arbeitslos. Ich für euch hab auch
mitarbeit, hab auch für euch Beitrag für Rent' zahlt.«* Mein
Gegenüber lief rot an und pumpte sich auf wie ein Maikäfer
(so, wie es auch Strauß* oft macht) und stürzte dann in
wahnwitziger Wut auf mich los. Der Wirt wollte sein
Mobiliar retten und rettete mich (Ali) damit. Jedenfalls
wurde der unberechenbare Bayer von mehreren Gästen aus
dem Lokal geschleppt. Einer, der sich später als
kommunalpolitische Größe erkennen gab, saß derweil ruhig
und scheinbar besonnen am Tisch. Kaum war die Situation
geklärt, zog er ein Messer und rammte es in die Theke. Ich
»dreckiges Türkenschwein« solle endlich verschwinden,
brach es aus ihm heraus.

Trotzdem – solche Wut habe ich selten erlebt. Aber
schlimmer war fast die kalte Verachtung, die täglich mir
(Ali) entgegenschlug. Es schmerzt, wenn im überfüllten Bus
der Platz neben einem leer bleibt.

Wenn die vielbeschworene Ausländerintegration* schon
nicht in öffentlichen Verkehrsmitteln zu verwirklichen ist,
wollte ich zusammen mit einem türkischen Freund es
wenigstens mal mit einem türkischen Stammtisch in einem
deutschen Lokal probieren, mit einem »Türk Masasi«.*
Unter unserem selbstgebastelten Wimpel mit der
zweisprachigen Aufforderung »Serefe! Prost!«* wollten wir
uns regelmäßig in irgendeiner Kneipe zu irgendeiner
beliebigen Zeit treffen. Und wir wollten viel verzehren, so
versprachen wir den Wirten. Keiner von ihnen, und wir
fragten Dutzende, hatte einen Tisch frei.

Mein siebenundzwanzigjähriger Kollege Ortgan Öztürk
macht solche Erfahrungen seit fünfzehn Jahren. Als
Zwölfjähriger kam er in die Bundesrepublik. Inzwischen
spricht er ein fast akzentfreies Deutsch. Er sieht gut aus, um
seine Herkunft zu verleugnen, hat er sich sogar die Haare
blond gefärbt. Aber in all den Jahren ist es ihm nicht
gelungen, die Bekanntschaft eines deutschen Mädchens zu

machen. Wenn er seinen Namen nennt, ist es aus.

Ausländer werden in der Regel nicht beschimpft. Jedenfalls nicht so, daß sie es hören. Hinter ihrem Rücken wird gern über den angeblichen Knoblauchgestank gestöhnt. Dabei essen deutsche Feinschmecker heutzutage bei weitem mehr Knoblauch als die meisten Türken, die sich höchstens noch am Wochenende mal eine der gesunden Zehen genehmigen. Sie verleugnen sich, um akzeptiert zu werden. Aber die Kontaktsperre bleibt.

Dennoch kommt es auch in deutschen Kneipen vor, daß Ausländer zuvorkommend bedient werden. Wenn sie von Ausländern bedient werden. Ich hatte solch ein Erlebnis im Kölner Gürzenich,* bei einer Prunksitzung im Karneval.* Daß ich als Türke dort eingelassen wurde, hatte mich schon sehr gewundert. Und als ich dann von jugoslawischen Kellnern besonders freundlich behandelt wurde, fühlte ich (Ali) mich fast schon wohl. Bis die Schunkellieder anfingen. Ich saß inmitten der Tollheiten wie ein Fels in der wogenden Schunkelei. Keiner wollte sich bei mir einhaken.

Von Zeit zu Zeit aber bricht der Ausländerhaß offen aus. Fast regelmäßig bei Fußball-Länderspielen. Schlimmste Befürchtungen gab es schon Wochen vor dem Spiel Deutschland-Türkei im Sommer 1983 im Westberliner Olympia-Stadion. Geradezu flehend wandte sich Richard von Weizsäcker* übers Fernsehen an die Bevölkerung:»Wir wollen dieses deutsch-türkische Fußballspiel zu einem Zeichen des guten und friedlichen Zusammenlebens der Deutschen und Türken in unserer Stadt machen. Wir wollen es zu einem Beweis der Völkerverständigung machen.« Hierfür wurde eine nie dagewesene Polizeistreitmacht aufgeboten.

Auch ich (noch: Ali) will mir das Spiel ansehen und besorge mir eine Karte für die deutsche Kurve. Eigentlich wollte ich mich da als Türke nicht verstecken, hab sogar einen Türkenhut mit Halbmond und Fähnchen mitgebracht. Beides hab ich schnell verschwinden lassen. Ich geriet in einen Block junger deutscher Neonazis.* Was heißt

Neonazi? Jeder einzelne von ihnen kann ein netter Kerl sein, die meisten haben offene, sympathische Gesichter. Aber in dieser Menge waren sie verhetzte Masken. Zitternd habe ich mich an diesem Tag zum ersten- und letztenmal als Türke verleugnet, habe sogar mein holpriges Idiom aufgegeben und mit den fanatisierten Fans Hochdeutsch gesprochen. Trotzdem hielten sie mich nach wie vor für einen Ausländer, warfen mir Zigaretten ins Haar, gossen mir Bier über den Kopf. Nie zuvor im Leben wirkten herannahende Polizisten auf mich beruhigend. Daß ich sie tatsächlich einmal als Ordnungsmacht erleben würde, hätte ich mir nicht träumen lassen. So wurde »Sieg Heil« gebrüllt,* »Rotfront verrecke!«* und ununterbrochen gröhlten Sprechchöre »Türken raus aus unserm Land« und »Deutschland den Deutschen!«. Zum Glück floß kein Blut – es gab kaum mehr Verletzte als bei »normalen« Länderspielen. Nicht auszudenken, was passiert wäre, wenn die deutsche Mannschaft verloren hätte. Ich bin alles andere als ein Fußballfan. Aber dort im Olympia-Stadion hab ich das deutsche Team angefeuert. Aus Angst.

ROHSTOFF GEIST

Ali beim Passauer Aschermittwochs–Spektakel mit dem CSU–Chef Strauß vor 7000 Gästen – ich weiß nicht, ob ein Zigeuner, der eine Naziveranstaltung im Münchner Bürgerbräukeller besuchte, nicht ähnlich zumute gewesen sein muß. Zumindest hab' ich ein wenig davon gespürt. Ali blieb der Aussätzige, von dem man abrückte.

9 Uhr früh in Passau. Die Nibelungenhalle brauche ich nicht zu suchen. Aus allen Straßen strömen Strauß-Fans – darunter ausgesprochen viele Nicht-Bayern – dem Saalbau zu. Um 11 will Strauß seinen »Politischen Aschermittwoch« eröffnen, schon zwei Stunden vorher sind die Bänke vor langen Tischen fast voll besetzt. Bereits jetzt ist die Luft in der riesigen Halle verraucht, zwei, drei Maß Bier hat hier

wohl schon jeder getrunken. Fisch und Käse werden in
Mengen geordert. Heute beginnt die Fastenzeit.

Ich (Ali) steuere auf einen der wenigen freien Plätze zu.
Bevor ich mich knapp auf das Bankende hinquetschen kann,
macht sich mein Tischnachbar extra breit. Und so werde ich
von ihm begrüßt:»Ja mei, wo sammer denn? Hat mer net
amal hier a Ruah vor diesen Mulitreibern. Wißt ihr net, wo
ihr hieghört?«*

Von allen Seiten werde ich angestiert. Dem politisch
engagierten Staatsbürger links neben mir läuft das Bier aus
den Mundwinkeln – so voll ist er schon. Ich (Ali) versuche,
gute Stimmung zu machen:»Ich bin groß Freund von euer
Strauß. Is ein stark Mann.« Donnerndes Lachen als
Antwort.»Ja geh', habt's ihr dcs ghört? A Freind vom
Strauß willer sein. Des is fei guad.«* Erst als eine dralle
Kellnerin vorbeikommt, läßt man von mir ab. Ihr tief
ausgeschnittenes Dirndl und vor allem der flüssige
Nachschub sind interessanter.

Einen Schluck Bier hätte ich jetzt auch ganz gut vertragen
können. Ich bekomme nichts, die Bedienung ignoriert mich.
Also gehe ich selber zum Ausschank. Aber auch dort wird
meine Bestellung nicht angenommen. Nach dem dritten
Anlauf zischt mich der Zapfer an:»Geh, schleich dich, aber
hurtig.«

Unter   Getöse   ist   Strauß   inzwischen   –   zum
Tschinderassassa des bayrischen Defiliermarschs – in die
Halle eingezogen. Durch ein tobendes Spalier kämpfen ihm
Ordner eine Gasse zum Podium, wo schon seine Frau
Marianne wartet. Vor allem die Nicht–Bayern recken ihre
Transparente (»Wir Peiner* zum 7.Mal hier«) und gröhlen.

Die ersten Worte des CSU-Führers gehen noch im Lärm
unter. Drei Stunden dauert die Rede. Ihr zu folgen, ist
inmitten dieser schwitzenden Menge nur schwer möglich.
Auch die Logik erschließt sich wohl erst nach drei Maß Bier
so richtig:»Wir sind eine Partei intelligenter Leute, wir
haben intelligente Wählerschichten, und darum haben wir
auch die Mehrheit im Land. Wenn unsere Wähler nicht so

intelligent wären, hätten wir keine Mehrheit.« Tosender, trampelnder Beifall. Der Saal kocht.

Die Toiletten schaffen den Andrang nicht mehr, der Drang vieler Besucher ist stärker. Auf den Gängen bilden sich Rinnsale von Urin, und auch im Saal erleichtert sich schon mal einer durchs Hosenbein.

Der da vorne redet viel vom Geist: »Wir müssen von unserem Rohstoff Geist, den wir ja Gott sei Dank haben, trotz des Geschwafels mancher Umverteilungsfunktionäre, einen besseren Gebrauch machen.«

Vorerst jedoch müssen Bierleichen umverteilt werden. Sanitäter und Rotkreuz-Helferinnen haben schwer zu schleppen. Auf den Tischen liegt Informationsmaterial: »Wir und unsere Partei.« Da werden CSU-Anhänger in Selbstdarstellungen präsentiert. Zum Beispiel ein ziemlich dicker Lebensmittelhändler: »Also Komplexe habe ich noch nie gehabt, weil ich ein Rechter bin. Ich weiß keine Partei, die mir mehr taugt als die CSU. Die paßt einfach zu mir, wie mir der Strauß auch paßt. Den mag ich auch von der Figur her. Da sind wir ähnlich. Wenn mich überhaupt was aus der Ruhe bringt, außer vielleicht Fußball, dann sind es die Steuern.«

Oder vielleicht ein Türke, der in der weißblauen Nibelungenhalle Durst bekommt. Fast erschleichen muß ich (Ali) mir mein Bier. Als der Zapfer am Schanktisch wegschaut, nehme ich mir eine Maß und hinterlege fünf Mark. Strauß dröhnt: »Bei uns muß wieder an den normalen Bürger, an die normale Frau, an den normalen Mann gedacht werden und nicht an einige Außenseiter.« Und wie er später vom »Mischmasch anonymer Menschenmassen« spricht und von der »nationalen Identität«, die er »bewahren« will, da weiß ich, Ali, daß ich nicht gemeint bin, wenn er von »Freiheit und Würde für alle Menschen in Deutschland« schwadroniert.

Ich will mich wieder setzen, finde noch zwei freie Plätze. Der Platz neben mir bleibt frei, auch als das Gedränge unerträglich wird. »Der stinkt nach Knoblauch.« – »Du

Türk?«

Der »glückliche Bayer« (Strauß über Strauß) kommt mit seiner Fastenrede endlich zum Schluß. Fünf, sechs Stunden haben seine Bewunderer durchgehalten. Vor seinen Fans wird Strauß bei seinem Abgang abgeriegelt. Auch Autogrammwünsche können nicht erfüllt werden. Jedenfalls nicht an Ort und Stelle. Wer ein Autogramm haben möchte, kann einen entsprechenden Zettel in einen der Körbe werfen, die im Saal herumgereicht werden. Ich (Ali) finde trotzdem meinen Weg zum Bayern-Führer. Ganz einfach.

Ich (Ali) gebe mich als Abgesandter und Kongreßbeobachter des türkischen Faschisten-Chefs Türkes von den Grauen Wölfen aus. Dieser Türkes, ein glühender Hitler-Verehrer, hatte sich schon vor einigen Jahren einmal heimlich in München mit Strauß getroffen. Damals, so Türkes, sicherte ihm der CSU-Vorsitzende zu, »daß in Zukunft für die MHP (eine neofaschistische türkische Organisation, G. W.) und die Grauen Wölfe ein günstiges politisches Klima in der Bundesrepublik mit entsprechender Propaganda geschaffen« werde. Türkes' Kriegsruf: »Tod allen dreckigen Juden, kommunistischen Hurensöhnen und griechischen Hunden!«

Als dessen Beauftragter werde ich (Ali) gleich bei Strauß vorgelassen. Er begrüßt mich herzlich und klopft mir auf die Schulter, so behandelt ein mächtiger Pate einen seiner ärmlichen Verwandten aus der Provinz. Die Festschrift »Franz-Josef Strauß – Ein großer Bildband« versieht er für mich mit einer persönlichen Widmung:

»Für Ali mit herzlichem Gruß – F. J. Strauß«.

Die versammelten Fotografen lassen sich diesen Schnappschuß nicht entgehen.

Strauß sei, so heißt es im Vorwort zu diesem Prachtband, »Politiker geworden in Erfüllung seiner instinktiv verstandenen Pflicht« (der Vorsehung?). – Für mich jedenfalls war es das hautnahe Zusammentreffen mit einem

der machtbesessensten, demokratiefeindlichsten Politiker
der Nachkriegszeit, der mich schon einige Male vor Gericht
gebracht hatte.* Vor über zehn Jahren bin ich ihm zum
erstenmal persönlich begegnet; bei einer Podiumsdiskussion

der Katholischen Akademie München (Thema: »Journalist
oder Agitator«) saß ich zwischen ihm und dem SPD-
Politiker Wischnewski.* Strauß war in Sonntagslaune und
wollte vor dem eher liberalen Akademie-Publikum glänzen
und offensichtlich sogar bei mir gut Wetter machen: »Da
hab' ich ja endlich die Gelegenheit, Sie mal zu fragen: Sind's
mit dem Pater Josef Wallraff von den Jesuiten verwandt?«
Ich wollte nicht, daß es ihm mit solchen Vertraulichkeiten
gelingt, vor den Zuhörern seine Feindschaft gegenüber
Leuten wie mir zu kaschieren. »Ja«, hab' ich ihm
geantwortet, »ich bin ein unehelicher Sohn von ihm. Aber
bitte nicht weitersagen.« Für den Rest der Diskussion blieb
Strauß sich dann treu.

»ESSEN MIT SPASS«

oder der letzte Fraß

Viele unserer Kritiker sind wahre Meister im Blindekuh-Spielen. Sie machen sich nicht die Mühe, richtig zu recherchieren, geschweige denn hinter die McDonald's-Kulissen zu schauen.
Wer nicht hinsieht, wird eben blind der Wahrheit gegenüber.
Text in einem ganzseitigen Inserat von McDonald's in der *Zeit*, 10.5.1985

Seit kurzem startet McDonald* eine Großoffensive gegen die Kritiker aus Verbraucherverbänden und Gewerkschaften: »Die Angriffe werden uns nicht daran hindern, auch in Zukunft zu expandieren und damit einer Vielzahl jetzt noch Arbeitsloser eine feste Anstellung mit allen Aufstiegsmöglichkeiten anzubieten.«
Eine Chance für Ausländer und Asylanten? Nichts wie hin, denke ich (Ali) mir. 207 McDonald's gibt es schon bei uns. In Kürze sollen es doppelt so viele sein. Ich (Ali) versuche mein Glück in Hamburg: Am Gänsemarkt, in einer der größten Filialen Deutschlands, und werde genommen. Jetzt darf mir (Ali) der Spaß nicht mehr vergehen, denn unser Leitsatz heißt: »Essen mit Spaß«. So steht es jedenfalls im Begrüßungsprospekt. Was das bedeutet?

»McDonald's ist ein Familienrestaurant, in dem man gut und preiswert speisen kann. In blitzsauberer Umgebung, wo man sich wohlfühlt und Spaß hat – das Erlebnis McDonald's . . . Wir freuen uns sehr, daß Sie bei uns sind und wünschen Ihnen in unserem Team viel Spaß und Erfolg!«

In einem so fröhlichen Team ziehe ich es vor, mich als Sechsundzwanzigjähriger auszugeben. Mit meinem

tatsächlichen Alter (43) hätte ich sonst wohl nichts zu lachen
gehabt.

Wie der Hamburger bekomme auch ich (Ali) eine
McDonald's-Verpackung verpaßt: Papierhut, dünnes
Hemdchen und eine Hose. Überall steht »McDonald's«
drauf. Es fehlt nur noch, daß sie uns vorher auch auf den
Grill legen. Meine (Alis) Hose hat keine Taschen.
Bekomme ich (Ali) mal Trinkgeld, gleitet die suchende
Hand mit den Münzen erfolglos an der Hosennaht entlang,
bis ich (Ali) die Groschen endlich dahin gebe, wo die Firma
sie haben will: in die Kasse. Das schneiderische Meisterstück
verhindert allerdings auch, daß du ein Taschentuch
einstecken kannst. Und wenn die ›Nase läuft‹, dann läuft sie
auf den Hamburger oder es zischt auf dem Grill.

Der Manager gibt sich gleich zufrieden mit mir und lobt
mich (Ali), wie ich die Hamburgerscheiben am Grill wenden
kann. »Das machen Sie aber gut. Das geht ja richtig schnell.
Die meisten machen am Anfang riesige Fehler.« – »Das
kommt vielleicht daher, daß ich Sport treibe«, antworte ich
(Ali) ihm. – »Welchen denn?« – »Tischtennis.« –

Der Hamburger, diese verschwitzte bräunliche Scheibe
mit mindestens 98 Millimeter Durchmesser und 145 bzw. 125
Gramm Gewicht, springt wie ein Plastikjeton, wenn man ihn
auf den Grill wirft. Im gefrorenen Zustand klingt er wie eine
Münze, die auf Glas trifft.

Gebraten bzw. gegrillt wird ihm eine sogenannte
»Haltezeit« von 10 Minuten zugebilligt, aber er ist meist
lange vorher schon weg. Liegt er eine Zeitlang aufgetaut
herum, fängt er an zu stinken. Also wird er vom gefrorenen
gleich in den gegrillten Zustand gebracht und mit den
bekannten Beigaben und Zutaten in die beiden Hälften der
schaumstoffweichen Weizenflade eingedeckelt und in der
Styroporkiste zugesargt.

»Es ist so viel Grazie in der sanft geschwungenen
Silhouette eines Hamburger-Brötchens. Es erfordert schon
einen ganz besonderen Geisteszustand, um das zu
erkennen«, meint der Firmengründer Ray Kroc ernsthaft.

Der Arbeitsplatz hinter der Theke ist eng, der Boden
schmierig und glatt, die Grillplatte glühend heiß bei 180
Grad Celsius. Es gibt keinerlei Sicherheitsvorkehrungen.
Eigentlich müßte man Handschuhe bei der Arbeit

DER BIG MÄC

»Die Liebe ist wie die Herstellung eines Big Mäc: Die Körper
sind beide aus Fleisch in harmonischer Bewegung. Das
köstliche Brötchen umschließt den Körper in liebevoller
Umarmung. Die Küsse sind wie ein feuchter Schuß
Tatarsauce. Die sich anbetenden Herzen sind heiß wie die
Zwiebeln. Die Hoffnungen, noch Kinder, sind grün wie der
Salat. Der Käse und die Gurke geben den Geschmack nach
mehr.« – Auszug aus der hauseigenen McDonald's-Zeitung
Quarterao der Filiale in Rio de Janeiro (April 1983).

---

tragen, das schreiben jedenfalls die Sicherheitsbestimmungen vor. Aber es gibt keine, und sie würden die
Arbeit nur verlangsamen. So haben viele, die dort länger
arbeiten oder gearbeitet haben, Brandwunden oder Narben
von Brandwunden. Ein Kollege mußte kurz vor meiner Zeit
ins Krankenhaus, weil er in der Hektik direkt auf den Grill
gefaßt hatte. Ich (Ali) hole mir gleich in der ersten
Arbeitsnacht Blasen wegen der aufspritzenden Fettropfen.
   Naiverweise glaube ich (Ali), meine erste Schicht sei wie
vereinbart um halb drei Uhr morgens zu Ende. Ich (Ali)
bemerke, wie man über mich, den Neuling, zu reden
beginnt. Der Manager fährt mich (Ali) an, was mir denn
einfalle, vor der Zeit zu gehen. »Ich habe mich nur an die
Anweisung gehalten.« – Ich hätte mich persönlich bei ihm
abzumelden, warnt er mich (Ali) und fragt mit drohendem
Unterton, ob ich denn draußen wirklich schon
saubergemacht hätte. Da ich bereits kurz vorher im dünnen
Hemd in die Kälte der Dezembernacht hinausgeschickt
worden war, antworte ich (Ali), daß alles total sauber sei.

Eine besonders aufmerksame Angestellte bemerkt aber,
daß noch Papier herumliegt.

Es ist mittlerweile kurz vor drei Uhr morgens. Der
Manager meint, ich (Ali) würde die richtige Einstellung
vermissen lassen, ich (Ali) engagiere mich nicht. Auch mein
Gesicht sähe nicht sehr froh aus. Ich solle nicht denken, ich
würde nicht kontrolliert. Beispielsweise hätte ich heute fünf
Minuten an derselben Stelle gestanden.»Wieso«, erwidere
ich (Ali), »kann nich sein, ich flitzen hin und her, weil ich
dies Arbeit auch als Sport seh'.«

Nacht-und Überstunden, lerne ich (Ali), werden einer
vertraulichen Arbeitsanweisung zufolge nur in vollen
Stunden abgerechnet. Das heißt, bis zur halben Stunde wird
ab-, danach aufgerundet. Aber meist wird abgerundet.
Gestempelt wird nicht, wenn man kommt, sondern wenn
man umgezogen am Arbeitsplatz erscheint. Und wenn man
geht, ist es ebenso: erst stempeln, dann umziehen. So klaut
man dir die Zeit doppelt.

Es ist Vorweihnachtszeit. Der Andrang ist enorm, in
Stoßzeiten werden Rekordumsätze erzielt. Ich (Ali)
bekomme 7,55 DM brutto Stundenlohn für eine Tätigkeit,
die sich mit jeder Fließbandarbeit vergleichen läßt.
Außerdem wird mir (Ali) pro Arbeitsstunde noch eine Mark
Essensgeld angerechnet. Nach acht Stunden läßt mich der
Manager wissen, daß ich mir (Ali) jetzt aus dem McDonald-
Sortiment ruhig etwas aussuchen dürfe. Als ich (Ali) nach
dem Besteck frage, wird es richtig lustig. Besteck bei
McDonald's, ein Wahnsinnswitz. Alle lachen und lachen.

Mein (Alis) Arbeitsplatz ist nach vorne hin offen. So wie
ich (Ali) die Kunden sehe, sehen sie auch mich. Ich (Ali)
habe keine Möglichkeit, mich kurz zurückzuziehen und
vielleicht in der Hitze einen Schluck zu trinken. Dabei
machen das Braten und Garnieren und vor allem der viele
Senf sehr durstig.

Eine Gurke beim Hamburger, zwei Gurken beim Big
Mäc, dann eine Käsescheibe und die verschiedenen Spritzen
mit den Soßen, Fischspritzen, Chickenspritzen, Big Mäc-

Soße.

Man ist ständig überfordert, weil es dauernd irgendwo klingelt, man muß noch eine Apfeltasche auflegen oder einen Fisch Mäc. Und mit dem Finger voll Fisch geht's gleich wieder zum nächsten Hamburger.

In den Pausen organisiere ich (Ali) mir ein Testessen. Als ich (Ali) Hühnchen esse, diese Nuggets, werde ich auf Anhieb mißtrauisch: das könnte auch Fisch sein. Das hat so einen leichten Nachgeschmack. Bei der Apfeltasche habe ich (Ali) auch den Eindruck: Mensch, ist da nicht wieder Fisch im Spiel?

Erst nach einiger Zeit merke ich, woran das liegt. In unseren Riesenbottichen ist siedendheißes Fett. Abends wird das Fett aus jeder Wanne durch den gleichen Filter geleert und weiterverwendet. Das heißt, Apfeltaschenfett, Fischfett, Hühnerfett, alles durch denselben Filter. Das gleiche Filterpapier wird für zehn Wannen gebraucht.

Vollends hektisch wird es, wenn sich in der Stoßzeit Schlangen vor der Theke bilden. Zurufe von vorne, warum es nicht schneller geht. Ich (Ali) denke also, daß es gut wäre, die Hamburger etwas früher herauszunehmen. Aber der Manager, er hat als einziger keinen Papphut auf, weist mich (Ali) zurecht: »Sie haben hier überhaupt nichts zu denken, das besorgen die Maschinen. Also erst 'rausnehmen, wenn es piepst, und nicht der Maschine zuvorkommen wollen.« Ich (Ali) mache es so. Es dauert keine fünf Minuten, und der Manager kommt wieder. »Wieso geht das nicht schneller?« – »Man hat grade sagt, daß Maschine denkt, und jetzt ich warten.« – »Aber die Kunden, verdammt, sollen die warten?« – »Wer hat jetz hier Sage, Sie oder die Piep-Maschin? Wo soll's langgehn? Sie sage und ich mache.« – »Sie müssen warten, bis die Maschine ›piep‹ macht, verstehen Sie?« – »Alles klar.«

Das Zauberwort heißt Service-Schnelligkeit. Als sogenanntes »Service-Ziel« wird vorgegeben, daß ›keiner zu keiner Zeit anstehen soll‹. Den Filialmanagern werden Tricks empfohlen. Die Devise lautet: »Eine Minute

Wartezeit an der Theke ist zu lange. Dies ist das äußerste Maximum für jemanden in der Warteschlange. Setze ein Ziel von 30 Sekunden. Schnellerer Service in deinem Restaurant ist Einstellungssache. Während der nächsten 30 Tage konzentriere dich auf Service-Schnelligkeit. Streiche ›langsam‹ aus dem Vokabular. Zwei Prozent deines Umsatzes hängen davon ab, wie du reagierst. Hoch lebe die Schnelligkeit.«

»Fast-food« ist hier wirklich Minutensache, obwohl einige Kollegen, die nicht so gut Englisch verstehen, glauben, »Fast-food« hieße nicht »schnell«, sondern »Beinahe«-Essen.

Unsere Filiale ist bekannt für Rekordumsätze. Ich (Ali) darf miterleben, wie unser Manager vom McDonald's Bezirksleiter einen Pokal mit der Inschrift überreicht bekommt: »Für hervorragende Leistungen in Sachen Profit.«

Ganz besonders hat's McDonald's auf Kinder abgesehen. Die Marketing-Abteilung in der Münchener Zentrale stellt in einem internen Papier fest: »Fast-food ist nicht nur ein junger Markt. In Deutschland ist es primär auch ein Markt der Jugend . . . Und behaupte einer, sie haben kein Geld!«

Die ganze Einrichtung ist darauf abgestimmt, alles ist fast auf Kinderhöhe: Türklinken, Tische, Stühle. Spezielle Anweisung an McDonald's-Lizenznehmer: »Kinder vervielfachen ihren Umsatz!« Sie erhalten fertige Programme, um die Kleinen, und damit natürlich ganze Familien, zu ködern. Allem voran der »McDonald's Kindergeburtstag«. Da wird der Spaß voll durchprogrammiert:

»Die 7 Etappen einer Geburtstagsparty:

1. Etappe: Die Vorbereitungen	Zeit ca.	15 Min.
2. Etappe: Die Begrüßung	Zeit ca.	10 Min.
3. Etappe: Bestellung aufschreiben	Zeit ca.	5 Min.
4. Etappe: Bestellung abholen	Zeit ca.	10 Min.
5. Etappe: Essen mit Spaß	Zeit ca.	15 Min.

6. Etappe: Spielen bzw. Storetour   Zeit ca. 10 Min.
7. Etappe: Sich verabschieden . . .
Anschließend   Evaluationsdaten   eintragen . . .«
(McDonald's intern).

Nach Brat-, Grill- und Thekenarbeit werde ich (Ali) am dritten Arbeitstag zur gut funktionierenden »Lounchkraft« ausgebildet: ich (Ali) muß Verpackungs- und Eßreste von den Tischen räumen und abwischen. Hier arbeitet man mit zwei Lappen, der eine für die Tischplatte, der andere für die Aschenbecher. In der gebotenen Eile kommt es aber häufig vor, daß man die Tischlappen nicht mehr auseinanderhalten kann. Doch das stört hier niemanden; denn häufig muß man mit demselben Lappen auch noch die Klos putzen. Der Nahrungskreislauf schließt sich damit wieder. Mir graust. Als ich einen weiteren Lappen haben möchte, sagt man mir (Ali) in barschem Ton, daß meine reichen müssen. Einmal schickt der Manager einen Kollegen direkt vom Royal-Grill zu einem verstopften Klo. Der nimmt dazu den Grillschaber, den er gerade in der Hand hat, um den Auftrag schnellstens und gewissenhaft auszuführen, erhält dann allerdings einen gewaltigen Rüffel vom Submanager. Auf die Sauberkeit draußen vor der Tür wird streng geachtet. 50 Meter rechts und links der Eingangstür muß ständig zusammengeräumt werden, weil dort jede Menge Verpackungsmaterial weggeworfen wird. Also werde ich (Ali) mit meinem dünnen Hemdchen von der Wärme in die Kälte geschickt.

Im Pausenraum witzeln wir über die Kakerlaken, die anscheinend nicht mehr zu vertreiben sind. Zuerst waren sie nur im Keller, jetzt findet man sie auch schon mal in der Küche. Eine ist neulich direkt auf den Grill gefallen. Einmal fand ein Kunde ein gut entwickeltes Exemplar auf seinem Big Mäc.

Manche jüngeren Gäste, vor allem die leicht angetrunkenen Popper, lassen mir (Ali) ihre Tüte mit den restlichen Pommes frites vor die Füße fallen. Die fettigen

Kartoffelstäbchen verteilen sich auf dem Boden und werden festgetreten. Ich muß gleich naß aufwischen gehen.

Eine türkische Kollegin hat es besonders schwer. Sie wird als Frau angemacht, als Ausländerin verspottet und bekommt manchmal randvolle Aschenbecher vor die Füße geknallt. Einmal wirft auch mir jemand einen Aschenbecher vor die Füße. Als ich die Scherben aufkehre, höre ich hinter mir schon den nächsten auf dem Boden klirren und dann noch einen und noch einen. Ich (Ali) kann nicht

---

WOHL BEKOMM'S!

Daß alles ähnlich schmeckt, hat einige Gründe. Die Verbraucherzentrale Hamburg urteilt über die McDonald's-Produkte: »Der Geschmack entsteht vielfach durch künstliche Aromastoffe. Damit die Getränke möglichst lange haltbar sind, werden sie mit Konservierungsstoffen versehen.« Ein Milchshake enthält 22 Prozent Zucker, das entspricht etwa 16 Würfeln oder 40 bis 45 Gramm. Alles wird »aufgepeppt«, um genießbar zu wirken. Edmund Brandt, ein Kenner der US-Fleischindustrie, berichtet, daß bei der Herstellung der Fleisch-»Patties« nicht einfach mageres Schulter- oder Nackenfleisch verwendet werden könne. Dann würde der Hamburger auseinanderfallen. Das Fleisch wird deshalb einer speziellen Behandlung durch »Salz und Flüssigproteine« unterzogen. »Ist das Fleisch zu frisch«, so Brandt, »dann ist es für die Patty-Produktion zu wäßrig.« Ist es zu alt, dann verliert es an Farbe: »Die nehmen dann Eiswürfel, werfen die in den Fleischwolf, und dadurch wird das Fleisch wieder rötlicher.« Und obwohl es äußerlich recht mager wirkt, ist im fertigen Hamburger-Fleisch noch 25 Prozent Fett drin. Von der breiten Palette der »Fastfood«-Tricks erfahren McDonalds-Kunden in der aufwendigen Werbung kein Wort. Die industrielle »Als-Ob-«Mahlzeit ist ungeheuer geschickt verpackt – eine Art *Bild*-Zeitung* zum Essen. So wie *Bild*-Leser oft auch ohne Hintergrundinformationen instinktiv wissen, daß sie betrogen werden sollen, gibt es auch bei McDonald's Gäste, die nach einer Probemahlzeit angewidert das Lokal verlassen. Beim Putzen finde ich (Ali) eine beschriebene Serviette: »McDonald's – kotz dich frei!« steht drauf, und: »Zum erstenmal ist das schlechter, was reinkam, als das, was rauskommt!«

»Fastfood« ist Mangelernährung, die schwere gesundheitliche Schädigungen nach sich ziehen kann: Ernährungswissenschaftler in den USA haben nachgewiesen, daß bei Kindern, die häufig in Schnellrestaurants essen, erhöhte Aggressivität, Schlaflosigkeit und Angstträume festzustellen sind. Der Grund: Das süße »Fastfood« baut »Thiamin«-Vorräte* im Körper ab, die Folge ist Vitamin-B1-Mangel, der das Nervensystem angreift.

erkennen, wer es tut. Im Lokal wird gelacht. Spaß muß eben sein.

Auch in der Pause gehöre ich (Ali) dem Betrieb. Auswärts ein Bier oder einen Kaffee zu trinken, ist nicht gestattet. Man habe schlechte Erfahrungen gemacht: einer sei einmal ins Bordell gegangen.

Eine junge Kollegin erzählt mir, daß ihr in der achtstündigen Arbeitszeit sehr oft keine Pause zugestanden wurde. Als sie fragte, bekam sie nur die Antwort: »Weiter! Weiter!«

Wer zum Arzt will, bekommt vom Manager zu hören: »Das bestimme ich, wann hier jemand zum Arzt geht.«

Einmal frage ich (Ali), ob ich jetzt meine Erholungszeit einlegen kann. Die Antwort kenne ich schon: »Wann Sie Pause haben, bestimme ich.«

Einen Betriebsrat gibt es nicht.

Vor sechs Jahren riet schon McDonald's Personalchef für die Bundesrepublik in einem Rundschreiben: »Wenn Sie aus dem Gespräch entnehmen können, daß der Bewerber organisiert* ist, das Gespräch nach weiteren Fragen

abbrechen und dem Bewerber eine Entscheidung in einigen
Tagen zusagen. Natürlich auf keinen Fall einstellen.«

Firmengründer Ray Kroc weiß, was er will: »Ich erwarte
Geld, wie man Licht erwartet, wenn man den Schalter
anknipst.« Und der US-General Abrams findet bei
McDonald's die eigentliche Schule der Nation: »Für einen
jungen Menschen ist es sehr gesund, bei McDonald's zu
arbeiten. McDonald's macht aus ihm einen effizienten
Menschen. Wenn der Hamburger nicht ordentlich aussieht,
fliegt der Typ raus. Dieses System ist eine still
dahinarbeitende Maschinerie, der unsere Armee nacheifern
sollte.«

DIE BAUSTELLE

Als ich um 6 Uhr morgens in der Franklinstraße im
Düsseldorfer Stadtteil Pempelfort eintreffe, stehen schon
sechs Arbeitssuchende vor der Tür der Subfirma GBI.*
Auch sie wurden für diese Zeit hierherbestellt, nachdem sie
auf eine Zeitungsanzeige hin angerufen hatten. Ein
Angestellter öffnet. Gleich im Erdgeschoß das Büro: zwei
aneinandergeschobene Schreibtische, ein Telefon. Keine
Akten, keine Regale, selbst die Tische wirken wie
abgeräumt. Am Schwarzen Brett ein Schild: »Diese Firma
meldet ihre Arbeitnehmer ordnungsgemäß an!«* Doch
niemand fragt mich (Ali) nach meinen Arbeitspapieren,
nicht mal den Namen brauche ich zu nennen.

Bevor wir nach und nach zu unseren Einsatzorten
gefahren werden sollen, müssen wir in einer angrenzenden
Zwei-Zimmer-Wohnung warten, die als Aufenthaltsraum
dient und mit herabhängenden Tapeten, schmierigen
Fenstern und ohne Toilette auf ihre Art signalisiert, welchen
›Status‹ wir hier einnehmen. »Siggi«, ein bulliger Typ mit
gelocktem Haar und sehr viel Gold an Händen und um den
Hals, sucht vier Helfer »für einen schönen Hochbau in
Köln«. Ich (Ali) melde mich und werde der Kolonne

zugeteilt.

Unterwegs im Auto werden wir über unseren Stundenlohn und über die Arbeitsbedingungen informiert. »Der Polier will, daß ihr zehn Stunden am Tag arbeitet«, erklärt uns »Siggi«,»dafür zahle ich euch auch 9 Mark – also 90 Mark am Tag.«

»Hier entstehen schicke Stadtwohnungen und reizvolle Maisonettewohnungen mit Blick auf den ruhigen Park«, lese ich auf dem Schild, als wir eine halbe Stunde später unsere Baustelle am Kölner Hohenstaufenring* erreichen. Ein Kolonnenschieber, der schon längere Zeit für die GBI auf dieser Baustelle tätig ist, weist uns in die Umkleidekabinen ein. Wir sind gerade umgezogen, als »Siggi« noch einmal hereinkommt. »Ich brauche doch noch eure Namen für den Polier«, sagt er. »Ali«, sage ich. Das genügt.

Unsere Kolonne wird einem Polier der Firma »Walter Thosti BOSWAU« (WTB) unterstellt, das sechstgrößte Bauunternehmen der Bundesrepublik, wie ich später erfahre. Auch an den folgenden Tagen erhalten wir unsere Arbeitsanweisungen ausschließlich von diesem Polier, und das Werkzeug – angefangen vom Besen bis zum Schaleisen – wird ebenfalls von WTB gestellt. Die GBI vermittelt eben Arbeiter »pur«, hat kaum eigenes Werkzeug und auch keine eigenen Baustellen.

Keiner von uns hat seine Papiere bei der GBI abgegeben, wir arbeiten ohne Ausnahme »schwarz«. Nicht einmal krankenversichert* sind wir. Ich frage einen Kollegen: »Was passiere, wenn is Unfall?«–»Dann tun die so, als wärste erst drei Tage hier, wirst einfach rückwirkend bei der Krankenkasse* angemeldet«, sagt er, »insgesamt haben die ja ein paar hundert Leute, davon ist höchstens die Hälfte angemeldet.«

In den Pausen sitzen wir mit fünfzehn Leuten dichtgedrängt im Bauwagen, der vielleicht 12 Quadratmeter faßt. Ein Zimmermann, der vom Kölner Büro der GBI hierher vermittelt wurde, sagt: »Ich bin schon dreißig Jahre auf dem Bau, aber daß mir der Polier sagt, ich soll mich gefälligst vorm Scheißen abmelden, das hab ich noch nie erlebt!« Einige erzählen, daß sie mit An- und Abfahrten täglich fünfzehn Stunden auf den Beinen sind. »Bezahlt bekommst du aber nur die zehn Stunden, die du hier arbeitest, für die Fahrzeit gibt's keinen Pfennig extra.«

Ein etwa fünfzig Jahre alter türkischer Kollege wird von unserem WTB-Polier besonders schikaniert. Obwohl er seine Arbeit mindestens doppelt so schnell wie die deutschen Kollegen erledigt, beschimpft ihn unser Arbeitsanweiser als »Kümmeltürken«: »Wenn du nicht schneller arbeiten kannst, lasse ich dich beim nächsten Mal zusammen mit dem Bauschutt abtransportieren!«

Freitags warten wir nach Feierabend meist ein paar Stunden auf unseren Lohn. Das Geld muß erst von außerhalb herbeigeschafft werden. Woher diese Lohngelder kommen, scheinen einige Leiharbeiter zu wissen: »Der Klose fährt doch jetzt erst mal nach Langenfeld«,* belehrt uns ein illegaler deutscher Stammarbeiter von GBI, als wir alle gemeinsam im Bauwagen sitzen, »da haben die nämlich ihr Konto, und da holt er die Kohlen* für uns ab.« Wieso die Gelder nicht bei einer Kölner oder Düsseldorfer Bank abgehoben werden, weiß der Kollege auch: »Das Konto in Langenfeld läuft wohl über irgendeinen Privatmann, der da die Schecks von der WTB und anderen Baufirmen gutschreiben läßt. In Düsseldorf könnten die doch gar kein Konto mehr aufmachen, da würde sofort das Finanzamt kommen und alles wegpfänden.«

Zwei Stunden müssen wir noch nach der Schicht auf unser Geld warten, natürlich unbezahlt.

Nicht nur die Firmenkonten bleiben im Dunkeln, alles läuft konspirativ genug, um unsere Arbeit auf der Baustelle zu verheimlichen: als wir ausgezahlt werden, müssen wir zwar eine Quittung unterschreiben, aber einen Durchschlag oder eine schriftliche Lohnabrechnung bekommen wir nicht. Selbst die Zettel, auf denen der Polier unsere Arbeitszeiten einträgt, nimmt er sofort nach der Auszahlung wieder an sich. Das hat seinen Grund, denn im Baugewerbe ist Leiharbeit, die nach Stunden abgerechnet wird, gesetzlich untersagt. Um das Verbot zu umgehen, arbeiten Subs wie die GBI mit Scheinwerkverträgen, rechnen offiziell etwa »40 Quadratmeter Beton« bei den Baufirmen ab – kassieren aber für 40 Stunden Leiharbeit (in vielen Fällen verfügen die Poliere über kaschierte Tabellen, mit denen die Arbeitsstunden der Leiharbeiter in Quadratmeter Beton oder Kubikmeter Erde umgerechnet werden). Um später beweisen zu können, daß auch auf unserer Baustelle Stundenzettel geheim geführt werden, lenke ich (Ali) den Polier bei einer passenden Gelegenheit ab und nehme seinen Zettel an mich: »WTB Bau AG«,* hat der Polier darauf

BEI UNS IN PALERMO

Allein im Baugewerbe sind schätzungsweise 200 000 Türken, Pakistani, Jugoslawen und Griechen beschäftigt, die illegal vermittelt werden. Jährlich bedeutet das einen Ausfall von Steuern und Sozialversicherungsbeiträgen in der Höhe von 10 Milliarden Mark.

Die Menschenhändler genießen oft genug politischen Schutz, um Strafen zu entgehen. Die Gesetze sind sehr lasch. Doch die Bundesregierung zögert, diesen Machenschaften einen Riegel vorzuschieben. Nur am Bau ist der Personalverleih seit 1982 verboten. Die von der Union* regierten Bundesländer weigern sich, den illegalen Handel als Straftatbestand anzuerkennen. Darum bleibt das Vermitteln von Deutschen und Ausländern aus der EG (Europäische Gemeinschaft) rechtlich nicht mehr als eine Ordnungswidrigkeit.

Polizei, Fahnder des Arbeitsamtes und Staatsanwälte bekommen selbst die kleinen Mitläufer der Baumafia nur selten zu fassen: »Wir kriegen das Problem kaum mehr in den Griff«, klagt beispielsweise der Kölner Oberstaatsanwalt Dr. Franzheim. Allein in Nordrhein-Westfalen laufen zur Zeit 4000 Ermittlungsverfahren. Verleiher prellten illegal Beschäftigte um ihren Lohn oder machten sich

»arbeitsunwillige« Ausländer durch Prügel und Drohungen gefügig. Die Ermittlungen – etwa beim Landeskriminalamt in Düsseldorf – erstrecken sich sogar auf Schutzgelderpressungen und Mordverdacht.

Es sind nicht nur private Bauunternehmer, die oft über weitere Zwischenhändler auf die Verleihfirmen zurückgreifen. Auch bei öffentlichen Aufträgen sind die »Subs« mit im Geschäft. Beim Bau des Düsseldorfer Landtags kam es 1984 zu mehreren Razzien - verschiedene Menschenhändler hatten dort arbeiten lassen.

Beim Neubau des Münchner Arbeitsamtes wurden 50 illegal Beschäftigte bei einer Kontrolle festgenommen. Nicht einmal der Polizei ist bislang bekannt, daß auch zum Erweiterungsbau der Bundeswehrkaserne in Hilden Leiharbeiter herangezogen wurden, ebenso für den Neubau des Bundespostministeriums in Bonn (Bad Godesberg).

Weil es Postminister Christian Schwarz-Schilling* unterließ, beim Bauauftrag entsprechende Kontrollen vorzuschreiben, gelang es zumindest einer illegalen Leiharbeiterfirma, ganz ordentlich mitzuverdienen. Ein Erkenntnisinteresse der Behörden vorausgesetzt, hätte das Geschäft leicht auffliegen können. Über die Düsseldorfer Menschenhändlerfirma DIMA GmbH* wurden die Leute an den sechstgrößten deutschen Baukonzern, die WTB, vermittelt, die am Bau des Postministeriums maßgeblich beteiligt war. Die DIMA wiederum ging aus der GBI hervor, für die ich schon als Illegaler in Köln gearbeitet hatte.

notiert, 30 Arbeitsstunden mit Tagesdaten und seiner Unterschrift. Mit Alis erstem Arbeitseinsatz soll von Anfang an klargestellt werden, wo er hingehört. Bei den Arbeiterklos sind einige seit über einer Woche verstopft. Die Pisse steht fast knöchelhoch. »Nimm Eimer, Schrubber und Aufnehmer und bring das in Ordnung. Aber dalli.« Ich (Ali) lasse mir an der Werkzeugausgabe gegen Quittung die Sachen geben. – »Genügt, wenn du mit drei Kreuzen

unterschreibst«, sagt der verantwortliche deutsche
Kalfaktor, der in seinem Werkzeug-Container eine
verhältnismäßig ruhige Kugel schiebt.*

Es stinkt bestialisch im Container-Toilettenraum. Die
Urinrinne ist ebenfalls total verstopft. Diese Arbeit
empfinde ich als Schikane. Denn solange die Ursache -
verstopfte Rohre – nicht fachmännisch beseitigt wird,
kommt es sofort wieder zu Überschwemmungen. Auf der
Baustelle gibt es genug Installateure, aber deren Arbeitszeit
ist zu kostbar. Sie sind dazu da, die Luxussanitärräume der
künftigen Besitzer zu installieren.

Die Bauführer wie Poliere haben ihre eigenen Toiletten in
einem gesonderten Container. Sie sind abschließbar, den
Arbeitern ist der Zutritt verboten, und Putzfrauen halten sie
täglich sauber. Ich (Ali) spreche den Bauleiter darauf an,
daß meine Arbeit keinen Sinn hat und erst mal Installateure
ran sollten. »Du hast hier keine Fragen zu stellen, sondern
zu tun, was man dir sagt. Das Denken überläßt du besser den
Eseln, denn die haben größere Köpfe«, stellt er klar. Nun
gut, tu ich (Ali) also, was unzählige andere Ausländer auch
ohne Widerspruch zu tun gezwungen werden, wobei sie froh
sein dürfen, überhaupt Arbeit zu haben. Der Gedanke
daran hilft mir ein wenig – und auch in späteren Situationen-,
meinen Ekel zu überwinden und aus einer ohnmächtigen
Demütigung und Scham eine solidarische Wut werden zu
lassen.

Die Deutschen, die die Toiletten benutzen, während ich
(Ali) die Schiffe mit Aufnehmern, Schwämmen und Eimern
wegwische, machen schon mal ihre Bemerkungen. Ein
Jüngerer freundlich: »Da haben wir endlich eine Klofrau
bekommen.« Zwei ca. Fünfundvierzigjährige unterhalten
sich von Toilette zu Toilette: »Was stinkt schlimmer als Pisse
und Scheiße?« – »Die Arbeit«, antwortet der eine. – »Nee,
die Türken«, dröhnt es laut durch die andere Klotür.

Allerdings gibt's auch einen deutschen Kollegen, der,
während er schifft, sich nach Alis Nationalität erkundigt,
und als ich »Türk« antworte, sein Mitgefühl dokumentiert:

»Typisch wieder, man läßt euch für uns die Scheiße wegmachen. Da würde sich jeder deutsche Bauarbeiter weigern.«

Ab und zu kommt der Polier Hugo Leine vorbei, um mich (Ali) zu kontrollieren. Es ist günstig, daß er mit einem Sprechgerät ausgestattet ist, denn da piepst's, knattert's und schnattert's raus, so daß man sein Herannahen meist früh genug wahrnimmt und einen Zahn zulegen* kann. »Tempo, tempissimo, amigo«, spornt er Ali an, und als ich (Ali) ihn freundlich darauf hinweise, daß ich nicht »Italiano«, sondern »Türk« bin, wird er schon etwas schroffer: »Dann mußt du mit der Arbeit längst fertig sein, weil du dich dann ja auskennst. Ihr habt doch dauernd verstopfte Klos.«

Hugo Leine hat schon Ausländer fristlos gefeuert, weil sie während der Arbeit ein wichtiges Telefongespräch von der Telefonzelle direkt vor der Baustelle führten.

In den nächsten Tagen schleppen wir bei 30 Grad Hitze Gasbetonplatten bis zum 6. Stockwerk hoch. Wir sind billiger als der Kran, der zu einer anderen Baustelle transportiert wird. Leine achtet darauf, daß wir keine zusätzliche Pause machen. In der kommenden Woche wird Ali zum Betonfahren abkommandiert. Mit »Japanern«, so heißen die halbrunden überdimensionalen Schubkarren, muß ich (Ali) den Fertigbeton über den Bauhof zum Gießen eines Fundaments schleppen. Es reißt einen an den Armen, und man muß sich mit aller Gewalt gegen die Karre stemmen, damit sie einem nicht nach vorne wegkippt. Der Vorarbeiter Heinz – auch ein GBI-Mann – genießt es, Ali die Karre immer besonders voll zu machen, um zu sehen, wie er sich damit abmüht, das Umkippen durch Ausbalancieren eben noch zu verhindern. Die Karre wird immer schwerer. Ich (Ali) schreibe es bei der Hitze meiner Erschöpfung zu. Als ein Brett im Weg liegt und die Karre leicht springt, kann ich sie nicht mehr halten. Sie kippt um, und der Beton ergießt sich auf den Bauhof. Andere müssen hinzueilen, um ihn wieder in den »Japaner« zu schippen, solange er noch nicht zu hart ist. Der Polier erscheint und brüllt mich (Ali) an:

»Du verdammtes Stinktier. Es reicht, daß ihr nicht mal bis drei zählen könnt. Da solltet ihr wenigstens geradeaus gucken können! Noch einmal und du kannst wieder nach Anatolien* und mit dem Finger im Sand rühren!«

Bei der nächsten Ladung grinst mich der Vorarbeiter genüßlich an und füllt meine Karre trotz Protest bis zum Rand voll, daß sie beim Anrucken leicht überschwappt. Verdammte Scheiße, trotz aller Anstrengung, ich krieg die Karre nicht ausbalanciert. In der ersten Kurve reißt sie mich fast um, und die ganze Ladung kippt wieder in den Dreck. Großes Hallo einiger deutscher Kollegen. Sie stehen untätig herum, während ich (Ali) mich abrackere, den Betonmatsch in die Karre zu schaufeln. Wie wild schaufele ich drauflos, mich umblickend, ob Hugo Leine nicht naht. Zum Glück ist der Polier irgendwo im Bau verschwunden. Ein deutscher Kollege weist mich darauf hin, daß der Reifen meines »Japaners« einen Platten hat. Ein Nagel steckt drin. Das ist auch der Grund dafür, daß die Karre umkippte. Von weitem feixt der Vorarbeiter. Als ich (Ali) wieder an ihm vorbeikomme, stellt er triumphierend fest: »Ihr solltet langsam merken, daß ihr hier nichts zu suchen habt.« Auf der Toilette ertappe ich ihn später einmal, als er mit Filzstift auf die Wand kritzelt: »Tod allen Tü . . .« Als ich (Ali) versuche, ihn zur Rede zu stellen, spuckt er vor mir aus und verläßt die Pißbude, ohne sein Werk vollendet zu haben.

Wenige Tage später – ich (Ali) fege und schaufle im 5.Stockwerk Bauschutt weg – stürze ich fast in einen Elektroschacht, der mit einer Styroporschicht unauffällig abgedeckt war. Ich habe Glück und rutsche nur mit einem Bein 'rein. Nur eine leichte Verstauchung und ein aufgeschrammter Knöchel. Ich hätte mir das Genick brechen können, denn es geht acht Meter tief runter! Ganz zufällig kommt aus einem Nebenraum Heinz, der Vorarbeiter, raus und sagt: »Da hast du ja ein verdammtes Schwein gehabt.* Stell dir vor, du wärst da 'runtergestürzt, da wär wieder eine Stelle frei geworden.«

Als einem deutschen Kollegen aus seinem Spind die Brief-
tasche mit 100 DM gestohlen wird, gerate ich (Ali) in
Verdacht:»Hör mal, du warst doch während der Arbeit eine
Viertelstunde weg, wo warst du da?« Ein Deutscher:»Der
soll mal sein Portemonnaie aufmachen.« – Ein anderer
Deutscher, Alfons, auch Alfi genannt, kommt mir zu Hilfe.
»Und wenn er 100 Mark drin hat, sagt das doch nichts. Das
kann jeder von uns fünfzehn gestohlen haben oder auch ein
Fremder von draußen. Wieso gerade Ali?«

Alfi ist es auch, der mich ermutigt, besser Deutsch zu
lernen (während er mir aufmunternd auf die Schulter
klopft):»Du sprichst viel besser Deutsch, als du selber
glaubst. Versuch's nur mal! Du mußt nur die Worte
umdrehen, und dein Deutsch ist gar nicht so schlecht. Sag
einfach:›Ich bin ein Türke‹ und nicht:›Türk ich bin.‹ Ist
doch ganz einfach!« –

Alfi war mehrere Jahre arbeitslos und wurde dann vom
Arbeitsamt Düsseldorf an den Unternehmer»Bastuba«*
vermittelt. Für den stand er den ganzen Tag im kalten
Wasser, machte Gewässer- und Uferreinigung, im Auftrag
des Landes Nordrhein-Westfalen. Erst später merkte er,
daß»Bastuba« ihn nicht angemeldet hatte und genauso
illegal beschäftigte wie seine Kollegen – jugoslawische
Arbeiter. Als er seinen Chef damit konfrontierte, schmiß
der ihn raus. Einige Zeit später gab ihm ein Freund die
Adresse von der GBI.

Als ich (Ali) den Zweigstellenleiter von GBI, Köln,
Klose, einmal im Beisein von Kollegen nach der Bedeutung
des Kürzels GBI fragte, gibt er uns die Erklärung:»Das ist
die Abkürzung von ›Giraffe‹,›Bär‹ und ›Igel‹.« – So bindet
er uns seinen Bären auf,* und die meisten nehmen's ihm
sogar ab.* Es ist schon einiges seltsam mit unserer Firma,
und die Namen wechseln so oft, daß auch diese Bedeutung
geglaubt wird.

Wir haben einen neuen deutschen Kollegen. Fritz,
zwanzig Jahre, blond, hat sich freiwillig zu den Feldjägern
gemeldet und brennt darauf, eingezogen zu werden. Die

Zeit der illegalen Bauarbeit sieht er nur als Überbrückung. Er führt ein Groschenwurfspiel ein, das wir während der Pausen in den Kellern des Baus spielen. Wer mit seinem Groschen am nächsten an die Wand trifft, kassiert die Groschen der anderen. Ich (Ali) habe Glück und gewinne ständig. Fritz, verärgert: »Ihr Türken seid immer auf unser Geld aus. Ihr seht nur immer euren Vorteil und betrügt uns, sobald wir euch den Rücken kehren.«

Ein andermal: »Wir Deutschen sind klug. Ihr vermehrt euch doch wie die Karnickel auf unsere Kosten.«

Und zu den anderen: »Ab und zu bricht bei dem der Urwald durch!«

Ein Dachstuhl brennt, die Dachdecker waren nicht vorsichtig genug. Mehrere Feuerwehrwagen rücken an, auch Polizei. Ali wird mit anderen Kollegen aufs noch schwelende Dach geschickt, um aufzuräumen. Die Sohlen der Turnschuhe fangen dabei an zu schmoren, ein paarmal krachen angebrannte Balken unter mir (Ali).

Eine Gruppe von Polizeibeamten und Feuerwehrleuten steht neben uns und sieht zu, wie wir die schwelenden Sachen in den Bauhof runterwerfen. Wir turnen vor ihnen rum, ohne Schutzkleidung. Alles Illegale. Ich kann mir vorstellen, sie wissen oder ahnen es zumindest. Aber sie sagen nichts. Auch sie profitieren von uns, wir machen für sie die gefährliche Dreckarbeit.

Ein deutscher Kollege, Hinrich, zwanzig Jahre, verheiratet, ein Kind, mit Mietschulden, läuft schon seit Tagen mit geschwollenem Gesicht herum. Er hat hohes Fieber. Mehrere Zähne sind vereitert. Tagelang erpreßt man ihn, nicht zum Zahnarzt zu gehen. Er verlangt von Klose, dem Kölner GBI-Mann, einen Krankenschein.* Hinrich ist sich bisher gar nicht bewußt, daß er nicht angemeldet und damit ein Illegaler ist. Er ist ganz außer sich! »Das ist verboten, das zeig ich an.« – Klose: »Du kannst verduften. Wir wollen dich hier nie wieder sehen. Wer behauptet, hier werde schwarz gearbeitet, der kriegt einen Schadens- ersatzprozeß wegen übler Nachrede angehängt.*

Hast uns deine Papiere zu spät abgeliefert, so daß wir dich nicht anmelden konnten. Du hast dich selbst strafbar gemacht.« - Hinrich traut sich daraufhin nicht, zur Polizei zu gehen. Am nächsten Tag wird er mit dem Notarztwagen zur Klinik gebracht. Blutvergiftung. Lebensgefahr!

Eines Freitags, nach Schichtschluß – wir ziehen uns gerade um – erscheint der Polier von WTB, Hugo Leine:»Wir sind jetzt hier aus dem Gröbsten raus, wir brauchen euch nicht mehr.«

Nach sechs Wochen ist Alis Zeit auf dem Bau vorbei. Ein paar Illegale der GBI-Stammannschaft werden von der gleichen Firma unter dem neuen Namen DIMA auf eine andere Großbaustelle nach Bonn/Bad Godesberg geschickt. Der Bundespostminister läßt ein neues Ministerium bauen. Leider ist Ali nicht mit dabei.

EIN MODERNER UNTERNEHMER

Der Düsseldorfer Alfred Keitel,* fünfzig, gehört zu den Unternehmern, die es in den letzten Jahren zu einem kaum abschätzbaren Vermögen gebracht haben. 1971 gründete er mit einem Kompagnon die »Keitel und Frick GmbH« und vermietete als Subunternehmer (kurz: »Sub«) Menschen an Baufirmen. Seit 1982 ist das verboten. Kurz zuvor legte sich Keitel die »Gesellschaft für Bauausführungen und Industriemontage« (kurz: GBI) zu und machte weiter.

Als ich im Sommer 1984 für die GBI in Köln arbeitete, waren längst die Steuerfahnder hinter Keitel her. Das illegale Geschäft lief jedoch noch ausgezeichnet. Die Ermittlungen ergaben, daß Keitel mehr als 11 Millionen DM an Umsatz- und Lohnsteuern* sowie mehrere Millionen Mark Sozialversicherungsbeiträge* hinterzogen haben muß. Keitel kam in Untersuchungshaft, Ende 1984 wurde er zu einer Freiheitsstrafe von 4½ Jahren verurteilt. Daß er so glimpflich davonkam, verdankte er einem Gutachten, das ihm eine »krankhafte Spielleidenschaft« attestierte. Gemeint waren damit seine häufigen Casinobesuche, nicht das Spiel, das er mit den 500 Menschen trieb, die nach Angaben der Steuerfahndung gleichzeitig für ihn anschafften. Freimütig bekennt sich Keitel immer noch zu seinem Gewerbe:»Ich kenn ja nun alles in diesem Bereich, das ist klar. Alle Baufirmen natürlich, die ganzen Praktiken . . . nur, wenn man mal mit denen zusammengearbeitet hat, tut man die ja nicht mit reinziehen.«

Doch dann tut er es doch:

»Große Bauprojekte, da gibt es keines mehr ohne Subunternehmen. Das sind ja dann die ARGEN (Arbeitsgemeinschaften bei Großbauten – G. W.), und die arbeiten alle mit Subs, alle. Es gibt kein Gebäude mehr, das ohne Subs gebaut wird in größerem Stil.«

Keitel über sich selbst:»Wenn ich nicht verraten worden wäre, dann wär ich jetzt noch groß im Geschäft.

Die ganzen Geschäftspraktiken – das sieht kein Finanzamt, keine AOK,* das sieht kein Mensch: außer, wer damit zu tun hat. Das ist ja das Schöne bei Prozessen, daß keiner feststellen kann, wie die einzelnen Firmen zusammenhängen. Die Verträge mit den Großen kann man doch so machen, wie man sie braucht: Ich kann doch praktisch einen Stundenlohn abmachen statt einer Pauschale, mache aber einfach einen anderen Vertrag, weil Stundenlöhne doch verboten sind. Wer will das kontrollieren? Wie will da das Arbeitsamt dahinterkommen? Vor Gericht kannste* sagen: Beweisen Sie mal das Gegenteil!

Von außen kommen Sie da überhaupt nicht ran. Bei mir wäre von außen auch nichts passiert, wenn mein Partner, der da ja mitgemacht hat, nicht durchgedreht wär. Da war ja vorher schon Steuerfahndung dran und Polizei. Die haben es aber nicht geschafft.«

Auch über die Gewinnspannen war Keitel bereit, Auskunft zu geben:

»Die Arbeitnehmer, die kriegen ja auf die Hand, schönes Geld, ne, schön auch nicht immer, aber Hauptsache, die kriegen's auf die Hand.

Die Baufirmen zahlen pro Arbeitsstunde zwischen 22 und 33 Mark. Was dem Subunternehmer da bleibt, das kommt darauf an, was er seinen Leuten zahlt. Wieviel er anmeldet. Ob er alle anmeldet oder nur ein paar.

Der Bruttolohn für Facharbeiter liegt heute eigentlich bei 16 Mark. Ausländer werden immer ausgequetscht, die arbeiten für billiges Geld, aber kein Deutscher, Deutsche wissen ihre Rechte, ungefähr.

Aber Ausländer . . . zehn Mark, acht Mark . . . egal.«

Eine kleine Hochrechnung ergibt folgendes Bild:

Pro Arbeitsstunde blieben Keitel zwischen 14 und 25 Mark. Auf dem Bau werden in der Regel 10 Stunden täglich gearbeitet. Macht zwischen 140 und 250 Mark pro Mann und Tag. Bei 500 Leuten sind das zwischen 70 000 und 125 000 DM *täglich*. Von diesen Einnahmen sind die minimalen Transport- und Buchhaltungskosten abzuziehen. Und die Steuern bzw. Sozialversicherungsbeiträge. Oder auch nicht.

DIE UMTAUFE

ODER »KOPFABMACHEN OHNE SEGEN«

»Ich war fremd und obdachlos, und ihr habt mich aufgenommen. Wahrlich ich sage euch: Was ihr einem unter den Geringsten meiner Brüder getan habt, das habt ihr mir getan.«
(Christus nach Matthäus 25, Vers 31 ff)

Ali versucht sein Glück bei der katholischen Kirche. Er hat davon gehört, daß Jesus auch aus seinem Heimatort ausgewiesen wurde, daß er mit den Fremden und Verfolgten seiner Zeit zusammenlebte und sich deswegen selber schwerer Anschuldigungen und Verfolgungen aussetzte. Dennoch kommt Ali – was naheläge – nicht als Bittsteller. Er verlangt kein Obdach und keine materielle Hilfe. Es ist nicht seine Absicht, Gottes Beamte zu überfordern oder gar in

Versuchung zu führen. Was er will, ist nur die Taufe!

a) Weil er dazu gehören will, nicht aus Opportunismus, sondern weil er Leben und Werk Christi schon seit längerer Zeit kennengelernt hat und überzeugend findet.

b) Sollte es schnell gehen, da er seine deutsche katholische Freundin nur heiraten kann, wenn er zur Glaubensgemeinschaft der Katholiken gehört, so verlangen es deren Eltern.

c) Hofft er, so auch eine drohende, kurz bevorstehende Ausweisung verhindern zu können.

(Die aufgesuchten Pfarrer und Würdenträger sollen anonym bleiben. Die Gespräche mit den Kirchenfunktionären sind authentisch.)

Ali ist als Arbeiter zu erkennen. Seine Kleidung ist ärmlich. Aus seiner Umhängetasche guckt eine Thermosflasche hervor.

1. Vorsprache.

Pfarrei in besserem Wohnviertel, parkähnlicher Garten.

Ein ranghöherer Pfarrer, ca. sechzig, öffnet die mit schmiedeeisernem Gitter verzierte schwere Eichentür des Pfarrhauses einen Spalt breit und blickt recht reserviert auf Ali. Pfarrer: »Hier ist nichts zu holen, geh zum Sozialamt.« Damit habe ich nicht gerechnet. Der Pfarrer hat meine Bestürzung bemerkt – und bevor ich mein Anliegen vorbringen kann, wiederholt er unmißverständlich: »Weil mich so viele ausnehmen wollen, gibt's hier grundsätzlich nichts. Wir sind hier ein Pfarramt und kein . . . «

Ich unterbreche ihn: »Ich kein Geld wollen, nur die Tauf.«

Die Tür öffnet sich ein wenig mehr, er mustert mich neugierig-kritisch, sagt: »Ach so, es kommen hier so viele Arbeitsscheue, die auf Kosten anderer leben wollen . . . Wo wohnen Sie denn? Wie alt ist das Kind, und wann soll die Taufe sein?«

Ich nenne ihm »meine« Adresse, und da es so eine noble Straße ist, in der Ali, so wie er daherkommt, kaum auch nur

für eine Woche die Miete würde aufbringen können, füge ich
hinzu: »Ich wohnen da in Keller.« Und: »Kein Kindtauf. Ich
Türk, bis jetzt bei Mohammed. Ich für mich Tauf will. Weil
Christus besser. Aber muß schnell gehe,* weil . . . «

Er starrt mich fassungslos und ungläubig an, als hätte ich
bei ihm nicht um das Sakrament der heiligen Taufe, sondern
um meine eigene Beschneidung nachgesucht.

Er schließt die Tür wieder bis auf einen kleinen Spalt: »So
schnell schießen die Preußen nicht . . . Das ist nicht so
einfach. Da sind zuerst einmal zahlreiche Voraussetzungen
zu erfüllen . . . « Und mit einem geringschätzigen Blick auf
mein abgerissenes Äußeres: »Wir nehmen auch nicht jeden
in unsere Gemeinde auf.« Als ich der Dringlichkeit meines
Anliegens wegen drohender Ausweisung Nachdruck
verleihen will, beeindruckt ihn das keineswegs: »Nicht so
eine jüdische Hast. Ich werde das zunächst mit dem
Gemeindevorstand besprechen müssen. Zuerst einmal
bringen Sie mir eine ordnungsgemäße polizeiliche
Anmeldung.«

Als ich es wage zu antworten: »Aber der Christus hat auch
nicht fest Wohnung und Bleib!«, muß er das als eine Art
Gotteslästerung empfunden haben, denn mit einem Ruck
knallt er ohne weitere Erklärung die Tür zu. Als ich
daraufhin Sturm klingele, um zu dokumentieren, wie ernst
es mir mit meinem Entschluß ist, vollwertiges Mitglied in der
Gemeinschaft der Gläubigen zu werden, reißt er die Tür
wieder auf, um mich abzukanzeln: »Wir sind hier kein Asyl.
Wenn Sie nicht augenblicklich Ruhe geben, ruf' ich die
Polizei!« Ich versuche ein letztes Mal, ihn an sein christliches
Gewissen und seine berufliche Aufgabe zu erinnern, indem
ich niederknie und ihn mit gefalteten Händen anflehe: »In
Name Christi, Tauf!« Statt einer Antwort donnert die Tür
krachend ins Schloß.

Damit hat Ali nicht gerechnet. Er ist ganz offensichtlich
an die falsche Adresse geraten. Schwarze Schafe, die gibt's
überall. Und in diesem Villenvorort, wo die Reichsten der
Reichen unter sich bleiben wollen, ist Ali ganz offensichtlich

fehl am Platz. Ali gibt nicht auf. Er geht zum nächsten Pfarrer in die Nachbargemeinde. Dort verstecken sich die Villen nicht hinter hohen Mauern, und die Gärten erstrecken sich nicht hinter den Häusern, es sind kleine Rechtecke vor den Haustüren, jedermann zugänglich, oft kaum größer als ein Wohnzimmer. Hier wohnt der Mittelstand, und in etlichen Wohnlocks leben auch Arbeiter.

Ali, durch die erste feindselige Abwimmlung verunsichert und vorsichtig geworden, bittet seinen türkischen Arbeitskollegen Abdullah, ihn als Zeugen, aber auch zum Schutz zu begleiten. Nachmittags, 17 Uhr.

Die Kirche ist menschenleer. Die Glocken läuten vollautomatisch zur Andacht. Aber kein Gläubiger hat sich zum Gottesdienst eingefunden. Vielleicht, daß es ihnen auch zu kalt ist. Die Kirche ist ungeheizt, die klirrende Kälte hat das Weihwasser bis auf den Grund des Beckens gefrieren lassen. Als wir gemessenen Schrittes und etwas befangen in Richtung Altar gehen, bemerkt uns der alleingelassene Pfarrer.

Er hat sich wohl schon auf Feierabend eingestellt, denn er versucht, sich vor uns in die Sakristei zu verdrücken. Aber ich bin schneller.

»Tschuldigung«, verstelle ich ihm den Weg, »ein Frag nur, will Tauf habe und Christ werde, bin Türk.«

Er starrt uns entgeistert an: »Nein, ausgeschlossen. Das kann ich nicht. Das geht nicht!«

Er spricht im Flüsterton, blickt uns nicht an dabei, vielmehr über uns hinweg gen Himmel, als ob ihm da sein oberster Chef sein unchristliches Verhalten absegnen könnte.

»Warum nich?« will ich wissen.

»Das geht nicht, das erfordert einen Unterricht von einigen Jahren«, raunt er.

»Ich kenn aber Christbuch genau, hab immer wieder lese . . . «

»Nein, das kann ich nicht, ohne die Genehmigung des Kardinals darf ich das gar nicht.«

»Aber kann nicht jede Pastor Tauf gebe?«

»Nein, auf gar keinen Fall.«

»Nich darf?«

»Nein, nein, nein, nein. Offiziell eine Taufe würde ja eine Aufnahme in die katholische Kirche mit sich ziehen, nicht . . . «

»Ah, Sie sin gar kein Pfarrer?« provozier ich ihn.

Es wird ihm sichtlich unangenehm. Er ist in seiner Eitelkeit getroffen.

»Dooooch«, antwortet er fest und selbstbewußt.

»Hier Chef von der Kirch?« insistier ich.

»Ja«, sagt er bestimmt.

»Ja, aber dann darf doch auch Tauf mache«, laß ich nicht locker.

»Na ja, Kindertaufe«, gibt er zu. »Aber zur Erwachsenentaufe brauche ich die Genehmigung des Erzbischofs von Köln, und das setzt voraus einen Unterricht von mindestens . . . « – er zögert, scheint begriffen zu haben, daß ich ganz so ahnungslos nicht bin – »allermindestens von einem Jahr.«

»So lang, ein Jahr mindes . . . ?«

Meine ängstlich bekümmerte Frage gibt seinem Abwimmlungsversuch wieder Auftrieb (nicht ohne Genugtuung)

»Kann aber auch noch länger dauern. Es erfordert ein ganz allmähliches, stufenweises Hineingleiten . . . «

Auf das Taufbecken weisend demonstriere ich ihm meine Sachkenntnis.

»Da dann Tauf. Muß ganz rein oder nur Gesicht?«

In seinen Augen bin ich wohl der letzte Wilde. Mit einem kargen »Nö« überhört er meine frevlerische Bemerkung.

»Aber vielleicht kann Chef, der Erz, gut Wort einlege?«

Er läßt erst gar keine Illusionen aufkommen: »Das glaub ich kaum! Das glaub ich kaum!«

Ich begreif es immer noch nicht. Nach einer Erklärung für seine Abweisung suchend: »Sin' denn so viel, die jetz neu komm wolle in Kirch'?«

Das scheint nicht der Fall zu sein: »Das nicht, das nicht, aber . . .« Das »aber« bleibt so in der frostigen Kälte der Kirche stehen, es folgt keine weitere Erklärung.

Da ihm im transzendentalen Bereich so völlig die Argumente ausbleiben, komm ich ihm von der praktischen Seite. Auf die geschlossene Eisdecke im Weihwasserbecken weisend: »E bißche Frostschutz rein, und man kann wieder Kreuz mit mache.« Aber auch dieser konstruktive Vorschlag rührt ihn nicht. Er verläßt die Kirche. Wir weichen ihm nicht von der Seite. Ich erreiche vor ihm das neben der Kirche gelegene Pfarrhaus und klingele. Wie in einer Nachtapotheke öffnet sich eine schmale Klappe, und eine ältere Pfarrhelferin schaut heraus. Als der Pfarrer hinter uns merkt, daß wir uns nicht so einfach abwimmeln lassen, sondern im Gegenteil ich meine wilde Entschlossenheit zur Schau stelle, mit dem heiligen Sakrament der Taufe versehen zu werden, läßt er uns in sein Pfarrbüro.

»Damit Sie Ruhe geben, such ich Ihnen rasch eine Adresse heraus, wo Sie sich hinwenden können. Aber wie gesagt, geben Sie sich keinen Illusionen hin, das braucht seine Zeit.«

Schwerfällig verschanzt er sich hinter einem mächtigen Schreibtisch und blättert umständlich in einem kirchlichen Adreßbuch. Er ist etwa Mitte fünfzig, wirkt gesund und ausgeruht, kein Menschenverächter und Scharfmacher wie sein Kollege aus der Nachbargemeinde, eher gutmütig, aber bequem, strahlt er die Saturiertheit des Beamten auf Lebenszeit aus, der noch hinter dem Schalter mit Publikumsverkehr seine Zeit absitzt, obwohl seit Jahren die Briefmarken ausverkauft sind, kein Sonderstempel mehr gefragt ist und sein Schild *»vorübergehend geschlossen«* sicherheitshalber noch den letzten verirrten Kunden in die Schranken weist.

Ich will nicht, daß er sich so leicht aus der Verantwortung stiehlt, zumal er auf mein Ansinnen wie auf einen – in seinen Augen – wohl unsittlichen Antrag reagiert.

»Wenn ich jetzt noch Kind, geht schneller?« setz ich ihm

wieder zu.

»Ja, wenn Sie also ein Baby wären auf dem Arm der Mutter, dann, ja dann. Aber auch nicht so schnell! Da muß dann erst einmal die katholische Erziehung gesichert sein.«

Ich (Ali): »Obwohl doch heut viel Tauf, wo Eltern gar nicht richtig sein katholisch!«

Pfarrer (stirnrunzelnd, streng): »Ja, wir nicht. Bei uns nicht.«

Ich (Ali): »Ich hab Kolleg bei der Arbeit, die getauft, aber gar nicht richtig sin katholisch, die lache, weil ich glaub an Christus und red über die Buch von Christus. Wir habe doch auch alle ein Gott.«

Pfarrer (läßt sich nicht aus dem Konzept bringen, ganz formell): »Um Erwachsene zu taufen, brauche ich also die Genehmigung des Erzbischofs von Köln, Kardinal Höffner.«

Ich (Ali): »Und der is gut?«

Pfarrer: »Nein. Der erteilt also die Genehmigung, wenn, wenn ein Unterricht von . . . stufenweise . . . wird mindestens ein Jahr dauern . . . «

Ich (Ali) (erfreut): »Macht der auch dann die Tauf?«

Pfarrer (kategorisch): »Nein.«

Ich (Ali): »Ich hab hört, daß jeder kann tauf' . . . «

Pfarrer (während er erfolglos weiter nach der Adresse blättert): »Ja, ja, schon, aber . . . «

Ich (Ali): »Bei mir is auch Problem: ich will heiraten, aber Eltern lasse Mädchen nicht mit Mohammed . . . Und wenn ich hab' Mädchen heirat, dann kann auch hier bleibe, sonst muß raus, Ausweisung in Türkei.«

Mein Kollege Abdullah springt mir bei und verdeutlicht dem Pfarrer das Problem eindringlich: »Er muß ins Gefängnis, wenn sie ihn zurück in Türkei schicken.«

Der Herr Pfarrer überhört die lästige Feststellung, kramt ungerührt und seelenruhig im kirchlichen Adreßbuch – (ungehalten): »Na wo ist denn die FELICITAS?«*

Abdullah: »Er muß deswegen ganz schnell getauft werden.«

Ich (Ali): »Am besten wär gleich, oder komm morgen nach Feierabend.«

Pfarrer: »Ausgeschlossen, das geht nicht!«

Ich (Ali): »Kann auch was zahle.«

Pfarrer: »Nee, das kostet sowieso nix. Taufen kostet nix. Sakramente kosten kein Geld.«

Ich (Ali): »Aber wenn mache für die Heidenkinder Spend, geht dann nich schneller?«

Pfarrer: »Nee, nein, da ist gar nichts zu machen, nicht das allergeringste.«

Abdullah: »Er will keinen Militärdienst machen.«

Ich (Ali): Ich will nich schieße, kann keine Mensch töte. Es is jetz bei uns in Türkei so bißche wie früher Deutschland unter Hitler. Türkei is Diktat . . . «

Pfarrer: »Das hat nichts mit Taufe zu tun. Das sind äußere Gründe, die jedoch keine Gesinnung bedeuten.«

Ich (Ali): »Wird da auch groß Fest gemacht, wenn Tauf is mit groß Gemeind zusammen und so?«

Pfarrer (desillusionierend): »Nö.«

Ich (Ali): »Ich mein', wird da groß Feier auch, tanze und so?«

Pfarrer: Nööö. Nö, nö, Bei uns nicht . . . «

Ich (Ali): »Ich kann alles, ich hab hier Bibel les, vorn, hinte, hinte nach vorn . . . «

Pfarrer: »Das meint jeder, daß er alles kennen würde . . . «

Ich (Ali): »Dann frag mich. Irgendwas!«

Pfarrer: »Ja, wozu?«

Ich (Ali): »Nur mal sehn, ob . . . «

Pfarrer: »Nein, also es geht ja um Vorschriften, nach denen Erwachsene in die Kirche aufgenommen werden. Was soll ich denn fragen?«

Ich (Ali): »Was von Christ . . . «

Pfarrer (so als würde ich etwas total Abwegiges ansprechen): »Von Christus?«

Ich (Ali): »Über sein Leben oder so . . . ?«

Pfarrer (als hätte Christus nie gelebt): »Ach, Leben? Ja, hm, hm . . . so warten Sie mal, ja . . . (und wie aus der

Pistole geschossen):
»Wie hat er die Kirche gegründet?«

Ich (Ali) (ohne lange zu überlegen): »Christus einfach zu Petrus sagt: du machs Kirch jetzt für mich.«

Pfarrer: »Hm, ja, könnt man sagen, ja.«

Ich (Ali): »Und noch ein mehr schwer Frag'!«

Pfarrer: »Nee, hilft uns ja nicht, hilft uns nichts, ich mach Ihnen ja dann nur Hoffnungen.«

Ich (Ali): »Bitte! Ein Frag' noch!«

Pfarrer (mit großer Überwindung): »Ah so . . . also: warum gibt es denn heute mehrere Kirchen, die sich auf Christus berufen?«

Ich (Ali): »Ja, weil der Luther war der andere, hat Revolution macht, hat nicht mehr glaubt an de Papst. Dann gibt's viel Kirch, die sind gut. Wolln Christus lebe, aber wisse zu wenig. Wolle eigen Kirch mache, weil sie nich richtig geleit sind, ham de Hirte verlore . . . «*

Pfarrer (erstaunt): »Ja, das ist schon richtig.«

Ich (Ali): »Ich hab alles les. Auch dazu Begleitbuch. De Katesch . . . wie heißt?«

Pfarrer: »Katechismus. Ist schon richtig. Ich glaub Ihnen das auch ohne weiteres. Aber das nützt uns hier gar nichts, weil ich die Genehmigung zur Taufe von Erwachsenen vom Erzbischof brauche.«

Ich (Ali): »Wenn ich aber jetzt . . . Herz nicht mehr schlägt und sag: bitte, jetzt mich tauf?«

Pfarrer: »Im Todesfall, na ja. Also in direkter Todesgefahr . . . «

Ich (Ali): »Und wenn ich jetzt plötzlich Schmerz hab, dann ist doch möglich . . . Herz is bei mir nich gut.«

Pfarrer: »Herz is nicht gut, hm?«

Ich (Ali): »Immer so aussetz.* Wenn schwer Arbeit, bekomm ich ganz schwarz vor Aug. Auch schon mal Krankehaus. Wie heiß: Intensivabteil . . . «

Pfarrer (korrigiert): »Intensivstation, hm. Aber das soll jetzt kein Grund sein, daß man den Unterricht abkürzt. Erst im Unterricht zeigt sich, wieweit Sie im christlichen

Glauben beheimatet sind und ob Sie wirklich ganz dazu gehören.«

Ich (Ali): »Aber was nutz, wenn ich dann muß vorher gehn. Wenn ich Mädchen nich kann heirat, werd' ich in Türkei zurückgeschick. Und dann muß vielleicht sterb' ohn Tauf' und bin nich bei Christus im Himmel.«

Pfarrer (stöhnt): »Das ist nicht gesagt. Da gibt's schon mal Ausnahmen.«

Ich (Ali) (erfreut): »Dann doch schnell Tauf?«

Pfarrer (leicht verzweifelt über meine Begriffsstutzigkeit): »Nein, mein Gott. Auch wenn Sie ungetauft sterben, heißt das nicht unbedingt, daß Sie auf alle Ewigkeit verdammt sein müssen. Dann zählt unter Umständen die unbewußte Taufe. Christus in seiner unermeßlichen Güte hat auch Heiden und Andersgläubigen, die in seinem Sinne leben, eine echte Chance gegeben . . .«

Ich (Ali): »Aber nich sicher genug. Besser doch mache gleich Tauf'. Komm. Jetz Herz nich gut.«

Pfarrer (eher gleichgültig): »Ja, ne, das hat seine Schwierigkeit.«

Ich (Ali): »Aber Hauptsach, bin dann schon katholisch.«

Pfarrer (verzweifelt): »Ja, könnte man sagen, aber es zählt nicht, da gibt's keinen Stempel für. Nein und noch mal nein, weil ich weiß, daß Sie das provoziert haben.«

Ich (Ali): »Aber stimmt doch, können Doktor holen.«

Pfarrer: »Nein, ausgeschlossen, unter Umständen mach ich mich sogar strafbar.«

Ich (Ali): »Da is aber bei Mohammed einfach. Der sagt bei jede, der will Mohammedaner werde, erstmal ja dazu.«

Pfarrer (nicht ohne Verachtung): »Mohammed hat es euch auch verdammt leicht gemacht.«

Ich (Ali): »Der irgendwie mehr tolerant.«

Pfarrer überhört den Vorwurf und schweigt.

Ich (Ali): »Aber früher, wo kam Missionar mit Erober in fremd Land, ham gesagt: du katholisch, du katholisch, du katholisch! Ob se woll oder nich! Warum heut dauert so lang?«

Pfarrer: »Ja, aber wie katholisch! Man hat früher die Dinge, ähm, wie soll ich sagen, sehr mechanisch gemacht. Karl der Große hat so gesagt bei den Sachsen: entweder Taufe oder Kopf ab!« (lacht genüßlich)

Ich (Ali): »Alles zack, zack?«

Pfarrer: »800 nach Christi war das.«

Ich (Ali): »Indianer mußte auch, zack Tauf, und wußte nicht, wie kam dazu.«

Pfarrer: »Aber was ist auch daraus geworden!«

Pfarrer: »Die hatten hinterher nichts anderes als einen wütenden Haß auf alle Christen.«

Ich (Ali): »Und haben selbst dann (Kopf-ab-Geste) bei Christen gemacht?«

Pfarrer: »Jaa.«

Ich (Ali): »Und Papst hat dafür Segen geben?«

Pfarrer: »Segen? Braucht er kein Segen geben. Kopf abmachen kann man auch ohne Segen.«

Sein sonst eher gutmütiger Gesichtsausdruck weicht einem infantil-inquisitorischen Grinsen.

Ich (Ali): »Und Papst hat sein Okay geben . . . «

Pfarrer: »Das weiß ich nicht, wie die Stellung der Päpste damals war, die wußten ja nicht, was die Missionare da in Amerika machten.«

Der Pfarrer wechselt das Thema und besinnt sich auf mein ur- sprüngliches Anliegen: »Wer will Sie aus Deutschland ausweisen?«

Ich (Ali): »Hier, die Ausländerpolizei.«

Pfarrer (stark beeindruckt): »Aha, die Ausländerpolizei.«

Ich (Ali): »Gucke sogar, wenn wir heirat deutsch Frau, komme in Schlafzimmer, ob liege zusamme.«

Pfarrer: »Wir haben ja viele Türken auf der Schule hier bei uns. Die haben an meinem Religionsunterricht immer teilgenommen, aber die wollten gar nicht . . . die wußten nicht mal, was katholisch ist.«

Ich (Ali): »Aber jetzt wisse und wolle auch Tauf?«

Pfarrer (entsetzt): Nein, im Gegenteil, kein einziger . . . «

Ich (Ali): »Muß ich auch viel lerne, Gebet, Singe und so?«

Pfarrer: »Sie müssen inwendig lernen, nicht auswendig, inwendig, inwendig.«

Ich fange an, das »Vaterunser« aufzusagen. Als ich ende: »Und erlöse uns von alle Schlimme«, unterbricht er und beleidigt Ali aufs neue: »Als Mohammedaner sind Sie gewohnt, wie die Kinder lange Gebete vor sich her zu plappern, immer wieder, ohne sie zu verstehen.«

»So jetzt aber Schluß im Dom«, erhebt er sich, um mich endlich loszuwerden, und drückt mir einen Zettel in die Hand: »Da ist die Adresse der Glaubensberatungsstelle FELICITAS drauf, die entscheiden dann weiter.«

Der Leiter der katholischen Glaubensberatungsstelle FELICITAS ist ein älterer schlanker, hochgewachsener Priester. Er hat das distanziert vornehme Auftreten eines Aristokraten. Er erinnert mich ein wenig an El Grecos Darstellung des Großinquisitors.*

Ich habe nicht den Eindruck, daß diese kirchliche Institution für taufbegierige Konvertiten besonders frequentiert wird. Ich bin der einzige im Wartesaal, und der Durchblick in menschenleere, saalartige Büros, in denen alte repräsentative Möbel Eindruck machen, läßt nicht gerade auf Arbeit schließen.

Ali in seinen abgewetzten Arbeitsklamotten kommt sich ein wenig armselig und deplaziert hier vor. Nachdem er die Besonderheit seines Falles eindringlich und etwas hilflos vorgetragen hat, appelliert er aufgrund seiner Notsituation an den Chefpriester, eine schnelle, unbürokratische Entscheidung zu treffen.

Ich (Ali): »Bitte, darum ich brauch' Tauf ganz schnell.«

Priester (nimmt Alis Anliegen nicht ernst, reagiert leicht spöttisch): »So! Wie schnell meinen Sie denn? In einer Stunde oder so?«

Ich (Ali) (tut erfreut): »Ja, wenn geht, gleich. Viele Dank. Sonst späteste in paar Woch, weil ja sonst Gefängnis in Türkei. Wann is Tauf?«

Priester (wird knapp und förmlich): »Kann ich nicht sagen. Ich bin Spezialist.«

Ich (Ali): »Ja, dann mich frag'. Ich hab all Red' von Christus les und find gut.«

Priester (davon unbeeindruckt): »Wer hat Sie überhaupt hierher geschickt?«

Ich (Ali) (nenne ihm den Namen des Pfarrers, der mir – um mich loszuwerden – seine Adresse heraussuchte): »Und er sag, kann er nich selber mache, muß hier frag' und Stempel kriege.«

Priester: »Wie lange sind Sie in Deutschland?«

Ich (Ali): »Zehn Jahr. Und will hier bleib'. Weil ich bin Kurd,* und in Türkei muß in Gefängnis. Ich hab politisch Arbeit gegen Diktatur gemacht.«

Priester: »Ja, wenn Sie doch in Deutschland bleiben, dann brauchen Sie doch nicht in die Türkei!«

Ich (Ali): »Muß raus, weil ich hab' kei Arbeit mehr und hab' nur Stempel für drei Monat. Aber find auch Christus besser als de Mohammed, is nich soviel Verbot. Christus is mehr für de Verfolgte auch.«

Priester (scheint von einem anderen Christusverständnis auszugehen): »Aha, na ja. Kennen Sie denn außer Ihrer Braut noch andere Christen?«

Ich (Ali): »Ja, ware Kolleg bei Arbeit, die auch Tauf. Nur habe immer gelach, wenn ich ihne von Christus erzählt. Habe immer *Bild*-Zeitung les', wenn ich in de Paus' hab' Bibel les.«

Priester (ignoriert die Realität): »Es kommt vor allem auf die guten Kontakte zu den anderen deutschen Christen an. Es gibt da kein Lernen, sondern es gibt ein Tun! Es gibt ein Leben, nicht ein Lernen.«

Ich (Ali): »Ich ja gern will tun und lebe. Und was ich muß tun, damit ich dabei bin?«

Priester: »Mit der Kirche leben.«

Ich (Ali): »Tun?«

Priester: »In die Kirche gehn.«

Ich (Ali) (stolz): »Tu ich. Ich geh Sonntag inne Kirche

immer.« (Damit er's mir auch glaubt, nenne ich ihm die Pfarrei und den Namen der Kirche.)

Priester: »So, so.«

Ich (Ali): »Ja, kann auch schon bete. Und singe kann ich gut.«

Priester: »Wieviel mal gehen Sie in die Kirche?«

Ich (Ali): »Einmal Sonntag.«

Priester: »Und wie lange jetzt so in den vergangen zwei Jahren?«

Ich (Ali): »War jetzt schon vier Monat immer jede Sonntag.«

Priester (geringschätzig): »Vier mal vier sind sechzehn.«

Ich (Ali): »Aber früher auch schon mal. Aber oft muß arbeit' an de Feiertag. Ich find Feier in de Kirch schön. Und Christus ich richtig Freund.«

Priester (scheint selber ein distanzierteres, weniger freundschaftliches Verhältnis zu seinem »Herrn« zu haben): »Aber es ist schwer, an Christus zu glauben.«

Ich (Ali) (mit dem Brustton der Überzeugung): »Nee!«

Priester (ungläubig): »Nicht?«

Ich (Ali): »Er hat vorgeleb' und zeig', wie man macht, nicht nur inne Buch, sondern selbs mache, nicht nur sagt, sondern lebt für uns. Aber mal Frag' jetzt, ob richtig kann . . .«

Priester: »Ja, das können wir nicht so wie in einer Schule, sondern durch Zusammenkommen und Leben und zusammen sprechen, lernen wir den Kandidaten kennen.« (leicht vorwurfsvoll) »Wenn Sie vor zehn Jahren gekommen wären, wäre jetzt alles okay.«

Ich (Ali): »Und mache kein Frag', daß Sie sehe, daß ich kann?«

Priester: »Das Problem ist nicht das Lernen, man kann nicht mit einem Kunstdünger eine Pflanze schneller wachsen lassen, alles hat seine Zeit.«

Ich (Ali): »Als die erste Christe kame in neue Land, habe ganz schnell gemacht Tauf, oft ohne daß die Leut wollt.«

Priester: »Ja, na ja, aber da hatte die Kirche auch eine

andere Kraft und eine andere Erleuchtung. Heute kommt
es ganz drauf an, wie die Kontakte sind, Kontakte zu den
Christen.«

Ich (Ali): »Wir nicht viel Kontakt, weil de Deutsche wolle
nich mit de Türke zusammeleb.«

Priester: »Das ist Vorschrift vom Bischof. Wir müssen alle
eine gleiche Disziplin haben.«

Ali unternimmt einen letzten verzweifelten Versuch, den
Priester zum unbürokratischen Handeln zu veranlassen:

»Aber kann ich nich Stempel schon mal habe.
Ausländerpolizei macht sonst Abschiebehaft, und ich
muß zurück in Türkei in Gefängnis und vielleich
Folter . . .«

Priester: »Also ich kann unter dem Druck, unter einer
solchen politischen Notsituation keine Taufe spenden!
Das ist unverantwortlich. Das kann kein Bischof
verantworten.«

Ich (Ali): »Wenn ich selbs frag' Bischof?«

Priester: »Sie kommen nicht zum Bischof.«

Ich (Ali): »Der wohnt aber auch hier.«

Priester: »Aber Sie kommen nicht zum Bischof.«

Ich (Ali): »Aber wenn ich anruf und frag ihn selb.«

Priester (mit Verachtung): »Da wird jemand wie Sie gar
nicht vorgelassen. Der sitzt nicht zu Hause rum und hat
Langeweile und wartet darauf, daß mal so eben einer
anruft. Der Bischof ist der oberste Herr von weit über
eine Million Katholiken im Bistum. Der hat einen
Terminkalender wie ein Ministerpräsident. Steht
ungefähr auf der gleichen Ebene.«

Ich (Ali): »Aber der kann auch tauf, wenn er will?«

Priester (eingeschnappt): »Der Bischof kann jederzeit
taufen.«

Ich (Ali): »Und wenn er geht spaziere und ich frag ihn.«

Priester: »Kann er auch nicht, nein. Sie können ihn ja nicht
abschnappen auf'm Spaziergang, der ist immer mit Polizei
umgeben.«

Ich (Ali): »Aber mal ein Frag. Ob richtig versteh

Christus . . . ?«

Priester (stöhnt, überlegt lange, dann): »Ist Jesus Gott?«

Ich (Ali): »Er is e Gott und e Mensch gewese und mit ihm der heilige Geist. Einer in drei Person . . . «

Priester (verblüfft): »Ah, das ist schon gut, die Antwort ist gut. Die Antwort als solche ist gut.«

Ich (Ali) (lasse nicht locker): »Und Christus sag, er liebt alle Mensch, auch die nich sind bei de Kirch, sogar die Feind solle die Christe liebe, nur sie mache nich bei de Türk . . . Ich sag, Christus für de Verfolgte. De Kurd bei uns, so wie de frühe Christe auch, komm in Gefängnis, weil sie wolle ihr eigen Kultur. Und Christus für sie auch is.«

Priester (total sauer, erhebt sich steif und förmlich): »Schon gut, also wir müssen das jetzt abbrechen. Wenn Sie so freundlich sind und sich in das erste Zimmer wieder begeben. Meine Sekretärin wird Sie dann hinausgeleiten . . . «

Anders als der Grobian bei der ersten Vorsprache schmeißt mich der Hohe Priester auf die vornehm aristokratische Art 'raus. Auch hier ist Ali unerwünscht. Obwohl eine absolute Ausnahme – es gibt so gut wie keine Türken, die zum katholischen Glauben überzutreten beabsichtigen (kein Wunder auch bei diesen offenen und verdeckten Feindseligkeiten und Erniedrigungen, die ihnen von den Dienern Christi entgegengebracht werden) – will man ihn unter keinen Umständen in der Gemeinschaft der saturiert satten selbstgerechten »Kresten«-gemeinde* in der Amtskirche dulden. Es reicht, wenn wir sie in unseren Schulen, Vorstädten und Bahnhöfen ertragen müssen, unsere Kirchen – und sind sie auch noch so leer – sollen türkenfrei und sauber bleiben.

Ein weiterer Pfarrer, bei dem Ali vorspricht, hat sein mehrstöckiges Pfarrhaus mit LKW-Spiegeln gespickt. Neben jedem der etwa ein Dutzend Fenster ist ein Spiegel montiert, über den der Besucher an der Eingangstür vorher anvisiert werden kann.

Nachdem Ali beim ersten Klingeln die Tür nicht geöffnet wird, versucht er's eine halbe Stunde später erneut, indem er sich nach dem Klingeln sofort fest an die Haustür klemmt und so in einen toten Winkel des Spiegels gerät.

Der Türöffner wird betätigt, und im ersten Stock hat sich ein Pfarrer mittleren Alters verschanzt. Er hört sich das Anliegen unbeteiligt, ohne Regung an und bittet Ali nicht herein.

»Das ist eine fixe Idee«, kanzelt er mich (Ali) ab. »Wer hat Sie überhaupt darauf gebracht?«

»Christus hat mich ruf'«, antworte ich ihm im Stil von Heiligengeschichten für Kinder. »Ich will folg' ihm.«

»Sie wollen sich nur tarnen, um leichter eine Aufenthaltsgenehmigung zu bekommen. Geben Sie zu, daß es politische Gründe sind, die Sie veranlassen, um Aufnahme in unsere Kirche nachzusuchen. Sie verfolgen nur Ihre persönlichen Vorteile.«

»Christus auch politisch Verfolgt' helf«, antworte ich.

»Wenn Sie sich gegen staatliche Gesetze auflehnen, werden Sie überall verfolgt. Das ist bei uns in Deutschland nicht anders«, belehrte er mich.

»Türkei nicht Demokratie, Diktatur«, halt ich dagegen.

»Das sind doch alles nur Schlagworte«, klärt er mich auf, »jedes Volk hat die Staatsreform, die es verdient. Es gibt Völker, die sind noch nicht reif für die parlamentarische Demokratie.«

Er besinnt sich. »Was wollen Sie überhaupt, Sie haben in der Türkei doch ein gewähltes Parlament.«

»Von Militär eingesetz«, sag ich, »demokratisch Parteien verbot und verfolg.«

»Das geschah ja alles nicht ohne Grund«, politisiert er weiter, »nur so konnte dem offenen Terror und Aufruhr Einhalt geboten werden.«

»Polizei und Militär macht die Terror und folter die politisch Gefangenen«, erwidere ich.

»Geben Sie's zu, Sie sind Kommunist und wollten sich bei uns zum Zweck der Tarnung einschleichen. Wir betreiben Gefangenenseelsorge in Gefängnissen und stehen dem letzten Sünder bei, sofern er bereut. Für gewissenlose Elemente aber ist bei uns kein Platz . . . Am besten Sie gehen dahin zurück, wo Sie herkommen!«

Ich blicke ihn fassungslos an.

»Sollte ich mich in Ihnen getäuscht haben«, lenkte er ein, »können Sie nach Ostern noch mal um einen Termin bei mir nachsuchen. Dann werde ich mir die Zeit nehmen, Ihnen etwas genauer auf den Zahn zu fühlen und Ihre Haltung zu Christus eingehender zu überprüfen.«

Ali nimmt's zur Kenntnis. Ihm reicht's. Eine zweite Vorsprache hält er für zwecklos. Das Christusverständnis dieses Pfarrers erscheint ihm ebenfalls eindeutig genug.

»Gruß an Herr Christus, wenn Sie ihn sehe«, verabschiedet sich Ali, besinnt sich und mehr zu sich selbst: »Ne, der ist doch lang tot hier.« Und indem er den Pfarrer verwirrt stehen läßt, pfeift er, während er die Treppe runtergeht, sein Lieblingslied »Großer Gott wir loben Dich . . .«

Ali gibt noch nicht auf. Es muß sich doch ein Priester finden lassen, der seinen christlichen Auftrag ernst nimmt und nicht aus Bequemlichkeit, Vorurteilen und kaum verhohlenem Fremdenhaß die Selbstverständlichkeit einer möglichst raschen und unbürokratischen Taufe vornimmt.

Aber auch zwei weitere Priester, die er aufsucht, ignorieren die Dringlichkeit seiner Notlage. Ein jüngerer Kaplan wimmelt ihn ab: »Wir verzichten auf Leute, die katholisch werden, weil es andere wollen und weil es gerade günstig auskommt. Wir sind nämlich kein Versicherungs- unternehmen, müssen Sie wissen.« Ein anderer älterer Priester, der in einem palastartigen Pfarrhaus residiert, als Seelenhirte der Oberschicht, läßt Ali das »Vaterunser« aufsagen und »Gegrüßet seist Du, Maria« vorbeten und sich noch dazu ein Kirchenlied vorsingen. Ali entscheidet sich für

Christof von Schmids:* »... dann ging er hin zu sterben, mit liebevollem Sinn, das Heil uns zu erwerben, ...«, um dann zuguterletzt doch abgewiesen zu werden.

Er bringt mich zusätzlich in Verlegenheit, als er wissen will, was Meßdiener auf türkisch heißt. »Gurul, Gurul«, erfinde ich. »Gurul, Gurul«, wiederholt er recht beeindruckt.

Pfarrer: »Wo wohnen Sie denn?«

Ali nennt eine Adresse, fügt hinzu: »Da in de Keller bei Familie Sonne. Darf keiner wisse, weil se dürfe de keller – kei Fenster und nicht trocke – gar nicht vermiete.«

Pfarrer: »Sind Sie denn überhaupt polizeilich angemeldet?«

Ich (Ali) (zögernd): »Nee, wolle de Familie Sonne nich. Und hier an Türk keiner richtig Wohnung vermiet.«

Pfarrer (streng): »Dann kann ich Sie unter gar keinen Umständen in den Pfarrunterricht aufnehmen. Besorgen Sie sich zuerst eine ordnungsgemäße Anmeldebescheinigung. Und dann allermindestens ein Jahr wird die Vorbereitung dauern. Sie werden selber sehen, daß der Unterricht sehr gut tut. Daß man da wirklich im christlichen Glauben beheimatet wird und weiß, jetzt gehör ich wirklich ganz dazu.«

Mein Einwand: »Was nutz, wenn dann schon Gefängnis Türkei«, läßt ihn kalt. »Das sind sekundäre, politische Gründe, die uns in unseren Entscheidungen nicht beeinflussen sollten.«

Ali will schon aufgeben. Ihm fällt das Bibelwort ein: »Es ist leichter, daß ein Kamel durch ein Nadelöhr geht, als daß ein Reicher in den Himmel kommt«, und findet, daß es ebensogut auf katholische Priester anwendbar ist.

Bisher hat sich Ali die Pfarreien ganz zufällig ausgesucht, in der weiteren Umgebung seines Wohnortes und wo er sich von früher her auskannte. Diesmal fährt er etwa 100 km aufs Land, und wo er den Ort am armseligsten und die Kirche am schäbigsten empfindet, macht er halt. Er steuert aufs

Pfarrhaus zu. Ein jüngerer Mann öffnet.

Ich (Ali): »Kann ich de Pfarrer spreche?«

»Ja, ich bin es«, sagt der junge Mann in Zivil und mit òffenem Hemd. Das erste Mal, daß Ali einen katholischen Geistlichen ohne Dienstuniform erlebt. Der junge Mann bittet ihn in sein Amtszimmer.

Ali fängt an, sein Problem zu schildern. Noch bevor er zu Ende ist, unterbricht ihn der Priester: »Ich kann Sie gut verstehen. Und jetzt möchten Sie um Taufe bitten?«

Ich (Ali): »Ja.«

Priester: »Ja, selbstverständlich. Das können wir machen. In den nächsten Tagen. Dann sind Sie katholisch, und dann schreib ich Ihnen einen Taufschein aus. Fertig!«

Ohne wenn und aber, ohne Vorschaltbischof, ohne bigotte, heuchlerisch-pseudochristliche inquisitorische Fragen, erkennt er den Ernst der Lage, weiß, was für Ali auf dem Spiel steht, und handelt spontan christlich.

»Wir sollten vorher noch ein Gespräch miteinander führen«, sagt er, »und dann sind Sie ja erstmal Mitglied unserer Gemeinde, und wir werden uns mit der Zeit noch besser kennenlernen. Und sollte es trotzdem noch Probleme mit der Ausländerpolizei geben, können Sie mit mir rechnen. Das wird schon alles klargehen«, ermutigt er mich, »dann haben Sie keine Schwierigkeiten.«

Ich bedanke mich bei ihm. Es fällt auf, daß der junge Priester, der so gar nicht wie ein Beamter wirkt, einen leicht östlichen Akzent spricht. – Wie ich später erfahre, ist er vor vier Jahren erst aus Polen ausgereist. Vielleicht hat ihm seine eigene Biografie ermöglicht, sich mit einem verfolgten Ausländer zu identifizieren, zumindest sich in dessen Situation einzufühlen, vielleicht hat er auch in seinem Heimatland zu spüren bekommen, was Verfolgung heißt, zumindest hat er dort nicht unter einer total verfetteten, saturierten Amtskirche gelebt und gearbeitet. Vielleicht hat er sein Einfühlungsvermögen aber auch erst hier bei uns im

»freien Teil Deutschlands« erworben, da man ihn selbst als unwillkommenen Ausländer behandelte.

Jedenfalls ziehe ich es vor, auch ihn in seiner Anonymität zu belassen, da ich befürchten muß, daß das Öffentlichmachen seines so menschlichen und christlichen Handelns bei seinen Oberen als schweres Dienstvergehen angesehen und entsprechend geahndet werden könnte.

P. S.: Mehr zufällig erfahre ich, daß das Sakrament der Taufe in anderen Fällen sehr freigiebig und unbürokratisch vergeben werden kann. Wenn ein »gottloser« Nichtkatholik als Bewerber für die Leitung eines von der katholischen Kirche geleiteten Gymnasiums ansteht und man in bestimmten Gesellschaftskreisen über den Kandidaten Einigkeit erzielt hat, wird in wenigen Tagen die karrierefördernde Aufnahme in die katholische Kirche vollzogen.

Das gleiche geschieht ebenso ohne Taufunterricht und ohne Prüfung auf Bibelfestigkeit, wenn der vorgesehene Leiter eines katholischen Krankenhauses ungetauft ist. Innerhalb von drei Tagen kamen hier schon Blitztaufen zustande gegen eine kleine, ganz freiwillige Spende in die Kirchenkasse.

Man wird mir – Ali – unter Umständen den Vorwurf machen, protestantische Geistliche verschont zu haben. Dies hat vielleicht seinen Grund in meiner eigenen Biographie und hängt u.a. damit zusammen, daß ich als fünfjähriges Kind ganz unnötig und gezwungenermaßen eine höchst peinliche katholische Taufzeremonie über mich ergehen lassen mußte.

Das kam so: Mein Vater lag mit einer Sepsis in einem katholischen Krankenhaus. Er war aufgegeben und seit drei Wochen in ein winziges sogenanntes Sterbezimmer ausrangiert. Das Pflegepersonal – Nonnen – setzte ihm als Taufscheinkatholiken entsprechend zu, daß er sich an seinem Herrgott schwer versündigt habe, indem er nicht katholisch geheiratet und mich, seinen einzigen Sohn, protestantisch habe taufen lassen. Im Angesicht des Todes ließ er mit sich geschehen, daß dies alles noch revidiert wurde, und in einem winzigen Zimmerchen wurde ein Hochzeitsritual vollstreckt und ich zum zweiten Mal, diesmal kathholisch, getauft. Ich empfinde die Verkrampftheit und Verlogenheit der Situation noch heute. Mir wurde ein Taufkleid umgehängt, eine Kerze in die Hand gedrückt, und ein Trapist erklärte, daß ich fortan Johannes hieße. Ich protestierte noch und erklärte, ich heiße Günter, doch das Ritual nahm ohne Unterbrechung seinen Lauf.

Ein auch nach katholischen Glaubensgrundsätzen total überflüssiger Akt, denn es gilt: einmal getauft, bleibt getauft.

Übrigens: mein Vater wurde wenige Wochen nach diesem Spektakcl wieder gesund. Die Nonnen im Krankenhaus sprachen aufgrund der »tätigen Reue« meines Vaters von einem Wunder. Sie verschwiegen allerdings, daß sich der Chef des Krankenhauses dafür stark gemacht hatte, daß mein Vater von der amerikanischen Militärregierung als einer der ersten Patienten Kölns mit Penicillin erfolgreich behandelt wurde. Jedenfalls so kam es, daß ich katholisch wurde.

DIESSEITS VON EDEN

Weil sie immer so heiter und friedfertig aussehen und mit ihren ovalen Holzbilderrähmchen auf ihrer roten Kleidung unbeschwert wie die Kinder daherkommen, macht Ali noch einen Abstecher zu den Jüngerinnen und Jüngern Bhagwans.*

Eine neue Bewegung, die sich als Weltreligion versteht, in der neue Formen des Zusammenlebens und -arbeitens erprobt werden und Sexualität nicht wie in den meisten anderen Religionen verdrängt, tabuisiert oder zum ausschließlichen Zweck der Fortpflanzung verkümmert ist, vielmehr spielerisch, leicht und zwangfrei und nicht auf Zweisamkeit beschränkt ausgelebt werden kann. Hier erwartet Ali, daß ihm als Ausländer keine Vorurteile entgegengebracht werden. Sein Freund und Kollege

Abdullah begleitet ihn.

Abdullah, der im Gegensatz zu Ali von Anfang an keine falschen Erwartungen und Illusionen in das von der Amtskirche verwaltete Christentum setzte, ist diesmal vorurteilsfreier mit von der Partie und will sich ebenfalls um Aufnahme bei den Bhagwans bemühen.

Eine Anlaufstelle ist das Zentrum in der Lütticherstraße,* ein besseres Wohnviertel, ziemlich zentral gelegen. Hier gehören zahlreiche Häuser der Verwaltungsstelle der »Rajneesh* Bau Koch & Partner GbR«. Der Empfangsraum ist mit hellem, edlem, geschmackvollem Mobiliar ausgestattet. Nichts Miefigkitschiges, wie es sonst bei Sekten häufig anzutreffen ist.

Zwei Sanyasins* telefonieren gerade an zwei Apparaten, als wir eintreten. Sie übersehen uns total, so sehr nimmt sie das Telefonieren in Anspruch. Es geht allem Anschein nach weder um Missionierung noch um Glaubensfragen. Der eine gibt Umsatzzahlen durch und rechtfertigt sich mehrmals, weil die durchgegebenen Summen offenbar unter den Sollzahlen liegen. Der andere scheint seinem Gesprächspartner einen Schnelkurs in Vermögensanlage zu erteilen. Von »vordatierter Schenkung« ist die Rede und »völlig legaler Umgehung der Erbschaftssteuer«. Ferner »vom ganz heißen Tip, frisch aus USA: Dollar im nächsten halben Jahr unbedingt verkaufen und rein ins Gold!«

Die beiden Sanyasins wirken wie Jung-Manager oder besser noch Börsianer von der lockeren, flockigen Sorte, überhaupt nicht verbissen, jedoch in der Sache knallhart. Sie lassen uns gut zehn Minuten stehen, bis der eine mit dem Durchgeben der Umsatzzahlen fertig ist und so tut, als würde er uns jetzt erst bemerken: »Was gibt's?« begrüßt er uns.

»Will Mitglied werden«, sag ich.

Er mustert uns abschätzig: »Mitglied werden? Aber das geht nicht so einfach.« Und leicht lauernd: »Ihr wollt Wohnung und Arbeit haben?«

»Wenn geht auch«, sag ich, »aber nich nur wegen Geld.

Nich mehr so allein sein. Also so richtig zusammeleb.«

Er: »Das wird aber lange dauern. Ich glaub, das wird bei
  euch einige Zeit in Anspruch nehmen.«
Ich (Ali): »Wie lang?«
Er will sich nicht festlegen. »Das ist ganz unterschiedlich.
  Das machen wir nicht zur Regel. Es kommt eben darauf
  an, wieviel Erfahrung man überhaupt mit Bhagwan hat
  und wie stark der Wunsch ist, dahin zu kommen.«
Ich (Ali): »Ganz, ganz stark.«
Er (mißtrauisch): »Warum ist dir das so eilig?«
Ich (Ali): »Will alles hinter mich lasse. Müsse auch sonst in
  Türkei raus und Gefängnis.«

Ich erzähle die Geschichte der politischen Verfolgung.
  Er reagiert, obwohl jung und undogmatisch und, wie er
wohl selbst glaubt, auf dem rechten Weg der Erleuchtung,
ausgesprochen pfäffisch: »Also ich versteh ein bißchen so,
daß du damit einen Handel eingehen willst, daß du dir
irgendwas dadurch erhoffst, was mit deinem Beruf oder
deinem politischen Status zu tun hat. Stimmt das?«

Ich (Ali): »Nee. Wolle nur hierbleibe und dazugehör.«
Er: »Ja, willst du zu uns kommen, weil du hier bleiben
  möchtest?«
Ich (Ali): »Auch.«
Er: »Das ist kein Grund. Dann werden wir dich auf keinen
  Fall nehmen.«
Ich (Ali): »Nee. Is aber auch für zusammeleb. Nich jeder für
  sich mache Geld, sondern Kommun. Fraue auch nich für
  jede extra, sondern all zusamme.«
Er: »Ich glaub, es ist besser für dich, du bleibst da, wo du
  herkommst. Das ist ein zu weiter Weg für dich zu uns.«

Da hab ich wieder voll ins Fettnäpfchen getreten.* Die
wilde Kommunephase war in den Anfängen der
Bhagwanbewegung angesagt, sozusagen als Köder für

allerlei Frustrierte aus Mittel- und Oberschichten aus aller Welt. Inzwischen predigt der große Meister – selber durch gewisse Zipperlein gehandicapt und wohl auch aus Angst vor Aids – mehr Enthaltsam- und Zweisamkeit. Seine neue Devise heißt nicht mehr Gruppensex, vielmehr gefrorene, abgefuckte Ersatzlust: Luxuskonsum um des Luxus willen. Z. B. Rolls Royce. Angestrebtes Ziel: täglich ein anderer, 365 verschiedene im Jahr, Stückpreis: 300 000 DM. Nicht einmal für seine Anhänger, sondern größenwahnsinnig ganz für sich allein.

Für den kleinen Bhaggie war mein Ansinnen zu unverschämtanmaßend. Mit gewissen halbbekehrten Gurus der Linken (siehe Bahro) mag man sich ja noch kommunemäßig zusammentun, aber bei einem hergelaufenen armseligen türkischen Malocher kommt die ganze Vorurteilsstruktur der ehemaligen Herrenrasse* zum Vorschein.

Erneute Vorsprache im Bhagwan-Zentrum Venloer-straße,* Nähe Friesenplatz.* Hinter dem Empfang zwei Frauen und ein jüngerer Mann.

Die beiden Frauen tuscheln und kichern, als sie die beiden türkischen Kandidaten hereinkommen sehen. Als wir vor ihnen stehen, ignorieren sie uns erst einmal und blättern in Akten.

Also sehen wir uns weiter um. In einem größeren Raum sitzen und stehen etwa dreißig Bhagwan-Anhänger und starren gebannt auf einen Fernseher. Jedoch keine Fußballübertragung und auch kein Boris-Becker-Match ist zu sehen. Eine Video-Kassette des großen Meisters aus Oregon läuft. Er ist umringt von einer begeisterten Anhängerschar, die ihm stehend Ovationen entgegenbringt. Er selbst wird im Schrittempo im Rolls Royce kutschiert, hat das Fenster heruntergelassen und winkt mit sparsamer Handbewegung und töricht eitlem Gesichtsausdruck gnädiglich zu seinen Fans.

Das Ganze ist unterlegt mit einer heiteren, auf der Stelle

tretenden Lalala-Schunkelmusik und im gleichen locker-
entspannten Rhythmus wie die Anhänger in Oregon wiegen
sich auch die Sanyasins in Köln in den Hüften, und einige
klatschen sich dabei den Takt. Es wird kein Wort
gesprochen dabei.

BHAGWAN-WORTE

Egoismus ist natürlich. Das ist keine Frage von Gut und
Böse. Der *Tüchtigste überlebt*, und der Tüchtige soll die
Macht haben. Und wer die Macht hat, der hat recht. Als
Deutsche sollten Sie das verstehen. – Ich liebe diesen Mann
(Hitler). Er war verrückt. Aber ich bin noch verrückter. Er
hat nicht auf seine Generäle gehört, sondern auf seine
Astrologen. Trotzdem hat er fünf Jahre immer nur gesiegt.
Er war so moralisch wie Mahatma Gandhi. Hitler war vom
Wesen her ein Hindu, noch mehr als Gandhi. Er war ein
Heiliger . . . Ich bin völlig unangreifbar. Ich werde jeden
angreifen, und niemand wird mich angreifen. Das ist einfach
wahr.

aus: *Der Spiegel,* Nr. 32/85.

Um ihre Andacht nicht zu stören, begeben wir uns wieder
zum Tresen am Empfang, und ich bewerbe mich erneut.
Nachdem wir längere Zeit scheinbar unbeobachtet, jedoch
aus den Augenwinkeln genau registriert, stehen gelassen
werden, wendet sich der ca. dreißigjährige Mann uns zu.
Abdullah trommelt schon einige Zeit nervös mit den Fingern
auf dem Tresen.

Nachdem ich (Ali) mein Problem dargelegt habe, locker –
antiautoritäre Gegenrede: »Nee, so läuft das nicht. Das ist
hier kein Verein, wo du Mitglied bist. Da mußte erstmal
Meditation anfangen. Das braucht seine Zeit, da kostet jede
Dynamische 5 Mark (er meint pro Stunde, G. W.). Wenn du
das lang genug gemacht hast, dann haste erst ein Gespräch
mit der Center-Koordinatorin über Sanyas-name.«

Ich (Ali): »Was ist das?«

Er (kurz angebunden, orakelhaft): »Das ist das, was wir hier machen.«

Der in dem USA lebende indische Sektenführer Shree Rajneesh hat sein langes Schweigen gegenüber der Öffentlichkeit gebrochen und in einem Interview der Fernsehgesellschaft ABC im Juli 85 erklärt, es sei der »Guru des reichen Mannes«, vornehmstes Ziel der Bewegung sei die »Bereicherung«, »Alle anderen Religionen kümmern sich um die Armen«, sagte der Bhagwan auf die Frage, warum er sein beträchtliches Vermögen nicht zur Bekämpfung von sozialem Elend verwende, sondern lieber in seine Rolls-Royce-Flotte investiere. »Lassen Sie mich bitte in Ruhe, wenn ich mich um die Reichen kümmere.«

Allein in Deutschland schaffen ein gutes Dutzend Diskotheken, eine Kette vegetarischer Restaurants, Kioske und Bauunternehmen für den Bhagwan an.

Ich (Ali): »Wir Türk immer viel allein, wolle lieber in Kommun mit Deutsch und ander zusammeleb.«

Er (abweisend): »Ja, das kannst du selbst gar nicht beurteilen, was gut für dich ist. Das bestimmen nachher andere für dich. Du mußt erstmal das Gefühl für alles andere kriegen . . . «

Ich (Ali): »Aber Gefühl ist da . . . «

Er: »Du hast überhaupt keine Kriterien, dir da ein Urteil zu erlauben.«

Ich (Ali): »Euer Chef, der Bhag, is doch auch Ausländer.«

Er (eingeschnappt): »Bhagwan ist unser Meister aus Indien.«

Ich (Ali): »Dann auch viel dabei aus Indien.«

Er (überlegt): »Nein, eigentlich nicht. Mehr Deutsche und Amerikaner.« (Es gibt keine indischen Bhagwan-Anhänger. In seinem eigenen Kulturkreis gilt er als Scharlatan. Von daher ist Indien für ihn auch ein »physisch und geistig totes Land«. G. W.)

Ich (Ali): »Wo leb' Bhag?«

Er: »Der lebt jetzt in Amerika. Man kann nach Amerika fahren, um ihn zu besuchen.«

(Regelmäßig werden die Anhänger massenweise nach USA gechartert (3000 DM für 10 Tage in Bhagwans Kasse und noch unentgeltliche harte Feldarbeit, bei ihnen Andacht genannt.)

Ich (Ali): »Ich weiß, daß die Deutsch bei euch zusammen leb' in Kommun. Warum könnt ihr kein Türk nehm?«

Er: »Es geht nicht darum, daß wir zusammen leben. Hier geht es uns darum, daß Bhagwan unser spiritueller Meister ist. Alles andere ist nicht wichtig. Das ist das Wichtigste. Du kannst alleine leben und hast draußen 'ne Arbeit und arbeitest, und einmal im Jahr darfst du nach Oregon, zum Beispiel, fahren. Die in der Kommune leben, müssen schon zusammenpassen und sich auch vorher besonders bewährt haben.«

Ich (Ali): »Wir habe kein Arbeit und nix zu wohne.* Und dazugehöre is gut. Brauche ganz wenig Geld nur.«

Er: »Ja, so läuft das bei uns nicht. Das ist kein Grund, daß du keine Wohnung oder kein Geld hast, sondern daß du einfach mit Bhagwan sein willst. Und das ist ein anderer Grund. Verstehst du, das kommt aus einer anderen Ecke, als was du sagst. Ich möchte fast sagen, wir passen nicht so richtig zusammen.«

DAS BEGRÄBNIS

ODER LEBEND ENTSORGT

Ali, von den Angestellten Gottes – bis auf eine Ausnahme – zurückgewiesen und abgewimmelt, von den Monomanen der Bhagwansekte geschulmeistert und verhöhnt, will irgendwo dazugehören und angenommen werden. Da er bei den Lebenden so sehr auf »*Befremden*« stößt und von ihnen »*totgeschwiegen*« wird, versucht er sein Glück diesmal gleich

bei den Toten. Ihm ist danach!* Wie heißt das deutsche
Sprichwort: »Sie nehmen's von den Lebenden* . . . « Um
die Reise ins Totenreich vorzubereiten, zieht er (Ali) sich
seinen dunklen Sonntagsanzug an: um seine Hinfälligkeit zu
unterstreichen, leiht er sich einen Rollstuhl, und ein
Begleiter fährt ihn zum größten und angesehensten
Totenausstatter der Stadt.

Ali kommt unangemeldet. Er wird hereingerollt, und die
Inhaberin des Bestattungssalons empfängt ihn höflich. Die
bestimmt auftretende Enddreißigerin wirkt auf den ersten
Blick nicht unsympathisch. Ali schildert sein Problem. Als
Folge seiner Arbeit in der asbestverarbeitenden Industrie
(Jurid-Werke*) hat er Bronchial- und Lungenkrebs. Der
Arzt hat ihm eröffnet, daß er in zwei Monaten sterben muß.
Er ist hier, um seine eigene Einsargung und Überführung in
die Türkei in die Wege zu leiten und auszuhandeln.

Das folgende Gespräch (leicht gekürzt, aber wortwörtlich
wiedergegeben) gerät zum Dokument eines makabren,
seelenlosen und unmenschlichen Totenkults unserer Zeit, in
dem der noch Lebende bereits wie ein totes Objekt, als
Nichtmehrmensch, wie ein Stück Unrat *entsorgt* wird. Die
Bestatterin fragt mich (Ali) nicht einmal, wie es mir geht,
obwohl ich (Ali) keineswegs todkrank aussehe. Sie verliert
kein Wort darüber, ob man mir vielleicht noch medizinisch
helfen könnte. Irgendeine Form von Mitgefühl will sie nicht
zeigen. Dafür kommt sie schnell zur Sache:

Bestatterin: »Bei der Flugzeugüberführung geht es also auch
    nach Ihrem Gewicht. Da muß der Sarg in eine
    Transportkiste, und alles zusammen wird gewogen. Der
    Preis richtet sich nach dem Gewicht und wohin es
    geht . . . «
Ich (Ali): »Is ganz weit in Türkei, Gebirg Kaşgar* bei
    russisch Grenz'.«
Bestatterin: »Da wird es sich wahrscheinlich drum stechen,
    ob wir mit dem Auto fahren oder ob geflogen wird. Wir

müssen Sie ja zum Flughafen fahren, und wir müssen Sie
da auf dem Flughafen auch wieder abholen, denn sonst
stehen Sie auf dem Flughafen. Und wenn wir
durchfahren, können wir Sie gleich bis zum
Beerdigungsort fahren . . . Wie werden Sie denn geführt
in der Krankenkasse?«

Ich (Ali): »Normal.«

Bestatterin: »Als Arbeiter noch oder als Rentner?«

Ich (Ali): »Krank sein über ein Jahr.«

Bestatterin: »Haben Sie zuletzt noch gearbeitet und dann
krank?«

Ich (Ali): »Ja, in Asbestfabrik, bekam kein Mask' . . . «

Bestatterin (unterbricht ungehalten): »Das tut hier nichts zur
Sache. Die Frage ist, wollen Sie mit dem Auto gefahren
werden oder wollen Sie fliegen. Beim Fliegen ist es eine
Frage des Gewichts.«

Ich (Ali): »Ich nich schwer. Und Doktor sag, in zwei
Monaten, wenn tot, ganz leich wie Kind. Weil werd'
immer weniger.«

Bestatterin: »Ja, aber die Länge bleibt doch oder etwa nicht?
Beim Kind ist nicht so viel, weil das ja einen kleineren
Sarg hat, und der Sarg muß dann nochmal in eine
Transportkiste, damit für die Passagiere und die Leute
auf dem Flughafen nicht erkenntlich ist, daß da eine
Leiche transportiert wird.«

Ich (Ali): »Und wenn ich nicht in Sarg, sondern mach
Feuer?«

Bestatterin: »Verbrennen? Dann würden Sie hier
eingeäschert, und die Urne kann auf dem Postwege dann
verschickt werden.«

Ich (Ali): »Das ist nicht so viel Geld?«

Bestatterin: »Das ist viel weniger, denn da fällt ja der ganze
Transport weg. Wenn wir Sie einäschern hier, das wären,
wenn wir alles zusammenrechnen würden, vielleicht
zweieinhalbtausend Mark, und dann der Versand auf
dem Postwege, der würde die Postgebühren kosten.«

Ich (Ali): »Und kann Bruder nich mitnehmen in 'ner Plastiktüt?«†
Bestatterin: »Nein, das geht auf keinen Fall, das wird hier nicht ausgehändigt. Das muß zum Ort, wo beigesetzt wird, das muß auch da dann erst beantragt werden, da muß praktisch aus dem Heimatort, wo die Urne beigesetzt wird, hier ans Krematorium die Genehmigung kommen, daß die Urne da beerdigt wird. Und wenn dieses Papier da ist, dann wird das erst rübergeschickt.«
Ich (Ali): »Und da kann man nich machen, unter Hand, bißchen Geld?«
Bestatterin: »Nein, ausgeschlossen. Es wird hier nicht ausgehändigt an Privatpersonen.«

Die Dame ist geschäftstüchtig und nimmt die *Sache* selbst in die Hand. Sie schiebt mich (Ali) im Rollstuhl zu den Särgen hin. Als ich (Ali) mich bei ihr erkundige: »Was is schöner, Feuerkaste oder groß Sarg?«, stellt sie sich erstaunlich schnell auf die sprachliche Unbeholfenheit ein und lenkt das Interesse auf die kostspieligeren Überführungssärge. »Sie meinen Urne oder Sarg? Also, wenn Sie mich fragen: von einem Sarg haben Sie doch viel mehr. Das ist doch was ganz anderes. Geben Sie mal her«, sagt sie zu meinem deutschen Begleiter und beugt sich über mich im Rollstuhl, um Maß zu nehmen. Die schwere Schiebetür im Sarglager ächzt, und aus einem Nebensaal ist das Sägen des Schreiners zu hören. »Das beste ist, Sie schauen sich selber einmal um, was Ihnen am ehesten zusagt, die Geschmäcker sind ja verschieden.« – Wie sie das sagt, klingt es nach: ›Sie können sich ja mal zur Probe reinlegen, in welchem Sie sich am wohlsten fühlen‹.

Sie klopft gegen einen schlichten Eichensarg. »Das hier ist jetzt die Standardausführung. Allerdings, wenn Sie etwas Gediegeneres und Stabileres haben wollen . . . wie würde

---

† Diese Frage ist gar nicht so weit hergeholt und hat einen aktuell-realistischen Hintergrund, allerdings nicht im Türkenmilieu. Im Gegenteil: Ein Kölner Fabrikant mit Firmennebensitzen in den USA, Multimultimillionär und nach außen hin streng gläubiger Katholik, brachte kürzlich seinen während einer Kur plötzlich im Ausland verstorbenen Bruder in der Plastiktüte durch den Zoll. Das heißt, dessen Asche in einer Billig-Urne, eingepackt in einer Duty-free-shop-Stuyvesant-Plastik-Tüte.

Ihnen denn dieser hier gefallen?« Ihre Stimme bekommteinen weicheren einschmeichelnden Klang, so als würde sie mir zur Hochzeit das Ehebett fürs Leben verkaufen wollen. »Echte deutsche Eiche, schwer massiv. Das ist im Moment der schwerste, den wir hier stehen haben. Alles massives Eichenholz«, betont sie noch mal. »Und ganz in Seide ausgeschlagen.«

»Mal reingucke«, sag ich. Sie reagiert ein wenig penibel, so als verlangte ich im Möbelgeschäft im Ehebett probezuliegen. »Willi, komm' doch mal helfen«, ruft sie nach ihrem Geschäftspartner und/oder Ehemann im Nebenraum. Willi kommt rasch herüber. Er gibt sich distinguiert, wirkt aber etwas befangen. »Es geht um seine Überführung in die Türkei. Er hat nur noch zwei Monate zu leben und will mal eben in den Sarg reinschauen«, stellt sie mich (Ali) vor. Zu zweit hieven sie den schweren Sargdeckel hoch.

Innendrin rohes Holz. »Aber kein fein Stoff«, reklamier' ich. »Du doch sag, schön weich da liege.«

Wie ertappte Betrüger schauen sich die beiden an. »Das käme auf jeden Fall noch rein, da können Sie sich absolut drauf verlassen«, sagt Willi gewichtig, »da übernehmen wir die volle Garantie.«

»Was kost?«

»4795 Mark«, entnimmt Willi einer Preisliste. Ich (Ali) befühle das Holz und klopfe mit dem Handknöchel gegen die Eiche, daß es dröhnt.

»Hält auch lang?« will ich (Ali) wissen.

»Ja, das ist eine erstklassige Schreinerarbeit, das dauert fünf, sechs Jahre, bis der zusammenbricht«, beruhigt er mich.

Aber Ali hat noch nicht das Richtige gefunden. Im Leben, wo man ihm nie Wahl ließ – jetzt will er wenigstens beim Tode die freie Auswahl haben. »Gibt es nich e Sarg, der nich so aussieht wie so traurig Sarg? Der so richtig bunt is und e bißche macht Spaß? Weißte, ganz dunkel und naß Wohnung hab immer leb, jetzt will wenigs in schön Sarg, verstehst?«*

Die beiden wechseln kurze Blicke, überspielen jedoch geschäftig ihr Konsterniertsein. »Ja direkt bunt ist etwas schwierig, schon sehr ausgefallen, aber wie wär's denn mit diesem hier?« sagt Willi. Die Frau rollt mich zu den glanzlackierten Protzmahagonisärgen. Einer scheußlicher und angeberischer als der andere, denkt sich Ali und fragt:
»Is der Plastik?«

»Garantiert echt Mahagoni«, beeilt sich Willi zu versichern, »eines unserer ausgefalleneren und wertvollsten Modelle.«

»Bißche mehr Schnitz«, verlangt Ali.

»Mhm . . . , ach so, Sie meinen Schnitzereien. Ja, wie gefällt Ihnen denn hier unser französisches Modell? Den haben wir im Sonderangebot. Der kostet jetzt nur noch 3600 Mark. Vorher weit über 4000.«

Ich (Ali): »Kommt aus der Frank?«
Bestatter Willi: »Ja, der ist aus Frankreich.«
Ich (Ali): »Was findst du schöner?«
Bestatter Willi: »Das ist Geschmackssache. Das ist eine ganz andere Art hier.«
Ich (Ali): »Und Leut, die Geld habe – was für Sarg die Deutsche nehm?«
Bestatter Willi: »Ja, meistens die deutschen Särge – Eiche und so.«
Ich (Ali): »Und wer nimmt so?«
Bestatter Willi: »Für Überführungen oft. Ins Ausland. Franzosen oder auch Italiener.«
Ich (Ali): »Und der, hälte lang?«
Bestatter Willi: »Ja – wir müssen aber für die Türkei auch einen Zinksarg, einen Zinkeinsatz rein . . . «
Ich (Ali): »Ach so, Blech . . . «
Bestatter Willi: »Also, Sie werden ganz eingelötet innen drin, weil wir sonst mit Ihnen nicht über die Grenze kommen. Das wird dann hier praktisch zugelötet, und dann kommt erst der Holzdeckel drauf.«
Ich (Ali): »Was kost?«

Bestatter Willi: »Ja, mit Zinkeinsatz und Verlöten rund 6000 DM.«

Ich (Ali): »Kann man nich Rabatt kriege?«

Bestatter Willi: »Über den Preis können wir uns unterhalten, wenn Sie das im voraus festmachen und im voraus bezahlen. 5% können wir Ihnen da entgegenkommen, das wären dann nur noch 5700 Mark. Aber nur, wenn Sie's auch direkt bezahlen.«

Ich (Ali) (erschrocken): »Und wenn nachher gar nicht sterb, krieg de Geld zurück?«

Bestatter Willi: »Nein da gibt's kein Rückgaberecht, das wäre dann ja ein Sonderdiskont-Preis als Entgegenkommen von uns. Aber es hieß doch, wenn ich es recht verstanden habe«, tröstet er mich, »daß es bei Ihnen ganz sicher ist . . . nur noch zwei Monate bis . . . « Er stottert. Es ist ihm peinlich, das Wort Tod in meinem Beisein auszusprechen: » . . . Ja, dann müßten wir noch wissen, wo wir den Sarg hinliefern in der Türkei, da müßten wir ja auch für Ihre Überführung einiges rechnen.«

Ich (Ali): »Wir ganz hoch da, Gebirg nach Rußland, schön Land da, kannste bei mein Familie Ferien mache, kost nix.«

Er zeigt keine Regung und läßt sich nicht darauf ein: »Ich würde da sowieso nicht mitfahren. Da engagieren wir einen Fahrer und müssen . . . (er stockt und rechnet) . . . ja, 1,30 DM pro Kilometer müßten wir schon berechnen. Und zwar für Hin- und für Rückfahrt.«

Er will wissen, wo Kaşgar liegt, und kommt auf etwa 10 000 DM allein für den Autotransport. »Wenn ich jetz, wo noch leb, schon dahin fahr, is nich billiger? Und dann mach erst de Verbrenn oder Sarg?« bring' ich ihn in Verlegenheit. »Dafür sind wir nicht zuständig«, stöhnt er. »Wir dürfen Sie nur mit offiziellem Totenschein durch einen Arzt übernehmen, und bei Feuerbestattung muß noch einmal ein Amtsarzt extra vorher zur Untersuchung kommen.«

»Wenn tot, is tot«, sag' ich, »egal.«

Ich (Ali) zeig' auf ein besonders hübsch gestaltetes Ausstellungsstück, eine zierliche Urne, funktional gestaltet und nicht so ein häßlicher Pott wie die übrigen Totenbehälter. »Hier, wenn Feuer mach, kann ich nich rein?«

»Nein, um Gottes willen, das würde nicht passen. Das ist Keramik. Das ist nur eine Ausstellung. Das ist unverkäuflich. Das ist ein altes Stück von früher.«

Ich (Ali) habe verstanden. Während mich mein Begleiter hinausrollt, wird mir versichert, daß das Unternehmen zur zuständigen Krankenkassenstelle »einen Draht hat« und man sich »unter der Hand schon mal erkundigen wird, daß wir wissen, wie hoch das Sterbegeld von der Kasse wäre. Dann sehen wir weiter.«

IM LETZTEN DRECK

ODER »VOGELFREI, ICH BIN DABEI.«

Ich glaube nicht, daß es möglich ist, ernstliche Änderungen zu erreichen, ohne irgendwie mit im Dreck zu stecken. Ich hege ein furchtbares Mißtrauen gegen jede Aktion »außerhalb«, die Gefahr läuft, nichts als leeres Geschwätz zu sein.

aus Odile Simon, Tagebuch einer Fabrikarbeiterin

Ich (Ali) versuche gerade, eine Stelle in den Jurid-Werken in Glinde bei Hamburg zu bekommen, Asbestverarbeitung, Bremsbeläge. Türkische Freunde berichten mir, daß an den gesundheitsschädlichsten Arbeitsplätzen vorwiegend Türken beschäftigt sind. Die strengen Sicherheitsbestimmungen für Asbestverarbeitung seien hier außer Kraft. Mit Luft würde der krebs- und todbringende Faserstaub hochgewirbelt. Feinstaubmasken würden manchmal nicht getragen. Ich lerne einige ehemalige Arbeiter kennen, die nach halb- bis zweijähriger Arbeit dort schwere Bronchien- und Lungenschädigungen davon-getragen haben und jetzt – bisher erfolglos – um die Anerkennung dieser Gesundheitsschäden als Berufs-krankheit kämpfen.

Das Problem ist nur: zur Zeit ist Einstellungsstopp. Einzelne haben es zwar immer wieder geschafft, dennoch eingestellt zu werden: über Bestechungsgelder an bestimmte Meister oder über »Geschenke«, echte Teppiche aus der Türkei oder eine wertvolle Goldmünze. Einen entsprechenden Familienschatz in Form einer Goldmünze aus dem alten osmanischen Reich habe ich über eine Münzhandlung bereits aufgetrieben, als ich durch einen Zufall auf das viel Näherliegende gestoßen werde. Ich erfahre, daß die August-Thyssen-Hütte* (ATH) in Duisburg schon seit längerer Zeit die Stammbelegschaft abbaut und über Subfirmen billigere, willigere und schneller zu heuernde und auch zu feuernde Leiharbeiter einstellt. Seit 1974 wurden rund 17 000 Stammarbeiter entlassen, viele ihrer früheren Arbeiten machen jetzt Männer von Subunternehmen. Insgesamt hat Thyssen allein in Duisburg 400 solcher Firmen unter Vertrag. Ich lerne einen siebenundzwanzigjährigen türkischen Arbeiter kennen, der über das Arbeitsamt an das Subunternehmen Adler* vermittelt wurde. Adler, erfahre ich, verkauft Arbeiter an das Unternehmen Remmert,* Remmert wiederum an die ATH. Er erzählt von Arbeitsbedingungen und Ausbeutungsmethoden, die – nur berichtet und nicht erlebt und belegt – niemals geglaubt und allenfalls in die Zeit des finstersten Frühkapitalismus verwiesen würden. Warum also in die Ferne schweifen, liegt das Schlimme doch so nah.

3 Uhr früh aufstehen, um um 5 Uhr auf dem Stellplatz der Firma Remmert, Autobahnabfahrt Oberhausen-Buschhausen, zu sein. Remmert ist ein expandierendes Unternehmen. Auf zeitgemäßem grünen Firmenschild steht »Dienstleistungen«. Remmert beseitigt Schmutz in jedweder Form.

Fein-und Grobstaub, Giftschlamm und -müll, stinkende
und faulende Öle, Fette und Filterreinigung bei Thyssen,
Mannesmann,* MAN* und sonst wo immer. Allein der
Wagenpark der Firma Remmert ist an die 7 Millionen DM
wert. In die Firma Remmert integriert ist wiederum die
Firma Adler: wie die Puppe in der Puppe. Adler verkauft
uns an Remmert, und Remmert vermietet uns weiter an
Thyssen. Den Hauptbatzen, den Thyssen zahlt – je nach
Auftrag und Staub-, Schmutz- oder Gefahrenzulage
zwischen 35 und 80 DM pro Stunde und Mann – teilen sich
die Geschäftspartner. Ein Almosen von fünf bis zehn DM
wird von Adler an den Malocher ausgezahlt.

Die Remmert- beziehungsweise Adler-Arbeiter werden
bei Thyssen häufig auch fest in der Produktion eingesetzt.
Dann arbeiten – in der Kokerei zum Beispiel – Remmert-
oder Adler-Arbeiter zusammen mit oder neben Thyssen-
Arbeitern. Außerdem vermietet Remmert noch über 600
Putzfrauen in verschiedenen Städten der Bundesrepublik an
die Großindustrie. Ein Vorarbeiter steht vor einem
abfahrbereiten schrottreifen Kleinbus und hakt auf einer
Liste Namen ab. »Neu?« fragt er mich (Ali) kurz und knapp.

»Ja«, ist die Antwort.

»Schon hier gearbeitet?«

Mir ist nicht klar, ob die Antwort nützlich oder hinderlich
für meine Einstellung sein könnte, darum zucke ich (Ali)
vorsichtshalber mit den Schultern. »Du nix verstehn?« geht
er auf mich ein.

»Neu«, geb' ich das Stichwort zurück.

»Du gehn zu Kollega in Auto«, sagt er und zeigt auf einen
klapprigen Mercedes-Kleinbus. Das war alles. So einfach
erfolgt eine Einstellung in einem der modernsten
Hüttenwerke Europas. Keine Papiere, nicht mal nach
meinem Namen wird gefragt, auch meine Staatsbürgerschaft
scheint vorerst keinen in diesem internationalen
Unternehmen von Weltrang zu interessieren. Mir ist es nur
recht so.

In der Karre sitzen neun Ausländer und zwei Deutsche

zusammengequetscht. Die beiden Deutschen haben es sich auf dem einzigen festmontierten Sitz bequem gemacht. Die ausländischen Kollegen sitzen auf dem kalten ölverschmierten Metallboden des Wagens. Ich setze mich zu ihnen, sie rücken zusammen. Auf türkisch spricht mich ein etwa Zwanzigjähriger an, ob ich Landsmann sei. Ich antworte auf deutsch, »türkische Staatsbürgerschaft«. Ich sei jedoch in Griechenland (Piräus) bei der griechischen Mutter aufgewachsen. »Mein Vater war Türk, ließ mein Mutter mit mir allein, als ich ein Jahr war.«

Deshalb brauche ich auch so gut wie keine Türkisch-Kenntnisse zu haben. Das klingt plausibel, und die Legende hält auch das gesamte kommende halbe Jahr meiner Arbeit auf Thyssen stand. Wenn ich (Ali) nach dem Wohnort meiner Kindheit gefragt werde, kann ich von Piräus einiges erzählen. Immerhin war ich dort während der faschistischen Militärdiktatur 1974 2½ Monate inhaftiert. Einmal sollte ich in Verlegenheit kommen, als türkische Kollegen unbedingt von mir den Klang der griechischen Sprache hören wollen. Hier half mir die Verirrung meiner Schulzeit, als ich mich statt für Französisch für Altgriechisch entschied. Noch heute kann ich Teile der *Odyssee* auswendig: »ándra moi énepe moúsa . . . «†

Es fällt nicht auf, obwohl das Altgriechische vom Neugriechischen weiter entfernt ist als das Althochdeutsche vom Deutsch unserer Zeit.

Vollgepfropft, scheppernd und schlingernd setzt sich der Bus in Bewegung. Eine Bank ist aus der Verankerung gerissen, und in Kurven schleudert sie mehrfach gegen die ausländischen Kollegen am Boden. Dann fallen ein paar übereinander. Die Heizung ist defekt, und die hintere Tür schließt nicht, sie ist mit Draht umwickelt. Wenn einer bei plötzlichem Bremsen dagegen geschmissen wird, kann die Tür nachgeben, und er stürzt auf die Straße. Durchgerüttelt und durchgefroren endet für uns die Geisterfahrt nach fünfzehn Minuten erst einmal hinter Tor 20 bei Thyssen. Ein

---

† »Nenne mir, Muse, den Mann, den listenreichen, der vielfach wurde verschlagen . . .«

Kolonnenschieber stellt mir eine Stempelkarte aus, ein Werkschutzmann von Thyssen einen Tagespassierschein. Er nimmt Anstoß an meinem Namen: »Das ist doch kein Name. Das ist eine Krankheit. Das kann doch kein Mensch schreiben.« Ich muß ihn mehrfach buchstabieren: S-i-g-i-r-l-i-o-g-l-u. Er notiert ihn dennoch falsch als »Sinnlokus« und setzt ihn an die Stelle des Vornamens. Aus meinem zweiten Vornamen Levent wird der Nachname gemacht. »Wie kann man nur so einen Namen haben!« beruhigt er sich bis zuletzt nicht, obwohl sein eigener »Symanowski« oder so ähnlich für einen Türken wohl auch seine Schwierigkeiten hätte und auf polnische Vorfahren schließen läßt. Die polnischen Arbeitsemigranten, die im vorigen Jahrhundert ins Ruhrgebiet geholt wurden, waren im übrigen ähnlich verfemt und erst einmal ghettoisiert wie heutzutage die Türken. Es gab Städte im Ruhrgebiet, in denen zu über 50 % Polen lebten, die lange Zeit ihre Sprache und Kultur beibehielten.

Während ich mich beim Stempeln etwas schwertue, bemerkt ein deutscher Arbeiter, der durch mich einige Sekunden aufgehalten wird: »Bei euch in Afrika stempelt man wohl auf dem Kopf!«

Der türkische Kollege Mehmet hilft mir und zeigt, wie man die Karte richtig herum reinsteckt. Ich spüre, wie die anderen ausländischen Kollegen die Bemerkung des Deutschen auch auf sich beziehen. Ich merke es an ihren beschämt-resignierten Blicken. Keiner wagt etwas zu entgegnen. Ich erlebe immer wieder, wie sie auch schwerste Beleidigungen scheinbar überhören und wegstecken. Es ist wohl auch Angst vor einer provozierten Schlägerei. Die Erfahrung lehrt, daß die Ausländer dann meistens als die Schuldigen hingestellt werden und unter diesem Vorwand ihre Stelle verlieren. Da lassen sie lieber das tägliche Unrecht an sich geschehen, wenden sich ab, um keinen Vorwand zu liefern.

Wir werden weiter durch die Fabrikstadt gerüttelt und

kurz darauf auf einem Container-Stellplatz abgeladen. Hier läßt man uns allmorgendlich im Freien bei klirrender Kälte, Regen oder Schnee stehen, bis der »Sheriff« im Mercedes erscheint, ein Oberaufseher, bullig und kräftig, der selbst jedoch keinen Finger rührt, sondern ausschließlich dazu da ist, »seine Leute« einzuteilen, anzutreiben und zu kontrollieren. Zentel, Anfang bis Mitte dreißig, festangestellt bei Remmert, wird hin und wieder auf Adlerfeste eingeladen und gilt als dessen V-Mann* und Vertrauter. Es ist jetzt kurz nach 6 Uhr. Neue Kollegen klettern aus weiteren Remmert-Wagen, steifgefroren zittern wir uns in der Dunkelheit einen ab. Der Container ist Aufbewahrungsort für die Werkzeuge, für Schubkarren, Schaufeln, Hacken, Preßluftgeräte und Absaugrohre, für uns bleibt da kein Platz.

Um uns herum ein Fauchen, Stöhnen und Zischen, ein an- und wieder abschwellendes Brüllen aus den umliegenden Fabrikhallen. Hier siehst du keinen richtigen Himmel, nur das rötliche Zucken der Wolken. Aus hohen Schloten fackelt ein bläuliches Licht. Eine Fabrikstadt aus Rauch und Ruß, weit in die umliegenden Wohnviertel übergreifend. In der Längsachse erstreckt sich das Werk über 20 km, in der Breite bis zu 8 km.

Es kommt Bewegung in unseren Haufen. Der Sheriff, in seinem khakifarbenen Dress einem Söldner ähnelnd, hat das Fenster seines Mercedes ein wenig heruntergekurbelt und ruft die Namen zum Zählappell auf. Er teilt die Arbeitskolonnen täglich neu ein. Jedesmal werden sie anders zusammengewürfelt. Dadurch kann nie eine gewachsene Gruppe auf einer Vertrauensbasis entstehen. Immer wieder ein neues Sichaufeinandereinstellenmüssen, auch neue Rang- und Rivalitätskämpfe. Vielleicht ist es Gedankenlosigkeit oder Willkür, vielleicht aber auch beabsichtigtes Kalkül. In einer Gruppe, in der keiner den anderen richtig kennt, ist solidarisches Handeln kaum durchsetzbar, überwiegen Konkurrenz, Mißtrauen und Angst voreinander.

Mein Name wird aufgerufen. Von hinten zieht mich
jemand heftig am Ohr. Es ist der Kolonnenschieber, der mir
auf diese Weise klarmachen will, wo's langgeht, welchem
Trupp ich mich anschließen soll. Er grinst mich (Ali) dabei
an und meint's wahrscheinlich gar nicht böse, obwohl ich es
erstmal so empfinde. Wir werden behandelt wie Haus- oder
Arbeitstiere.

Wir werden an einem Förderturm abgesetzt, und im
Halbdunkel kraxeln wir mit Schippen, Hacken,
Schubkarren und Preßluftbohrer etliche Etagen hoch, um
unter Förderbändern übergelaufene und anein-
andergepappte Erdmassen loszukloppen. Der Wind bläst
bei mehr als zehn Grad minus durch und durch, und wir
legen von selbst ein Mordstempo vor,* um uns von innen
etwas aufzuwärmen. Als sich nach einer Stunde unser
Kolonnenschieber verdrückt, weil er mehr symbolisch mit
anpackt und deshalb schneller durchfriert, versuchen wir ein
Feuer zum Aufwärmen zu entfachen. Das ist leichter gesagt
als getan. Ringsum lodert das Feuer auf der Hütte, die Glut
ergießt sich automatisch in riesige Waggons, die aussehen,
als ob sie mächtige Bomben transportierten, oder schießt als
glühender Strang in vorgesehene Rinnen.

In Bottichen von der Höhe eines mehrstöckigen Hauses
brodelt die gleißende Glut, aber hier auf unserem
Förderturm ein kleines Feuerchen zu machen, erfordert
Anstrengung und Phantasie. Koksbrocken suchen wir uns
zwischen den Förderbändern, einige Holzplanken – sie
dienten anderen Kollegen als Sitzgelegenheit in der Pause –
zerkleinern wir mit dem Preßluftbohrer. Aber am Papier
scheitert's erst einmal. Schließlich finden wir doch ein paar
leere Zigarettenschachteln und einige angerotzte
Tempotaschentücher, und so ganz allmählich, unter
Zuhilfenahme eines Preßluftblasrohrs, entfachen wir die
Glut in einer Schubkarre. Bevor das Feuer uns jedoch
wärmen kann, werden wir wieder abkommandiert. Der
Vorarbeiter erscheint und befiehlt: »Alles runter,
Werkzeuge mitnehmen, zack, zack.« Wir versuchen das

Feuer noch zu retten, aber es geht nicht, die Schubkarre ist inzwischen glühend heiß. Ich kann mich einfühlen in die Probleme der Steinzeitmenschen, die das Feuer gehütet haben wie das kostbarste, heiligste Gut. Wieder in die alte Karre gekrochen, hocken wir zusammengepfercht und aneinandergekauert, werden wieder durch die Finsternis geschüttelt, die hie und da von fahlen Produktionsblitzen erhellt wird. Immer noch innerhalb des Fabrikgeländes, aber in einem ganz anderen Ortsteil, in Schwelgern, werden wir abgeladen, im Bereich der Koksmühle. Es geht mehrere Treppenabsätze in die Tiefe, das Licht sickert spärlicher, es wird immer düsterer, immer staubiger. Du meinst, es ist bereits jetzt ein wahnsinniger Staub, den man kaum aushalten kann. Aber es geht erst los. Du bekommst ein Preßluftgebläse in die Hand gedrückt und mußt damit die fingerdick liegenden Staubschichten auf den Maschinen und in den Ritzen dazwischen aufwirbeln. Im Nu entsteht eine solche Staubkonzentration, daß du die Hand nicht mehr vor den Augen siehst. Du atmest den Staub nicht nur ein, du schluckst und frißt ihn. Es würgt dich. Jeder Atemzug ist eine Qual. Du versuchst zwischendurch die Luft anzuhalten, aber es gibt kein Entfliehen, weil du die Arbeit machen mußt. Der Vorarbeiter steht wie der Aufseher eines Sträflingskommandos am Treppenabsatz, wo ein wenig Frischluft reinzieht. Er sagt: »Beeilung! Dann seid ihr in zwei, drei Stunden fertig und dürft wieder an die frische Luft.«

Drei Stunden, das bedeutet über dreitausendmal Luft holen, das bedeutet die Lunge vollpumpen mit dem Koksstaub. Es riecht zudem nach Koksgas, man wird leicht benommen. Als ich nach Atemschutzmasken frage, klärt Mehmet mich auf:»Bekommen wir keine, weil Arbeit dann nicht so schnell und Chef sagt, haben kein Geld für.« Selbst die Kollegen, die schon länger hier sind, zeigen Angst. Helmut, ein knapp dreißigjähriger Deutscher, der aussieht, als sei er bald fünfzig, erinnert sich:»Vor einem Jahr sind durch plötzlich auftretendes Gas im Hochofenbereich sechs

Kollegen totgegangen. Statt runterzuklettern sind sie in
Todespanik hoch, das Gas steigt mit hoch. Ein guter Kumpel
von mir, der in der gleichen Kolonne arbeitete, ist nur
dadurch davongekommen, weil er am Abend vorher
gesoffen hatte und noch morgens so stramm war, daß er
verpennte.«

Während wir, in Staubschwaden stehend, den Staub vom
Boden in Plastiksäcke schaufeln, stürzen Thyssenmonteure,
die einige Meter unter uns arbeiten, an uns vorbei und laufen
die Treppe hoch ins Freie. »Ihr seid bekloppt, in so'nem
Dreck kann man doch nicht arbeiten!« ruft uns einer im
Vorbeilaufen zu. Und eine halbe Stunde später beehrt uns
ein Sicherheitsbeauftragter der Thyssenhütte mit seinem
Besuch. Im Vorbeihasten und während er sich die Nase
zuhält, teilt er uns mit: »Die Kollegen haben sich beschwert,
daß sie in dem Dreck, den ihr macht, nicht mehr arbeiten
können. Macht gefälligst mal schnell, daß ihr damit fertig
werdet.« Und schon ist er wieder weg. Die Arbeit dauert bis
Schichtschluß. Die letzte Stunde heißt's, die schweren
Staubsäcke auf dem Rücken die eiserne Treppe hoch ins
Freie zu schleppen und in einen Container zu schmeißen.
Trotz der schweren Knochenarbeit empfinde ich es wie eine
Erlösung, oben kurz »frische Luft« schnappen zu können.

In einer zwanzigminütigen Pause setzen wir uns auf die
Eisentreppe, wo etwas weniger Staub ist. Die türkischen
Kollegen bestehen darauf, daß ich von ihren Broten mitesse,
als sie sehen, daß ich nichts dabei habe. Nedim, der älteste
von ihnen, gießt mir aus seiner Thermoskanne warmen Tee
ein. Sie geben untereinander von ihrem Wenigen ab und
gehen insgesamt miteinander sanft und freundlich um, wie
ich es bei deutschen Arbeitern selten erlebt habe. Es fällt
auf, daß sie während der Pause meist getrennt von den
deutschen Kollegen sitzen und nur selten Türkisch
miteinander reden. Meist verständigen sie sich in sehr
schlechtem Deutsch oder sie schweigen, während die
deutschen Kollegen das große Wort führen. Nedim klärt
mich später einmal über den Grund auf: »Die Deutschen

meinen, wir reden schlecht über sie. Und ein paar meinen, wir werden zu stark, wenn wir Türkisch zusammen reden. Sie wollen alles mitkriegen, damit sie uns besser kommandieren können.« Ich erlebe es später, als Alfred, ein Wortführer der Deutschen, einmal wutentbrannt dazwischenfährt, als die türkischen Kollegen in der Pause miteinander Türkisch reden: »Sprecht gefälligst deutsch, wenn ihr was zu sagen habt. In Deutschland wird immer noch anständiges Deutsch gesprochen. Eure Arschsprache* könnt ihr noch lange genug bei euch am Arsch der Welt sprechen, wenn ihr hoffentlich bald wieder zu Hause seid.«

Als ich mit Nedim später darüber rede, bringt er mir ein Papier eines türkischen Arbeitskollegen aus Lünen* mit, der es aus dem »Haus der Jugend«, einer kommunalen Einrichtung, mitgenommen hat. In den »Verhaltensrichtlinien für ausländische Besucher« steht, daß

- »in Anwesenheit von Deutschen deutsch gesprochen werden (sollte), zumindest wenn über Deutsche gesprochen wird.«
- »Wir hier in Deutschland für zwei Tage nicht in die Gesellschaft von anderen Menschen (gehen), wenn wir Knoblauch gegessen haben, und wir erwarten dasselbe von unseren Gästen.«
- Wenn die ausländischen Jugendlichen glauben, sie hätten »ein Nutzungsrecht für das Haus der Jugend, weil sie, ihr Vater oder irgendein Onkel hier in Deutschland Steuern zahlen, stimmt dies auch in etwa, soweit sich diese Jugendlichen in die hiesigen Sitten und Gepflogenheiten integrieren, aber nur dann!«

Solche ausgedruckten Richtlinien gibt es bei Thyssen nicht, jedoch die Erwartungshaltung ist bei vielen Deutschen ähnlich, und die türkischen Kollegen verhalten sich meist entsprechend, nehmen sich zurück, nur um nicht zu »provozieren«.

Am nächsten Tag Arbeit in zehn Meter Höhe im Freien bei siebzehn Grad Kälte. Überall Totenkopfschilder mit der Aufschrift: »UNBEFUGTEN ZUTRITT NICHT GESTATTET!«, »VORSICHT, GASGEFAHR!« Und an einigen Stellen: »ATEMSCHUTZGERÄT TRAGEN!«

Keiner hat uns über die Gefahren aufgeklärt, und »Schutzgeräte« gibt's auch nicht. Und ob wir zu den »Befugten« oder »Unbefugten« gehören, wissen wir selber nicht.

Unser Stoßtrupp hat auf Metallbühnen halbgefrorene Matschberge loszuhacken und wegzuschaufeln, die aus mächtigen Rohren herausgequollen sind.

Ein eisiger Wind pfeift hier oben, die Ohren frieren einem fast ab, und die Finger sind taub vor Kälte unter den Arbeitshandschuhen. Kein Thyssen-Arbeiter braucht bei diesen Temperaturen im Freien zu schuften, in der gesamten Bauindustrie gibt's Schlechtwettergeld, wir müssen 'ran. Mit großen Hacken rücken wir erstmal den äußeren Verkrustungen zu Leibe, es springen einem ständig kleinere Stücke ins Gesicht. Eigentlich brauchte man eine Schutzbrille, aber da wagt schon keiner mehr nach zu fragen. Aus dem Dreck steigen beißende Rauchschwaden, die einem manchmal die Sicht nehmen. Mit Schubkarren befördern wir die Matsche zu Fallrohren. Ständig verbiegen sich unter der Last die Schippen, und selbst die Schubkarren müssen wieder geradegekloppt werden. Ein tosender Lärm dringt aus den umliegenden Maschinenräumen, so daß man sich kaum verständigen kann. Diesmal braucht's den Aufpasser nicht, der sich in irgendeine Kantine verpißt hat. Wir werden von selbst zu Höchstleistungen angetrieben, weil bei der kleinsten Pause die Kälte unerträglich wird. Hin und wieder stiehlt sich schon mal einer weg von uns und stürzt sich in einen kleinen Maschinenraum. Dort tost und donnert es wie im Innern der Niagarafälle, aber die Maschinen sind warm. Da pressen wir uns gegen die Maschine und umarmen sie regelrecht, um etwas Wärme

mitzukriegen. Es ist nicht ganz ungefährlich, weil da
gleichzeitig eine Pleuelstange rotiert. Man muß schon
aufpassen, daß einem nicht ein Finger abgerissen wird. Als
ich an das falsche Blech fasse, gibt's ein grauenhaftes
Krachen und Kreischen, und Funken stieben, als ob da im
nächsten Augenblick alles auseinanderfliegt.

Dann wieder die Fronarbeit draußen, zitternd und blau
angelaufen. Jussuf, ein tunesischer Kollege, bringt es nach
sechsstündiger Arbeit auf den Punkt. Er sagt: »Kalte Hölle
hier.« Und: »Auf Sklaven früher hat man mehr Rücksicht
genommen. Sie waren noch was wert, und man wollte ihre
Arbeit möglichst lang haben. Bei uns egal, wie schnell
kaputt. Genug Neue da und warten, daß Arbeit kriegen.«

Zwischendurch kommt ein Sicherheitsingenieur von
Thyssen vorbei und fuchtelt mit einem Kasten an den
Rohren herum. Er klopft dran herum, murmelt »kann
überhaupt nicht sein« und schaut erschreckt zu uns hin.

Ich (Ali) sprech ihn an: »Was is für komisch Kasten? Was
is da drin?« - »Damit meß ich Gas«, erklärt er und: »Habt ihr
etwa kein Meßgerät hier? Dann dürft ihr eigentlich hier
nicht arbeiten.« – Er erklärt, wenn der Zeiger über eine
bestimmte Markierung hinausschlägt, sei höchste Gefahr
und wir müßten den Bereich sofort verlassen, da man sonst
sehr schnell ohnmächtig werden könnte. Der Zeiger weist
aber die ganze Zeit knapp über die Markierung hinaus. Als
ich (Ali) ihn darauf hinweise, beruhigt er mich: »Das kann
überhaupt nicht sein. Das Gerät ist defekt. Ich hol ein
neues.« – Er holt ein neues. Es dauert eine halbe Stunde, bis
er zurück ist, und der Zeiger auf dem neuen Meßgerät
schlägt wiederum bis knapp oberhalb der Markierung an.
Ungehalten klopft er am Gerät herum und versucht, mich
(Ali) zu beruhigen: »Das gibt's doch nicht. Das Scheißding*
tut's auch wieder nicht.« – Als ich (Ali) ihn zweifelnd
anschaue: »Selbst wenn es korrekt anzeigt, wäre bei diesem
Wert noch kein Grund zur Panik. Außerdem bläst der Wind
das Gas ja weg.« Und er zieht mit seinem Zauberkasten
wieder von dannen, und wir trösten uns mit dem eisigen

Wind über den eventuellen Gasaustritt hinweg.

Der türkische Kollege Helveli Raci erlebt ein paar Wochen später am gleichen Arbeitsplatz ähnliches:

»Da gab es so einen Apparat, der gab plötzlich Signale. Ich hab danach gefragt, was das für Signale sind. Und die haben geantwortet, wenn Gas ausströmt, daß die Apparate dann Signale geben. Und dann sagte ich, es gibt ja hier Gas, der Apparat gibt Signale, sollen wir aufhören? Der Meister sagte, auf keinen Fall, macht mal weiter. Wir haben weiter gearbeitet, und der hat den Apparat mitgenommen. Und später kam er wieder mit demselben Apparat, hat er wieder angelegt, und der Apparat gab weiter Signale. Ich sag', hier stimmt was nicht. Da sagt er, der Apparat muß kaputt sein. Und deshalb nahm er den Apparat nochmal mit, kam nachher und versuchte, mit dem Apparat was zu machen, daß der nicht läutet. Aber später läutete er nochmal und gab nochmal Signale. Ja, und so verbrachten wir den ganzen Tag da oben.

Es wurde einigen von uns schlecht, aber wir mußten weiterarbeiten. Die geben uns keine Gasmasken. Und wir von den Subunternehmerfirmen, wir dürfen da arbeiten, so frei und so frei da atmen, kannst du von kaputtgehen. Die interessiert das nicht. Die interessiert nur, daß Arbeit fertiggemacht wird und sonst nichts.«

Das Tragen von Sicherheitsschuhen mit Stahlkappe vorne ist Vorschrift bei Thyssen. Ebenso das Tragen von Schutzhelmen. Nach den gesetzlichen Bestimmungen müßte uns Adler diese Sachen stellen, ebenfalls Arbeitshandschuhe. Adler spart jedoch auch hier. Er betrügt im großen wie im kleinen. »Viel Kleinvieh gibt auch Mist«,[*] ist eine seiner Devisen. – Wenn »Leute« rar sind, drücken die Vorarbeiter und Thyssenmeister ein Auge zu und lassen Neue von Adler auch schon mal in Turnschuhen arbeiten, obwohl bei unserer Arbeit ständig Gefahren drohen, zum Beispiel durch herunterfallende Teile, umkippende überladene Schubkarren, Hubwagen oder vorbeifahrende Gabelstapler. Ich habe bis zuletzt keine ordnungsgemäßen Arbeitsschuhe mit Stahlkappe getragen, etliche andere Kollegen ebenfalls. Ich habe Glück gehabt, daß nichts passiert ist.

Die Arbeitshandschuhe suchen wir uns in Abfalleimern oder Müllcontainern zusammen. Meist ölverschmierte oder eingerissene von Thyssen-Arbeitern, die sie weggeschmissen haben, nachdem die Hütte ihnen neue gegeben hat.

Die Schutzhelme müssen wir uns kaufen oder man hat das Glück, mal einen stark ramponierten, weggeworfenen zu finden. Die Köpfe der deutschen Kollegen werden schützenswerter und wertvoller als die der Ausländer eingeschätzt. Zweimal riß mir (Ali) Vorarbeiter Zentel meinen Helm vom Kopf, um ihn deutschen Kollegen zu geben, die ihren vergessen hatten.

Als ich (Ali) beim ersten Mal protestierte: »Moment, hab ich gekauft, gehört mir«, wies mich Zentel in die Schranken: »Dir gehört hier gar nichts, höchstens ein feuchter Dreck. Du kannst ihn dir nach der Schicht wiedergeben lassen.« - Da wirst du ruckzuck enteignet, ohne gefragt zu werden. Beim zweitenmal wurde ich mit einem neuen Deutschen eingeteilt, der seinen Helm kostenlos von Remmert gestellt bekommt, aber im Augenblick noch ohne Helm arbeitete. Wieder sollte Ali seinen Kopf für ihn hinhalten. Diesmal weigerte er sich: »Is privat, gehört mir. Mach ich nich. Kann entlasse werd, wenn ich ohn Helm arbeit.« Darauf der Vorarbeiter: »Du ihm Helm geben. Sonst ich dich entlassen. Und zwar auf der Stelle!« – Darauf beugte sich Ali der Gewalt und arbeitete die ganze Schicht ohne Helm in einem Abschnitt der Brammenstraße, wo einige Meter von uns entfernt mehrfach noch glühende Erzbrocken niederdonnerten. Wären sie mir auf den Kopf gefallen, hätte ich zumindest Verbrennungen davongetragen.

Der deutsche Kollege Werner, nahm es mit der größten Selbstverständlichkeit hin, daß sein Schutz zu meinen Lasten ging. Als ich (Ali) ihn darauf anspreche, meint er nur: »Kann ich auch nichts dran ändern. Ich tu' nur, was man

Thyssen informiert[*]

Die Thyssen-Gruppe hatte einen guten Start in das neue Geschäftsjahr 1984/85. Die Wachstums- und Ergebnisträger des Vorjahres haben sich im wesentlichen behauptet, Nachzügler konnten aufholen.[*] Der Außenumsatz Thyssen-Welt stieg im ersten Halbjahr um 6%. Alle Unternehmensbereiche schreiben schwarze Zahlen. Das Konzernergebnis des ersten Halbjahres ist wesentlich besser als in der vergleichbaren Vorjahreszeit. Thyssen hat in der kürzlichen Hauptversammlung angekündigt, für das laufende Geschäftsjahr die Zahlung einer Dividende wieder aufzunehmen.

Im Stahlbereich hat sich die Produktion auf dem im Vorjahr erreichten Niveau gehalten. Die Preise konnten in den letzten Monaten allmählich heraufgesetzt werden, wegen des starken Dollars nehmen allerdings auch die Rohstoffkosten beträchtlich zu. Der Umsatz stieg im ersten Halbjahr um 11%. Thyssen Stahl erwartet für 1984/85 wieder ein positives Ergebnis.

Bei Thyssen Edelstahl sind zur Zeit alle Betriebe normal oder besser beschäftigt. Der Umsatz nahm im bisherigen Verlauf um 8% zu. Bei den Legierungsmetallen, die in Dollar notiert werden, müssen erhebliche Kostensteigerungen verkraftet werden. Insgesamt rechnet Thyssen Edelstahl für 1984/85 wieder mit einem positiven Ergebnis.

Der Unternehmensbereich Investitionsgüter und Verarbeitung erreichte im ersten Halbjahr insgesamt ein Umsatzplus von 7%. Bei der Thyssen Industrie ist der Auftragseingang[*] stark expansiv. Dies und die Programmbereinigungen[*] der letzten Jahre festigen die Ertragslage. Thyssen Industrie rechnet für 1984/85 mit einem positiven Ergebnis. Bei Budd sind die meisten Werke weiterhin vollbeschäftigt. Das Ergebnis von Budd wird deutlich positiv sein. Die Führung des amerikanischen Eisenbahnbereichs liegt jetzt bei Transit America Inc. Belastungen aus der Bewältigung der alten Verlustaufträge wurden bereits im letzten Jahresabschluß bilanziell berücksichtigt. Bei den Rheinischen Kalksteinwerken hält die positive Ergebnisentwicklung an.[*]

Der Unternehmensbereich Handel und Dienstleistungen baut seit einigen Jahren sein internationales Geschäft stark aus. Im ersten Halbjahr nahm der Umsatz um 6% zu.

mir sagt. Mußt du dich woanders beschweren, bin ich die falsche Adresse für.« – Später läßt er Ali auch noch seine Verachtung spüren: »Ihr Adler-Leute seid doch rein gar nichts. Euch kann doch keiner für voll nehmen.* Für die paar Mark würde ich keine Schaufel in die Hand nehmen.« Das heißt soviel wie: du hast doch keinerlei Rechte. Dich gibt's doch offiziell gar nicht hier. Du hast weder Papiere noch einen Arbeitsvertrag noch sonst was. Und deshalb blickt er auf uns herab. Er als Deutscher ist bei Remmert privilegiert. Er erhält Überstunden-und Feiertagszuschläge ausbezahlt und als Stundenlohn 11,28 DM brutto. (Schmutzzulagen allerdings zahlt Remmert nicht, obwohl meist in schmierigem Fett, altem, stinkendem Öl, dickstem Metallstaub gearbeitet wird.)

Wir bei Adler sollen dieselbe Arbeit für noch weniger Lohn machen – wie wenig, soll sich noch herausstellen.

Thyssen-Welt 1983/84 (1. Oktober 1983 – 30. September 1984)

Die Ertragslage ist stabil, auch im laufenden Jahr wird dieser Bereich wieder mit Gewinn abschließen.

Auch von den nicht-konsolidierten Beteiligungen erwartet Thyssen wieder einen guten Ergebnisbeitrag.

Gesamtumsätze der Unternehmensbereiche		Belegschaft im Jahresdurchschnitt 132.950
Stahl	10,3 Mrd. DM	
Edelstahl	3,5 Mrd. DM	
Investitionsgüter und Verarbeitung	9,8 Mrd. DM	**Aus der Bilanz**
Handel und Dienstleistungen	17,6 Mrd. DM	Bilanzsumme 19,2 Mrd. DM
Gesamtumsatz Thyssen-Gruppe	41,2 Mrd. DM	Eigenkapital 2,6 Mrd. DM
Innenumsatz	8,8 Mrd. DM	Investitionen 986 Mill. DM
Außenumsatz Thyssen-Welt	32,4 Mrd. DM	Abschreibungen 1.120 Mill. DM
		Jahresüberschuß 181 Mill. DM

THYSSEN AKTIENGESELLSCHAFT

Ich (Ali) miete mir in der Duisburger Dieselstraße eine kleine Anderthalb-Zimmer-Wohnung. Ich will die Annäherung an Ali ein Stück weiter entwickeln, will wirklich leben wie ein türkischer Arbeiter in der Bundesrepublik, nicht nur lange Ausflüge an die Arbeitsplätze machen. Ich identifiziere mich mehr und mehr mit der Rolle. Nachts spreche ich jetzt oft im Schlaf in gebrochenem Deutsch. Ich weiß jetzt, wieviel Kraft es kostet, für einige Zeit zu ertragen, was die ausländischen Kollegen ihr ganzes Leben ertragen müssen. Es ist nicht besonders schwer, diese Wohnung zu finden, denn Bruckhausen ist ein sterbender Stadtteil. Jahrelang hatten hier fast nur Türken gelebt, viele von ihnen sind inzwischen in ihre Heimat zurückgekehrt. Zahlreiche Häuser stehen leer oder sind so verslumt, daß sie nicht mehr bewohnbar sind. Die Wohnung hat weder Spüle noch Dusche, Toilette im Flur für mehrere Mietparteien, und kostet 180 Mark Miete.* Bei der Renovierung leiste ich mir einen grandiosen Luxus: mitten im Zimmer installiert mir ein Freund eine Badewanne.

Ich versuche, mir mein neues Zuhause etwas schöner zu gestalten. Zwei Müllcontainer Schutt und Dreck räume ich aus dem Vorgarten. Die Nachbarn hatten hier ihren Unrat abgeladen, weil das die »Lebensqualität« der Gegend auch nicht mehr weiter verschlechtern konnte. Dieses Bruckhausen liegt unmittelbar neben der Hütte. Wer hier alt werden will, muß eine ausgesprochen robuste Gesundheit haben. An vielen Stellen gibt es Aushänge, die dazu auffordern, eine bestimmte Telefonnummer zu wählen, wenn es mal wieder besonders schlimm stinkt. Aber hier stinkt es fast immer besonders schlimm.

Trotzdem will ich mich in Bruckhausen niederlassen. Noch bin ich hier nicht ganz allein. Vielleicht kann man ja auch mal in meinem wiederhergerichteten winzigen Garten ein Sommerfest mit den Nachbarn oder Kollegen feiern . . .

ES IST NOT

Es gibt Kollegen, die arbeiten monatelang durch, ohne einen freien Tag. Sie werden gehalten wie Arbeitstiere. Sie haben kein Privatleben mehr. Sie werden nach Hause gelassen, weil es für die Firma billiger ist, daß sie ihre Schlafstellen selber bezahlen. Sonst wäre es für sie praktischer, gleich auf der Hütte oder bei Remmert zu nächtigen. Es sind in der Regel jüngere. Spätestens nach ein paar Jahren im Thyssendreck sind sie verbraucht und verschlissen, ausgelaugt und krank – oft fürs Leben. Für die Unternehmer sind sie Wegwerfmenschen, Austauscharbeiter, es gibt ja genug davon, die Schlange stehen, um Arbeit zu bekommen unf für jede, wirklich jede Arbeit dankbar sind. Dieser Verschleiß erklärt auch, warum selten jemand länger als ein, zwei Jahre diese Arbeit aushält. Oft genügen ein, zwei Monate, um einen Schaden fürs Leben zu bekommen. Besonders, wenn Doppel- und Dreifachschichten angesagt sind. Ein knapp zwanzigjähriger Kollege arbeitet regelmäßig seine 300 bis 350 Stunden

monatlich. Die Thyssenmeister wissen es, die Hütte
profitiert davon, die Beweise werden auf Thyssen-
Stempeluhren gedrückt und aufbewahrt.

Thyssen fordert die Stoßtrupps von Remmert oft sehr
plötzlich an. Da kommt es vor, daß Kollegen nach
anstrengender Arbeit von Duisburg nach Oberhausen
zurückverfrachtet, bereits unter der Dusche stehen und der
Sheriff sie dort wegholt und für eine Anschlußschicht wieder
in den Dreck zurückschickt. Oder Leute werden über
Telefon aus den Betten geklingelt und zur Arbeit
kommandiert, wenn sie gerade nach totaler Erschöpfung
den ersten Schlaf gefunden haben. Die meisten, auch
jüngere und recht kräftige, die man fragt, sagen, länger als
15 oder 16 Schichten in der Woche hält man das nicht aus.
Wenn man dann mal ein Wochenende frei hat, schläft man
die freie Zeit wie ein Toter durch. Da gibt's den jungen F.,
der fast jeden Samstag, Sonntag durcharbeitet, zwei
Schichten hintereinander. Er läßt alles mit sich machen,
beschwert sich nie. Er kriecht in die dreckigsten Löcher,
ohne zu murren, kratzt triefende, stinkende und heiße
Fettschichten, den Rotz der Maschinen, weg und ist nachher
selbst mit glitschigem Fett überzogen. Er ist immer wie
entrückt, hat ein altes, verklärtes Gesicht und redet selten
zusammenhängend. Er ist der älteste von zwölf
Geschwistern, vier sind außer Haus. Er lebt mit seinen acht
Geschwistern bei seinen Eltern in einer 100-Quadratmeter-
Wohnung. Er ist immer hungrig; wenn einer seine Brote
nicht ißt, dann ist F. zur Stelle. Er gibt bis auf 100 Mark
monatlich sein ganzes Geld zu Hause ab, damit die Familie
über die Runden kommt.

Immer wenn sich welche über die Arbeit beschweren, hält
er dagegen: »Wir können froh sein, daß wir überhaupt
Arbeit haben« und: »Ich mach' alles.« Als wir einmal beim
Pausemachen von einem Thyssenkontrolleur entdeckt
wurden, war er der einzige, der malochte. Von dem
Aufpasser wurde er deshalb auch lobend erwähnt.

Er berichtet, daß sein Rekordarbeitseinsatz 40 Stunden

beträgt, mit fünf bis sechs Stunden Pause dazwischen. Vor
ein paar Wochen noch, erzählt er, arbeitete er 24 Stunden
am Stück durch. Er schaut ständig in Papierkörbe und
Container 'rein und sam melt verdreckte Arbeitshandschuhe ein, die Thyssen-Arbeiter da 'reingeschmissen
haben. Auch ein einzelner Handschuh ist für ihn von
Interesse. Irgendwann findet er schon ein passendes
Gegenstück. Er sammelt und sammelt, hat schon einen
ganzen Stoß, an die zwanzig Stück.* Ich (Ali) frage ihn:
»Was machst du damit? Soviel Handschuh kannst du doch
gar nicht alle tragen.« Er: »Weiß man nicht. Wir kriegen ja
keine Handschuhe. Kannst froh sein, daß sie hier liegen.
Mensch, was meinst du, was ich sammle. Brauchst auch
immer mehrere Schutzhelme, wenn dir mal 'was auf den
Kopf fällt.« Er tut mir leid. Er strahlt immer. Einige Wochen
später erlebe ich, daß F., der wieder mal zur Doppelschicht
am Wochenende eingeteilt werden soll, den Sheriff anfleht:
»Ich kann nicht mehr! Ich kann nicht, ich schaff's nicht.« –
»Was, du hast hier doch immer durchgehalten!« – »Bitte,
heute nicht. Bitte, bitte.« Der Sheriff: »Ich werd's mir
merken. Bisher war auf dich immer Verlaß.« – Ich (Ali)
gratuliere ihm nachher: »Find' ich gut, daß du heut' ›nein‹
sag has, bis ja auch kaputt.«

Er konnte einfach nicht mehr. Er konnte kaum noch
laufen und sich auf den Beinen halten. Er war aschfahl im
Gesicht, und seine Hände zitterten.

Ein Kollege erzählt, daß sie im vorigen Jahr über die
Osterfeiertage 36 Stunden ohne Schlaf durchgearbeitet
haben: »Damals hat der Remmert den Auftrag gehabt, ein
Farbband bei Opel in Bochum zu reinigen. Die Arbeit
mußte unbedingt fertig werden, da am Dienstag nach Ostern
um 6 Uhr die neue Schicht weiterarbeiten sollte.« Die
Marathonschicht in dem Auto-Werk war aber für den
Kollegen noch nicht der stundenmäßige »Höhepunkt«.
»Vor zwei Jahren haben wir mal in einem Sport-Hotel in der
Nähe von Frankfurt gearbeitet. Mit der Kolonne, mit der wir
da 'runtergefahren sind, haben wir bis zum Umfallen

geschuftet – ungefähr 50 Stunden lang.«

Der deutsche Kollege Hermann T., ca. fünfunddreißig, ist einer der eifrigsten »Stundenmacher« bei Remmert. Man sieht es ihm an. Grauweiß im Gesicht. Ganz ausgelaugt und spindeldürr. Er war eine Zeitlang arbeitslos und ist einer der wenigen, die dankbar sind, bis zum Umfallen arbeiten zu dürfen. Seitdem er im Februar '85 angefangen hat, arbeitet er Monat für Monat wie ein Besessener, im April '85 erreicht er nach eigenen Angaben erstmals 350 Monatsstunden. Auch im Juni hat er wieder »alle Stunden mitgenommen« – am 25.6. kommt er bereits auf fast 300 Stunden, »und der Monat ist noch nicht rum«. Hermann T.: »In der letzten Woche habe ich von Freitag auf Samstag vier Schichten hintereinander gemacht. Freitagmorgen bin ich mit euch um 6 Uhr bei Thyssen reingefahren, und am Samstagmittag habe ich dann um 14.15 am Werkstor gestempelt.« Solche Marathon-Arbeitszeiten sind für Hermann nichts Ungewöhnliches, und damit die drastischen Verstöße gegen die Arbeitszeitverordnung nicht auffallen, wird er auf dem riesigen Thyssen-Gelände von Schicht zu Schicht zu einem anderen Einsatzort kommandiert. »Freitag morgen war ich auf meiner Baustelle in Ruhrort, so'ne kleine Halle, wo wir absaugen mußten. Mittags war ich dann im Oxy 1,* während der Nachtschicht habe ich im Kraftwerk Voerde gearbeitet und Samstagmorgen war ich dann wieder auf meiner Baustelle in Ruhrort.« Völlig erschöpft und mit weichen Knien sei er schließlich nach Hause gewankt: »Ich hab' dann noch was gegessen, so richtig Hunger hatte ich nicht mehr, und bevor ich mich dann hingelegt hab', habe ich noch zu meiner Frau gesagt, weck mich um 20.15 Uhr, ich würde gerne den Spielfilm sehen. Aber das war nichts – ich hab bis Sonntag mittag durchgeschlafen ohne einmal wachzuwerden.«

Er erzählt, wie sie bei Thyssen gearbeitet haben: »Jeden Tag 16 Stunden, 12 Stunden, 13 Stunden, jeden Samstag und jeden Sonntag, jeden Feiertag – immer durch. Ostern und Pfingsten waren wir auch noch da, da ging das vielleicht

rund. Der ganze Hochofen hat ja stillgelegen, da mußte alles
sauber gemacht werden, was meinst du, was wir da
rummalocht haben, egal ob Wind, ob Schnee, ob Regen, ob
kalt. Da waren deine Klamotten ständig feucht und naß und
immer 10 bis 15 Leute von Remmert, auch Adler-Leute
waren dabei. Insgesamt haben wir da fast fünf Monate
gearbeitet.«

Der türkische Kollege Sezer O. (44) beansprucht, den
Rekord im Dauerarbeiten zu halten. Beim U-Bahnbau in
München mußten sie 72 Stunden im Schacht unter der Erde
arbeiten und sackten in ihren kurzen Pausen schon mal eine
halbe Stunde weg. Viele verunglückten bei diesen
Marathonarbeiten, berichtet er, alles Ausländer.

Ich (Ali) bin dabei, als uns der Sheriff regelrecht zwingt –
juristisch erfüllt es den Tatbestand der Nötigung* –, eine
Doppelschicht zu machen. Wir werden gerade im Bus zum
Sammelplatz gefahren. Wir sind fix und fertig. Einige sind
im Sitzen schon eingeschlafen, als der Vorarbeiter unseren
Bus stoppt und mehr beiläufig sagt: »Es wird
weitergearbeitet! Doppelschicht!«

Einige protestieren, müssen, wollen nach Hause, sind
total kaputt.

Es wird ihnen klargemacht, Thyssen verlangt das, es wird
weitergearbeitet.

Der algerische Kollege T., der unbedingt nach Hause
muß, wird auf der Stelle entlassen. Er wird aus dem Bus
'rausgeholt und auf die Straße gesetzt. Er kann sehen, wo er
bleibt.

Der folgende authentische Dialog war vorausgegangen:

Sheriff: »Ihr müßt länger machen heute, bis 22 Uhr.«
Algerischer Kollege: »Arschlecken. Ohne mich, ich bin doch
    kein Roboter.«
Sheriff: »Ihr müßt *alle* länger machen.«
Algerischer Kollege: »Ich muß nach Haus, dringend.«
Sheriff: »Da brauchst du gar nicht mehr zu kommen. Das ist
    jetzt Not.«

Algerischer Kollege: »Ich muß aber nach Hause.«

Sheriff: »Da brauchst du morgen auch nicht mehr zu kommen. Dann geh' 'raus. Dann ist hier Ende für dich. Für immer.«

Sheriff (zu den anderen, die ängstlich schweigen): »Ich brauch' vierzig Mann, morgen auch! Verlangt Thyssen von uns! Ich möchte auch Feierabend machen, ich muß, mich fragt man auch nicht. Ich hab' heute nachmittag einen Termin für meine Jacket-Kronen. Das geht auch nicht. Ende. Was wollt ihr überhaupt? Im Krieg, da ist alles noch viel schlimmer!«

»BESSER: NICHTS VERSTEHN«

Während der Pause in einem der kilometerlangen düsteren und menschenleeren Gänge in der Sinteranlage* III kommt ein Thyssenmeister in Begleitung eines Vorarbeiters auf uns zu. Sie kontrollieren, was wir bisher an Matsch und Sinterstaub weggeräumt haben, denn vor allem an uns liegt es, ab wann die Anlage wieder anfahren kann. Der jüngere Meister fühlt sich durch das orientalische Aussehen Jussufs angeregt, in Ferienerinnerungen zu schwelgen: »Bist du aus Tunesien?« Jussuf bejaht. Meister: »Ein tolles Land. Da fahren wir wieder hin dieses Jahr – ich und meine Frau, in Urlaub. Da kannst du dich phantastisch erholen. Und alles viel billiger als hier.«

Jussuf lächelt ihn dankbar und freundlich an. Es passiert nicht häufig, daß sich ein deutscher Vorgesetzter herabläßt, mit einem Ausländer außerhalb der Arbeit zu reden, und es ist geradezu eine Seltenheit, daß er sich auch noch positiv über dessen Heimatland äußert. Jussuf erklärt, daß seine Eltern in der Nähe des Meeres ein Haus haben, nennt die Adresse und lädt den Meister ein, wenn »er demnächst in Tunesien ist, sie zu besuchen«. Der Meister geht auch sofort darauf ein: »Verlaß' dich drauf, ich komme. Du mußt mir nur ein paar Adressen besorgen. Du weißt schon, was ich meine. Bei euch gibt's doch tolle Frauen zum Ficken. Das ist

doch unheimlich da. Was kostet das im Moment bei euch?«
Jussuf antwortet: »Weiß ich nicht.« »Für 20 Mark kann man
doch bei euch schon alles kriegen!«

Jussuf ist ganz offensichtlich in seinem Stolz verletzt und
antwortet: »Hab' ich keine Ahnung.« Der Meister ist immer
noch in seinem Element und läßt nicht locker. (Während er
seinen Daumen durch Zeige- und Mittelfinger steckt): »Hör
mal, das sind doch ganz scharfe Frauen da bei euch. So
richtige Wildkatzen. Wenn man denen erst mal den Schleier
'runterreißt, dann sind die doch echt geil. Hast du denn
keine Schwester? Oder ist die noch zu jung? Bei euch muß
man ja immer gleich heiraten.« Jussuf versucht, seine
Demütigung vor uns anderen Kollegen zu überspielen, und
sagt: »Aber Sie fahren doch mit Ihrer Frau dahin!« Meister:
»Das macht doch nichts. Die liegt doch den ganzen Tag am
Strand und kriegt nichts mit. Ganz tolles Hotel. Genau wie
hier das ›Interconti‹.* Kostet nur knapp über 2000 für zwei
Wochen. Mit allem Drum und Dran. Wir haben da mal
einen Abstecher gemacht in das andere Land, na, sag'
schon, wie heißt das noch?« Jussuf (höflich): »Marokko.« –
Meister: »Ja klar, Marokko, das war mir gerade entfallen.
Auch tolle Weiber da. Hör mal, wie sprecht ihr überhaupt?
Sprecht ihr Spanisch?« – Jussuf erträgt's nicht länger. Er
wendet sich ab, rechtfertigt sich aber noch und sagt: »Nein,
Arabisch. Ich muß zu Toilett.« –

Der Vorarbeiter nimmt's zum Anlaß, sich bei uns
niederzulassen, um ebenfalls in Urlaubsstimmung und ins
Schwärmen zu geraten. Er räkelt sich. »Jetzt im Süden sein.
Keine Arbeit. Immer Sonne. Und Frauen, Frauen.« Zu mir
(Ali) gewandt: »Hab' ich recht? Bei euch in Anatolien kann
man doch schon für eine Ziege eine Frau Kaufen.« Als ich
(Ali) unbeteiligt in eine andere Richtung schaue, fordert er
mich: »Stimmt etwa nicht? Wie bist du denn an deine Alte
geraten?« – »Die Deutsche meine immer, könn alles kauf«,
antwortet Ali. »Aber die schönst' Sache auf der Welt kriegs
nicht für Geld. Darum die Deutsch' auch so arm, trotz ihr

viel Geld.« Der Vorarbeiter fühlt sich angegriffen und zahlt's Ali heim: »Eure anatolischen Haremsdamen, die möcht ich nicht geschenkt haben. Die sind doch dreckig, die stinken. Die muß man erst einmal gründlich abschrubben. Und wenn man die erstmal ausgezogen hat, den ganzen Plunder 'runter, dann ist man doch schon wieder schlapp.«

Jussuf nimmt mich (Ali) anschließend zur Seite und sagt: »Is nicht gut, daß wir Deutsch gelernt und verstehen. Immer viel Ärger. Besser so tun, als ob wir nich verstehn.« – Er erzählt von jüngeren tunesischen Kollegen, die aufgrund ähnlicher Erfahrungen und Demütigungen die deutsche Sprache ganz bewußt nicht weiter erlernen und »egal, was Meister sagt, immer ›ja Meister‹ sagen, so gibt auch kein Palaver.«

Viele Toiletten in der Thyssen-Fabrik sind mit ausländerverachtenden Parolen und Phantasien beschmiert. Auch auf den Fabrikwänden sind häufig ausländerfeindliche Graffitis gesprüht, und keiner sieht sich veranlaßt, sie zu entfernen. Nur ein paar typische Beispiele von Hunderten – Scheißhausparolen aus dem Oxygen I-Werk:

»SCHEISSE AM STIEL = EIN TÜRKE MIT HOLZBEIN.

An die Kantine in der Nähe ist gesprüht:

»TÜRKEN 'RAUS. DEUTSCHLAND BLEIBT DEUTSCH!

Daneben hatte ein Tierfreund sinnigerweise einen Aufkleber mit einem Pandabär draufgeklebt und dem Spruch: »Schützt aussterbende Tierarten.« Zwanzig Meter weiter große Aufschrift: TOD ALLEN TÜRKEN! – Oder in den Toiletten an der Kaltwalzstraße im Bereich der Verzinkung. Ich hab' mir ein paar Sprüche notiert, sie sind vergilbt, also stehen sie dort schon recht lange:

LIEBER 1000 RATTEN IM BETT ALS EINEN TÜRKEN IM
KELLER
HÄNGT ALLE TÜRKEN AUF UND ALLE DEUTSCHEN
MÄDCHEN, DIE SICH MIT IHNEN ABGEBEN
Dann in einer anderen Handschrift:
SCHEISSTÜRKEN, KÖNNEN NICHT HOCH GENUG
HÄNGEN, ICH HASSE SIE ALL
TÜRKENSAU,* ICH KNALL EUCH ALLE AB
andere Handschrift:
ICH BIN FROH EIN DEUTSCHER ZU SEIN
DEUTSCHLAND UNS DEUTSCHEN
Und weiter:
LIEBER EIN SS-SCHWEIN ALS EINE TÜRKENSAU SEIN
ES GAB NIE EINEN BESSEREN DEUTSCHEN ALS ADOLF
HITLER.
LIEGT EIN TÜRKENSCHWEIN TOT IM KELLER, WAR DER
DEUTSCHE WIEDER MAL SCHNELLER.

PAUSENGESPRÄCH

Die deutschen Kollegen Michael (34), Udo (26) und der
Wortführer Alfred (53) haben sich im Treffbunker unter der
Brammstraße eine Holzbohle organisiert und über zwei
Fässer gelegt. Dort sitzen sie zusammen, teilen Zigaretten
und Getränke miteinander. Ihnen gegenüber auf einer
auseinandergefalteten türkischen Zeitung *Hürriyet* (zu
deutsch: Freiheit) sitzt Ali, zur Zuhörerrolle verurteilt.
Immer wieder wird das Gespräch durch das tosende
Klatschen herunterdonnernder Erzbrocken unterbrochen.

Alfred: »Glaub mir, bei Adolf Hitler wurde
Kameradendiebstahl, und ob es bloß ein Schnürsenkel
war, an die Wand gestellt und erschossen. Glaubt mir das.
Mehr ist er nicht wert. Wer einen Kumpel bestiehlt –
entweder totschlagen oder erschießen. So muß man im

Leben sein. Man nimmt beim anderen Kollegen nichts weg, das macht man nicht!«

Ich (Ali): »Aber Chef kann dir wegnehme?«

Alfred: »Das ist' ne ganz andere Sache, aber wer Kumpels in die Pfanne haut* oder bestiehlt . . . «

Ich (Ali): »Aber wär auch Chef erschosse worde, wenn er klaut?«

Alfred (leicht drohend): »Hätt's mal früher bei Hitler hier sein sollen, da war Europa noch in Ordnung.«

Ich (Ali): »Viele erschosse worde?«

Alfred: »Hätt'ste mal hier sein soll'n.«

Udo: »Aber da konnten alte Leute noch über die Straße laufen.«

Alfred: »Hör mal, da konnt 'ne alte Oma von siebzig Jahren mit 10 000 Mark in der Tasche nachts auf der Straße laufen, der is nichts passiert.«

Ich (Ali): »So viel Geld, die is nich allein über Straß gange, die fuhr mit Auto . . . «

Alfred: »Mein Vadder in der Großstadt, in 'ner Riesengroßstadt – Leipzig, Messestadt, wo ich herkomm – der hatte Motorrad, Auto und Fahrrad. Das Fahrrad, das hat das ganze Jahr aufm Hof gestanden, wenn das verrostet war, dann hat er sich 'en neues gekauft – dann stand das wieder auf 'em Hof. Das war nie weg . . . «

Ich (Ali): »War kaputt sicher – Fahrrad.«*

Alfred(redet mir weiter ins Gewissen, so als ob er alle Ausländer für potentielle Diebe hält): »Hör dir das mal ruhig mit an und schreib es dir hinter die Hammelohren.«

Ich (Ali): »Wieso?«

Alfred: »Von Klemm und Klau. Paß auf, früher war das ja nicht so, daß jeder so'ne vollautomatische Waschmaschine hatte. Wir hatten 'ne Waschfrau, die Frau Müller, weil wir 'nen Geschäftshaushalt hatten. Alle vier Wochen war große Wäsche, verstehste? Im Winter wurde aufm Boden getrocknet und im Sommer aufm Hof. Da hing unsere gesamte Wäsche, von der Bettwäsche angefangen, alles aufm Hof. Da hat nicht ein Taschentuch gefehlt, nicht eins hat da gefehlt.«

Ich (Ali) (zu den anderen): »Ich will sein verrotzte Taschentücher gar nich, ich nehm Tempo.«

Alfred (unbeirrt): »Nicht ein Taschentuch.«

Ich (Ali): »Aber die Ausländer ging nich so gut da?«

Alfred: »Hör' mal, da hat in Deutschland noch Zucht und Ordnung geherrscht.«

Ich (Ali): »Aber die Jude, die habt ihr tot gemacht.«

Alfred: »Scheiß von deinen Juden. Das wurde uns anerzogen. Das Alter muß geehrt werden, das war ein Satz, das wurde uns eingebläut. Vom Lehrer, von der Schule als Gemeingut und vom Elternhaus. Du meinst doch nicht, daß wir es uns als junge Bengels erlaubt haben, uns hinzusetzen in der Bahn. Das haben wir ja eingetrichtert gekriegt, da stand man für eine ältere Person auf, das war eine Selbstverständlichkeit.«

Ich (Ali): »Du meins, war besser Staat als jetz . . . «

Alfred: »Das war 'ne Totaldiktatur, aber die hab ich als besser empfunden wie heute – den Sauhaufen, wo ich heute bin.«

Ich (Ali): »Hör 'ma, warum habt ihr alle Jude mord?«

Udo (will Alfred das Stichwort geben): »Weil se Ausländer war'n.«

Alfred: »Weißt du warum – weißt du warum?«

Ich (Ali) (stellt sich dumm): »Nee, nee.«

Alfred: »Einen Fehler hat Hitler gemacht. Der hätte noch fünf Jahre länger existieren müssen, daß keiner von denen mehr leben würde, nicht einer. Wo der Jude seine Finger im Spiel hat, da ist nur Theater in der Gesamtwelt, ob das arme Juden sind oder reiche. Es gibt ja die reichen Juden, wie Rockefeller,* Morgenthau* u.s.w. Das sind die, die in der Weltgeschichte nur Unheil, Unfrieden und Terror anstiften. Die haben das Geld, um die Forschung laufen zu lassen, die haben das Geld, die haben die Macht über Leben und Sterben – das sind die Leute. Und hör mal, wenn der Hitler noch fünf Jahre gemacht hätte und das Ding irgendwie zu seinen Gunsten ausgegangen wär,

da gäb's von der Sorte Menschen keinen mehr, da glaub'
man dran – keinen mehr.«*

Ich (Ali): »Zigeuner habt ihr auch tot gemacht.«

Michael: »Die nicht rassisch deutsch waren, hat der alle
umgebracht, nur rassige Deutsche nicht.«

Udo: »Ja, war ja nicht nur Hitler!«

Ich (Ali): »Der hätt' mich auch kaputt gemacht?« (keine
Antwort)

Alfred: »Hör mal, wer hat denn mit KZ* angefangen? Jetzt
mal ganz ehrlich.« Gibt sich selbst die Antwort (laut):
»Der Engländer.«

Udo: »Der Ami, der Ami hat damit angefangen.«

Alfred (beharrt): »Der Engländer war's, der Engländer. Der
Churchill,* ja, der Churchill war Oberleutnant in der
englischen Armee. Hört mal, der Churchill war – im
Kolonialkrieg war der Oberleutnant, ja, also Sarschent.«

Michael: »Der Hitler hätte dat nicht machen sollen.«

Alfred: »Un weißte, was der Churchill gemacht hat?«

Michael (beharrt darauf): »Ne, dat war 'ne Sauerei.«

Alfred: »Der hat ja auch auf zwei Fronten gekämpft.«

Michael: »Dat is egal, Sauerei is dat, hör' mal, dat is . . . «

Alfred (unterbricht ihn): »Der hat uns Südwest-Afrika
weggenommen als Kolonialstaat. Und da ist der und hat
die Buren – haste von denen schon mal was gehört, die
Buren? Der hat Frauen und Kinder in der Wüste
eingeschlossen in Zeltlager, und der hat sie alle verrecken
lassen, Frauen und Kinder, alle kaputt . . . «

Michael: »Auch nicht richtig. Aber Hitler war der größte
Massenmörder aller Zeiten . . . «

Alfred (verunsichert, daß ihm von seinem Kollegen Michael
Widerspruch entgegengebracht wird. Geht daraufhin
frontal auf Ali los): »Hör mal, du bist doch nicht dumm?«

Ich (Ali): »Kommt drauf an . . . «

Alfred: »Was ist der Unterschied zwischen den Türken und
den Juden?«

Ich (Ali): »Alles Mensche, kei Unterschied.«

Alfred (triumphierend): »Doch! Die Juden haben's schon

hinter sich!«*

Udo meldet sich zu Wort. Zu Alfred:»Du, da kenn' ich noch
einen viel besseren.«

Alfred:»Schieß' los!«

Udo zu mir (Ali):»Wieviele Türken gehen in einen VW?«

Ich (Ali):»Weiß nich.«

Udo:»Zwanzigtausend. Glaubste nicht?«

Ich (Ali):»Wird schon stimme, wenn du sags.«

Udo:»Willste wissen, wieso?«

Ich (Ali):»Lieber nich.«

Udo:»Ganz einfach. Vorne zwei, hinten zwei, die anderen
in den Aschenbecher.«

Alfred (trocken):»Haha. Da kann ich schon lange nicht
mehr drüber lachen. Der hat so'n Bart.* Den hab ich
mindestens schon hundertmal gehört. Kennt ihr den
neuesten: Da trifft ein Türkenjunge – der geht gerade mit
einem deutschen Schäferhund spazieren – einen
erwachsenen Deutschen. Der fragt: ›Wohin willst du
denn mit dem Schwein?‹ – Der Türkenjunge: ›Das ist
doch gar kein Schwein, das ist ein echter deutscher
Schäferhund, hat sogar'n Stammbaum.‹ – Sagt der Mann:
›Halt's Maul, dich hab ich doch gar nicht gefragt.‹«

Prustendes Lachen von Alfred and Udo.

Michael sagt:»Find ich nicht gut. Daß ihr den erzählt, wo der
Ali dabei ist. Der kann den doch falsch verstehen.«

Ich (Ali):»Kann nich drüber lache. Auch über Judenwitz is
nichts zu lache. (Zu Alfred) Warum haben die Deutsch so
wenig zu lache, daß sie immer ihr Witz auf Koste von
ander mache müsse?«

Alfred (böse):»Spaß muß sein. Mischt ihr euch mal nicht in
unsere Angelegenheiten ein, sonst habt ihr nämlich bald
nichts mehr zu lachen.«

Und herausfordernd zu mir:»Kennst du den Dr.
Mengele?«*

Ich (Ali):»Ja, der Mörder-Doktor aus KZ.«

Alfred:»Ach, der Mengele, der war gar nicht mal so doof.
Jedenfalls für seine Versuche hat er sich keine Türken

genommen. Willste wissen, weshalb nich?«
Ich ziehe es vor zu schweigen.

»Weil«, blickt er mich haßerfüllt an, »weil ihr rein gar nichts taugt und nicht mal seine Menschenversuche zu gebrauchen gewesen wärt.«

Michael: »Aber weißte, wenn ich die Berichte seh und hör, dann schäm ich mich, ein Deutscher zu sein, so was, ehrlich.«

Alfred (genüßlich): »Dann hat er sie da rein gestellt und dann hat er geguckt, wie lange die leben, wenn die da in dem Eis hocken.«

Alfred zu mir: »Hör mal, was bist du noch genau für'n Landsmann? Du bist doch gar kein richtiger Türke. Deine Mutter kommt doch von den Hottentotten oder so?«

Ich (Ali): »Ich hab griechisch Mutter, Vater Türk.«

Alfred: »Ja, was biste jetzt, Türke oder Grieche?«

Ich (Ali): »Beides. Und auch was deutsch. Weil schon zehn Jahr' hier.«

Alfred zu den anderen: »Hört euch diesen Idioten an. Der meint, er ist von allem etwas. So ist das, wenn die Rassen durcheinander zwitschern. Dann ist nachher nichts Genaues. Der kennt kein Vaterland. Sowas ist Kommunist. Da, wo der herkommt, da wimmelt es von Kommunisten. Sowas gehört verboten. Weißte, was die bei Mannesmann gemacht haben? Alle Türken raus. Hier bei Remmert, da sind etliche Türken, die kannste alle verbrennen, du, wenn du die Leute schon siehst, dann geht dir schon die Galle hoch* . . . Was ich gestern noch gesagt hab (zu türkischen Kollegen, G.W.), wenn du jetzt nicht langsam spurst,* dann tret ich dich im Arsch und schick dich nach Hause. Oh, den hab' ich aufm Kieker.«*

Michael: »Die haben hier gearbeitet, ihr habt hier gearbeitet – ist gut – wir haben euch gebraucht – Ende. Ihr seid hier! Was sollen wir dagegen machen, ne?«

Ich (Ali): »Wir sin ja nich von allein gekomm. Man hat uns ja auch geholt. Und damals immer sagt: Kommt! Kommt! Hier viel verdiene. Wir brauche euch. Wir sin ja nicht einfach gekomm.«

Michael: »Ha, dat is auch richtig. Wir sollen sie abfinden.«

Udo: »Ja, guck mal, wie Mannesmann das macht.«

Michael: »Im Moment sind doch so viele Arbeitslose, wir stecken doch selbst in der Krise.«

Udo: »Mannesmann hat sofort gesagt: hier alle Mann 10 – 30 000 Mark.«

Ich (Ali): »Nur wenn jetzt alle gehe würde, da würd ihr jetzt kein Rent' mehr kriege, wär für euch ganz Rent' kaputt. Wenn wir alle gehe, krieg wir all unser Geld. Un' ihr habt kein Rent mehr.«

Alfred: »Ach, alles Quatsch. So viele Türken sind gar nicht da.«

Ich (Ali): »Doch, 1,5 Millione. Da seid ihr pleite.«

Alfred: »Weißte, wie das in der Schweiz ist? Wenn du in der Schweiz als Gastarbeiter arbeitest, dann läuft dein Arbeitsvertrag elf Monate und der zwölfte ist Urlaubsmonat. Und in diesem Monat, in dem du zu Hause bist und Urlaub hast, informieren sie dich brieflich, ob du wieder arbeiten darfst oder zu Hause bleiben kannst. So regelt das die Schweiz. In dem Monat entscheiden die, ob du wiederkommen kannst oder dir als Kameltreiber die Zeit vertreiben darfst.«

MEHMETS ODYSSEE

Mehmet, ein älterer Kollege, fällt mir (Ali) immer wieder durch seine ruhige Art auf. Er besitzt eine fast stoische Ausgeglichenheit, mit der er die härtesten Arbeiten auf sich nimmt, und auch die gefährlichsten. Er ist freundlich und wirkt mit ergrautem Haar und dem runden, etwas faltigen Gesicht recht väterlich. Ich (Ali) erschrecke ein bißchen, als Klaus, ein anderer Remmert-Mann, erzählt, Mehmet sei gerade erst neunundvierzig Jahre alt. Ich hatte ihn für sechzig gehalten.

Eines Tages verabschiedet sich Mehmet für »fünf Wochen Urlaub« in der Türkei. Ich (Ali) frage andere Kollegen:

»Gibt viel Urlaub bei Remmert? Adler frage nach fünf Woche Urlaub, geht aber nich, gleich Entlassung.« – »Kannst bei uns normal auch nicht machen, fünf Wochen«, sagt einer, »der Mehmet hatte doch drei Unfälle in einem Jahr. Da ist der Alte mal großzügig gewesen.« Ich frage nach: übereinstimmend berichten die Kollegen von schweren Verletzungen, die Mehmet erlitten hat. Der erste Unfall habe sich dabei noch nicht mal bei Thyssen ereignet, sondern in Remmerts Millionen-Villa in Mülheim.* Mehmet und ein deutscher Kollege sollten dort eine Sauna im Keller installieren. Dafür mußte Erdreich ausgehoben werden, und Mauern waren teilweise abzutragen. »Dabei ist es passiert. Der deutsche Kollege war unten am Buddeln, und der Mehmet hat gemerkt, wie die eine Mauer runterkommt. Da hat der den Kollegen rausgezogen, sonst wäre der vielleicht tot gewesen, aber Mehmet hat die Mauer noch voll auf der linken Schulter abgekriegt.« Der Arzt röntgte die zersplitterten Knochen und bescheinigte Mehmet eine 46prozentige Schwerbehinderung.

Mehr als zwei Monate mußte Mehmet im Krankenhaus bleiben. Eine Entschädigung oder eine Rente erhielt er von Remmert nicht. Dafür versprach ihm der Menschen-verkäufer Remmert trotz der schweren Verletzung, daß er bei Thyssen weiter schuften darf. Bei Smogalarm und eisiger Kälte wird Mehmet im Februar wieder eingesetzt: in der Nachtschicht. In der Sinteranlage rutscht er bei Glatteis aus und fällt unglücklich, weil er instinktiv versucht, sich mit dem gesunden Arm abzustützen. Dabei verstaucht er sich das Armgelenk so stark, daß es in Gips gelegt werden muß. Kaum ist Mehmet, der eine Frau und drei Kinder zu versorgen hat, von denen eins seit Geburt schwerbehindert ist, wieder halbwegs gesund, fährt er eine Nachtschicht nach der anderen. Nach vierzehn Nächten hintereinander fällt Mehmet todmüde ins Bett. Zwei Stunden später ruft man bei ihm an und verlangt, gleich noch eine Tagesschicht dranzuhängen. Mehmet kommt. Als Mehmet abends um acht Feierabend machen will, ordnet der Vorarbeiter an:

nach dem Essen soll Mehmet gleich wieder auf die Hütte kommen, zur nächsten Nachtschicht. Mehmet kommt.

In einem Kellergewölbe reinigt Mehmet Kanäle, in die immer wieder glühendes Eisen fällt und dabei einen Dampf verursacht, bei dem die eigene Hand vor den Augen nicht mehr zu sehen ist. Übermüdet und erschöpft rutscht Mehmet mit einem Bein in ein Bodenloch. Die Diagnose im Krankenhaus: Bänderriß. Auch nach zwei Operationen ist Mehmets Bein noch nicht wieder in Ordnung. Trotzdem arbeitet er weiter. Aus seinem Urlaub zurück, sagt er mir: »Was soll ich machen? Muß Arbeit machen. Kinder, Schulden . . .«

Es ist schwierig, mit Mehmet ins Gespräch zu kommen. Er ist bereits nach wenigen Tagen wieder total überarbeitet und übermüdet. Die Zeit teilt er nur noch in Schichten ein, erinnert sich oft nicht mehr an bestimmte Monate, sondern nur noch daran, ob es bei Thyssen besonders kalt oder schmutzig war. Obwohl er bereits seit 1960 in der Bundesrepublik ist, spricht er nur ein sehr gebrochenes Deutsch. Der Überlebenskampf hat ihm nicht mal Zeit gelassen, die Sprache richtig zu lernen (ein türkischer Kollege half deshalb bei der Übersetzung der Gespräche, G. W.). Reden ist auch nicht gefragt, sondern »anpacken«.

Mühsam hat Mehmet versucht, was bei jedem Deutschen als Tugend gilt: sich und seiner Familie eine neue Heimat zu schaffen.

Er erzählt, daß er die ersten zehn Jahre überall gearbeitet hat, wo es Arbeit gab. Quer durch's Land. Schließlich, 1970, gelang es ihm, bei Thyssen in Duisburg eine feste Anstellung als Gabelstaplerfahrer zu bekommen: »Da hab' ich zwischen 1600 und 1700 Mark netto verdient, in Wechselschicht. Nebenbei auch noch gearbeitet, Autosattlerei . . . « Mit jahrelang Erspartem und Bankkrediten kaufte Mehmet sich und seiner Familie ein halbverfallenes Reihenhaus in Duisburg-Mettmann. »Hätt' ich Arbeit behalten bei Thyssen, wär' jetzt alles bezahlt.« Doch sein deutscher

Vorarbeiter machte einen Strich durch die bescheidene Rechnung: »Hab' ich Urlaub gemacht, 1980. Kommt der Vorarbeiter, sagt zu allen Türken: Bringt mir mal einen Teppich mit aus der Türkei, aber echten Teppich! Hab' ich gesagt: Hör mal, echter Teppich kostet bei uns mindestens 5000 Mark, gute Qualität. Soviel Geld hab' ich nicht. Da sagt der: Bringst du mir keinen mit, wenn du wiederkommst, wirst du was erleben!« Als Mehmet aus der Türkei zurückkam, schikanierte ihn der Vorarbeiter tagelang mit schweren Arbeiten als »Strafe« für das ausgebliebene »Geschenk«. »Dann er hat gesagt: Komm' in mein Büro! Bin ich in sein Büro gegangen, hat er bißchen geschimpft, hab' ich nichts gesagt. Dann, drei Stunden später, da hab' ich wieder gearbeitet, kommt Werkschutz, nimmt mich, sagt, ich soll nach Hause gehen. Ich hätte den Vorarbeiter geschlagen. Aber das stimmte überhaupt nicht.« Mehmet wurde, ohne genaue Prüfung des Vorfalls, nach zehn Jahren bei Thyssen fristlos entlassen. Tatsächlich gab es nicht einmal eine Anzeige gegen ihn, etwa wegen »Körperverletzung«. Weil aber Thyssen diesen Grund in der Kündigung (»Tätlicher Angriff auf einen Kollegen«) angegeben hatte, weigerte sich das Arbeitsamt zunächst, ihn zu unterstützen. Mehmet mußte erst einmal Zeugen beibringen. Übereinstimmend sagten mehrere Kollegen, darunter auch deutsche, beim Arbeitsamt aus, daß der Kündigungsgrund ganz offenbar eine Farce sei. Mehmet: »Das war ein richtiger Schock, alles. Dann bin ich gelaufen, neue Arbeit suchen. Zwei oder drei Monate nichts gefunden. Dann endlich Arbeit bei einer Spanplattenfirma, Duisburg-Homberg. Auch wieder als Gabelstaplerfahrer. Da war ich fünf Monate, war alles ok, kein Problem. Nur dann hab' ich ein Telegramm gekriegt. Daß meine Mutter gestorben war, stand da drin. Bin ich zum Chef gegangen, hab' gefragt, ob ich eine Woche frei haben kann, um zu der Beerdigung zu fahren. Hat der gesagt: Wieso, nach fünf Monaten gibt's bei uns noch keinen Urlaub! Hab' ich gesagt: aber meine Mama ist tot. Hat er nur gesagt, interessiert ihn nicht. Da bin ich trotzdem gefahren und nach einer Woche, komm ich zurück, Kündigung.« Unter dem Druck der Schulden für sein Häuschen sucht Mehmet neue Arbeit – vergeblich. Wieder drei Monate Arbeitslosigkeit. »Dann hab' ich Führerschein Klasse zwei gemacht, für Lastwagen, mich beworben, überall. Dann endlich konnte ich Lieferwagen fahren, für eine kleine Firma, wenig Geld. Nach zwei Tagen Arbeit kommt ein Brief von Firma ›Rheinperle‹. Da hatte ich mal Planen repariert für die Wagen. Bin ich da hin, sagt Chef: Du kannst sofort anfangen bei uns, Gabelstapler fahren. Später vielleicht auch Lkw, bin ich vier Jahre geblieben.« Ein »noch besseres« Angebot verlockt Mehmet, die Firma zu wechseln: 13 Mark Stundenlohn bei einer Düsseldorfer Spedition. »Dazu 18 Mark Spesengeld, hab' ich gleich gemacht, ist doch klar.« Doch nach nur fünf Monaten kommt die Kündigung: »Arbeitsmangel«.

»Bin ich wieder gerannt. Arbeitsamt sagt: Komm' in drei Monaten wieder oder in vier, gibt keine Arbeit. Wieder bei Firmen gefragt, überall. Dann erzählt mir ein Nachbar, Remmert braucht Fahrer. Ich sag': Wo ist Remmert? Sagt er Bei Mannesmann fragen. Ich zu Mannesmann. Eine Woche lang, jeden Tag, hab ich auf den Chef gewartet von den Remmertleuten. Aber der kam nicht. Ich immer wieder Tor vier rein, zu den Remmertleuten, warten. Dann hab ich einen Schweißer gefragt: Wo ist das Büro? Sagt er: Oberhausen. Ich sofort Oberhausen, nachmittags, drei oder vier Uhr. Vorarbeiter sagt nur: kannst sofort anfangen, bei uns gibt's Dreck, schwere Arbeit. Ich sag: ich arbeite gerne, egal Dreck oder schwer, muß arbeiten. Brot verdienen, muß doch.«

Mehmet bezahlt mit seiner Gesundheit, Remmert mit 12 Mark 24 brutto die Stunde.

AUCH ANDERSWO

Adler möchte eines Tages »so groß werden wie Remmert«. Das ist sein Traum.

Tatsächlich ist der Abstand von einem Adler zu einem Remmert nicht gerade unüberwindlich. Der Abstand entspricht etwa dem von der Unterwelt zur Halbwelt: während Adler seine Leute ohne jede behördliche Genehmigung verkauft, arbeitet Remmert wenigstens manchmal legal.

Firmeninhaber Alfred Remmert hat es so weit gebracht, daß er beinahe nur noch das Geld zu zählen braucht, das seine beiden Betriebe durch den Arbeiterverleih »einspielen«: 170 beschäftigt er in seiner sogenannten *Industriereinigung GmbH* (an die wiederum Adler Menschen verkauft), und zusätzlich läßt er etwa 660 Putzfrauen und Reiniger über sein Gebäudereinigungsunternehmen *SWI* für sich arbeiten.

Auch für die extrem anstrengende Arbeit bei Thyssen oder auch Mannesmann, die am ehesten noch mit Abbruch- und Bauarbeiten zu vergleichen ist, zahlt Remmert Löhne nach dem Tarif für Gebäudereiniger: 11,28 DM. Wer die Arbeit länger als ein Jahr aushält, bekommt etwa 60 Pfennig mehr. Der Tarif für Baufacharbeiter würde 14,09 DM betragen.

Die 36 Ausländer bei Remmerts *»Industriereinigung GmbH«* sind noch schlechter dran. Ein Türke, der für Remmert bei Mannesmann arbeiten mußte, berichtet, daß der Betriebsleiter die Arbeiter mit falschen Versprechungen zu höheren Leistungen anspornt: »Man hat uns gesagt, wenn ihr mehr als 20 Tonnen am Tag brennt, dann zahlen wir euch für jede weitere Tonne 2 Mark zusätzlich. Wir haben dann besonders reingehauen, und am Monatsende hatten wir 1600 Tonnen zusätzlich gebrannt, das wären 3200 Mark gewesen. Für jeden Brenner, wir waren da acht türkische Kollegen und drei deutsche, hätte es knapp 300 Mark mehr geben müssen. Tatsächlich hat uns der Remmert aber keinen Pfennig extra bezahlt.«

Yilmaz G.: »Die Kollegen, die als Leiharbeiter von Remmert in der Kokerei gearbeitet haben, waren auch mit ihrem Lohn unzufrieden, weil dort 'ne Menge Arbeiter von anderen Firmen für die gleiche Arbeit mehr Geld bekamen. Da gab es Leute, die von einer Abbruchfirma aus Duisburg kamen, die kriegten bis zu 3,50 Mark mehr pro Stunde.«

Genau wie bei Thyssen werden auch bei Mannesmann regelmäßig Überstunden »gefahren«. Yilmaz schätzt die monatliche Arbeitszeit der Remmertleute bei Mannesmann auf 230 bis 250 Stunden.

Auch bei Mannesmann werden die Leute wie Desperados »verheizt«, auch hier Staub, Qualm, Unfallgefahren, wo auch immer die Leute reingeschickt werden. Ein Betriebsrat bei Mannesmann: »Wer zum Beispiel als Flämmer in der Hütte eingesetzt wird, arbeitet den ganzen Tag über in einer unnatürlichen, gebückten Haltung. Dazu kommt die ständige Hitze durch das Flammengerät.« - »Das ist fast wie früher auf den Galeeren«, sagt Ali K., »wenn du schlapp machst, werfen sie dich über Bord. Wir hatten einen türkischen Kollegen, der für Remmert als Brenner bei Mannesmann gearbeitet hat. Eines Tages ist dem Mehmet beim Eisenverladen eine Kette vors Knie geschlagen – da hat er sich beide Beine gebrochen. Der Kollege mußte dann sechs bis sieben Monate ins Krankenhaus, und der Remmert hat ihn nach kurzer Zeit rausgeschmissen. Nachdem Mehmet wieder einigermaßen gesund war, ist er mal bei uns in Betrieb gewesen und hat gefragt, ob man ihn für vier oder fünf Stunden wieder einstellen würde, weil er nach dem Unfall nicht mehr so lange stehen kann. Der Betriebsleiter hat ihn noch nicht mal ausreden lassen – ihn einfach wieder weggeschickt.«

Dabei sind Unfälle oft durch häufige Doppel- und Dreifachschichten, die Remmert seinen Leuten abverlangt, vorprogrammiert. Die Firma Remmert transportiert beispielsweise auf der Hütte Schlacke mit Lastwagen. Von Kollegen wird erzählt, daß Leute auf diesen Lastzügen bis zu

36 Stunden hintereinander unterwegs gewesen sind. Das ist nicht nur für die Remmertleute gefährlich, sondern auch für alle, die zu Fuß auf der Werksstraße unterwegs sind. »Wenn dort einer rumkurvt, der schon 36 Stunden auf dem Bock sitzt, ist doch nur eine Frage der Zeit, bis es zu einem schweren Unfall kommt«, fürchtet sich Ali K.

Die Duisburger Firma Staschel – neben Remmert ein weiterer Verleiher auf dem Mannesmanngelände – machte auch schon morgens mit ihren Leiharbeitern eine Schicht auf der Kokerei, nachmittags eine im Hüttenwerk und am Abend die Nachtschicht in einer Nebenstelle der Röhrenwerke in Mülheim. Die Leute arbeiteten 24 Stunden durch.

Bei Mannesmann begann der Sklavenhandel, nachdem der Konzern reihenweise türkische und andere ausländische Stammarbeiter aus dem Betrieb gedrängt hatte. Um sie loszuwerden, bot Mannesmann ihnen bis zu 40 000 Mark ›Rückkehrhilfe‹, man wollte dadurch 600 Leute einsparen. Gleichzeitig hat die Firmenleitung bei den Deutschen die Angst geschürt, daß auch ihre Arbeitsplätze in Gefahr wären, wenn nicht genug Ausländer in ihre Heimat zurückgingen. Diese Drohung führte zu einer äußerst gereizten Stimmung im Betrieb, viele Kollegen wollten, daß die Türken verschwinden, damit zum Beispiel die eigenen Söhne, die als Lehrlinge im Werk ausgebildet wurden, ihren Arbeitsplatz behalten. Ältere Türken wurden einem deutschen Sprachtest unterzogen, ein Versuch, ihnen mangelnde Qualifikation nachzuweisen. Wer dann immer noch nicht ›rückkehrwillig‹ war, wurde mit der Aussicht auf Kurzarbeit und Kündigung über einen Sozialplan unter Druck gesetzt. Auf diese Weise verließen über 1000 Türken Mannesmann. Das Startsignal für Subs wie Remmert, bei Mannesmann einzusteigen.

DER VERDACHT

»Alles, was Adler ist, mal herkommen.« Der Sheriff klatscht

in die Hände und zitiert uns in einer Arbeitspause zu sich.
»Damit ihr Bescheid wißt, Herr Adler will euch heute nach
der Arbeit 16 Uhr im Lokal »Sportlereck«, Skagerrakstraße,
treffen, um mit euch über Arbeitsorganisation und eure
dauernden Geldforderungen zu reden. Ihr sollt pünktlich
sein, denn er hat nicht viel Zeit, soll ich euch sagen.«

Es ist unsere unbezahlte Freizeit. Nachdem wir nach der
Arbeit über eine Stunde herumgesessen haben, begeben wir
uns zu dem angegebenen Lokal. Wir warten eine
Viertelstunde, wir warten eine halbe Stunde, wer nicht
kommt, ist Adler. »Der verarscht uns doch nur«, sagt
Mehmet, »gehn wir nach Haus.« Die einzigen, die noch
bleiben, sind Adlers getreue Vorarbeiter, Wormland und
dessen Bruder Fritz (23), und ich (Ali).

Wir stehen an der Theke, als zwei Polizisten in Uniform
und einer in Zivil das Lokal betreten, prüfend in die Runde
der etwa zwanzig Gäste schauen. Einer fragt: »Ist hier eben
jemand 'reingekommen, ca. vierzig Jahre, blond, etwa 1,70
groß? Die Commerzbank hier um die Ecke wurde überfallen
und 40 000 DM geraubt.«

Kichern meines deutschen Nachbarn an der Theke, eines
etwa Sechzigjährigen, der beim achten Bier angelangt ist:
»Würd' ich doch nicht verraten, würd' ich keinem was sagen,
wenn ich's wüßte«, sagt er laut, so daß die Polizisten es hören
können. »Der müßte mit mir halbe-halbe machen. Dafür
würd' ich auch dichthalten.« – »Wem gehört draußen der
grüne VW-Passat mit Kölner Kennzeichen?«, so die strenge
Frage des älteren der Polizisten. Ich blicke durchs Fenster
und sehe, wie ein Polizei-Mannschaftswagen direkt vor
meinem Wagen parkt und einige Polizisten neugierig meine
total verbeulte, leicht angerostete Karre betrachten.
Verflucht, wenn sie mich hier identifizieren, ist alles
vorzeitig geplatzt. Den Wagen hatte ich zwar vorsorglich auf
einen anderen Namen ummelden lassen, aber ich habe keine
falschen Papiere bei mir.

Mein Wagen sieht wirklich ziemlich heruntergekommen
aus – für mich ist ein Auto lediglich ein Fortbewegungsmittel

und Gebrauchsgegenstand, kein Prestigeobjekt –, daß er genau in das Polizistenklischee zu passen scheint: wer so einen Wagen fährt, hat's auch nötig, eine Bank zu überfallen.

Ich reagiere nicht und schaue in eine andere Richtung. Mein deutscher Arbeitskollege Fritz stößt mich an und sagt: »Hör mal, das ist doch dein Wagen, warum sagst du das denen nicht?!« – »Halt Schnauze«, schalte ich (Ali), »der Auto hat nicht TÜV,* gibt Straf'.« – Fritz nutzt Alis Notlage blitzschnell zum eigenen Vorteil: »Was krieg ich, wenn ich dichthalte, 100 Mark, oder ich sag's.« Er blickt demonstrativ zu den Polizisten hin. – »Soviel hab' ich nicht«, sag' ich (Ali) und handele ihn auf einen Kasten Bier herunter.

Die Polizisten haben inzwischen begonnen, die Gäste einzeln zu befragen, wem der verdächtige Wagen gehört, und einer kommt auch auf uns zu. Aber wir können auch nicht weiterhelfen. Der Polizeitrupp verschwindet wieder. Ich atme schon erleichtert auf und denke, gerade noch mal davongekommen, als kurz darauf ein neuer Polizeitrupp erscheint, diesmal drei Uniformierte und zwei Zivile. Es scheint wohl eine schlecht organisierte Großfahndung in Gang zu sein, wo die eine Hand nicht weiß, was die andere gerade tut, denn der Einsatzleiter stellt die gleiche Frage, wie schon sein Kollege vorhin, ob hier ein etwa Vierzigjähriger, blond, etwa 1,70 Meter groß, 'reingekommen sei, mit weißer Plastiktüte, in der Scheine im Wert von etwa 40 000 DM seien. Einige Gäste lachen laut und nehmen das Ganze für einen gelungenen Scherz. »Ja, der ist grade zum Pinkeln auf die Toilette gegangen«, sagt ein etwa Vierzigjähriger, leicht Angetrunkener, auf den von der Haarfarbe und Körpergröße her die Täterbeschreibung zutreffen könnte. – »Lassen Sie gefälligst den Unfug!« Der Einsatzleiter versteht keinen Spaß: »Sonst lasse ich Sie wegen Irreführung und Störung einer Amtshandlung* festnehmen.«

Sein Blick schweift in die Runde und bleibt auf mir (Ali) haften. Ich bin der einzige Ausländer im Lokal, sehe in meinen Arbeitsklamotten leicht abgerissen aus, und die schwarze Ölschmiere im Gesicht ist nicht ganz 'runtergegangen. »Du kommst mal mit!«, der Einsatzleiter zeigt mit spitzem Finger auf mich (Ali), und seine zwei jüngeren Untergebenen kommen tatendurstig auf mich zu. Mir wird ganz flau, und ich sehe meine Arbeit schon endgültig platzen. Einen Moment lang überlege ich, an ihnen vorbei nach draußen zu rennen und mein Heil in der Flucht zu suchen. Aber draußen wimmelt es von Polizisten, und irgendein Scharfmacher könnte mich von hinten erschießen. Jetzt ganz, ganz ruhig bleiben, suggerier' ich mir, nur keine Nervosität zeigen, das Recht hab' ich allemal auf meiner Seite. Was können sie mir schon anhaben? »Wieso mich mitnehme?« geh' ich (Ali) gleich in die Offensive. »Bin jung Mann, achtundzwanzig Jahr und einsachtdrei groß und Haar schwarz. Der klaut, is' mehr alt und viel klein«, weise ich sie auf das offensichtliche Mißverhältnis hin. Dem Einsatzleiter ist nicht nach Logik zumute. Er scheint, durch mich (Ali) inspiriert, auf einer heißen Spur zu sein. »Mitkommen«, sagt er barsch und: »Du hast nur zu antworten, wenn du gefragt wirst.« – Einer seiner Konsorten will mich am Arm packen, aber ich schüttle ihn ab und sage: »Tu nix, komm ja mit.«

Vor der Kneipe umringen mich weitere Polizisten, auch zivile darunter. Verdammte Scheiße, wie komm' ich da nur wieder 'raus? Die sind frustriert, da ihnen der echte Täter durch die Lappen gegangen ist; jetzt brauchen sie ein Ersatzopfer. »Zeig Papiere«, verlangt der Einsatzleiter. »Ich nix hab'«, sage ich (Ali), »Chef Adler uns wegnehme, jede Tag bei Thyssen arbeit lasse und kei Geld gebe«, versuch' ich etwas Verwirrung zu stiften, um von mir abzulenken. Aber er geht nicht darauf ein. »Name, wo wohnen?« verhört er mich.

Ich (Ali) buchstabiere ihm umständlich meinen türkischen Namen »S-i-g-i-r-l--i-o-g-l-u«, lächele ihn freundlich an dabei, als er wegen der Kompliziertheit des Namens flucht, und versuche, ihn aufzumuntern: »Ich weiß, schwer Nam. Kanns auch Ali zu mir sag.« – Das scheint ihn keineswegs zu versöhnen, er blickt nur um so finsterer. Ich nenne ihm meine Adresse, »Dieselstraße 10«, wo ich allerdings bisher noch nicht polizeilich gemeldet bin. Über Funk erfolgt auch prompt die negative Bestätigung, daß dort kein Ali Sigirlioglu gemeldet ist. Der jüngere Polizist faßt mich (Ali) wieder am Arm, sagt: »Dann fahren wir zu dir nach Haus', dann kannst du uns ja deine Papiere zeigen.« Ich versuche abermals die Flucht nach vorn: »Papier hat Chef, kommt gleich. Der is groß Gangster, klaut uns Geld, gehört in Gefängnis, den sollt mitnehm.« Und ich (Ali) lenke wieder auf Thyssen über: »Könnt mit mir fahr, Tor 20, da is mei Stempelkart, könnt sehe, daß ich da arbeit.« Sie sind etwas irritiert, denken aber nicht im entferntesten daran, sich Alis Chef näher anzuschauen, obwohl alles stark nach Sklavenhändler riecht. Die Koppelung mit dem Namen Thyssen scheint für sie keinen Tatbestand herzugeben, da wollen sie sich allem Anschein nach nicht die Finger dran verbrennen.

Ein Beamter schlägt dem Einsatzleiter vor: »Das beste, wir fahren ihn zur Bank und machen Gegenüberstellung.« – »Ja, prima, gern«, geht Ali sofort begeistert darauf ein und schickt sich an, mit seinen ölverschmierten, fetttriefenden Arbeitsklamotten in den Streifenwagen zu klettern. Der Einsatzleiter reißt mich (Ali) zurück und brüllt: »Raus! Du versaust uns mit der Schmiere die ganzen Sitze.« – Inzwischen hat sich ein Menschenpulk um uns herum gebildet. »Der hat versucht, ein deutsches Mädchen zu überfallen«, geifert eine etwa fünfzigjährige Hausfrau mit prall gefüllter Einkaufstasche, die sie hinter sich an die Hauswand gestellt hat.

»Was der für kalte, stechende Augen hat«, pflichtet ihr ein etwa Fünfundsechzigjähriger bei, »so sehen geisteskranke Amokläufer* aus. Gut, daß sie ihn geschnappt haben.« – »Der hat doch nur die Bank überfallen«, korrigiert sie ein etwa Fünfundzwanzigjähriger, der an sein Fahrrad gelehnt dasteht. – Es entsteht ein Streit in der Gruppe. Die Mehrzahl pflichtet dem jungen Mann bei, andere beharren jedoch auf der Vergewaltigungstheorie, eine will sogar das überfallene Mädchen noch »schreien« gehört haben, als es »mit dem Krankenwagen abtransportiert« worden sei.

Etwa zwanzig Minuten lang verhören sie mich (Ali) auf der Straße – in der Zeit hat sich der echte Bankräuber wohl in Ruhe absetzen können –, bis der Einsatzleiter eine Entscheidung trifft: »Du gehst jetzt wieder in das Lokal zurück und wartest, bis wir mit den Zeugen zwecks Gegenüberstellung zurück sind. Wag es nur nicht abzuhauen. Ein Polizist wird vor der Tür stehen bleiben und aufpassen, daß du nicht türmst.« Ich (Ali) warte fast eine Stunde, aber es kommen keine Zeugen. Der Verdacht muß ihnen nachher selbst so absurd vorgekommen sein, daß sie sich vor den Zeugen wahrscheinlich nicht blamieren wollten. Als der wacheschiebende Polizist vor der Tür weg war, schlich ich mich vorsichtig zu meinem Wagen und machte mich, erleichtert wie selten, davon.

Vorher wandte ich (Ali) mich noch an die deutschen Gäste im Lokal: »Habt ihr mitkrieg. Nur weil ich Ausländer, muß mit. Der echt war doch blond und nur 1,70 m und mehr alt.«

»Ja, du könntest ja auch eine Perücke aufgesetzt haben«, erlaubt sich ein etwa fünfzigjähriger Finanzbeamter an der Theke einen Scherz, und die ganze Kneipe stimmt in schallendes, prustendes Gelächter ein. »Ich hab' das draußen mitbekommen«, vertraut mir der leicht angetrunkene Finanzbeamte noch an, »daß ihr da so schwarz auf der Hütte arbeitet. Da seid ihr nicht die einzigen. Uns kommt das immer wieder zu Ohren, aber da wagen sich meine Vorgesetzten doch nicht ran, selbst wenn ich das jetzt melden würde.«

Eine zweite brenzlige Begegnung mit der Polizei erlebe ich drei Monate später. Ich (Ali) komme ziemlich übermüdet von Adler, setz' mich in meinen Wagen, der ein paar Straßen weiter um die Ecke geparkt ist, und ramme beim Zurücksetzen einen nagelneuen VW-Golf.

Im Nu hat sich ein Menschenpulk um Ali herum gebildet. Die Besitzerin des Wagens kommt aufgeregt hinzu, und Ali erklärt sich für schuldig, will sofort für den entstandenen Schaden aufkommen und ihr das auch schriftlich geben. Im Hintergrund rufen unbeteiligte Deutsche: »Glauben Sie ihm nicht, das ist ein Ausländer, der betrügt Sie. Rufen Sie sofort die Polizei.«

Ich bin lediglich im Besitz eines Führerscheins, ausgestellt auf einen türkischen Arbeiter, dessen Foto allerdings dem Aussehen Alis überhaupt nicht ähnlich sieht. Auf diese Weise von der Polizei identifiziert zu werden, wäre ein allzu banaler und platter Schluß der gesamten Aktion. Also fleht Ali die Dame an: »Bitte nicht Polizei. Gibt Punkt in Flensburg* und hab' schon da. Gibt Straf', vielleicht Führerschein weg und sogar Ausweisung nach Türkei.« Die Frau zögert noch, aber aus dem Pulk, wo einstimmig die Auffassung vertreten wird: »Polizei muß her«, eilt schon jemand ins gegenüberliegende Geschäft, um die Polizei anzurufen.

Kurz darauf erscheint ein älterer Polizist, betrachtet mich (Ali) äußerst mißtrauisch, nimmt den Unfallvorgang auf und fordert mich auf, mit ihm zur naheliegenden Polizeiwache zu kommen. »Sollte irgendwas gegen ihn vorliegen, benachrichtige ich Sie sofort«, beruhigt er die Dame. Er vergleicht das Foto des Führerscheins mit Alis Aussehen, nickt, so als wollte er sagen:

»Stimmt überein«, obwohl überhaupt keine Ähnlichkeit besteht.

Die anderen Angaben überprüft er über Computercheck und scheint selbst erstaunt, daß von dort alles o.k. gemeldet wird.

»Liegt nichts vor, können gehen«, entläßt er mich (Ali).

»Gut' Arbeit«, gratulier ich ihm, »in Türkei dauert so ein bis zwei Tag'.«

»Wir sind hier auch in Deutschland«, belehrt er mich nicht ohne Stolz.

»Hab' gemerk'«, erwider' ich, »trotzdem Glückwunsch«, und bin heilfroh, als ich wieder draußen bin.

DIE GELÄNDER

*von my und muh**

Zur Abwechslung hat Adler etwas ganz Besonderes für mich (Ali). »Du meldest dich morgen 7 Uhr bei Firma Theo Remmert, ist der Bruder von unserem Remmert, und wirst im Akkord Geländer streichen.« – »Wieviel Arbeit is?« will Ali wissen und: »Wie lang?« – »Och, reichlich«, meint Adler, »kannst du ein Jahr dran arbeiten.« – »Und was verdien?« – Daß ich nach so etwas Abwegigem frage, bringt Adler in Verlegenheit. Er tut so, als rechne er, und überschlägt: »Ja, wollen wir mal sagen, 'ne Mark pro Meter.«

Der Meister in der Fabrikhalle, bei dem ich (Ali) mich am nächsten Morgen vorzustellen habe, weiß Bescheid. Mit einem milden Lächeln nimmt er zur Kenntnis, daß Adler mich geschickt hat, und erkundigt sich nach dem vereinbarten Lohn. Als er 1 DM pro Meter hört, sagt er: »Da mußt du dich aber verdammt 'ranhalten,* wenn du da was bei verdienen willst. Pausen kannst du dir da nicht bei leisten.« Es hat den Anschein, als ob die Firma Theo Remmert unter Termindruck steht. Die von Remmert gefertigten Eisengeländer sollen für eine neue Anlage bei der Ruhrchemie schon in allernächster Zeit geliefert und montiert werden.

Es wird fast eine Woche lang eine unheimliche Schinderei. Wenn ich (Ali) von morgens bis abends durcharbeite – allenfalls mal zehn Minuten Pause mache –, komme ich auf höchstens fünfzig Meter am Tag. Die Geländer sind 1,25 Meter hoch, drei Rundstangen sind mit Pinsel zu streichen und unten noch mal eine größere Leiste. Mit kleinen Pinseln mußt du noch in jede winzige Ritze und Ecke 'rein. Zwischendurch noch die Geländerteile mit Kran von einer anderen Ecke der Halle herschaffen und fertiggestrichen wieder zurücktransportieren. Diese Zeiten bezahlt Ali keiner. Ebenfalls nicht, wenn der Meister kommt und reklamiert, einige Geländer seien nicht sorgfältig genug gestrichen, an ein paar winzigen Stellen fehle die Farbe. Das bedeutet, die schweren Dinger über Kran noch mal hin und her bewegen.

Ich (Ali) versuche, mit zwei Pinseln gleichzeitig herumzuwirbeln, um Zeit zu sparen. Aber es bringt nicht viel. Ein deutscher, bei Remmert fest angestellter Arbeiter, der die Geländer vor mir im Zeitlohn gestrichen hat, blickt mich mitleidig an und meint: »So'n Tempo hält doch keiner tagelang aus. Da gehst du bei kaputt. Laß dir doch Zeit.« – Als er hört, wie der Akkordlohn aussieht, schüttelt er den Kopf: »Da würd' ich doch hinschmeißen.* Da würd' ich keinen Pinselstrich für machen.« – Er bekennt offen, daß er höchstens die Hälfte von Alis Pensum schafft und dafür im Zeitlohn 13 DM pro Stunde bekommt. Bei Alis Tempo kämen ungefähr 5 bis 7 DM in der Stunde raus.

Trotz der miserablen Bezahlung entwickelt man im Akkord eine total andere Einstellung zur Arbeit. Trotz Dauerstreß ist der Druck ein anderer. Es steht nicht dauernd einer hinter dir, der dich antreibt. Die Angst vor Vorgesetzten, Meistern, Kontrolleuren ist nicht da. Du gehst mit etwas angenehmerem Gefühl zu dieser Arbeit als zu Thyssen. Obwohl du auch ganz schön geschafft nach Hause kommst. Wenn du auf die Uhr schaust, bist du ganz erschrocken, daß es schon so spät ist. Es wäre einem lieber, es wäre noch früher. Bei Thyssen ist es genau umgekehrt. Die Stunden zerdehnen sich. Du bist verdammt froh, wenn sie vorbei sind. Du zählst jede einzelne und bist entsetzt, wenn du auf die Uhr schaust und es sind immer noch vier endlose, qualvolle Stunden bis Schichtschluß. Akkord ist die unterste, verkümmertste Stufe des vermeintlichen Selbständigseins, ohne irgendwelche wirklichen Vorteile, die damit verbunden sein sollten.

Jeden Tag kontrolliert der Remmertmeister mein Tagespensum und nimmt die Arbeit ab. Manchmal muß ich

noch Teile nachstreichen oder Nasen, die sich gebildet
haben, wieder abschmirgeln und neu überpinseln. Auch
diese Zeit bezahlt einem keiner. – Als ich (Ali) den Meister
darauf anspreche, daß ich unmöglich auf meinen Lohn
kommen kann und mir mit 5 bis 6 Mark in der Stunde total
ausgenutzt vorkomme, winkt er ab: »Da haben wir nichts
mit zu tun. Wir zahlen an Adler. Der kriegt einen guten Preis
dafür. Mußt du dich an den halten.« Wie hoch dessen Profit
in diesem Fall ist, will er Ali nicht verraten. Ich schätze
jedoch, daß er mindestens das Drei- bis Fünffache für die
reine Vermittlung seines Sklavenarbeiters kassiert, ohne
auch nur einen Finger dafür zu rühren.

Nachdem ich 210 Meter Geländer von vorne und hinten,
oben und unten und rundum mit Ockerfarbe gestrichen habe
und Schuhe, Hose und Hemd zwangsläufig halb mit, ist der
Auftrag erst mal erledigt. Der Remmertmeister erklärt, daß
die von mir gestrichenen Geländer so bald wie möglich auf
einer   neuen   Werksanlage   der   Ruhrchemie   von
Remmertleuten montiert würden. Erst in einigen Wochen
werden neue Geländer zusammengeschweißt.

Von wegen ein Jahr Dauerarbeit,* wie Adler versprach. –
Als ich (Ali) ihm die Situation am Telefon schildere, erklärt
er: »Macht gar nichts. Meld' dich morgen 5 Uhr früh wieder
in der Thyssen-Kolonne.« Und auf Alis Frage nach der
Bezahlung fürs Geländerstreichen meint er: »Wir rechnen
ab, sobald ich mein Geld dafür von Remmert bekommen
habe.« Und: »Du kannst ja dann an den Wochenenden
immer weiter Geländer streichen gehen.«

Als ich (Ali) drei Wochen später immer noch nicht meine
210 Mark für den harten Sondereinsatz erhalten habe, stelle
ich Adler zur Rede. »Du hast die Geländer nicht richtig
gestrichen«, behauptet er dreist und: »Ich kann dir das nicht
bezahlen, denn durch dich hab' ich da große Schwierigkeiten
bekommen und erhalte mein Geld nicht.« Auf meine Frage
»Weshalb?« faselt er was davon, daß die »My-Zahl« nicht
stimme, was wohl heißt, daß die Dicke der Farbschicht nicht
korrekt sei. – Ich halte es für einen seiner üblichen

Vorwände und Tricks, aber selbst wenn es zutreffen sollte, meine Schuld ist es nicht. Meine Arbeit wurde vom Remmertmeister kontrolliert und ordnungsgemäß abgenommen. Also macht sich Ali auf den Weg, bei Herrn Remmert persönlich sein Geld einzufordern. Um Remmert etwas zu erschrecken, geht er unmittelbar nach der Thyssen-Schicht im Arbeitszeug und im Gesicht total verdreckt und schwarz zum Verwaltungsgebäude der Theo-Remmert-Werke. In der Vorhalle des Treppenhauses prangt unübersehbar ein großgerahmter Wandspruch, die Lebensweisheit des Inhabers der Remmert-Werke, Theo Remmert:

> »Es gibt Leute, die halten den Unternehmer für einen räudigen Wolf, den man totschlagen müsse. Andere wiederum meinen, der Unternehmer sei eine Kuh, die man ununterbrochen melken könne. Nur wenige sehen in ihm den Mann, der den Karren zieht.«

Ali, Staubschlucker, Eisenwichser, Lastenträger und Kuli,* macht sich auf zum Karrenzieher und Sprücheklopfer Remmert. Unbemerkt gelingt es ihm, an der Dame am Empfang vorbeizukommen und in die Chefetage vorzudringen. Remmert selbst ist außer Haus, aber einer seiner Direktoren telefoniert gerade über einen Millionenauftrag. Er erstarrt, als er mich (Ali) hereinkommen sieht. »Was ist mit Muh?« stell' ich (Ali) ihn zur Rede. »Hab' mein' Arbeit gemacht, Meister sagt o.k., und jetzt kein Geld.« – »Sie meinen ›My‹, das ist die Dicke der Farbe«, korrigiert er Ali, »weiß ich nichts von, geh zu Adler, der soll dir dein Geld geben.«

Das Verwirrspiel geht weiter. Adler schickt Ali zur Ruhrchemie zum »Nachstreichen«, wie er sich ausdrückt: »Sonst kein Geld.« – Stundenlanges Suchen am Rande von Oberhausen in einem unübersichtlichen, stinkenden weitläufigen Industriegelände der Ruhrchemie, bis Ali endlich in schwindelnder Höhe auf einem Stahlgerüst seine

Geländer bereits festmontiert entdeckt. Er will hochklettern, aber eine Aufsichtsperson hält ihn zurück. »Lebensgefahr, da müssen erst noch Laufgitter montiert werden.« – Er weiß nichts von »Muh« oder »My«. Er sagt: »Das ist doch scheißegal. Hauptsache, das Geländer steht.« – Noch mal Beschwerde bei Adler (telefonisch): »Ja, noch mal der Ali. Meister sagen, mit de Muh egal. Geländer steht, und keiner kann mehr 'runterfalle.« – Adler braust auf: »Erst nachstreichen, nächste Woche wieder hin, sonst kein Geld.« –

Auch die nächste Visite bei der Ruhrchemie führt zu keinem Ergebnis. Falls ich (Ali) wirklich das montierte Geländer noch mal gestrichen hätte, wäre mein Stundenlohn auf 2 DM zusammengeschmolzen, denn beim Herumklettern in der Höhe hätte die Arbeit wesentlich länger gedauert.

Wie auch immer, für diesen Sondereinsatz gab's bis zuletzt für Ali keinen Pfennig. Und es war ein hartes und stolzes Stück Arbeit. Aneinander montiert, würde sein Geländer die Hälfte eines Fußballplatzes einzäunen.

WIE IM WILDEN WESTEN

Es bedarf enormer Anstrengungen, um wenigstens an einen Teil unseres Lohns zu kommen.

Adler wohnt in einem gepflegten hübschen Villenvorort Oberhausens, etwa fünfzehn Kilometer von der August-Thyssen-Hütte entfernt, wo der Industriedreck durch einen nahegelegenen Waldgürtel gefiltert wird. Die Busverbindungen von den grauen schmutzigen Arbeitersiedlungen zu Adlers Domizil sind mit mehrmaligem Umsteigen verbunden, und so häufig fahren die Busse nicht. Die Kollegen nehmen lange Wartezeiten in Kauf. Manch einer, der sich vorher bei Adler telefonisch angemeldet hat, steht vor verschlossener Tür. Sicherer ist es, sich überraschend bei ihm anzupirschen und so zu klingeln, daß er einen vom Fenster aus nicht sehen kann. Adler hat immer wiederkehrende Standardformeln, um seine Leute abzuwimmeln: »Ich kann das jetzt nicht nachvollziehen.« – »Ich bescheiße keinen um eine Stunde.« – »Ich habe keine Scheckformulare hier und Bargeld sowieso nicht.« – »Ich bin schon seit Tagen hinter Ihnen her. Die Lohnabrechnung ist am Montag fertig.« (Ist sie natürlich nicht. G. W.) »Ich hab' ja mein Büro normalerweise in Dinslaken. Da hab' ich ja noch einen Stahlbaubetrieb. Da hab' ich alles liegen.« – Und er bestellt einen für einen anderen Tag dahin und erscheint nicht. – Oder zu mir (Ali) sagt er: »Wenn das so weiterläuft wie bisher, dann bin ich der letzte, der nicht noch 'ne Mark zulegt oder irgendwas. Da können Sie sich drauf verlassen. Da reden wir im nächsten Monat noch mal miteinander.« – Er legt nie zu. Statt den Lohn, wie versprochen, um eine Mark zu erhöhen, zieht er Ali zwei Monate später eine Mark ab. Er erklärt, warum er keine Überstundenzuschläge zahlen will – selbst wenn Ostern, Pfingsten und Weihnachten gearbeitet wird:

»Weil wir preiswerter arbeiten. Darum holt Thyssen kleinere Firmen oder mittlere Firmen, so wie wir eine sind, 'ran, weil wir in der Regel preiswerter arbeiten können als die eigenen Thyssenleute. Darum machen die das doch nur! Die würden am liebsten noch mehr Thyssenleute entlassen und noch mehr Firmen wie uns reinholen, weil so Firmen wie wir preiswerter sind.« Er empfiehlt Tricks, um den Behörden gegenüber den Anschein von Legalität zu erwecken: »Aushilfsquittung! Da gibt es in Deutschland ein Gesetz, danach darf man einen Nettobetrag bis zu 390 Mark monatlich steuerfrei verdienen, und wenn man noch einen Verwandten beibringt, der einem seinen Namen gibt, dann sind es schon 780 Mark netto Aushilfe. Das ist also vollkommen legal.« Oder er meldet jemanden, der krank wird, rückwirkend bei der AOK an.*

Um sich vor längst fälligen Zahlungen zu drücken,* verlangt er immer wieder von seinen Arbeitern: »Stundenzettel! Vom Vorarbeiter Zentel unterschrieben vorlegen, sonst gibt's kein Geld! Kann ich sonst nicht

nachvollziehen.« Mein Eindruck, er hat dieses Spielchen mit
Zentel abgesprochen, denn der weigert sich in der Regel,
uns nach der Arbeit Stundenzettel zu unterschreiben. »Hab'
für so was keine Zeit«, wimmelt er meist ab. »Kriegt der
Adler sowieso jeden Tag von mir genau, wieviel Stunden
jeder von euch gearbeitet hat.« So laufen wir oft hin und her,
ohne die verlangten Stundenzettel und damit den Lohn zu
bekommen. Obwohl unsere Arbeitszeit auf den Thyssen-
Stempelkarten ebenfalls exakt dokumentiert ist, läßt Adler
sie nicht als Beleg gelten: »Interessiert mich überhaupt
nicht. Die Stempelkarten sind für mich kein Beweis.«

Mit Osman zusammen geh' ich (Ali) unangemeldet zu
Adler; vorsichtshalber erst um 18.30 Uhr, um ihn auch zu
Hause anzutreffen. Es ist Osmans letzter Tag in der
Bundesrepublik. Er hat aufgegeben und fährt am nächsten
Tag mit dem Bus endgültig in die Türkei zurück. Am Vortag
war er vergeblich zu Adler rausgefahren, obwohl er sich
telefonisch angemeldet hatte.

Als Adler mich (Ali) sieht, erschrickt er: »Wie sehn Sie
denn aus? Is ja schlimm.« Ich (Ali): »Ja, is so bei de Arbeit.
Immer Dreck und Staub, müsse ja sauber mache, geht nich
richtig von waschen weg. Is zu viel Dreck, geht in die Haut.«
– Adler (besorgt um seine Tapeten): »Kommen Sie weg von
meiner weißen Wand, halten Sie mindestens einen Meter
Abstand, sonst lehnen Sie sich noch dran. Sie torkeln ja vor
Müdigkeit.« – Zu Osman: »Kommt hier einfach an. Die
haben doch wohl den Arsch auf. Unverschämtheit!
Kommen hier noch um sieben Uhr abends angedackelt.«
Osman: »Aber ich fahr doch morgen schon in die Türkei
zurück und wollt mir noch was kaufen. Hab überhaupt kein
Geld.« – Adler: »Kann ich nichts ändern. Ist doch eine
Sauerei so was.« Er kriegt sich gar nicht mehr ein, und
diesmal ist seine Empörung nicht nur vorgespielt. Er
wiederholt noch mindestens dreimal, daß es eine »Sauerei«
sei, um sich dann noch mehr reinzusteigern: »Nachher
kommt ihr noch um zehn oder elf Uhr abends.« – »Nee, nee,
kei Angst«, sag' ich (Ali), »so spät nich, wir müsse ja auch

mal schlaf'.« Adler läßt sich aber nicht besänftigen: »Ihr habt den Arsch auf, habt ihr. Kommen die um sieben Uhr in mein Haus angeschissen. Ist eine Unverschämtheit. Riskieren Sie das nicht noch mal. Bin doch hier nicht Karl Arsch* für die. Fährt morgen in die Türkei. Das ist doch auch gelogen. Belügen laß ich mich nicht.« – Ich (Ali): »Doch stimmt, ich bring' ihn zu Bus hin.« Adler: »Was geht dich das denn überhaupt an? Halt dich da gefälligst raus. Um sieben oder viertelsieben wird man von denen besucht. Wir leben hier doch nicht im wilden Westen.«

Osman läßt nicht locker: »Aber Herr Adler, wie soll ich das denn machen. Ich bin doch morgen nicht mehr da, dann hab ich ja praktisch umsonst gearbeitet.«

»Ich auch über Wochen kei Geld. Gebe Se was zu esse.« Adler: »Ja, meinst du, ich bin ein Wiederkäuer. Raus jetzt, ihr lästigen Kerle.«

Draußen auf der Straße treten Osman Tränen in die Augen: »Der hat mich um mein Geld betrogen. Jetzt bin ich für immer in Türkei und kann nichts mehr machen.«

YÜKSELS WUT

Wieder bei Thyssen. Gespräch mit Yüksel Atasayar (20 Jahre) nach der Arbeit, erschöpft und bis in die letzte Pore staubverkrustet, auf unseren Abtransport wartend.

Yüksel: »Ich spiele für 30 bis 40 Mark Lotto.* Nicht immer.«
Ich (Ali): »In einer Woche?«
Yüksel: »Manchmal, vielleicht hab' ich Glück. Besser so 30 bis 40 Mark als für Zigaretten ausgeben. Überleg mal. Jeden Tag Zigaretten. Im Monat? Rechne: 4 mal 30.«
Ich (Ali): »Ja, 120 Mark. 1440 im Jahr. In zehn Jahren 14 000, und wenn du dann noch sagst mit Zinsen, da hast du in zwanzig Jahren fast 30-40 000 Mark.«
Yüksel: »Auch was Schönes . . . Wenn wir noch zwanzig Jahre leben.«
Ich (Ali): »Nich, wenn wir den Dreck machen. Kannst du in

zwei Jahren weg sein. Krebs kriegen. Kommt nich immer gleich, manchmal erst fünf Jahr später.«

Yüksel: »Ja, erst mal Schmerzen und so und auf einmal tot. Wenigstens ein bißchen sparen und dann voll ausgeben, bevor du stirbst. Wenn ich mal 'n bißchen Mut habe, dann mach' ich vorher Schluß. Wie lang' willst du leben? So 'n Scheiß-Leben! Glaubst du an Gott?«

Ich (Ali): »Nee. In uns selbst, nicht draußen. Kannst du dich nich drauf verlasse, der hilft dir nicht.«

Yüksel: »Wenn es Gott gibt, ne, warum hat Gott erschaffen Adler?«

Ich (Ali): »Fehlkonstruktion.* Wollt' was ganz anderes und is ihm mißrate.«

Yüksel: »Wenn es Gott ist, ne, der macht keinen Fehler, wenn's ihn gibt. Gott ist Gott. Darf keinen Fehler machen, also, kann keinen Fehler machen.«

Ich (Ali): »Vielleicht 'n Bekloppter, 'n Wahnsinniger. Irgendwann durchgedreht.* Sonst gibt's Adler nich und nich die Scheißarbeit hier.«

Yüksel: »Mensch – ich verfluche alles!«

Der zwanzigjährige Yüksel Atasayar ist einer der genauesten Beobachter unter den türkischen Kollegen. Er weiß, wer von den Deutschen Vorurteile gegen Türken hat, auch wenn der es nicht offen ausspricht. Er erkennt sogar die Tagesstimmung der deutschen Vorarbeiter und Kolonnenschieber und warnt seine Freunde rechtzeitig vor deren Launen und drohenden Schikanen. »Paß auf, der Zentel braucht heute ein Opfer«, sagt er morgens auf dem Stellplatz, als der Sheriff noch in seinem Mercedes sitzt und döst. Er spürt an winzigen Anzeichen das Gewitter aufziehen, und tatsächlich, einige Stunden später kriegt Zentel einen Tobsuchtsanfall und schickt einen türkischen Kollegen nach Hause, weil der es gewagt hat, während seiner unbezahlten Pause den Arbeitsplatz zu verlassen und Zentel ihn bei seinem Kontrollgang nicht antraf.

Yüksel Atasayar ist nur dem Namen nach Türke. Er ist in

Deutschland aufgewachsen, spricht akzentfrei Deutsch und fühlt sich auch als Deutscher. Auch äußerlich entspricht er überhaupt nicht dem Klischee eines Türken. Er hat mittelblondes Haar und graublaue Augen. Sein Vater ist russischer Abstammung. Sein Name allein stößt ihn in die Gruppe der türkischen Kollegen, mit denen er Verständigungsschwierigkeiten hat. Hätte er einen deutschen Namen, würde er sich wohl kaum den Haß vom Kolonnenschieber Alfred zuziehen, der ständig wegen Kleinigkeiten seine Aggressionen an ihm und anderen Ausländern ausläßt.

Als Yüksel einmal wagt, Alfred, der wieder mal wie ein Besessener drauflos arbeitet und die Zeit total vergessen hat, daran zu erinnern, daß eigentlich schon längst Pause ist, pflanzt sich Alfred vor ihm auf und brüllt ihn an: »Erst wird die Arbeit fertiggemacht, und dann wird Pause gemacht. Das war in Deutschland schon immer so. Wir Deutschen sind so aufgewachsen. Und weißt du, was du für mich bist? Du bist ein riesengroßes Arschloch für mich, ein Arschloch bist du.« Und während der Pause steigert sich Alfred erneut in einen Wutausbruch hinein:

»Weißt du, wenn du mal den Mengele triffst, weißt du, wer das ist, das war einer unserer besten Forscher in der Medizin, der lebt nämlich noch, den haben sie nicht kaputt gekriegt. Wenn der an der Rampe steht und du kommst vorbei, dann sagt der garantiert zu dir: Rechts raus! Ab ins Gas! Mit dir kann ich keine Versuche machen. Und weißt du auch, warum?« Yüksel ist ganz blaß und wagt keine Widerrede. Er sagt nur: »Nein, wieso?« – »Weil man mit dir überhaupt nichts anfangen kann. Du bist ja nur hierher gekommen, um dich vor der Militärdiktatur zu drücken, um hier im deutschen Kindergarten groß zu werden, um hier großgepäppelt zu werden. Wärste dageblieben, dann hättste mal gelernt, was das heißt, anständig zu leben. Ihr Türken, ihr habt noch nie eine Demokratie erlebt. Ihr wißt gar nicht, wie das ist, ihr müßt erst mal lernen, mit der Militärdiktatur zu leben, und euch nicht hier durchwurschteln auf unsere

Kosten.«

Yüksel hat es aufgegeben, sich gegen derartige Ausbrüche zur Wehr zu setzen. Er weiß aus anderen Erfahrungen, wie dicht hier die Grenze zum Faustrecht ist. Er zieht es vor, weiteren Beschimpfungen aus dem Weg zu gehen, nimmt wortlos seine Brote und setzt sich außer Hör- und Sichtweite in einen entfernten Winkel der Fabrikhalle. Als er nach fünfzehn Minuten wieder zur Arbeit erscheint, sind in seinem vom Staub total schwarzen Gesicht unterhalb seiner Augen hellere verwischte Streifen wie von Tränen zu sehen.

Yüksel ist übrigens der einzige, dem nicht entgeht, daß ich mir in kurzen Pausen häufiger Notizen mache. Es kommt vor, daß Yüksel mir zublinzelt, als ob er mir signalisieren will, daß ich sein Einverständnis habe und es auch in seinem Sinne geschieht. Trotzdem verunsichert und beunruhigt es mich. Ich weiß nicht, ob er am Ende mit anderen Kollegen darüber spricht.

Eines Tages, nach besonders anstrengender und heißer Arbeit im Hochofenbereich, als wir erschöpft draußen vor der Fabrikwand auf der Erde sitzen und darauf warten, mit dem Kleinbus abgeholt zu werden, fragt er mich: »Schreibst du das alles auf?« – »Bitte, sag keinem ein Wort«, nehm ich die Gelegenheit wahr, »ich kann jetzt noch nicht drüber sprechen, aber später wirst du alles erfahren.«

Er merkt, wie erschrocken ich bin und wie ernst es mir ist, und fragt nicht weiter nach. Er hält die ganzen Monate über dicht. »Du mußt alles genau festhalten, was die Schweine hier mit uns machen«, flüstert er mir noch zu. »Du mußt dir alles genau merken.« – Er scheint zu ahnen, was ich vorhabe, und unterstützt mich häufig mit gezielten Informationen, ohne von mir Genaueres wissen zu wollen. Er ist eher unpolitisch, doch er hält – obwohl fast ein Kind noch – die Disziplin des Schweigens über sein Wissen ein, aus einer tiefen Verletztheit und Verzweiflung heraus und einem daraus resultierenden Solidaritätsgefühl.

Yüksel Atasayer schildert seine Situation:

»Als meine Eltern nach Deutschland gegangen sind, war ich

gerade geboren, vor zwanzig Jahren. Wir kommen von Amassia.* Wo das eigentlich liegt, weiß ich nicht so genau. Auf jeden Fall Richtung Armenien, ganz genau weiß ich das auch nicht, ganz ehrlich.

Zu Hause bei uns wird türkisch gesprochen, so die einfachen Dinge. Aber richtig gut kann ich das nicht. Bei einem richtigen Thema, da würd ich nicht mitkommen. Zeitung, also türkische Zeitung, da versteh' ich auch nur die Hälfte. Aber meine Eltern, die sprechen perfekt Türkisch, die verständigen sich nur auf türkisch. Nur gut Deutsch, das können die wieder nicht. Ich fühle mich mehr als Deutscher wie als Türke.

Mein Vater ist bei Thyssen beschäftigt, in der Walzendreherei, direkt bei Thyssen. Der verdient auch sehr wenig. 1200, 1300 Mark.

Wie ich dahingekommen bin? Durch einen Kollegen, der hat mich dahin vermittelt. Da hab ich mich nur bei dem Vorarbeiter vorgestellt. Der Kollege hat gesagt, ich soll da Arbeitsklamotten anziehn. Hab' ich auch angehabt. Ich hab' gefragt, ob sie noch Leute brauchen. Haben die gesagt, ja, kannst in den Bus einsteigen. Dann bin ich da in den Bus eingestiegen, der ging dann weiter zu Thyssen, dann wurden wir da wieder verteilt. An die verschiedenen Baustellen.

Der erste Tag war beschissen. Total der Dreck, total staubig, Qualm, alles mögliche. Also gesundheitsmäßig total beschissen. Ganz schlecht. Wir haben da in der Gießereianlage sauber gemacht, die Geräte, die Maschinen, und den ganzen Staub und Qualm hat man immer mitgekriegt. Das ging also bis zum Erbrechen, und einer ist ohnmächtig geworden. Manche sind schon umgefallen da, die haben keine Luft mehr gekriegt.

Wut haben wir, wenn man da so dreckig arbeitet. Noch nicht mal Arbeitsschuhe stellt der uns. Der Adler, das ist einer, der mit Menschen bestimmt kein Mitleid hat, also, dem egal ist, ob da einer krepiert. Oder wenn da einer umkommt, das ist dem egal. So die Redensart von ihm auch, zum Beispiel über Geld. Du brauchst doch gar nicht so viel, meint er, bist ja ledig, sei froh, daß du arbeiten tust hier!

Dem ist das egal, wie es einem geht. Dem ist das scheißegal, ob da einer kaputtgeht, so 'ne Art Zuhälter ist das. Hauptsache, wir bringen Geld für ihn. Dat is so 'n sauberer Gangster, der selbst immer im Hintergrund ist.

Ich krieg' nie mein richtiges Geld von ihm. Im Moment müßte ich noch über 800 Mark von ihm kriegen.

Manche Tage ist das sehr anstrengend, da geht das richtig aufs Kreuz. Und wegen dem Staub und dem Qualm ist das eigentlich immer schlimm. Das hat einen richtig mitgenommen, da ist eigentlich jeder Tag schlimm. Das geht schon richtig an die Lunge, merk' ich richtig. Ich bin eigentlich so ein sportlicher Typ. Früher bin ich immer mal mindestens eine Stunde gelaufen. Aber wenn ich jetzt mal'n Dauerlauf ein paar Minuten nur mach, merk ich das richtig, so Lungenreizen. Auch die älteren Kollegen da, die sehn ganz schön schlimm aus. Auch die von Remmert.

Da sind welche drei, vier Jahre da, die sehn richtig mitgenommen aus, die sind so zwischen dreißig und vierzig, aber die sehn aus wie fünfzig. Oder sogar sechzig. Keine Haare mehr am Kopf, abgefallen, im Gesicht so mager, so schmal, ganz weiß. Ich glaub manchmal, daß ich Krebs kriege, Lungenkrebs; bei dem, was wir da einatmen, kann man manchmal die Hand vor Augen nicht sehen. Die Oxy-Anlage ist ja total schlimm manchmal. Ich hab Angst, daß man da qualvoll endet, davor hab ich Angst.

Einmal hab' ich so ein Gefühl gehabt, als wenn da ein Atomkrieg gewesen wär, so sah das aus. Der ganze Staub und Qualm und so – ich weiß nicht, das ist total schlimm gewesen. Wie man das aus Filmen kennt, Krieg, fast vergleichbar.

An manchen Stellen sind gefährliche Arbeiten, an einer zum Beispiel ist Gasgefahr. Da kann man bei kaputtgehn. Da müssen wir in solchen Kammern arbeiten, wo das total gefährlich ist. Sind Schilder, daß man da kaputt gehn kann, wenn zuviel Gas ausströmt. Und von dem Gas konnte man nichts merken, konnte man nichts riechen. Da war so 'n kleiner Prüfer gewesen, so 'ne Anlage, und daraus konnte man das ablesen. Mir ist auch öfter schwindlig geworden. Brechreiz hab ich auch gehabt. Also, manche Tage kann man nicht gut aushalten. Manche Tage hatte ich auch überhaupt keinen Hunger, brachte keinen Bissen runter, hab nur Staub gefressen. Das konnte man so richtig essen, das hat man richtig geschluckt, war so dick in der Luft. Blei, Kadmium und was das ist, ich weiß nicht, was da alles drin ist. Manchmal bin ich 'ne Ecke gegangen, hab' ich mich da erstmal übergeben und hingesetzt, erst mal, um zu atmen.

Man muß das schon selber erlebt haben, auch wenn man sich nachher geduscht hat, in der Lunge, das setzt sich ja alles fest, das bleibt. Du bist dann zwar äußerlich sauber, aber innen, das ist alles drin. Und du stehst praktisch nur in der Scheiße und machst Scheiße weg. Aber am nächsten Tag ist die Scheiße wieder da, ist immer wieder dasselbe.

Und so wenig bezahlt, ich versteh das nicht. Die wollen so reich werden wie möglich und nichts abgeben und sind schon so reich. Wenn Adler in 'n Knast gehn würde,* tja, Firma Remmert macht ja weiter, kaputt geht man trotzdem. Und Thyssen weiß das ja auch, Thyssen beschäftigt ja die Leute, der muß ja wissen.

Für mich ist Leben eigentlich gar nichts. Hat doch normalerweise nichts Sinnvolles. Am Anfang, wo man so vierzehn, fünfzehn ist, also langsam erwachsen wird, hat man ein Mädchen und so, willst gern im Bett schlafen mit der, ja und? Haste gemacht – was solls? Nee, das ist nicht das Größte. Also, wenn man von sich selber aus, im Kopf so, was erreichen will, in der Zeit hat das einen Sinn, das Leben, aber sonst halt nix. Da hat man auch Lust, was zu machen und so – aber sonst im ganzen hat das Leben doch keinen Sinn. Was ist das denn?

Wann ich am glücklichsten war? So im Leben überhaupt? Das war, wo ich Urlaub gemacht habe, als ich zwölf war, mit meinen Eltern in der Türkei. Das war klasse. Total anderes Gefühl gehabt. Und das Schlimmste? Ja, wo ich jetzt hier am Arbeiten bin bei Firma Adler auf Thyssen, das ist das

Schlimmste überhaupt, da bist du lieber tot.«

NOT-BRAUSE*

Mindestens einmal pro Woche werden wir in die Oxygen-Anlage geschickt, um den sich dort ständig ablagernden Staub zu beseitigen.

In 50 oder 57 Meter Höhe müssen wir in geschlossenen Räumen den Staub auf den Maschinen mit Luft hochwirbeln, bis er sich absetzt, und ihn dann zusammen mit einer dicken, pulvrigen ca. 1-3 Zentimeter hohen Staubschicht zusammenfegen und mit Schubkarren wegbefördern. Die Staubschwaden legen sich schwer auf Bronchien und Lungen. Es ist viel Blei in diesem Staub, der außerdem höchst schädliche Edelmetalle wie Mangan und Titan enthält und natürlich jede Menge feinen Eisenstaub. Ein Thyssenmeister, der unsere Arbeit kontrolliert, sagte einmal zu Yüksel, der bei der Arbeit einen Hustenanfall erlitt und röchelnd nach einer Staubmaske verlangte: »Die haben wir nicht für euch. Aber Eisen ist gesund. Gibt doch Blut.« Und: »Wenn du lange genug Eisenstaub schluckst, kannst du dir einen Magnet auf die Brust setzen, und der bleibt garantiert hängen.« – Yüksel, dem es überhaupt nicht nach Scherzen zumute war, erkundigt sich später bei unserem Vorarbeiter, ob das mit dem Magnet stimmt, und wird vor versammelter Mannschaft als »dummer Türkendepp« bezeichnet und ausgelacht. Während unserer Arbeit warnen uns immer wieder Alarmsirenen und rote Warnlichter, den Bereich sofort zu verlassen. Zur Verstärkung blinken ständig noch Leuchtschilder: »Bei Blasbetrieb* den gesamten Bereich des blasenden Konverters sofort verlassen! Explosionsgefahr! Da Sauerstoffaustritt.« – Wir müssen dennoch weiterarbeiten. Einem türkischen Kollegen, der es mit der Angst zu tun bekam und sich aus der Gefahrenzone entfernen wollte, wurde von einem Thyssen-Meister in aller Deutlichkeit klargemacht, daß er gefälligst weiterzuarbeiten habe. Wenn nicht, sei das Arbeitsverweigerung und er könne nach Hause gehen.

Ein Vorarbeiter erklärt uns später den Sinn der häufigen und regelmäßigen Warnungen aus seiner Sicht: »Dadurch, daß früher im Konverterbereich mal was passiert ist, sind die Hüttenwerke verpflichtet, dieses Alarm- und Warnsystem anzubringen. Wenn unter ungünstigen Umständen wieder mal was passieren sollte, ist Thyssen nicht verantwortlich. Ihr wurdet ja deutlich genug gewarnt, dort nicht zu arbeiten.«

Das heißt, die August-Thyssen-Hütte ist damit die Verantwortung los. Wenn was passiert, sind wir selber schuld. Die Warnung ist überdeutlich, also ist es unsere eigene Dummheit. Aber zu unserer Beruhigung sind in diesem Gefahrenbereich an verschiedenen Stellen Duschen installiert, unter die man sich stellen kann, wenn man Feuer gefangen hat. Und damit es auch Ausländer begreifen, die der deutschen Sprache nicht mächtig sind, ist auf Emaille-Schildern der Schattenriß eines Arbeiters abgebildet, an dem Flammen züngeln und der in voller Montur und mit Schutzhelm unter einer Dusche steht mit der Aufschrift »NOT-BRAUSE«.

Endlich mal eine angenehme Arbeit in der Nähe von Sinter III. Wir stehen auf einem Dach und lassen an Tauen Staub- und Matscheimer in einen Container runter. Die Arbeit ist zwar körperlich anstrengend und man kommt ziemlich schnell ins Schwitzen dabei, aber die Luft ist erträglich, und man kann in die Industrie-Landschaft schauen, in der Ferne sogar den Rhein sehen. Es ist gleich ein ganz anderes Lebensgefühl, aus den düsteren unterirdischen Staubverliesen einmal heraus ins Freie zu kommen. Selbst den Regen nimmt man gern in Kauf. Wir genießen den freien Blick und das Ausbleiben der Erstickungsanfälle und fühlen uns, als seien wir aus einem Gefängnis entlassen worden. Nachdem wir uns fast drei Stunden dieser relativen Freiheit erfreuen durften, werden wir plötzlich wieder abgezogen in Richtung Oxygen-Anlage.

Mit ziemlichem Karacho,* auf Werkzeugen und
Schubkarren hockend, geht's im Mercedesbus dahin. An
einer unübersichtlichen Stelle wird ein älterer türkischer
Arbeiter von uns fast überfahren. Kommentar des
Kolonnenschiebers zu unserem türkischen Fahrer: »Gib
ruhig Gas, gibt Prämie, weil ein Türke weniger.« –
Vorarbeiter Zentel klärt uns auf, was Sache ist. Die
Roheisenfähre, ein gigantisches Ungetüm, ist festgefahren.
Die ganze Produktion steht still. Jede Minute ein
Riesenverlust für die Hütte. Infolge der Blockierung ist auch
noch ein Maschinenteil gebrochen, ein neues ist bereits
herbeigeschafft und wird gerade montiert. Unsere Aufgabe
soll es sein, uns in engste Staubkanäle zu quetschen und zu
sehen, wie wir das Ding freikriegen. »Beeilt euch und klotzt
ran«,* sagt der Sheriff, »ihr dürft erst wieder raus, wenn die
Anlage wieder läuft. Ich will, daß das bis spätestens 13 Uhr
geregelt ist.«

Über wacklige Leitern turnen wir in nicht mal
schulterbreite Spalten rein und versuchen, das festgepappte
verkrustete Eisenerz mit Brecheisen, riesigen
Vorschlaghämmern und Schüppen freizuklopfen. Aber es
löst sich so gut wie nichts, so hart ist die Verkrustung. Unser
Kolonnenschieber Alfred treibt uns an und bekommt wahre
Wutausbrüche, als er sieht, daß sich die Pampe nur
bröckchenweise löst. »Ihr verfluchten Hottentotten, ihr
Scheißkanaken, ihr Kümmeltürken und Knoblauchjuden«,
umschreibt er alle ihm bekannten Nationalitäten auf einmal.
»Euch kann man doch vergessen, euch sollte man alle an die
Wand stellen und Genickschuß geben!« Er tobt regelrecht,
wird fast handgreiflich und schmeißt unserem neuen
indischen Kollegen eine Brechstange an den Kopf, die den
glücklicherweise nur streift. »Bleib nächstens zu Hause«,
brüllt er ihn an. »Ich geh ja auch nicht zu euch in die Türkei
arbeiten.« – »Der Kolleg' ist aus Indien«, versuch' ich (Ali)
ihn zu korrigieren. Aber Alfred beharrt darauf: »Ich seh,
jedem von weitem an, ob er aus Anatolien kommt. Und der
hat den gleichen bescheuerten Ausdruck im Gesicht. Jedem

seh' ich das an, ob er aus Anatolien kommt, wo sie's Licht mit dem Hammer ausmachen.«

Einem deutschen Arbeitskollegen gegenüber hatte Alfred auch von mir (Ali) steif und fest behauptet, daß ich aus Anatolien käme. »Der stellt immer so bekloppte Fragen, die hältst du im Kopf nicht aus.« Auf seine Frage, warum ich nicht gefälligst in der Türkei geblieben sei, hatte ich einmal geanwortet: »Aus politische Gründe, weil da Militärdiktatur.« Das veranlaßte ihn, dem deutschen Kollegen zu sagen: »Der Ali arbeitet hier, weil er nicht in die Türkei zurück kann, weil die da ihren verrückten Khomeni* haben.«

Nach einer Stunde sinnloser Antreiberei und Schinderei durch Alfred erscheint der Sheriff und überzeugt sich, daß es mit unserem primitiven Werkzeug nicht vorangehen kann. Er läßt Preßlufthämmer und -meißel heranschaffen und lange Kratzer, und unter der schlimmsten Staubentwicklung müssen wir – ohne Masken – den ineinandergepappten Eisenstaub hochwirbeln. Unter ständigen Beschimpfungen und seitlich auf dem Boden liegend kriechen wir in dem Eingeweide der Maschine 'rum. Der Lärm der donnernden Preßluftgeräte dröhnt in den engen Stahlgängen schmerzhaft in den Ohren. So was wie Gehörschutz ist unbekannt. Die Augen brennen, und alle rotzen, husten und röcheln um die Wette.* Es ist die Hölle. In solchen Situationen, erzählt mir später Mehmet, wünscht man sich, lieber Monate im Gefängnis zu sitzen, als das noch stundenlang ertragen zu müssen. In solchen Situationen denkt man sich die schlimmsten Todesarten für Adler aus, und in solchen Situationen sind schon Entschlüsse gefaßt worden, alles auf eine Karte zu setzen, einen lohnenden Einbruch oder sogar einen Banküberfall zu begehen. Denn wer hier drinsteckt, hat nichts mehr zu verlieren, für ihn hat

Die Internistin Dr. Jutta Wetzel berichtet über ihre ausländischen Patienten:
»Im allgemeinen werden ausländische Arbeitnehmer unter

besonders ungünstigen Arbeitsbedingungen eingesetzt. Es sind nicht nur die berühmten Dreckarbeiten, es sind - und das wiegt schwerer – oft Tätigkeiten, die in mehrstündigen körperlichen Zwangshaltungen ausgeübt werden müssen. Vorzeitige Verschleißerscheinungen an der Wirbelsäule und den Gelenken sind die Folge. Gleichzeitig intensive Staub- und Rauchentwicklung fördern das Auftreten von Bronchitis und Gastritis. Hinzu kommt die erhöhte Gefährdung durch Arbeiten mit gesundheitsschädigenden Stoffen (z. B. Asbest).

Diese Arbeitsplätze kenne ich allerdings nur aus den glaubhaften Schilderungen einiger Patienten. Gezeigt wurden sie mir bei Besichtigungen auch auf meinen ausdrücklichen Wunsch hin nicht. Trotz der hohen Arbeitslosigkeit finden die Firmen für diese Arbeiten nur selten Deutsche. Die Unternehmen (z. B. Hütten, Bergwerke, Straßen- und Automobilbau, Werften, Chemieindustrie) sind dermaßen auf ausländische Arbeitskräfte angewiesen, daß der relativ hohe Krankenstand in Kauf genommen wird. In diesem Zusammenhang ist es unbedingt notwendig, den Krankenstand deutscher und ausländischer Arbeitnehmer in Relation zu ihren unterschiedlichen Arbeitsbedingungen zu setzen.«

selbst das Gefängnis seine Schrecken verloren. – Die Knie sind – durch die Arbeitshose hindurch – blutig geschrammt und die Arbeitshandschuhe aufgerissen. Die Fähre kommt und kommt nicht frei. Es wird 13 Uhr, 14 Uhr, 15 Uhr. Wir müssen mit unseren schweren Geräten draufloshauen und alles schlucken. Zwischendurch erscheint ein höheres Tier von Thyssen, schimpft 'rum und erklärt, die nächste Schicht warte schon darauf, die Anlage wieder anfahren zu können, wir sollten gefälligst nicht so lahmarschig sein. Aber wir geben schon unser Letztes, denn jeder von uns sehnt nichts mehr herbei, als hier möglichst bald wieder rauszukommen. »Ihr bleibt solange drin, bis die Anlage wieder läuft«, befiehlt der Vorarbeiter, »und wenn es zwanzig Stunden sind.«

Yüksel wagt es, den Thyssen-Gewaltigen wegen einer Staubmaske geradezu anzuflehen. Der antwortet ungerührt: »So was ham wer* nicht. Ihr sollt – verdammt noch mal – fertig werden!« Um 18.15 Uhr, nach 12 Stunden endlich, endet diese mörderische Schicht für uns. Im Wagen nicken die meisten bereits erschöpft ein, in unbequemen Haltungen auf den Werkzeugen sitzend.

Seit diesem Arbeitseinsatz sind bei mir (Ali) die Bronchien fast schon chronisch geschädigt. Und wenn ich heute – sechs Monate später – nach einem Hustenanfall ausspucke, ist der Speichel oft immer noch schwarz.

BLEISCHWERE GLIEDER

Obwohl die Staubbelastung in verschiedenen Arbeitsbereichen so extrem ist, daß wir den Dreck nicht nur einatmen, sondern regelrecht fressen müssen, hält es niemand für nötig, unseren Gesundheitszustand und die Substanzen wenigstens zu überprüfen. Ab und zu geben sie uns etwas Milch. Das ist alles. Heimlich sammle ich (Ali) Proben des in allen Farben glitzernden Staubs. Eine Handvoll wiegt so schwer wie ein Stein. Das Material wird dem industrieunabhängigen Bremer Umweltinstitut an der dortigen Universität übergeben. Untersuchungen dieser Art zählen in Bremen seit Jahren zur Routinearbeit. Beispielsweise wurden dort auch Proben vom Gelände der Berliner Batteriefabrik »Sonnenschein« ausgewertet. Dadurch geriet der Betrieb, der früher dem Bundespostminister Schwarz-Schilling persönlich gehörte und jetzt im Besitz seiner Frau ist, in die Schlagzeilen. Kurz bevor das Buch in Druck ging, lagen die ersten Ergebnisse der Untersuchung des Thyssenstaubs vor. Noch nie hat das

Institut bisher so hochgefährliche Schadstoffkonzentrationen feststellen müssen. Schon die Analyse der ersten Probe machte den Wissenschaftlern Schwierigkeiten, weil die empfindlichen Geräte mit den extremen Konzentrationen kaum fertig wurden. Was gefunden wurde, liest sich wie das »Who's who« aus der Welt der Schwermetalle: Astapinium, Barium, Blei, Brom, Chrom, Eisen, Gadolinium, Kobalt, Kupfer, Mocybdan, Niobium, Pacadium, Quecksilber, Rhodium, Rubidium, Ruthenium, Selen, Strontium, Technitium, Titan, Vanadium, Wolfram, Ytrium, Zink und Zirkon - insgesamt 25 verschiedene Schadstoffe.

Die größte Gefahr steckt in zwei Metallen, deren Werte besonders hoch waren: Quecksilber und Blei. Dazu das Bremer Universitätsinstitut:

»Blei ist ein Summationsgift, das heißt, es reichert sich auch dann im Körper an, wenn es in kleineren Mengen aufgenommen wird. Durch diese Anreicherung kann es zu einer chronischen Bleivergiftung kommen . . . Persönlichkeitsveränderungen, psychische Störungen, Lähmungen und Erbschäden« sind nicht ausgeschlossen. Nicht weniger grausam sind die Folgen von Quecksilber, die die Wissenschaftler beschreiben: »Die ersten Krankheitsymptome einer Quecksilbervergiftung treten im Gefühlszentrum auf und äußern sich in Kribbeln und Absterben der Hände und Füße, ferner in einer Taubheit der Mundregion. Gleichzeitig treten Schädigungen des Sehzentrums mit Einschränkungen des Sehwinkels auf. Es folgen Schädigungen des Zentralnervensystems, welche eine verminderte Muskelbeweglichkeit und mangelnde Koordination der Bewegungen zur Folge haben, so daß es zu starken Gleichgewichtsstörungen kommt, Arme und Beine werden oft spastisch und durch Muskelverkrampfungen deformiert. Das Gehirn schrumpft bis zu 35 Prozent . . . «

Schon »geringste Konzentrationen« beider Elemente könnten toxisch (giftig) wirken, weshalb die gesetzlich erlaubten »Höchstmengen« für Quecksilber in

Lebensmitteln bei einem Milligramm pro Kilo (1 ppm) und für Blei bei 10 Milligramm pro Kilo (10 ppm) liegen. Unsere unfreiwillige Thyssen-»Mahlzeit« enthält gleich achtzigmal mehr Quecksilber (genau 77,12 ppm) und zweitausendfünfhundertmal mehr Blei (2501 ppm).

Die Weltgesundheitsorganisation (WHO) hält die wöchentliche Aufnahme von drei Milligramm Blei pro Person für den obersten, noch tolerierbaren Wert. Besonders tückisch dabei: das Sprichwort von den »bleischweren Gliedern« entspricht der Realität, denn 90 Prozent des in den Körper gelangenden Bleis findet sich in den Knochen wieder.

Ähnliches gilt für den zweiten Problemstoff, das Quecksilber. Es sammelt sich ebenfalls im Körper an.

In welchen Konzentrationen sich die Schadstoffe tatsächlich in der Lunge, im Blut und in den Knochen der Hüttenarbeiter wiederfinden, wird erst die Auswertung von Bluttests ergeben. Die meisten Kollegen klagten jedoch immer wieder über starke Beschwerden wie Atemnot, Übelkeit, Appetitlosigkeit, Erbrechen, Kreislaufstörungen und auch über starke Bronchitis. Unter Wissenschaftlern besteht kein Zweifel: Bronchitis steht in engem Zusammenhang mit dem Staubreiz, und die anderen auftretenden Beschwerden zählen zu den klassischen Anzeichen von Schwermetall-Vergiftungen – insbesondere von Blei.

EINMAL KRANK, IMMER KRANK

Die Erforscher von Krankheitsursachen haben jahrzehntelang die Gesundheitsgefährdung der Arbeiter in Kokereien auf der ganzen Welt untersucht. Es besteht deshalb kein Zweifel: Arbeit in der Kokerei macht krank.

Die Hauptgefahr geht von den Flugstäuben der Kokereiabgase aus, weil sie Teersubstanzen enthalten. »Teer bzw. Teerstoffe haben eine krebserzeugende Wirkung«, schreibt der Hamburger Prof. Dr. A. Manz in der Fachzeitschrift *Arbeitsmedizin*.

Lediglich über die Häufigkeit der Krebserkrankungen von Kokereiarbeitern werden unterschiedliche Angaben* gemacht. Von den Behörden wird in der Bundesrepublik bislang nur Hautkrebs als typische Folge des Kontakts mit Steinkohlenteer als Berufskrankheit anerkannt. Das größte Problem liegt aber längst woanders.

Kokereiarbeiter erkranken dreieinhalbmal häufiger als der Durchschnitt aller deutschen Männer an Lungenkrebs und etwa doppelt so häufig als der Durchschnitt an Harnblasen- bzw. Magen-Darm-Krebs. Vergleicht man die Kokereiarbeiter mit den Büroangestellten, sind die Zahlen noch viel alarmierender: Kokereiarbeiter sterben zehnmal häufiger an Harnblasenkrebs und leiden achtmal so oft an Lungenkrebs.

Die Ursache ist in der Wissenschaft bekannt: das Benzo(a)pyren, ein stark krebserzeugender Inhaltsstoff des Steinkohlenteers. Benzo(a)pyren findet sich auch im Zigarettenrauch: In der Luft von Kokereien ist die 300-400 fache Konzentration enthalten. Eine große Untersuchung an polnischen Kokereiarbeitern belegt, daß es zwischen »nicht spezifischen, chronischen Erkrankungen der Atmungs-organe« (wie z. B. der chronischen Bronchitis) und den Kokereigasen einen engen Zusammenhang gibt. Doch nicht nur das: Wer einmal an Bronchitis erkrankt ist, ist besonders gefährdet, sich weitere Krankheiten zu holen, weil durch das Kokereigas das Immunsystem des Körpers eindeutig geschwächt wird.

Einmal krank, immer krank, lautet die Devise.

Das Ergebnis kennt Prof. Manz: Arbeiter in der Kokerei haben eine deutlich kürzere Lebenserwartung.

DER TEST

»Stoppt Tierversuche – nehmt Türken!«
Wandspruch auf einer Fassade in Duisburg-Wedau.

ALS VERSUCHSMENSCH UNTERWEGS

Osman Tokar (22), mein türkischer Arbeitskollege, hat seine Wohnung verloren. Adler hatte ihn mit den Lohnzahlungen immer wieder vertröstet. Sein Vermieter ließ sich aber nicht mehr länger hinhalten. Osman mußte ausziehen und auch seine paar armseligen Möbelstücke zurücklassen. Der Vermieter hat sie als Pfand in den Keller eingeschlossen, bis Osman 620 DM an Mietrückständen bezahlt hat. Seitdem ist Osman ohne festen Wohnsitz. Mal schläft er bei einem Vetter auf einer Matratze im Flur, mal lassen ihn Freunde ein paar Tage bei sich übernachten. Längere Zeit kann er nirgendwo bleiben, da sie alle schon für sich selbst viel zu wenig Platz haben.

Einige Male hat Osman, wie er mir verschämt gesteht, auch schon auf Parkbänken im Freien übernachtet. Ihm droht jetzt die Ausweisung, weil er keinen festen Wohnsitz nachweisen kann und auch schon mal Sozialhilfe beantragt hat. Er will nicht in die Türkei zurück. Dort war er nur hin und wieder zu Besuch, und in der kalten Fremde in Deutschland fühlt er sich mehr zuhause als in dem Heimatland seiner Eltern, wo er nur seine ersten zwei Lebensjahre verbrachte. Er spricht etwas besser Deutsch als Türkisch, beide Sprachen sind für ihn jedoch Fremdsprachen geblieben. Er weiß nicht, wo er wirklich hingehört, und ihm ist, als ob man ihm »die Seele gestohlen« hätte. Ich biete Osman die Dieselstraße zum Wohnen an, aber er lehnt ab. Er hat sich durch die Arbeit bei Thyssen schon einen chronischen Reizhusten geholt und fürchtet sich, »im Giftbett neben der Kokerei« zu schlafen.

Manchmal denkt er daran, sich umzubringen. Nachdem ich mit ihm einmal eine Schicht lang zusammen in einem Staubbunker arbeitete und wir den Dreck literweise einatmeten und erbrechen mußten, bemerkte er, als wir in der kurzen Pause ans Tageslicht zurückgekrochen waren: »Ich träum' schon mal davon, mit einem Kopfsprung in das fließende Feuer vom Hochofen rein. Dann macht's einmal Zisch, und du spürst nichts mehr.«

Betreten schweige ich (Ali).

»Wir haben nur Angst, weil neu für uns und noch keiner gemacht«, sagt Osman. »Wie Wurm im Staub zu kriechen und dabei immer getreten zu werden, ist doch viel mehr schlimm.« Er erzählt von einem Arbeiter, der bei einem Unfall in den Hochofen fiel und sofort verglühte. Da nichts von ihm übrigblieb, wurde symbolisch ein Stahlabstich aus der Glut genommen und den Angehörigen zur »Beerdigung« übergeben. In Wirklichkeit wurde sein Körper mit dem Stahl zu Blechen gewalzt – für Autos, Töpfe oder Panzer.

Osman erzählt, daß er einen Onkel in Ulm besuchen will. Dort kann er wohnen und eine Arbeit bekommen, die mindestens genauso ungesund ist wie bei Thyssen, aber wenigstens bezahlt wird. Er will zuerst nicht recht mit der Sprache raus, um was es sich da handelt: »Bei Thyssen müssen wir Staub schlucken und viel schwer arbeiten. Bei ander Arbeit müssen wir nur schlucken und von unser Blut geben.« Osman sagt, daß für diese besondere Arbeit Türken und auch andere Ausländer, wie Indonesier, lateinamerikanische Asylanten und Pakistani zum Beispiel, sehr gefragt seien: als *menschliche Versuchskaninchen* für die Pharmaindustrie. Ich frage ihn, ob ich nicht an seiner Stelle an einem Versuch teilnehmen könne, der in den nächsten Tagen beginnen soll. Als Entschädigung biete ich ihm die Hälfte des ihm dadurch entgangenen Lohnes an: 1000 DM. – Er ist einverstanden. Mir kommt das gelegen, weil ich wegen meiner kaputten Schulter und der Bronchitis, die langsam chronisch wird, die schwere körperliche Arbeit bei Thyssen eigentlich längst hätte aufgeben müssen.

Osman vermittelt mich an das LAB-Institut in Neu-Ulm, ein mächtiger düsterer Bau mit dem Jugendherbergsmief der fünfziger Jahre. Als »Herbergsvater« sitzt ein fröhlich-aufgekratzter Mittzwanziger am Empfang. Er bemüht sich um eine angstfreie, entspannte Atmosphäre. Im Wartesaal ein paar Irokesenpunker, die schon zu den Stammkunden zählen, einige Ausländer mit sehr südländischem Aussehen, etliche arbeitslose Jugendliche. Und zwei aus dem Bahnhofsberber-Milieu,* der eine hat eine leichte Fuselfahne.

Das LAB in Ulm ist eines der größten privaten Testinstitute Europas. 2800 *Probanden* umfaßt die Kartei. Probanden, das sind Versuchspersonen. Man kann's auch so ausdrücken: An uns wird ausprobiert, was die Profite der Pharmaindustrie gesunden läßt, und als Nebenwirkung kann auch schon mal was für den Patienten abfallen.

Die meisten Menschenversuche dienen nicht der Gesundheit des Menschen, es werden keine neuen Heilmittel erforscht, es geht vielmehr um *Marketing, Markterweiterung, Werbefeldzüge* für alte Medikamente, die unter neuen Namen neue Absatzmärkte erschließen. Es geht ganz simpel darum, neben 100 Medikamenten, die unter verschiedenen Namen auf dem Markt sind, aber alle fast auf den gleichen chemischen Substanzen aufbauen, noch das 101. völlig überflüssige Medikament auf den Markt zu bringen.

Es ist vielfach bewiesen, wie die Firmen selbst Gutachten von angesehenen Klinikern verfälschen und umschreiben, obwohl sie auf Menschenversuchen in öffentlichen Krankenhäusern basieren. Wie muß es da erst in den vielen privaten Instituten aussehen, die die Medikamente schon vorher an »gesunden« bezahlten Probanden testen und praktisch komplett von Aufträgen aus der Industrie abhängig sind?

Eines ist klar: negative oder gar alarmierende Ergebnisse wirken in jedem Fall geschäftsschädigend – egal, ob sie von Ärzten in der Klinik oder von Test-»Instituten« an die Öffentlichkeit gelangen.

Professor Eberhard Greiser, Leiter des pharmakritischen »Bremer Instituts für Präventionsforschung und Sozialmedizin« (BIPS), sagt dazu:»In der Praxis dürfte es darauf hinauslaufen, daß Arzneimittelprüfungen, die mit negativem Ergebnis für das zu prüfende Arzneimittel herauskommen, nicht publiziert werden. Das ist eine Erfahrung, die viele Gutachter, mit denen ich im Laufe der Zeit in der Transparenzkommission (Fachkommission im Gesundheitsministerium) zusammengekommen bin, berichtet haben.« Pharmakonzerne geben zwar unzählige Menschenversuchsreihen mit entsprechenden Gutachten in Auftrag, legen dem Bundesgesundheitsamt aber lediglich die für sie günstigen Ergebnisse vor. Von negativen Resultaten erfahren die Behörden fast nur, wenn einzelne Ärzte und/ oder PharmaMitarbeiter diese Praktiken nicht mehr länger verantworten können und Informationen weitergeben. Vom Amts wegen wissen die Arzneimittel-Zulassungs- und Überwachungsstellen* in der Bundesrepublik nicht einmal, wo welche Studien überhaupt durchgeführt werden. Die Macht der Pharma-Konzerne hierzulande macht's möglich. In anderen Ländern gibt es sehr strenge Meldepflichten und Vorschriften.

Ich (Ali) lege den Zettel vor, den Osman mir gegeben hat, und frage den »Empfangschef«, ob er nicht auch einen weniger gefährlichen Versuch zu vergeben hat. Osman hat mich (Ali) gewarnt, daß der vorgesehene Test recht heftige unangenehme Nebenwirkungen hervorrufen soll. – »Nur keine Angst«, versucht man mich zu beruhigen, »hier sind bisher noch alle wieder lebend rausgekommen.« Und: »Wir machen das hier ganz lokker.« – Der Herbergsvater pflegt einen betont familiären Umgangston mit seinen Versuchspersonen, duzt alle und klärt mich (Ali) auf: »Zuerst müssen wir mal sehen, ob du überhaupt zu gebrauchen bist.«

Ich (Ali) werde zum vorgeschriebenen Check geschickt. Etliche Blutproben werden mir abgezapft, Urin wird untersucht, dann kommt noch ein EKG,* ich (Ali) werde vermessen und gewogen. Die Endabnahme nimmt ein Arzt vor. Zuerst erschrecke ich, denn ich halte ihn für einen Landsmann. Aber zum Glück ist er kein Türke, sondern Exilbulgare. Aber er kennt »meine Heimat« gut und unterhält sich mit mir ein wenig über die Türkei.

Er berichtet, daß es früher viel mehr türkische Probanden gegeben habe, etliche von ihnen seien aber in der letzten Zeit in die Türkei zurückgekehrt. Er meint, daß sie hier gute Erfahrungen mit meinen türkischen Landsleuten gemacht hätten, sie seien »hart im Nehmen«* und würden sich nicht »wegen jedem Wehwehchen gleich beklagen«. – Er leuchtet mir (Ali) noch in die Augen und stellt dabei fest, daß ich Kontaktlinsen trage, sieht aber zum Glück nicht, daß sie tiefdunkel gefärbt sind. Ich erkläre, daß ich sie für Spezial-Schweißarbeiten verschrieben bekommen habe, bei denen eine Brille ein Handicap sei.

Ali wird für tauglich befunden, das heißt, er ist soweit verwendungsfähig, sich als Gesunder möglicherweise krankmachende Medikamente in Form von Pillen oder Spritzen verabreichen lassen zu dürfen.

Ali muß eine Einverständniserklärung zu dem Versuch an sich unterschreiben und bekommt eine fünfseitige

Informationsschrift auf deutsch zu sehen, in der es um die
Medikamente geht, die diesmal ausprobiert werden sollen:
»Probanden-Information über die Studie Vergleichende
Bioverfügbarkeit bei vier verschiedenen Kombin-
ationspräparaten mit den Inhaltsstoffen Phenobarbital und
Phenytoin«.*

Die Namen dieser Medikamente hat er noch nie gehört,
und auch der »Herbergsvater« hat Schwierigkeiten, sie
flüssig auszusprechen: »Phenobarbital« und »Phenytoin«.
»Nichts vergißt du schneller«, sagt er. »Die Medikamente
sind auch gar nicht für eine Krankheit, die vielleicht jeder
mal hat, sondern laut Informationsblatt gegen ›Epilepsie‹
und ›Fieberkrämpfe‹ bei Kindern.«

Von fast allen industricunabhängigen Wissenschaftlern
wird die Verwendung solcher Kombinationspräparate heftig
kritisiert. Durch die starke Kombination zweier Wirkstoffe
wird die oft notwendige Anpassung der Dosis an die
individuellen Bedürfnisse des Patienten verhindert.
Nachlässigen Ärzten kommen Kombinationspräparate aber
durchaus entgegen. Sie brauchen sich noch weniger um die
Patienten zu kümmern.

Der Inhaltsstoff »Phenobarbital« zählt obendrein zur
chemischen Gruppe der Barbiturate, von denen man
besonders schnell abhängig werden kann. Wegen der großen
Suchtgefahr wurden deshalb in den letzten Jahren Hunderte
von Arzneimitteln verboten, denen Barbiturate beigemengt
waren.

Ein Medikamentenversuch mit längst bekannten
Kombinationspräparaten, die eigentlich aus dem Handel
gezogen werden sollten. Niemand erklärt, warum sie dann
überhaupt noch getestet werden müssen.

Der Versuch soll sich insgesamt über elf Wochen
hinziehen, eingeschlossen viermalige stationäre
Kasernierung über je 24 Stunden. Gesamthonorar 2000
DM. Als Nebenwirkungen, die relativ häufig auftreten,
werden in der Informationsschrift angegeben: »Müdigkeit,
Veränderung der Stimmungslage, Bewegungsstörungen,

Beeinträchtigung der Nervenfunktion und der Bluteigenschaften, Beeinflussung der Blutbildung, Veränderungen des Gesichtsfelds, allergische Reaktionen mit Hautveränderungen«. Und bei »ca. 20 Prozent der Patienten treten Wucherungen des Zahnfleischs«* auf. Außerdem, wenn man Pech hat, kann es zu »juckendem Hautausschlag, Atemnot, Hitzegefühl, Übelkeit und eventuell Erbrechen kommen«, und »in seltenen Fällen« können »lebensbedrohliche Zustände mit Erstickungsanfällen und Kreislaufschocks entstehen, die sofortiges ärztliches Eingreifen erfordern«.

Das sei aber alles halb so schlimm, denn im Notfall zahle die Versicherung: »Sollte wider Erwarten im Zusammenhang mit der Teilnahme an dieser Studie eine gesundheitliche Schädigung auftreten, wird von dem LAB oder deren Auftraggeber kostenfreie medizinische Versorgung in unbegrenzter Höhe angeboten.« Allerdings: »Ausdrücklich ausgenommen hiervon sind Schäden, die nur mittelbar mit der Teilnahme an der Studie zusammenhängen (wie zum Beispiel Wegeunfälle«). Was also, wenn ein »Proband« mit »Kreislauf- und Bewegungsstörungen« einen Verkehrsunfall erleidet?

Nach der Unterschrift unter die Einverständniserklärung bekomme ich (Ali) einen Terminplan für die Einnahme der Medikamente und die stündlich durchzuführenden Blutentnahmen ausgehändigt.

Die Studie beginnt erst morgen, werde ich (Ali) aufgeklärt, trotzdem darf ich (Ali) das Gelände, also das Haus und den angrenzenden Hinterhof, ab sofort nicht mehr verlassen. »Freiwillige Gefangennahme.« Man händigt uns aus: Eine Decke mit Überzug, Bettlaken, Kopfkissenbezug. – Im ersten Stock finden sich die »Behandlungsräume«: Labor, Raum für Blutentnahmen, Intensivstation. Im zweiten Stock der Fernsehraum und die Schlafräume.

Der Mann, der unten auf dem Etagenbett sitzt, blickt nicht auf, als ich eintrete. Zwei am Tisch lösen ihre Kreuzworträtsel weiter. Ich (Ali) gehe in den zweiten

Schlafraum mit Blick auf den Hof. Links die Autowerkstatt und davor, zwischen Mauer und Müllcontainer, ein paar graue Gartenmöbel aus Plastik. Rechts ein Lagerhaus mit einem Großhandel für Naturprodukte. Im Hintergrund der Güterbahnhof. Eine desolate Gegend.

Fast beschwörend betonen alle, die sich als Versuchsmenschen zur Verfügung gestellt haben, daß es überhaupt kein Risiko gibt. »Für die ist das Risiko viel größer als für uns«, sagt einer. »Denn wenn etwas passieren würde, gäbe es einen Riesenskandal. Und das können die sich gar nicht leisten.« Einige machen das nicht zum erstenmal: Es gibt »Berufsprobanden«, viele Ausländer dabei, die von Institut zu Institut ziehen und sich manchmal lebensgefährlichen Doppelversuchen aussetzen. »Pharmastrich« nennt man's in der Branche. Es gibt Werber und Schlepper, die für Kopfgeld Arbeitslose, Obdachlose, Menschen in Notlagen aller Art für Versuche anheuern.

Zum Abendbrot treffen sich alle an einer Reihe langgezogener Tische. Vier Frauen sitzen zusammen. Sie mußten bei ihrer Aufnahme einen Schwangerschaftstest durchführen lassen. Wenn sie während der Medikamenten-Testreihen, die sich zumeist über Monate hinziehen, trotzdem schwanger werden, können beim Kind schwerste und bleibende Schäden auftreten. Für diesen Fall verspricht das LAB jedoch »medizinische und seelische Hilfe«, was auch immer das heißen mag.

Durch eine Klappe bekommt jeder einen Teller zugeschoben: Brot, Butter, ein paar Scheiben Käse, eine Tomate, eine Gurke, eine Paprika. Im Fernsehraum läuft *Bonny and Clyde*. Die Vorhänge sind geschlossen, um den Fernseher von der Abendsonne abzuschirmen. Die Antenne ist kaputt. Einer muß sie festhalten, damit das Bild schwach erkennbar ist. Es stinkt nach Asche und kaltem Rauch. Fast niemand kann schlafen, und das Fernsehprogramm ist zu Ende. Schweigend sitzen wir bis nach Mitternacht auf dem Hof, rauchen und trinken schales Wasser aus Pappbechern:

das ist das einzige, was wir noch zu uns nehmen dürfen.

Die in den Betten liegen, starren gegen die Decke oder versuchen zu schlafen. Jemand ist neben seinem Transistorradio eingeschlafen – »Musik nach Mitternacht« in voller Lautstärke. Niemand macht das Licht aus. Ab 2.30 Uhr »Musik bis zum frühen Morgen«. Dann schalte ich das Radio aus und lösche das grelle Neonlicht. Vom Güterbahnhof hallt pausenlos das Donnern der Waggons, die gegeneinander geschoben werden. Der Wind treibt unter dem offenen Fenster die leeren Plastikbecher über den Hof. Jemand onaniert unter der Bettdecke, immer wieder, ohne Erlösung zu finden.

Um 6 Uhr öffnet sich die Tür: »Aufstehen!« Schweigend, grußlos stehen wir auf. Jeder ist ganz mit sich selbst beschäftigt. Meine Urinflasche trägt die Nummer 4. Das bedeutet: 6.04 Uhr Dauerkanüle* in den Arm, 7.04 Uhr Medikamenteneinnahme, 8.04 Uhr Blutentnahme, usw.

Die ersten Male stellen wir uns noch in einer Reihe an. Später kennen wir unsere Vor- und Hintermänner und wissen, wann wir dran sind. Der nach mir ist soeben aus dem Gefängnis entlassen worden und konnte nirgendwo Arbeit finden. Hier fragt ihn keiner. Zwei junge Typen, die uns die Kanüle in die Armbeuge stechen, unterhalten sich über ihre nächsten Examensprüfungen. Sie haben ihr Medizinstudium noch nicht abgeschlossen. Die beiden überwachen die Medikamenteneinnahme. Unter ihren Augen muß ich zwei Kapseln schlucken. Zuerst bemerke ich, wie sich mein Blickfeld etwas verkleinert. Ich versuche auf den Hof zu sehen, aber die Sonne blendet zu stark und schmerzt in den Augen. Ich liege auf dem Bett und döse. Zu den stündlichen Blutentnahmen gehe ich wie ein Schlafwandler. Alle sehen bleich und eingefallen aus. Immer häufiger fehlen Leute und müssen erst aus dem Bett geholt werden. Eine Frau klagt über Hitzewallungen, Schwindelanfälle und Kreislaufstörungen. Ihr Arm sei kalt, pelzig und abgestorben.

Am nächsten Tag geht es mir miserabel. Ein an sich

unsinniger Versuch, weil die Nebenwirkungen alle bekannt
sind. Wir erleben sie gerade: schwerste Benommenheit,
starke Kopfschmerzen, totales Wegtreten und schwere
Wahrnehmungstrübungen, dazu ein ständiges Wegschlafen.
Auch das Zahnfleisch blutet stark. Siebenmal Blut abgezapft
bekommen und sich ständig zur Verfügung halten. Auch die
anderen haben starke Beschwerden.

Doch erst als es einer ausspricht, stellt sich heraus, daß
fast alle Kopfschmerzen haben. Offensichtlich haben sie
geschwiegen, aus Angst, zu einem anderen Versuch nicht
mehr zugelassen zu werden. Ein Versuchsmensch (39), seit
drei Jahren arbeitslos, erzählt mir: »Ich habe schon viel
schlimmere Versuche über mich ergehen lassen. Auf der
Intensivstation, an Schläuchen angeschlossen. Da haben die
meisten unserer Gruppe schlappgemacht, und etliche
mußten anschließend in die Betten getragen werden.« Er
berichtet von einem Münchener Institut, wo besonders
gefährliche Versuche über Nacht vorgenommen werden,
»über die Schmerzgrenze hinaus. Die suchen immer welche«.
– Ein anderer berichtet über einen »Psychobunker« in der
Nähe von München, wo Versuche, oft vier Wochen lang, bei
totaler Dunkelheit ablaufen. In einem *Herzzentrum* in
München, erzählt ein Achtzehnjähriger, kann man bei
gefährlichen Experimenten mitmachen und »für gutes Geld
an seinem Herzen herumspielen lassen.«

Ich (Ali) entschließe mich, nach dem »ersten
Durchgang«, das heißt nach vierundzwanzig Stunden, den
Versuch abzubrechen. Normalerweise hätte ich (Ali)
innerhalb der nächsten elf Wochen noch weitere dreimal
kaserniert werden sollen. Und die Nebenwirkungen werden
erfahrungsgemäß schlimmer, nicht besser, klärt man mich
auf. Darüber hinaus hätte man die gesamten elf Wochen
täglich – auch samstags und sonntagmorgens, um 7 Uhr zur
Blutentnahme erscheinen und sämtlichen Urin der elf
Wochen in Plastikbehältern sammeln müssen. Wer aus dem
Versuch vorzeitig aussteigt, erhält keinen Pfennig Honorar.

Der Bremer Professor Eberhard Greiser hält »etwa zwei

Drittel derartiger Bioverfügbarkeitsstudien für unnötig«.
»Das sind Studien, die für kommerzielle Zwecke
umfunktioniert werden und bei denen Nutzen und Aufwand
nicht mehr im richtigen Verhältnis zueinander stehen.« Es ist
bereits zu Todesfällen bei Menschenversuchen gekommen.
Vor zwei Jahren zum Beispiel brach der dreißigjährige
irische Berufsversuchmensch Neill Rush während einer
Versuchsreihe tot zusammen. An ihm wurde für die Kali-
Chemie Hannover ein Mittel gegen Herzrhythmusstörungen
erprobt. Am Tag zuvor hatte Rush bereits in einem anderen
Institut das Medikament *Depoxil*, ein Psychopharmakon, an
sich ausprobieren lassen. In der Kopplung beider
Medikamente, so der Obduktionsbefund, sei die plötzliche
Todesursache zu sehen. (Eine Mindestfordcrung wäre, die
Pharma-Industrie zu zwingen, Probandenpässe
auszustellen, um solche »Doppelversuche« auszuschließen.)
    Einer der Versuchsmenschen des LAB hat mir (Ali) noch
eine Adresse zugesteckt: BIO-DESIGN in Freiburg im Breis-
gau. »Die brauchen immer welche und zahlen gut. Und vor
allem das Essen ist besser als der Fraß hier.« Ich (Ali) fahre
dort als nächstes hin. Im Gegensatz zum leicht angegammel-
ten LAB ist BIO-DESIGN ein blitzblankes zukunftsweisen-
des Institut, architektonisch einer Raumstation nachempfun-
den. Die Dame am Empfang stellt die gleiche vorsorgliche
Frage wie auch Adler, wenn sich ein Neuer bewirbt, nur mit
gesetzteren Worten: »Wer hat Sie an uns verwiesen?« – Ich
(Ali) nenne den Namen des Kumpels von dem LAB.
    Sie haben sogleich ein verlockendes Angebot für Ali: 2500
DM für fünfzehn Tage, allerdings »voll stationär«.* Sie
entgegnen ihm auf seine Frage: »Und muß Steuer zahle?« –
»Nee, das wird hier nicht gemeldet. Das ist ein Dienst für die
Gesundheit.« Sie scheinen gerade für diesen Versuch noch
um mutige Versuchsmenschen verlegen zu sein, denn sie
versuchen, ihn mit einem Vorschuß zu ködern. »Sollten Sie
sich entschließen, daran teilzunehmen, könnten wir
ausnahmsweise auch über einen Vorschuß reden.« Und:
»Sie werden hier auch gut verpflegt. Das Essen ist frei.« –

»Und wofür so viel Geld? Was wird gemach?« – Eine
jüngere Institutsangestellte erklärt es mir (Ali), nicht ohne
hintersinniges Lächeln, wie er zu bemerken glaubt.

»Das ist ein Aldosteron-Antagonist,* die Substanz heißt
Mesperinon.* Die bewirkt, daß krankhafte
Wasseransammlungen im Körper ausgeschwemmt werden
über die Niere. Dieses Mineralkortikoid* hat Einfluß auf
den Hormonhaushalt. Was bereits im Handel ist, das gehört
in die Gruppe von Spironolacton.* Bei dieser Substanz hat
man festgestellt, daß sie, wenn sie länger verabreicht wird,
eine sogenannte Feminisierung bewirkt, das heißt,
Brustbildung bei Männern. Es ist bei diesem Versuch über
zwei Wochen aber nicht gleich zu erwarten, daß es dazu
kommt.«

Ich (Ali): »Is'se sicher?«
Institutsangestellte: »Es wird nicht erwartet. Das ist ja gerade
    der Zweck des Versuchs. Sicher kann man da nie sein.«
Ich (Ali): »Und wenn passiert, geht auch wieder weg?«
Institutsangestellte (beschwichtigt): »Ja, sicher, das wird sich
    auch wieder zurückbilden.«

Hier informiert sie ganz offensichtlich falsch. Eine
»Gynäkomastie« wie die Brustbildung bei Männern in der
medizinischen Fachsprache genannt wird, muß operativ
entfernt werden. Das ist jedenfalls die einhellige Auffassung
von Wissenschaftlern.

In einem anderen Punkt sagt sie ebenfalls die Unwahrheit.
Auf Alis Frage: »Wie is mit Potenz. Bleibt?« Antwort:
»Also, in der Hinsicht wird nichts befürchtet.« – In
Wirklichkeit liegen für die Anwendung von Mesperinon am
Menschen noch so gut wie keine Erfahrungen vor. In einem
Begleittext zu dem Versuch wird ausdrücklich
hervorgehoben, daß mit Nebenwirkungen wie
»Kopfschmerz, Benommenheit, Verwirrtheit, Magen-
schmerzen, Hautveränderungen« und eben bei höheren
Dosierungen auch mit »Gynäkomastie bzw. Impotenz« zu

rechnen ist. BIO-DESIGN versucht, seine Versuchsmenschen unter allen Umständen bei der Stange zu halten.* Im Vertrag droht das »Institut«: »Im Falle einer fristlosen Kündigung kann die BIO-DESIGN GmbH von dem Probanden Ersatz für den Teil der Aufwendungen verlangen, die für die Durchführung der Prüfung an ihm entstanden sind . . . « Daß dieser Knebelvertrag eindeutig sittenwidrig ist, stört BIO-DESIGN offenbar wenig. Die Versuchspersonen werden damit unter den ungeheuren Druck gesetzt, trotz aller eventuellen Schmerzen und Begleiterscheinungen auf jeden Fall durchzuhalten. Hinter der glatten, freundlichen Fassade einer Schönheitsfirma verbirgt sich ein neuzeitlicher, eiskalter Dr. Mabuse,* der im Auftrag großer Pharma-Konzerne in Not geratene Menschen zur Erforschung von Verkaufsstrategien der Chemie ausliefert.

Ich bin glücklicherweise nicht von den verlockend hohen Geldsummen abhängig und kann es mir leisten, dankend abzulehnen. Viele andere können das nicht. Firmen wie LAB und BIO-DESIGN profitieren von der Wirtschaftskrise, die ihnen immer mehr Menschen zutreibt.

Die Verantwortlichen reden sich auf sogenannte »Ethik-Kommissionen« heraus, in denen Wissenschaftler und sogar Geistliche sitzen. Ethik-Kommissionen sind freiwillige Kontroll-Ausschüsse, deren Votum nur in den USA und Japan gesetzlich befolgt werden muß, in der Bundesrepublik aber nicht.

Ethik in diesem Zusammenhang – ein zynischer Begriff. Diese Kommissionen können von den Firmenchefs jederzeit nach Gutdünken* ausgetauscht oder ganz fallengelassen werden. Und selbst wenn es sich dabei um behördliche Einrichtungen handelte, wie das in anderen Staaten schon der Fall ist: »Ethik«- Kommissionen können bestenfalls über *medizinische* Fragen urteilen. Die *menschliche* Ethik würde aber zumindest verlangen, daß man sich mit den verzweifelten Menschen auseinandersetzt, die an den Rand der Gesellschaft gedrängt worden sind und sich nur deshalb bereit finden, als Kandidaten zum Selbstmord auf Raten aufzutreten.

Mein Vorschlag:

Es sollte ein Gesetz verabschiedet werden, das die Spitzenverdiener in der Pharmaindustrie verpflichtet, sich für Versuche selbst zur Verfügung zu stellen. Die Vorteile wären unübersehbar: die Leute sind körperlich meist in wesentlich besserer Verfassung als viele der ausgelaugten Berufsprobanden und könnten sich aufgrund ihres Einkommens auch einen viel längeren Urlaub und Erholungskuren leisten. Die Anzahl der Versuche würde dadurch drastisch zurückgehen und auf ein sinnvolles Minimum beschränkt werden.

So unernst ist der Vorschlag gar nicht gemeint. Noch vor sechzig Jahren testeten die Medikamentenforscher neue Wirkstoffe zunächst an sich selbst.

Wie häufig die angeblich so seltenen Nebenwirkungen auftreten, erlebte ich selber. Nach der Rückkehr von meiner Reise durch die Pharma-Labors begann mein Zahnfleisch am Unterkiefer anzuschwellen und zu eitern. Der Zahnarzt diagnostizierte »Zahnfleischwucherungen«* und vermutete gleich ganz richtig: »Nehmen Sie Medikamente, in denen Phenytoin enthalten ist?« Als ich bejahte (Phenytoin war einer der Inhaltsstoffe des Medikamentenversuchs beim LAB in Ulm), schloß der Zahnarzt sofort von der Nebenwirkung auf meine vermeintliche Krankheit: »Sind Sie Epileptiker?«

DIE BEFÖRDERUNG

Ich fühle mich so kaputt und elend, daß ich mir nicht mehr zutraue, die Arbeit bei Thyssen fortzusetzen, obwohl Ali genug Kollegen kennt, die trotz Krankheit oder Unfallverletzung weiter für Adler schuften. Die trotz Grippe und Fieber 16 Stunden durchhielten, aus Angst, daß sonst an ihrer Stelle ein Neuer angeheuert würde. Oder

Mehmet, dem bei der Arbeit ein Eisenteil auf den Fuß gefallen war. Da er keine Arbeitsschuhe mit Spezialkappe trug, schwoll sein Fuß so stark an, daß er seinen Schuh seitlich aufschneiden und mit Draht umwickeln mußte, damit er noch hielt. Unter größten Schmerzen humpelte er – die Zähne zusammengebissen – zur Arbeit und klagte mit keinem Wort.

Ich kann es mir leisten, alles auf eine Karte zu setzen, um aus der Not eine Tugend zu machen. Ich habe erfahren, daß Adler Probleme mit seinem Kalfaktor und Chauffeur hat, und versuche über eine List, den Job des Fahrers zu ergattern. Wegen Geldforderungen habe ich (Ali) mich bei Adler angesagt. Er ist wie immer sehr ungehalten, fragt, was mir überhaupt einfiele, mehrere Tage zu fehlen, aber als ich (Ali) mich entschuldige und sage, daß ich (Ali) garantiert wieder ganz gesund sei und es nie wieder vorkäme, zeigt er sich gnädig und meint, ich (Ali) solle dann halt am nächsten Tag kommen. »Aber pünktlich, gefälligst, Punkt 14 Uhr.« – Das alte Spiel: wer nicht da ist am nächsten Tag, ist Adler. Drei Stunden später, gegen 17 Uhr endlich, erwisch' ich (Ali) ihn zu Hause. – Er geht gleich auf Distanz: »Das geht jetzt nicht. Müssen Sie früher kommen. Ich sitz' jetzt in der Badewanne.« – Er sitzt keineswegs in der Badewanne, wie man sieht, denn er ist komplett angezogen.

Ich (Ali): »Kann ja warte noch was und setz' mich solang auf
    Trepp. Hab ja vor die Tür schon drei Stunde warte.«
Adler (ungehalten): »Nichts. Das geht nicht. Morgen
    wiederkommen.«
Ich (Ali): »Will auch kei Geld jetzt, nur mal was frage . . . «
Adler: »Geht auch nicht. Morgen anrufen.«
Ich (Ali): »Bitte, nur fünf Minute. Bin über ein Stund
    'rausgefahre.«
Adler: »Rufen Sie mich morgen an. Können wir am Telefon
    besprechen. Ich kann es nicht ändern.«
Ich (Ali): »Ich hab' gut' Sach', weil ich muß Ihne helfe.«
Adler (neugierig, erschreckt): »Was denn?«

Ich (Ali): »Muß Ihne helfe, weil Ihne sonst was passiert.«
Adler: »Mir? Warum? Wer?«
Ich (Ali): »Ich komm' wieder, wenn Sie ware in Bad.«
Adler: »Nein, warten Sie, kommen Sie doch eben 'rein.«

Zögernd folgt Ali ihm in sein Büro und eröffnet ihm, daß einer von den Kollegen, denen Adler noch Geld schuldet, ihm einen Denkzettel verpassen* will, aber Ali das nicht zuläßt.

Ali spielt im folgenden die Rolle eines etwas tölpelhaften Übereifrigen, der bereit ist, sich für seinen Herrn zu opfern, notfalls über seine Leiche. »Ich hab lernt Karat, türkisch Spezial-Karat, heißt Sisu.« Ist natürlich kompletter Quatsch, ich kann kein Karate, und ›Sisu‹ ist finnisch und bedeutet auf deutsch ›Ausdauer, Geduld, Beharrlichkeit‹. Aber das weiß er nicht. »Ich Ihne helf, wenn Ihne einer was tut. Ich kann ein Schlag, und dann isse weg.«* Zur Bekräftigung meiner wilden Entschlossenheit donnert Ali mit voller Kraft seine Faust auf Adlers Schreibtisch. Adler mustert Ali halb beeindruckt, halb irritiert. »Wer will mir was anhaben?« fragt er zurück, »das ist ja auch gut so, das soll ja auch so sein, daß du mich verteidigen willst, aber welcher Schmutzfink will mir was tun?« – »Ich jetzt nich weiß Nam«, sagt Ali, »aber ich ihm sag', wer Adler will umbring, muß Ali umbring, ich Adlers Mann.« – Es fällt ihm nicht auf, daß Ali in seinem Eifer ganz ungewohnt des Genitivs in der deutschen Sprache mächtig wird.

Adler hat angebissen. Etwa fünf Minuten lang liest er aus Listen Namen türkischer und arabischer, jetziger und früherer Mitarbeiter vor, denen er offenbar noch Geld schuldet und die in seinen Augen jetzt alle potentielle Mörder sind. – Bei einigen Namen horcht Ali auf, läßt sie sich noch mal wiederholen, schüttelt jedoch jeweils energisch mit dem Kopf, der Name des Rächers ist nicht dabei. Um keinen Kollegen tatsächlich in Verdacht zu bringen, erfindet Ali einen Phantom-Rächer, einen »Araber, der Mitglied in einem türkischen Ringverein ist«, der solche Pranken von Händen hat – Ali demonstriert es in der Luft – und der zuletzt einen Deutschen, der ihn »beleidigt und betrogen« hat, »mit ein Schlag halb Gesich' weg hat haue«. – »Nas war kaputt, ein Aug' war zu und ganz Gesich' schief.« – Adler blickt sehr besorgt, und Ali bringt seine sonstigen Vorzüge ins Gespräch: daß er nicht »nur Karate kann, sondern auch lange Zeit Taxifahrer« war und früher »schon mal Chauffeur von ander Chef«, der »groß Fabrik hat«. – »Was für eine Fabrik?« macht Adler sich sachkundig. »Mache so Sprechmaschin'«, erklärt Ali. »Du meinst Walkie-talkies«, kombiniert Adler richtig, und Ali bestätigt stolz. Zur Not könnte er von dort sogar eine Bescheinigung bekommen, denn der Firmenchef ist ein guter Bekannter von mir (G. W.). »Ich hab' noch de Uniform in Schrank«, prahlt Ali weiter, »schön Mütz' dabei und gut Stoff.«

»Ah ja, interessant«, sagt Adler, »kannst du denn gut Auto fahren?« – »Ja, kein Problem«, sagt Ali, »der Chef konnt immer schlaf, wenn Ali fahr, und ich konnt auch reparier alles, wenn Auto kaputt.« – Eine komplette Lüge, aber ich (Ali) kann doch wohl darauf bauen, daß Adlers ziemlich neuer 280 SE-Mercedes, mit Sonderausstattung und allem möglichen Schnickschnack, kaum reparaturanfällig sein wird. »Da können wir drüber reden«, sagt Adler, »ich hab' immer was zu fahren, und du hältst mir die lästigen Kerle vom Leib. Du brauchst mir nur die Namen zu nennen. Ich hab' da einen direkten Draht zur Ausländerpolizei. Dann sind die draußen, eh die merken, wie ihnen geschieht.« – »Mich mal lasse mache«, versuch ich (Ali) ihn abzulenken. »Sie brauch' kei Angst mehr hab', wenn die wisse, ich Agent von Adler, ein Schlag von Ali und sie tot, ein Schlag isse weg.* Sie brauch' nich Polizei, ich mache besser.« – »Ja, gut«, sagt Adler, »komm' Montag 10.30 Uhr, dann wollen wir's mal versuchen.«

So kam es, daß Ali ›befördert‹ wurde, vom Staubschlucker und Schwerstarbeiter zum Chauffeur und Leibwächter. Es gibt halt doch noch in unserer Gesellschaft

ungeahnte Aufstiegschancen. Auch für den letzten
Gastarbeiter.

Adler versucht, die neue Arbeitsplatzbeschaffungsaktion
auch gleich wieder – wie es so seine Art ist – mit einem neuen
Betrug einzuleiten. »Du bist doch noch krank«, sagt er. »Paß
auf, wir melden dich ab sofort bei der AOK an, du gehst zum
Arzt und läßt dich krankschreiben, dann brauch' ich dir kein
Geld zu zahlen, dann muß die Krankenkasse dir das zahlen,
und du fährst schon für mich.«

Es sollte eine schlimme Selbstverleugnung werden, Adler
in den folgenden Wochen zu kutschieren. An jeder
Lenkbewegung mäkelte er rum. »Fahr gefälligst seriös.« –
»Jetzt ist endlich Schluß mit dem Risikofahren.« – »Wie oft
soll ich dir das noch sagen, das sind Wertgegenstände, die du
hier durch die Gegend fährst. Das Auto kostet viel Geld.« –
»Ich möchte vernünftig und sicher gefahren werden. Du bist
verantwortlich, daß das Auto und ich heil nach Hause
kommen.« – Dabei fährt Ali schon ganz langsam und
behutsam, dreimal so langsam wie mit seiner eigenen Karre.
Man kann es schon nicht mehr Fahren nennen, es ist ein
abgehobenes sanftes Schweben.* Jedoch Adler hat
übertriebene Ängste. Vielleicht braucht er diese ewige
Nörgelei auch nur zur Selbstbestätigung.

Adler bestellt Ali meistens zwanzig bis fünfzig Minuten zu
früh zu seiner Wohnung. Dann fühlt sich Ali als
»Weckdienst« mißbraucht. Ali klingelt. Es dauert einige
Zeit, bis Adler mit verschlafener Stimme 'runterruft:
»Warte draußen. Es dauert zehn Minuten.«

Dann dauert's und dauert's. Wenn es regnet, gibt's nichts
zum Unterstellen. Adler fällt es auch nicht ein, Ali den
Schlüssel runterzuwerfen, damit er sich schon mal in den
Mercedes setzen kann.

Gegen 8, 9 Uhr kommt Leben in das Villenviertel.
Rolläden werden hochgezogen, langsam öffnen sich
Fenster. Garagentore gleiten automatisch hoch, und
gepflegte Limousinen werden von bessergestellten Besitzern
ins Geschäftsleben gefahren. Eine Ehefrau stellt einen

prächtigen Vogelkäfig mit exotischen Vögeln ans Fenster. Die Vorgärten sind sehr gepflegt und die Rasenflächen immer sehr kurzgeschoren.

In seltenen Fällen wird Ali schon um 7 oder 8 Uhr früh zu Adler zitiert, um dann eine halbe bis eine Stunde später mit seinem Herrn losfahren zu dürfen. In der Regel beginnt für Adler der Tag jedoch nicht vor 10 oder 11 Uhr und endet dafür oft auch schon gegen 14, 15 oder, wenn's spät wird, 16 Uhr. Dazwischen oft noch eine Stunde Mittagspause. Oft erschöpft sich das Tagwerk Adlers darin, verschiedene Banken in Oberhausen und Dinslaken aufzusuchen und die Zahlungseingänge zu kontrollieren. Seltsamerweise liegen alle Banken außerhalb seines Wohnbezirks. Dazwischen meist noch ein Besuch bei seinem Freund und Geschäftspartner Remmert. Fast immer in der Zeit, in der seine Arbeiter nicht von der Schicht zurückkommen, um »unverschämten Fragen« und »dreisten Lohnforderungen« aus dem Weg zu gehen. Meistens schaltet er noch die Alarmanlage seines Wagens ein, denn man kann ja nie wissen. Auf dem Rückweg geht's dann oft noch zu seiner Tennishalle mit Restaurationsbetrieb in Duisburg, um mal »eben nach dem Rechten zu sehen«* oder um sich dort mit seinem »Steuerhinterzieher«, das heißt mit seinem ihm eng befreundeten Steuerberater zu treffen. Offiziell gibt Adler seinen Umsatz mit »zwischen 500 000 und 1 Million« DM jährlich an, wobei bei ihm kaum reale Geschäftskosten anfallen dürften. Tatsächlich dürfte sein Umsatz bei seinem Geschäftsgebaren ein Vielfaches dieser Summe ausmachen, allein die Kopfgelder der nicht angemeldeten Illegalen zusammengerechnet.

Es ist eine Qual, ihn zu chauffieren. Ständig hat er etwas auszusetzen, ständig sieht er sein Leben in Gefahr. Ali hat oft den Eindruck, keinen Menschen aus Fleisch und Blut, sondern eine äußerst zerbrechliche pergamentene Mumie in einem dünnen Glasbehälter zu transportieren, die befürchtet, bei der geringsten Bremswirkung auseinanderfallen zu können. Ständig korrigiert ihn Adler ungehalten oder brüllt ihn direkt an. »Nicht überholen! Dummkopf, langsam fahren!« oder in diesem Zusammenhang seine Standardformel: »Gefälligst seriös fahren« oder »Wir wollen immer seriös bleiben. Wir sind keine Rowdys.« Und das alles bei Tempo unter 50 in der Stadt und bei unter 140 auf der Autobahn. Es geht ihm nicht um die Verkehrssicherheit von anderen, er hat eine abstrakte Angst um sein so wertvolles und kostbares eigenes Leben. Eine direkte Phobie hat er vor Polizisten. Wenn er schon von weitem einen Polizisten oder gar Streifenwagen gewahr wird, läßt er große Umwege oder Abbiegungen fahren, nur um möglichst schnell außer Sichtweite zu sein.

Er verschwendet keinen Blick hinter sich. Dies ist überhaupt eine Devise seines Lebens, denn hinter sich läßt er »verbranntes Land«,* getreu seiner Lieblingsschnulze,* dem Söldnerlied: »Hundert Mann und ein Befehl. Und ein Weg, den keiner will. Tagein, tagaus, wer weiß wohin. Verbranntes Land, und was ist der Sinn?«

Einmal droht mir, Ali, fast die Enttarnung. Er hat mitbekommen, wie ich dem Fotografen, der auf der anderen Straßenseite unsere Abfahrt verpaßt, ein Handzeichen gebe. »Wem hast du da zugewunken?«* fragt er äußerst mißtrauisch. »Nix winke«, lenk' ich ihn ab, »war nur e schnell Reflex für Karatetraining. Wenn lang sitz, müsse wir immer schnell Reaktion übe und Arm, Bein und Hand ganz schnell zuck lasse.«* Und zur einleuchtenden Bestätigung fange ich (Ali) an, während des Fahrens schnell zuckende Bewegungen mit Armen und Händen zu vollführen, die er anfangs noch mit nachdenklichem Staunen zur Kenntnis nimmt. Ich (Ali) erzähle ihm zur Untermauerung meines Trainingsfleißes noch (auch, um ihn bei einer eventuellen Enttarnung etwas auf Distanz zu halten), daß meine blitzschnellen Reaktionen im Karateclub besonders gefürchtet seien: ein Sportkamerad, der mir unbedacht in einen simulierten Schlag hineingeraten sei, habe anschließend »vier Tage im Koma« gelegen. Daß ich Ziegelsteine »zwei zusamme, aber alt Stein, nicht neue«, mit einem Handkantenschlag durchhauen könnte, hatte ihm schon während eines anderen Anlasses Respekt vor mir (Ali) abgenötigt. »Ein Schlag von Ali, kannste tot sein«, vollführe ich eine Handzuckung in seine Richtung. Um ihn aber nicht weiter zu beunruhigen, füge ich (Ali) hinzu: »Aber mußte unterschreib, daß mer nur mache,* wenn schwer Angriff gegen uns, und nie zuerst anfange darf.« Wenn er wüßte, daß ich Schlagen und Waffenanwendung prinzipiell ablehne und meine Stärke in solchen Situationen allenfalls das Laufengehen ist!

»Unterlaß gefälligst deine Verrenkungen in meinem Wagen, du reißt mir den ganzen Sitz auseinander. Das kannst du machen, wenn du draußen bist«, schreit er plötzlich ohne Grund; denn die Sitze sind so stabil, daß meine harmlosen Bewegungen ihnen absolut nichts anhaben können. – Um die Ernsthaftigkeit meines Karatetrainings für ihn weiter zu verfestigen und seinen Anfangsverdacht damit endgültig auszuräumen, vollführe ich Schattenschlag- und Boxbewegungen vor seinem Wagen, als ich längere Zeit vor der Ruhrkohle-Wärmetechnik in Essen auf ihn zu warten habe. Auf der gegenüberliegenden Seite entfache ich damit einen Auflauf bei den Sekretärinnen der »Kassenärztlichen Vereinigung«,* die in dem mehrstöckigen Gebäude an die Fenster kommen, um dem wildgewordenen Body-Guard vor der Luxuslimousine zuzuwinken und ihn teilweise anzufeuern. Ali winkt zurück und schafft es, bei der »Kassenärztlichen . . . « eine mindestens viertelstündige Arbeitsunterbrechung herbeizuführen. – Als Adler zurückkommt, Alis Herumhampeleien sieht und den Auflauf an den Fenstern, wird er zornig: »Unterlaß das sofort, du Idiot, du bringst mich noch ins Gerede. Mach das in deinem Affenstall in der Dieselstraße oder in deinem Türkenverein.« – Ali sagt: »Alles klar. Aber Sie sag, draußen mache darf«; er reißt seinem Chef die Wagentür auf und setzt sich wieder in Untertanenmanier ans Steuer.

Manchmal bekommt Ali mit, wie sein Chef über

Autotelefon »unbequeme« und »aufmüpfige« Leute feuert.
Dann liegt keineswegs, wie zu vermuten wäre, ein gereizt-
ärgerlicher Tonfall in seiner Stimme, vielmehr ein eher satt
wollüstiger. »Hallo, meine Süße, hör mal«, flötet er durchs
Autotelefon, »eine Schmeißfliege bin ich jetzt wieder los.
War gerade bei der Ruhrkohle, der T. wird morgen
entlassen, ja, ist das nicht phantastisch!« – Oder während er
Freunde   aus   Industrie   und   Politik   –   ein
Bundestagsabgeordneter dabei – über Autotelefon zu einem
Wochenendausflug auf seine Motor-Yacht nach Holland
einlädt, berichtet er einem seiner Geschäftsfreunde: »Ein
Sack wieder weniger.* Hab' ich heute gefeuert! Zack, weg
damit. Der hat mich geärgert.« – Ein andermal philosophiert
er über Autotelefon: »Man muß manchmal mit der Faust
dazwischenhauen. Da bleibt kein Auge trocken. Das
Schlimmste ist, weich sein, da kannste gleich einpacken!«
    Er kann es sich leisten, nach Lust und Laune »Leute« zu
feuern. Die zunehmende Arbeitslosigkeit treibt ihm immer
wieder neue Verzweifelte, die zu jeder Arbeit zu fast jeder
Bedingung bereit sind, in die Arme. Manche seiner
Ausbeutungsobjekte kennt er überhaupt nicht, höchstens
vom Namen her, er kassiert nur. Ebenfalls über
Autotelefon: »Kommt die Ruhrkohle zu mir, hat 'ne neue
Anlage installiert und sagt: Hör'n Sie mal, wir dürfen keinen
einstellen, absoluter Einstellungsstopp, aber wir brauchen
Elektriker. Da sind die hingegangen und haben, hinter Köln
da, mit dem Arbeitsamt getrickst, haben Elektriker
eingestellt, lief dann praktisch nur auf meine Rechnung, ich
hab' die Leute nie gesehen, nur monatlich kam das Geld.
(Lacht) Man muß sich nur zu helfen wissen. Man findet
immer einen Ausweg, wenn man nur will.«
    Und ein andermal: »Am angenehmsten sind mir die
Großen. Steag* häng' ich überall drin. In allen Kraftwerken
haben   wir   schon   gearbeitet. Thyssen, Ruhrkohle,
Ruhrchemie, General Electric in Holland, alles Firmen von
Weltruf. Da wagt sich in der Regel keine Behörde, kein
Gewerbeaufsichtsamt ran. Da können wir tun und lassen,

was wir wollen. Da können die Leute Stunden kloppen bis zum Umfallen. Hauptsache ist für die, wir ziehn den Auftrag schnell und diskret durch. Mit weniger Leuten ist's denen doch um so lieber weil unauffälliger. Und ich brauch' mich nur mit halb so viel Leuten 'rumzuschlagen, und die Kasse stimmt.« –

Neidvoll gesteht er manchmal ein, daß ihm einige von der Konkurrenz an Kaltblütigkeit und Trickreichtum noch einiges voraus haben. Er berichtet, wie welche mit Giftschlamm, den sie für Konzerne zu »entsorgen« haben, »doppelt Geld machen«. »Der F. hat von der Ruhrkohle den Auftrag, den Emscher-Schlamm* zu beseitigen. Verdient er sich dumm und dusselig dran. Und mit dem Abfall macht der noch mal ein Schweinegeld. Macht den Dreck über eine Kohlemahlanlage zu Kohlestaub und verkloppt das noch mal zum Verheizen. Gibt's nur die Probleme, Kohlestaub können sie nicht in Silo lagern. Weil da Gase und Dämpfe entstehen, und das explodiert von selbst. Mit dem Schlackenberg hier in Oberhausen läuft's genauso. Hat die Stadt an einen Holländer vergeben. Der Holländer kriegt sein Geld pro Kubikmeter für die Abfuhr von dem Schlackenberg, von dem Haufen da an der Autobahn. Was macht der Kerl damit? Der mahlt das Zeugs* und verkauft's teuer an Tennisplätze weiter. Die Tennismasche ist das Geschäft im Moment. Da ist Säure drin und alles mögliche Gift. Da gibt's häßliche Wunden, wenn da auf dem Tennisplatz mal einer stürzt. Das muß man können: aus Scheiße Geld machen und dafür noch teuer bezahlt werden. Junge, Junge, manche Leute, die stecken den Finger in die Scheiße, und wenn du ihn 'rausziehst, ist da Gold dran!«

So sehr Adler sein gesamtes Vermögen mit Dreck, Staub, Schmutz oder, um in seiner Sprache zu bleiben, aus Scheiße aufgebaut hat, achtet er bei sich selbst auf penibelste Sauberkeit und Reinlichkeit. Er hat geradezu eine hysterische Berührungsangst vor dem Schmutz dieser Welt. Seine Sklavenarbeiter sind für ihn die Kaste der Unsauberen, Unberührbaren, ihn ekelt's vor ihnen, er

möchte soviel Abstand wie möglich zu ihnen halten. Und
wenn sie ihn immer wieder wegen Lohnforderungen zu
Hause heimsuchen, beruht seine jeweilige Empörung nicht
nur auf der drohenden finanziellen Erleichterung, sondern
genauso sehr entsetzt ihn die direkte Konfrontation und
Nähe mit Schweiß, Schmutz und Elend, auch wenn die
jeweiligen Bittsteller immer sauber und ordentlich gekleidet
bei ihm vorsprechen. Einzige Ausnahme war immer ich
(Ali). Ich erschien meist ganz bewußt in meinen
schmutzigen, öl- und schlammverschmierten
Arbeitsklamotten und schwarz im Gesicht von Ruß und
Staub in seinem cleanen Villen-Vorort und stand ihm zu
seinem Entsetzen als abgerissener von der Arbeit
verdreckter Malocher leibhaftig auf der Matte.

Inzwischen hat sich Ali von der Kleidung her seinem
Mercedes angepaßt. Bügelfalten in der Hose,
frischgewaschenes weißes oder graues Hemd, Krawatte,
keine klobigen triefenden Arbeitsschuhe, sondern
blankgeputze Halbschuhe aus Leder. Dennoch zählt Ali für
Adler nach wie vor zu den Untermenschen aus der
proletarischen Unterwelt. Allein seine Adresse Dieselstraße
ist wie ein Stigma. Da wohnt in seinen Augen der letzte
Dreck im letzten Dreck und arbeitet direkt daneben im
allerletzten Dreck.

Als ich (Ali), sein Chauffeur, wieder mal über eine halbe
Stunde morgens in der Früh, 7.30 Uhr, vor seinem Haus auf
ihn warte, verspürt Ali das dringende Bedürfnis, zur Toilette
zu müssen. Er klingelt und fragt Adler, ob er mal auf dessen
Klo darf.

Adler: »Mußte groß oder klein?«
Ich (Ali): »Alles.«
Adler (angewidert): »Ja, mach mal draußen.«
Ich (Ali): »Wo soll ich draußen?«
Adler: »Machste um die Ecke, irgendwo, geh schon.«
Ich (Ali): »Wo in die Eck?«
Adler: »Eh, ist doch scheißegal.«

Er schickt Ali auf die Straße wie einen Hund. Es gibt auch keine Möglichkeit, in seinen Vorgarten zu scheißen, alles ist von überallher einsehbar. Mir ist danach, ihm einen Haufen auf die Haube seines Mercedes zu setzen, direkt auf den Stern drauf. Zehn Minuten später, als Adler 'runterkommt, frage ich (Ali) ihn: »Ist Ihr Toilett kaputt, oder?«

Adler: »Nein, die ist nicht kaputt. Das machen wir nicht so gerne. Ja, weil bei fremden Leuten und so weiter und so fort, will ich Ihnen ganz ehrlich sagen, weil wir Angst haben wegen Krankheiten. Grundsätzlich bei fremden Leuten machen wir das nicht. Sind so viele Krankheiten im Umlauf. Man weiß nicht, wo man sich mal infiziert und so weiter und so fort. Verstehst du? Und in dem Bereich da ist die Infektionsgefahr ja ziemlich groß.«

Ich (Ali): »Wenn Sie Gäst habe, müsse die immer 'raus geh?«

Adler (in Verlegenheit, zögert): »Ich hab, wie gesagt, keine Gäste, aber meine Monteure und so weiter und so fort kommen nicht auf meine Toilette drauf, das wissen die aber auch alle. Da fragt schon keiner. Ich bin also, was das angeht, sehr, sehr vorsichtig.«

Ich (Ali): »Habe Sie auch Angst vor Ätsch?«

Adler: »Du meinst Aids, ja? Jeder hat, nicht wahr, Angst, aber ich . . . sorge vor, ich geh zum Beispiel auch nie, wenn ich irgendwo fremd bin, auf fremde Toiletten oder sowas. Geh ich nicht.«

Ich (Ali): »Hm.«

Adler: »Mach ich nicht. Ich versuch das immer so hinzukriegen, daß ich da zu Hause das Geschäft da machen kann. Geh auf keine fremden Toiletten.«

Ich (Ali): »Hm.«

Adler: »Weder auf öffentliche noch irgendwo, wenn ich zu Besuch bin.«

Adler sinniert weiter: »Ich gebe auch fast keinem die Hand oder sowas. Und wenn ich jemand die Hand geben muß,

dann werden die Hände sofort hinterher gewaschen.«
Ich (Ali): »Wenn all Mensch so denk würd wie Sie, würd
dann nichts mehr passier?«
Adler: »Würde keine Krankheit mehr auftreten, klar. Aber
es denken ja nicht alle so. Manche sind ja richtige
Schweine, in der Beziehung. Da kann es dir richtig
schlecht werden, wenn man daran denkt.«

Man sollte Adler mal anläßlich einer Tatortbesichtigung auf
die Toiletten bei Remmert führen. Da gibt es für die
Arbeiter   überhaupt   nur   zwei.   Dreckstarrend.
Toilettenpapier stellt die Firma nicht, und sauber gemacht
wird so gut wie nie. Eine Toilette hat keine Tür. Da immer
ein ziemlicher Andrang ist, hockt man sich auch so drauf.
Mit Filzstift hat ein Deutscher auf diese Toilette
geschrieben: »Nur für Kanaken.«*
    Manchmal auf der Autobahn, zwischen Oberhausen und
Essen oder Richtung Wesel, wenn die Landschaft
vorbeigleitet und keine Telefonate anstehen, gerät Adler
schon mal ins Philosophieren. Dann schaltet er seinen
Lieblingssender ›Radio Luxemburg‹, von dem er sich von
früh bis spät beschallen und in eine problemlose Heile-Welt-
Stimmung*   einlullen   läßt,   und   die   stündlichen
Kurznachrichten   leiser.   So   wortkarg   und   wenig
mitteilungsbereit er meist auch seinem türkischen Fahrer
gegenüber ist, alle fünf, sechs Tage kommt es vor, daß der
expandierende Unternehmer Adler plötzlich Lust verspürt,
zur Lage der Nation grundsätzliche Gedanken zu entwickeln
und sie in mehreren aufeinanderfolgenden Sätzen seinem
Fahrer nahezubringen.
    Soeben schmettert über den Sender der markige Song
»Guten Morgen, Deutschland, ich liebe dich . . .«, als Ali
ihn fragt: »Herr Adler, wie lang sin Sie ihr eigen Chef und
Unternehmer?« Adler erklärt: »Seit fünf Jahren«, und daß
er zuvor Chefeinkäufer auf der Gutehoffnungshütte MAN*
war. »Aber in den fünf Jahren hab' ich soviel gelernt wie
vorher in meinem ganzen Leben nicht. Auch was Spitzbuben

angeht und so weiter.«

Ali: »Aber Geld verdient auch viel wie sons nie? Was is Spitzbub?«

Adler: »Ja, Geldverdienen gehört dazu. Aber hier in Deutschland gibt's 'ne Menge Ganoven, die zu faul sind zum Arbeiten und einem ständig ans Portemonnaie 'ranwollen. Die sind nur aufs Bescheißen aus.* Und die eigenen Leute, die eigenen Arbeiter, sind längst nicht mehr das, was der deutsche Arbeiter an Fleiß und Tüchtigkeit einmal war. Der Hitler war sicher 'n Diktator, aber in der Beziehung . . . «

Ali: »Hat aber die Mensche umgebrach'.«

Adler: »Ja, und auch Kriege geführt, die nicht unbedingt notwendig waren.«

Ali: »Weil er sie verlore hat?«

Adler: »Ja, weil er zu schnell expandiert hat und immer noch größer und größer werden wollte. Vor allem, was er mit den Juden gemacht hat, da kann man ja geteilter Meinung drüber sein. Die sind ja nirgendwo angesehen, die Juden . . . Was man heute schnell vergißt: der hat jedem Brot und Arbeit gegeben. Da waren nachher, wo er dran war, keine Arbeitslosen mehr . . . Wenn wir jetzt noch ein, zwei Millionen Arbeitslose mehr haben, dann kriegen wir wieder so'n Hitler. Da kannst du dich also drauf verlassen. Dann geht's hier aber los, mit politischen Unruhen und so!«

Ali: »Ja, dann sin wir dran. Dann sin wir die Jude.«

Adler (lacht): »Hab' mal keine Angst, wir tun euch nicht gleich vergasen. Glaub' ich nicht. Wir brauchen euch doch zum Arbeiten. Bei den Juden, das ist über Jahrtausende verwurzelt. Du mußt mal sehen, die Juden, die haben nur gehandelt immer, also andere Leute haben die für sich arbeiten lassen. Und das, was die anderen Leute erarbeitet haben, haben die billig aufgekauft und teuer verkauft. Das ist die Manier der Juden. Die Juden sind von Hause aus die Faulen und wollen nicht arbeiten

und haben sich immer nur auf Kosten von anderen
Völkern bereichert, und darum sind die nirgendwo
angesehen, weder in Deutschland noch in Amerika noch
in Rußland noch in Polen. Bei den Türken ist das doch
was anderes. Das weißt du doch selbst am besten, daß ihr
'ranklotzen könnt.* Das kannst du also vergessen. Da
würden Gesetze gemacht werden, daß die innerhalb von
einem Jahr alle Deutschland verlassen müssen. Wenn
zum Beispiel noch eine Million Arbeitslose mehr dabei
kämen.«

Ali: »Sie meine, werde mehr?«

Adler: »Ja, das sagen alle, die was davon verstehen. Die
Politiker und die Spitzenleute von der Industrie. Das
kann man nur nicht so deutlich den Leuten auf der Straße
sagen. Es gibt immer mehr Computer und Roboter zum
Beispiel. Wenn ich bei mir für die Leute, die ich habe,
Maschinen einsetzen könnte – würde pro Maschine
100 000 Mark kosten – wären dann drei Mann weniger,
dann würde ich das auch machen. Mit der Maschine hab'
ich keinen Ärger.«

Ali: »Mhm.«

Adler: »Verstehste? Ist zuverlässiger, die Maschine arbeitet
reibungsloser. Und so is das, der Trend überall, guck in
den großen Werken, alles ist automatisiert. Und es wird
immer mehr, und die Arbeiten, zum Beispiel im Stahl-
und Rohrleitungsbau, die machen andere Länder, wie
zum Beispiel Nigeria oder DDR, viel preiswerter als wir,
weil bei uns die Lohnkosten ja viel zu hoch sind. Wir sind
ja nicht mehr konkurrenzfähig. Die reden immer davon,
wir müssen die Arbeitslosigkeit abbauen, jeder redet
davon, nur es bringt keiner fertig, bei unserem
Wirtschaftssystem ist das nicht mehr möglich, im
Gegenteil. Kommen immer mehr noch, die jungen Leute,
die aus der Schule kommen, die wollen Arbeit haben, ist
aber keine Arbeit da. Das ist alles Flickschusterei –
Frühpensionierung, kannste alles vergessen. Das ist wie
im alten Ägypten. Haben die früher den Leuten gesagt, es

kommen sieben fette Jahre und es kommen sieben magere Jahre. Bei uns ist es so: wir haben vierzig fette Jahre gehabt, und wir müssen uns einstellen auf die mageren Jahre, bis es vielleicht eventuell eine neue kriegerische Auseinandersetzung gibt oder sowas, daß wieder Sachen neu gebaut werden müssen.«

Ali: »Meine Sie, kommt wieder Krieg?«

Adler: »Ja, wenn noch mehr Arbeitslose kommen, in Deutschland gibt's zumindest 'nen Bürgerkrieg. Damit muß man rechnen. Wenn noch 'ne Million Arbeitslose dazukommen, dann gehen die auf die Straße, gehn die auf die Barrikade. Dann gibt's 'n Chaos, dann ist es aus mit unserem Rechtsstaat hier.«

Zwischendurch eine Meldung im Auto-Radio: »Die Aufenthaltsgenehmigung von Ausländern soll nachträglich verkürzt oder aufgehoben werden, wenn die Ehe mit einer Deutschen gescheitert ist . . . «

Adler: »Da haben wir's schon!«

Radio: » . . . wies die Klage eines seit fünf Jahren in der Bundesrepublik lebenden Türken zurück. Seine deutsche Frau hatte die Scheidung eingereicht und bereits das Sorgerecht für ein gemeinsames Kind zugesprochen bekommen. Die Stadt Kassel verkürzte daraufhin die Aufenthaltserlaubnis des Mannes nachträglich zum Ende August dieses Jahres.«

Adler: »Siehst du, überall hörst du es jetzt schon!«

Ali: »Aber was sag Sie dazu? Jetzt habe die geheirat und Frau hat vielleich ander Mann und ab, raus, wegschick. Darf sei eige Kind nicht mehr sehe!«

Adler (ungerührt): »Muß zurück, ist doch klar. Hörst du doch, ist sowieso ein Fehler gewesen der deutschen Politik. Als wir's Wirtschaftswunder hatten, haben wir die Schleusen doch viel zu weit geöffnet, und alle Türken, die kommen wollten, konnten kommen, und alle Italiener, die kommen wollten, konnten kommen . . . Das war der große Fehler der deutschen Politik, das hätten die nicht machen dürfen.«

Ali: »Aber wir nich von allein komme, haben uns geholt, und damals kein Computer, brauche die Mensche.«

Adler: »Ja, das war aber ein zweischneidiges Schwert. Das bereut man heute. Aber es hängt auch damit zusammen: die Türken sind gekommen, und die ganz grobe Arbeit wurde von den Ausländern verrichtet, und der Deutsche, der hat nicht mehr gearbeitet, der war sich zu schade dazu. Diese Mentalität ist heute noch da. Der Deutsche will nicht mehr arbeiten und macht viel mehr Schwierigkeiten.

Ein Grundfehler war, soviel Ausländer reinzulassen. Aber ich bin auch überzeugt, wenn alle Türken weg wären – wir haben jetzt 2,3 Millionen Arbeitslose – dann hätten wir nur ganz minimal weniger Arbeitslose. Das hängt auch nicht mit den Türken zusammen.

Angenommen, alle Türken wären jetzt raus, dann hätten wir also ganz minimal weniger Arbeitslose, dann hätten wir vielleicht 2,2 Millionen, aber das bringt's ja nicht.«

Unser Gespräch wird durch eine andere Radio-Meldung unterbrochen: »... ist er der Beihilfe angeklagt. Veba, Klöckner, Krupp, Mannesmann* und elf andere ... bei diesen Spenden habe er Beihilfe geleistet dadurch, daß er ...«

Ali: »Dieser ... Wirtschaftsminister wird in Gefängnis gehe?«

Adler: »Nein, absolut unmöglich, dann müßte ja unsere halbe Regierung ins Gefängnis. Geht doch gar nicht.«

Ali: »Mache die Milliarde-Gewinn, und die wolle immer noch mehr.«

Adler: »Na klar, natürlich, du willst doch auch immer Geld haben von mir. Liegt doch in der Natur des Menschen drin, oder etwa nicht?«

Zwischenzeugnis für Ali von Adler nach seiner Beförderung

INDUSTRIEMONTAGEN KG

4200 OBERHAUSEN
Telefon (02 08) ▮▮▮▮▮▮
Telefon 02 03 / 05 / ▮▮▮▮▮
Telex ▮▮▮▮▮▮▮

Industriemontagen
- Rohrleitungsbau
- Behälterbau
- Stahlbau
Entrostung und Anstrich

Ihre Nachricht	Ihre Zeichen	Unsere Zeichen	Datum
		HV/UH	26.7.1985

Z e u g n i s

Herr Ali Levent Sinirlioglu, wohnhaft Dieselstr. 1o,
41 Duisburg ist bei uns beschäftigt.
Durch seine hervorragende Arbeit, Pünktlichkeit,
Fleißigkeit auf verschiedenen Baustellen hat er
sich so verdient gemacht, daß wir ihn seit einiger
Zeit als Cheffahrer einsetzen.
Ihm obliegt die Wartung und Pflege sowie die Fahrerei
mit unserem Mercedes 280 SE.
Wir sind mir Herrn Sinirlioglu sehr zufrieden.

Wir beabsichtigen, ihn zu einem späteren Zeitpunkt
als Führungskraft einzusetzen.

Betrieb: ▮▮▮▮▮▮   Bankverbindungen: Rechtsform: Persönlich haftender
▮▮▮▮▮▮   BfG Dinslaken   (BLZ 352 110 12) Kto.-Nr. ▮▮▮▮▮   Kommanditgesellschaft   Gesellschafter und
Postscheckamt Essen (BLZ 360 100 43) Kto.-Nr. ▮▮▮▮▮   eingetragen beim   Geschäftsführer:
Amtsgericht Oberhausen HRA 1200   ▮▮▮▮▮

DIE BETRIEBSVERSAMMLUNG

»Betriebsversammlung« nennt Adler eine von ihm angeordnete Zusammenkunft seiner »Leute« in einem kleinen Saal der Kneipe »Sportlereck« in der Skagerrakstraße, zu Fuß zehn Minuten entfernt vom Stellplatz der Firma J. P. Remmert.

Während ich ihn dahin chauffiere, unterhält er sich über Autotelefon mit einem seiner Vertrauten. Es ist die Rede davon, daß er dafür sorgen werde, daß »Ruhe an der Front« ist, daß »Linie in den Laden« kommt* und daß es ihm lieber ist, eine Stammtruppe eine Zeitlang legal laufen zu lassen, als nachher »total in der Scheiße zu stecken«.

Die Ansprache an seine Truppe ist auf 16 Uhr angesetzt. Erscheinen ist Pflicht, abkommandiert und unbezahlte Freizeit. Ich (Ali) habe ihm seinen Aktenkoffer zu tragen. »Du weichst mir jetzt nicht mehr von der Seite«, sagt er zu mir und: »Wenn mir irgend jemand zu nahe tritt, greifst du ein und machst kurzen Prozeß.« – »Is' klar«, beruhige ich ihn und habe ein mulmiges Gefühl im Magen, daß ich meinen früheren Kollegen und Freunden vom Arbeitsplatz nun als Aufsteiger und Adler-Gorilla erscheinen muß. Falls sich wirklich jemand vergessen sollte und es wagt, ihm eine zu verpassen, wüßte ich jedenfalls, wem ich zu helfen hätte, auch wenn diese Rolle damit vorzeitig beendet wäre. Irgendwo hört die Selbstverleugnung mal auf.

Die Kollegen sitzen bereits um einen großen Tisch herum. Neue Gesichter darunter. Adler läßt sich am Kopfende der Tafel nieder und bedeutet mir, mich noch neben ihn an die Tischecke zu quetschen. Einigen Kollegen zwinkere ich zu. Ob sie mich verstehen, bezweifle ich. »Ruhe endlich!« beendet Adler ihre Gespräche, um für die meisten völlig unverständlich hinzuzufügen: »Wir sind hier schließlich in keiner Judenschule.« Augenblicklich ist Stille im Raum. Alle blicken gespannt auf Adler, was er ihnen zu offenbaren hat.

Ganz ungewohnt klingt seine Anrede: »So, liebe Mitarbeiter . . . « Kemal stößt mich unter dem Tisch mit dem Fuß an, er kann ein Lachen nicht unterdrücken.

»Ich habe euch alle hierhin bestellt, weil wir unsere Truppe endlich mal auf Vordermann bringen* müssen. Es ist behauptet worden, daß hier bei uns schwarz gearbeitet wird, und auch der gute Name Remmert ist in diesem Zusammenhang sogar im Rundfunk genannt worden. So was ist natürlich stark geschäftsschädigend, und ich warne jeden, so was zu behaupten. Wie es jetzt so aussieht, wollen wir also eine Stammbelegschaft mit festen Arbeitsverträgen ausstatten. Wir möchten von dem Instrument, das die Bundesregierung uns dankenswerterweise an die Hand gegeben hat, Gebrauch machen, um befristete Arbeitsverträge zunächst einmal für ein halbes Jahr mit zuverlässigen Leuten zu machen. Um die Leute auch zu testen und zu sehen: wer ist gut für uns, wer ist weniger gut. Man kann ja jedem nur vor den Kopf gucken. Wenn wir dann ein vernünftiges Team sind, können wir über das eine und andere noch mal reden. Es gibt bei Thyssen etliche Firmen, die das längst nicht so legal handhaben wie wir jetzt.«

Er erklärt, daß ihm von Thyssen zur Zeit »dreitausend Stunden monatlich sicher« sind und Sondereinsätze extra und, so hofft er, »das jahrein, jahraus! – Vorausgesetzt, daß die Konjunktur so gut weiterläuft wie jetzt und die (Thyssen) nicht von heute auf morgen sagen: So, jetzt ist Schluß.«

Er läßt Ali die Kellnerin holen und erklärt großspurig: »So, für jeden *ein* Getränk jetzt, Limo, Cola oder Bier, diese Runde geht auf mich dann.« Dann klärt er die skeptisch bis ängstlich dasitzenden »lieben Mitarbeiter« auf: »Alles mal herhören! Jetzt sag ich euch, wie die Tarife sind.« Er spricht über seine von ihm willkürlich festgelegten Hungerlöhne* als von »Tariflöhnen«,* als sei hier etwas offiziell und verbindlich mit der Gewerkschaft ausgehandelt worden.

»Die Tariflöhne sind die, also – Leute, um das ganz klipp und klar zu sagen, von achtzehn bis einundzwanzig Jahre 8,50 Mark. Leute, die Junggesellen sind und über einundzwanzig Jahre, 9 Mark. Leute, die verheiratet sind, 10 Mark.« (Die wenigsten von uns sind verheiratet.) »Ich hab' das deshalb ein bißchen gestaffelt«, rechtfertigt er sich, »weil ein verheirateter Mann, das ist natürlich klar, etwas mehr Auslagen hat. Dieser Tariflohn ist meinetwegen, wenn ihr so wollt, nach sozialen Gesichtspunkten gestaffelt.« Adler schaut streng in die Runde. »Wenn es einen gibt, der nicht damit einverstanden ist, soll er aufstehen und rausgehen!«

Keiner rührt sich. Keiner wagt, seine Meinung zu sagen. Für die meisten geht es nicht nur um ihren Lebensunterhalt, es geht ums Überleben. Jeder weiß, für jeden stehen Dutzende andere auf der Straße, die ohne wenn und aber an ihre Stelle treten würden.

»Sind die 8,50 Mark Lohn netto?« wagt Nedim zu fragen.

Adler (knapp): »Wir zahlen nur Bruttolöhne.«

Nedim: »Aber dann bleibt nur zwischen 5 und 6 Mark netto.«

Adler: »Ich hab' jetzt die genaue Tabelle für Ledige nicht im Kopf. Kann schon sein. Aber ein für allemal: bei uns gibt's nur noch brutto. Wir zahlen nicht nur nach Leistung, sondern genauso nach sozialer Lage. Es ist nur ein gewisser Kuchen zu verteilen, und dann muß man eben die sozialen Aspekte sehen.«

Allein der Thyssen-Kuchen macht 52 DM pro Kopf und Stunde aus, das erzählen die Kollegen. Darin sollen Staub-, Schmutz-, Hitze- und sonstige Gesundheitsschädigungszulagen enthalten sein, von Überstundenzuschlägen ganz zu schweigen. Für Thyssen ist dieses Kopfgeld für Leute von Adler immer noch billiger als eigene Stammarbeiter. Bezahlter Urlaub, Weihnachtsgeld, Lohnfortzahlung im Krankheitsfall, alle sonstigen sozialen Leistungen sowie Kündigungsschutz entfallen. Die 52 DM teilt sich Adler mit Remmert. Remmert kassiert 27 DM, Adler 25 DM. Unterstellt man zu seinen Gunsten, daß er diesmal – völlig ungewohnt – die Sozialleistungen nicht in die eigene Tasche steckt und im Schnitt 9 DM weitergibt, bleiben für ihn 16 DM pro Stunde, mal dreitausend im Monat macht allein von Thyssen 48 000 DM für Adler.

»So, dann schreiben wir mal die einzelnen Kameraden auf!« Als er die bedrückten und verzweifelten Gesichter seiner »Desperados« sieht, kommt er mit einem der Trostworte aus seinem Standardrepertoire:»Gut, ich weiß, das ist im Moment nicht allzuviel. Aber ich bin gerne bereit, wie gesagt – wir kennen uns ja noch nicht so lange –, wenn wir uns in einem halben Jahr näher kennenlernen, dann laß' ich auch über Lohnerhöhungen mit mir reden, und wir können bestimmt das eine oder andere noch machen.« Jeder, der ihn etwas kennt, weiß, daß cs sich um leere Versprechungen handelt.

»So, und noch was«, Adler hebt ruhegebietend die Hand, »es wird in Zukunft keine Ausfälle mehr geben. Wir machen jetzt klar Schiff* und stellen auch keine zusätzlichen Leute mehr ein. Wer jetzt in Zukunft noch fehlt, von dem müssen wir uns dann leider trennen. Für den kommt ein anderer 'rein. Das ist also ganz klipp und klar. Da laß' ich keinen Hühnerstall draus machen!«

Mit scharfem Blick zum dreiundzwanzigjährigen Mustafa: »Das gilt auch für dich. Das letzte Mal, daß du vorgestern einfach gefehlt hast.« Der entschuldigt sich, daß er seine Frau ins Krankenhaus bringen mußte, weil ein Sohn zur Welt kam. Anstatt ihm zu gratulieren, tut Adler so, als überhöre er das, und wiederholt: »Das war aber auch das allerletzte Mal.« Obwohl bisher kein Krankengeld gezahlt wurde und wir häufig zur Arbeit erschienen, nur um wieder nach Hause geschickt zu werden, verfügt er über unsere Zeit und unser Leben wie über Leibeigene. Den Deutschen Walter Recht fährt er ebenso ungehalten an: »Deine ewige Fehlerei hört jetzt ebenso ein für allemal auf. Sonst . . . «

Walter (kleinlaut): »Herr Adler, wir hatten da von Samstag auf Sonntag zwanzig Stunden gemacht. Um Viertel vor drei bin ich erst nach Hause gekommen, und um halb

vier mußte ich den Notarztwagen für meine Frau anrufen,
die im Krankenhaus sofort operiert werden mußte. Ich hatte
aber dem Herrn Flachmann auch sofort Bescheid gesagt.«
Adler überhört's und stellt klar: »Wenn ihr nicht spurt,*
mach' ich das wie früher wieder. Wenn da eine
Krankmeldung kam, bin ich zu dem nach Haus' und hab'
Fieber gefühlt. Und hat er kein Fieber, dann flog der auf der
Stelle rrraus!« Dann macht er wieder ganz auf
Sozialpartnerschaft: »Wenn wir uns dann erst ein bißchen
aneinander gewöhnt haben, dann wissen wir, was wir
voneinander zu halten haben, und wenn wir uns dann im
Dezember wieder zusammensetzen – wenn wir dann noch
zusammen sind – bei einer kleinen Weihnachtsfeier oder so
was, dann können wir vielleicht auch feste Verträge machen,
dann müßte das so laufen. Alles klar! Ihr seid jetzt eine
Truppe, und ich will ab sofort keine Schreiereien nach Geld
mehr hören. Und morgen und Samstag dürft ihr
Überstunden machen, da dürft ihr voll durcharbeiten!«

»So, das wär's dann«, verabschiedet er seine Leute:
»Morgen früh pünktlich da sein. Sauber gewaschen,
sauberen Hals und auch untenrum frisch, haha . . . « Und er
ruft Mustafa hinterher: »Der Mustafa, hat der sein eigenes
Bier schon bezahlt? Damit ich nicht noch am Ende auf eurer
Zeche sitzen bleibe.«

»So, das wäre geschafft«, sagt er zu Wormland, seinem
Schwager in spe,* Vorarbeiter und Vertrauten. Er läßt mich
seinen Aktenkoffer in den Wagen tragen und klärt
Wormland auf: »Der Ali ist jetzt mein Leibwächter. Kannst
du den Jungs ruhig sagen. Er kann Karate und hat eine
Pistole.« (Ich hatte ihm lediglich ein Sprungmesser gezeigt.
G. W.) »Der Ali saß die ganze Zeit hinter mir und hat mich
nicht aus den Augen gelassen. Da kamen zwei und wollten
sofort Geld. Ich dachte schon, es geht mir an den Kragen.«

Wormland (leicht belustigt): »Wie ich gehört hab', willst
du jetzt alle anmelden?« Adler (zwinkernd): »So genau
brauchen wir das auch wieder nicht zu nehmen. Hauptsache,
es ist erst mal Ruhe im Laden.« Adler drückt sich plötzlich

ganz in die Ecke am Tresen, als ein jüngeres Ehepaar das Lokal betritt. Der Mann wirft einen wütenden Blick auf Adler, die blonde hübsche Frau an seiner Seite schaut betont in eine andere Richtung. »Paß' auf, du mußt mich jetzt vielleicht verteidigen«, sagt Adler zu Ali und angeberisch zu Wormland hin: »Du weißt, ich bin hier doch als großer Stecher bekannt.« Jedoch, seine Sorge ist unbegründet, es kommt nicht zum Streit.

Später erzählt er einem Geschäftsfreund im Lokal über seine »Betriebsversammlung«: »Also, die habe ich im Stundenlohn ganz schön 'runtergehandelt, daß sie jetzt ganz heiß auf Überstunden und Doppelschichten sind. Damit sie nicht zuviel zusammen quatschen, hab' ich sie anschließend schnell wieder einzeln nach Hause geschickt, hab' gesagt, jetzt gehst du dahin und du dorthin. Man muß mit den Leuten verdammt aufpassen.«

Am anderen Ende der Theke hat sich ein neuer deutscher Kollege postiert. Er trinkt ein Bier nach dem andern und sucht ganz offensichtlich Kontakt zu Adler, indem er ein paarmal sein Glas hebt und zu ihm 'rüberprostet, der dies jedoch allem Anschein nach als störend empfindet und ihn bewußt übersieht. Nachdem sich Walter, der neue Kollege, Mitte zwanzig, sehr blaß und dünn, mit etwa zehn Bier Mut angetrunken hat, geht er auf Adler zu und fleht ihn förmlich an, mit eindringlicher, viel zu lauter Stimme: »Herr Adler, geben Sie mir doch 'ne Chance, bitte, geben Sie mir eine Chance. Ich hab' mal bei 'ner Firma als Maschinenschlosser 'ne Lehre angefangen, da wurde ich krank, und kurz vor der Prüfung hab' ich hingeschmissen, ich sag' das offen und ehrlich, damals war ich auch noch nicht verheiratet, jetzt hab' ich zwei Kinder, die müssen ernährt werden. Bei meiner zweiten Firma bin ich immer meinem Geld nachgelaufen.« Und während er seineN früheren Chef nachmacht, schreit er: »›Du kannst nicht arbeiten‹, schrie der mich an, ›du willst nur an mein Geld 'ran.‹ Und meine nächste Firma, eine Schiffsbaufirma, machte pleite, als ich angelernt war. Ich hab' immer, wenn's drauf ankam, versagt, aber ich kann was. Ich hab' die ganzen Schweißerscheine, ich kann sogar Zinkstaub schweißen, ich kann genau nach Zeichnungen arbeiten. Bitte, geben Sie mir eine Chance und geben Sie mir eine andere, qualifizierte Arbeit. Ich kann doch von den sechs bis sieben Mark meine Familie nicht ernähren und die Miete nicht bezahlen.«

Adler ist es ganz offensichtlich lästig, hier in seiner Freizeit – und bei fünfzehn Bier angelangt – angequatscht zu werden. Er wimmelt ihn ab: »Sind Sie morgen erst mal pünktlich zur Arbeit« und vorwurfsvoll: »Warum waren Sie überhaupt heute nicht da?«

Walter (erregt, stotternd): »Aber vorhin habe ich Ihnen doch gesagt, meine Frau ist mit dem Notarzt ins Krankenhaus gekommen, die ist doch operiert worden.«

Adler (abwinkend): »Sind Sie jetzt erst mal regelmäßig pünktlich zur Arbeit, dann können wir später noch mal drüber reden.«

Walter: »Ja, Sie können sich auf mich verlassen, ich stehe jeden Morgen um drei Uhr auf, ich fahre mit dem Fahrrad, da kann überhaupt nichts passieren, ich bin immer da, ich fahre dreißig, vierzig Kilometer jeden Tag. Das ist bei mir überhaupt kein Vertun.« Und immer wieder, wie eine Schallplatte, bei der die Nadel an der gleichen Stelle hängenbleibt: »Bitte, geben Sie mir eine Chance!«

Adler, dem er immer lästiger wird, dreht ihm mit den Worten den Rücken: »Der, der immer pünktlich ist und gearbeitet hat, kriegt auch sein Geld, da geht also kein Weg dran vorbei«, und wendet sich Wormland zu.

Später auf der Toilette spricht mich Walter an: »Du, dein Chef, der läßt mich nicht hängen, der ist doch gar nicht so, wie du mir am ersten Tag gesagt hast.«

Ich (Ali) lasse ihm für heute die Illusion und schweige. Dann sagt er noch: »Hast du das gesehen, wie der vielleicht geguckt hat, als er sah, daß ich den gleichen Anzug wie er an hab'.«

Auch hier bringt Ali es nicht übers Herz, seinen Kollegen aufzuklären. Beide tragen zwar einen blauen

Nadelstreifenanzug. Adler einen äußerst teuren maßgeschneiderten und Walter einen billigen aus dem Kaufhaus von der Stange. Nach dem achtzehnten Bier merkt Walter, der sich zur Wahrnehmung seiner letzten Chance extra ein weißes Hemd und eine Krawatte wie zu einer offiziellen Bewerbung angezogen hat, daß er für Adler kein Gesprächspartner ist, verläßt das Lokal und fährt schwankend auf seinem Fahrrad die fünfzehn Kilometer nach Hause.

Adler ist unterdessen bei Bier Nr. zwanzig angelangt und in einen heftigen Streit mit Wormland geraten. Vor seinem zwanzigsten Bier brachte er noch markige und klare Sätze hervor und entwarf Unternehmensstrategien wie: »Wir müssen das jetzt ins richtige Gleis bringen.« – »Meine Führungskräfte behandle ich wie meine Edelsteine.« – »Macht ihr mal ein Konzept, wie wir die Kosten minimieren können.«

Jetzt attackiert Adler Wormland immer heftiger, der gewagt hatte, Adler zu widersprechen: »So kannst du mit den Leuten nicht umgehen. Wenn der H.«, er nennt den Namen eines ehemaligen deutschen Kollegen, »gegen dich prozessiert, hat er doch recht. Das würd' ich doch auch längst, wenn ich nicht mit dir verwandt wär'.« Darauf Adler (erregt): »Du bist ein Verräter. Du stehst auf seiten dieser Tagelöhner, dieser Tagediebe, dieser Strauchdiebe. Du gehörst selbst zu diesem Pack, zu diesem Gesocks!« Wormland ist die Ruhe selbst. Ich (Ali) mochte ihn auf der Arbeit nie besonders, aber hier zeigt er plötzlich so etwas wie Charakter. Jedenfalls läßt er Adler seine Verachtung spüren und hält stand.

Er dreht ihm so halb die kalte Schulter zu, siezt Adler mehrfach, um auf Distanz zu gehen, und erwidert: »Ich stehe nicht auf deren Seite, aber wenn jemand sein Recht verlangt . . . «

Adler kann nicht ertragen, daß es jemand wagt, ihm zu widersprechen: »Du bist für mich gestorben, du bist entlassen. Du kannst dich morgen in Hannover melden, auf

Montage.« – Wormland: »Mach' ich nicht. Ich werde weiter
auf Thyssen bleiben. Auf mich können Sie doch gar nicht
verzichten. Ich lasse mich nicht abwimmeln.« Er spielt wohl
darauf an, daß er einiges von Adlers Illegalitäten und
Schweinereien weiß, und tatsächlich, obwohl Adler noch
mehrfach und zornesrot die Entlassung oder Strafversetzung
zur Arbeitsstelle Ruhrkohle† nach Hannover verkündet,
bleibt Wormland ganz cool und arbeitet in der folgenden
Zeit auch weiter bei Thyssen als Kolonnenschieber.

Fast bei Bier Nr. fünfundzwanzig angelangt, kriegt Adler
seinen »Sentimentalen« und stiert mit glasigen Augen in
Puntilamanier* auf Ali: »Der Ali, der hält zu mir. Der würde
mich mit seinem Leben verteidigen.« Und mit großartiger
pathetischer Geste: »Den hol' ich noch mal 'raus aus seinem
Elend. Aus seinem Drecksloch in der Dieselstraße. Den
kleide ich neu ein, daß er auch richtig in meinen Mercedes
paßt.«

Er ist selbst gerührt über soviel Edelmut auf einmal bei
sich und sinniert: »Wenn ich nur wüßte, wie man den Ali
intellektuell einschätzen kann.« Er wirft mir (Ali) einen
aufmunternden Blick zu. Ich tue so, als wüßte ich nicht,
wovon die Rede ist. »Weißt du, was ich meine? Weißt du,
was das ist: intellektuell?«

»Ja«, sag' ich (Ali), »wenn man alles versteh tut un blick
durch.«

»Na, auf welchem Niveau du bist. Weißt du, was ich
meine: Niveau?«

»Ja«, antworte ich (Ali), »wenn man tut dazugehör zu die
fein Leut! Kommt drauf an, wo man reingestellt wird. Die
meiste könne viel mehr, als man sie läßt mache.«

Wormland geht in Konkurrenz (zu Adler): »Du merkst
doch, der schnallt's nicht, drückt sich schlecht aus und
spricht auch so langsam.«

Adler versucht, uns gegeneinander auszuspielen: »Das

---

† Adler hat über die Ruhrkohle-Wärme GmbH Essen einen Auftrag in der
Freiherr-von-Fritsch-Kaserne in Hannover laufen.

sind doch Nachwirkungen der Medikamente, die man an ihm erprobt hat. Der ist gar nicht so dumm und versteht mehr, als du meinst.«»Ich sag' nich immer alles, was denk«, unterstütz ich (Ali) Adler, »aber oft viel mehr mitkrieg, als ich sag'.«

Einen Moment lang schaut mich Adler mit wässrigen Augen prüfend und durchdringend an, so als suche er in Alis Worten eine tiefere Bedeutung. Aber es scheint ihn zu beruhigen, als ich (Ali) fortfahre: »Ich weiß nich, ob ich immer richtig alles versteh, kann ja nich alles wisse, aber mich 'mal frag und selbe sehe!«

Adler überlegt kurz, um Ali einem selbstgemachten IQ-Test zu unterziehen: »Wer ist der Koloß von Rhodos?« ist seine erste Frage. Um ihn meinerseits zu testen, gebe ich ihm eine bewußt falsche Antwort und tu so, als verwechselte ich den Sonnengott, eins der sieben Weltwunder, mit Atlas, dem Himmelsträger: »Der muß die ganze Welt auf sein Schulter schleppe«, antworte ich, »trägt ganz schwer und steht da krumm und kann's kaum schaffe.«

»Gut. Richtig. Ausgezeichnet«, lobt Adler mich und scheint es selbst nicht so genau zu wissen. – Seine zweite Frage: »Wie ist der Name unseres Bundeskanzlers?« wird von Ali richtig beantwortet. Ebenso »Wie hieß der frühere?« Auch auf die nach dem Namen des sowjetischen Parteisekretärs weiß Ali die richtige Antwort. Sogar – zum Erstaunen Adlers – der Name des französischen Staatspräsidenten kommt wie aus der Pistole geschossen. »Allerhand«, stellt Adler bewundernd fest. Er sieht in seinen Sklavenarbeitern Halbwilde, Affen- und Untermenschen und fühlt sich ihnen geistig und kulturell um Welten überlegen. Ein paar Thekenplätze weiter regt sich ein etwa fünfzigjähriger Finanzbeamter über Adlers Ausfragerei auf. »Was sollen denn die albernen Fragen!« – Adler reagiert ausgesprochen ärgerlich: »Das ist hier 'ne Geschäftsbesprechung. Ich verbitte mir diese Anspielungen.«

Und weiter geht die Prüfung: »Wer ist der Ministerpräsident von Nordrhein-Westfalen?« Ich sag's ihm.

»Richtig! Und der Umweltminister?« Da bringt er mich in Verlegenheit. Ich kenne Klaus Matthiesen* von einigen gemeinsamen Veranstaltungen in Schleswig-Holstein und schätze ihn als einen der progressiveren SPD-Politiker. Vielleicht ist es eine Fangfrage, und er wird mißtrauisch, wenn ich so einen erklärten Linken namentlich kenne. »Hier weiß nich«, sage ich vorsichtshalber, und Adler winkt ab und sagt: »Den brauchst du auch nicht zu kennen, den kannst du vergessen, das ist so'n Weltverbesserer, der uns nur Scherereien macht. – Sein Vorgänger allerdings, der Bäumer,* das ist ein langjähriger guter alter Freund von mir. Der hat den richtigen Biß und unternehmerischen Weitblick. Der war auch auf meinem letzten Geburtstag. Auf den kann man sich verlassen!« (Gut zu wissen, wer Adlers politische »Paten« im Hintergrund sind. Als langjähriger Vorsitzender der SPD Niederrhein war Bäumer dafür bekannt, gegen fortschrittliche Funktionäre seiner Partei zu intrigieren. Ihm war zum Beispiel in Zusammenspiel mit dem früheren Bundeskanzler Helmut Schmidt der Parteiausschluß von Karl-Heinz Hansen* zu verdanken.)

Adler ist keineswegs eine besonders seltene und schillernde Sumpfblüte in unserer gesellschaftlichen Landschaft. Er ist voll integriert, anerkannt und angesehen. Und die ihn näher kennen, wissen, wie er sein Geld verdient. Man sieht über die allzu krassen »Unappetitlichkeiten« generös hinweg. Ab einer bestimmten Größenordnung gilt in diesen Kreisen der Satz: »Über Geld spricht man nicht, man hat's halt.«* – Woher man's hat, auf wessen Kosten, mit welchen Verbrechen verbunden, ich bin fast sicher, daß der Herr Bäumer mit seinem Freund Adler darüber nicht gesprochen hat.

Man weiß es, behält's für sich und pflegt gemeinsam die angenehmen Seiten des Lebens, in Clubs, auf seiner Yacht.

Vielleicht auch mal während gemeinsamer Ferien in Hawaii, einem Lieblingsferiendomizil Adlers. Im Ruhrpott ist die SPD-Mitgliedschaft geschäfts- und karrierefördernd. Ich bin sicher, in Bayern lebend, wäre Adler CSU-Parteigänger.

In einem anderen Zusammenhang rühmte sich Adler, allein in den letzten fünf Jahren 200 000 DM an Bestechungsgeldern aufgewandt zu haben, um an bestimmte Aufträge 'ranzukommen. Aber meist braucht's diese direkten Schmiergelder gar nicht. Es genügt oft, den gleichen Stallgeruch zu haben,* um sich die Pöstchen und Aufträge untereinander zuzuschieben. Das ist mit ein Grund, warum Adler auch Mitglied im besonders feinen Düsseldorfer Golfclub ist. Sein Bürge in diesem Zusammenhang: »Mein langjähriger Freund, der Regierungsvizepräsident von Düsseldorf, Alfred Gärtner«.

»Wenn du dich bewährst«, sagt Adler zu Ali, »mach ich dich zur Führungskraft.«

Als Ali ihn verständnislos anblickt, verdeutlicht er: »Du mußt alles tun und befolgen, was ich dir sage, und noch etwas mehr.« Ali begreift immer noch nicht: »Du mußt deine türkischen Kollegen in den Griff kriegen.* Du hast doch einen guten Draht zu denen. Du mußt sie kontrollieren und mir alles mitteilen, wenn einer gegen mich stänkert und die große Klappe riskiert.* Dann fliegt der früh genug raus. Bevor eine faule Kartoffel die andere anstecken kann. Die Jungs sind von Natur aus ja eher gutmütig, man darf sie nur nicht aus den Augen lassen, sonst machen sie einen Aufstand, ehe man sich's versieht. Wenn ich nur wüßte, ob du dieser Aufgabe gewachsen bist.«

Mir wird ganz flau. Soweit will ich die Rolle auf keinen Fall spielen. Es wird langsam Zeit, daß ich den Absprung finde. Ich bin in einer ganz verfluchten Situation den Kollegen und Freunden gegenüber. Da nützt auch das Zwinkern nichts mehr. Ich fühle mich plötzlich wie ein Mischling in Südafrika, der bisher auf seiten der Schwarzen stand, vielleicht mitgekämpft hat und jetzt plötzlich von den Weißen – gerade weil er das Vertrauen der Schwarzen hat –

herausgeholt wird, um zum Verräter abgerichtet zu werden.
Eine Aufpasser- und halbe Spitzelfunktion. Das ist der Part,
den mir Adler zugedacht hat. Und gleichzeitig den seines
dressierten Affen, seines Body-Guard.

»Wenn's sein muß, mußt du auch schon mal hart
durchgreifen, dann bleibst du auch mit deinem Karate im
Training«, versucht er weiter zu ködern. »Wenn das läuft,
stelle ich dir auch eine kleine Wohnung ganz in meiner
Nähe, und später kriegst du ein Auto von mir gestellt. Du
mußt nur immer in meiner Nähe sein und jederzeit
abrufbereit. Die Dieselstraße ist keine Adresse für dich. Da
gehst du vor die Hunde.« Er spürt meine Abneigung und
bohrt nach: »Du wirst ja nicht gleich auf deine Landsleute
losgelassen. Mit denen hab ich im Moment weniger Ärger
als mit einigen Deutschen, die die Sau rauslassen.* Da
haben doch zwei jetzt tatsächlich gewagt, mich beim Gericht
anzuzeigen, um an mein Geld zu kommen. Ich schick dich
dahin, und du wirst die *behandeln*. Hast du kapiert? Diese
Mistschweine wagen es, mich vor Gericht zu verleumden.
Du wirst dahingehen und die *behandeln*, bis die ihre Anzeige
zurückziehen.«

Er nennt mir Name und Adresse der beiden deutschen
Kollegen, die seit einiger Zeit nicht mehr bei uns sind. Ich
versuche ihm klarzumachen, daß wir im Karate-Verein
unterschreiben mußten, unseren Sport nur in Notwehr-
Situationen anzuwenden. »Genau, ich befinde mich ja in
totaler Notwehr. Die bedrohen mich, und du hast mich zu
schützen.«

Als ich (Ali) immer noch meine Skepsis zeige, lenkt er ein:
»Laß im Moment mal die Finger davon. Wir leben
schließlich in einem Rechtsstaat. Ich habe sehr gute
Rechtsanwälte, und da wollen wir erst einmal die Gerichte
sprechen lassen. Sollte ich allerdings nicht zu meinem Recht
kommen, dann bleibt mir keine andere Wahl. Dann mußt du
hin und die *behandeln*. Ich steh' voll auf dem Boden des
Gesetzes.«

Jürgen K. (26) ist einer der beiden, die es zu »behandeln« gilt, falls Adler nicht zu dem kommt, was er sein Recht nennt. Ich (Ali) kontaktiere ihn einige Zeit später, warne ihn vorsorglich und erfahre, daß es ihm als Deutschen kaum besser ergangen ist als meinen ausländischen Kollegen. Jürgen war über ein Jahr arbeitslos, hatte seine frühere Stelle wegen Bandschcibcnbeschwerden verloren und sich bei den größeren Firmen am Ort, auch bei Thyssen, vergeblich beworben. Auf eine Annonce hin stellt er sich bei Adler vor.

»Im ersten Moment hat er ja eigentlich keinen schlechten Eindruck gemacht, hat weiter keine Fragen gestellt und machte einem große Versprechungen. Hat nur mal gefragt: ›Gcwcrkschaftlich organisiert? Nein? Gut. Dann geht das klar,‹ sagte er und ›Woll'n mal sehen, wie die Arbeit anläuft‹, oder ›Da werden wir uns auf jeden Fall einig‹ und ›Da gibt's gar kein Vertun, wer gut arbeitet, muß auch gut bezahlt werden.‹

Was ich denn für eine Lohnvorstellung hätte? Die lag bei mir bei 13 Mark 50 brutto. Da sagte er mir, das wäre ihm zu viel, das wäre ja ein Lohn für einen Facharbeiter! Und da ich ja aus einem anderen Beruf käme, könnte er mir das nicht bezahlen. ›Sind Sie mit 9 Mark netto einverstanden?‹ hat er mich gefragt. Hab ich kurz überschlagen: 9 Mark netto sind auch fast 13 Mark 50 brutto. Hab ich gesagt: ok. ›Dann können Sie am 24.1. bei mir anfangen!‹ Ich wollte unbedingt mit Papieren, wegen Rentenversicherung und so. Er verlangte jedoch: ›Das lohnt sich für die kurze Zeit bis 1.2. gar nicht, Sie anzumelden.‹ Da mußte ich schon sieben Tage im Januar ohne Steuerkarte arbeiten: praktisch schwarz.«

Daß er auch danach nicht angemeldet wird, erfährt er einen Monat später, als er für seine kranke Tochter einen Behandlungsschein bei der AOK anfordert. Da erst kommt Adler nicht dran vorbei, ihn am gleichen Tag noch, am 25.2., bei der AOK anzumelden. Aufgrund einer Klausel, daß Unternehmen noch bis zu einem Monat rückwirkend anmelden dürfen, können es sich Branchengeier* wie Adler

und Konsorten leisten, erst dann, wenn etwas passiert ist –
Unfall oder Erkrankung – »nachzumelden«, und dabei so zu
tun, als sei der Mitarbeiter soeben erst oder vor wenigen
Tagen neu eingestellt worden.

»Was für ein schräger Adler das ist, hab ich erst nach und
nach zu spüren bekommen«, berichtet Jürgen. »Ich bin nicht
der Faulste. Habe rangeklotzt wie so'n Doll'n.* Was kriegst
du am Ende dafür? 5,91 die DM Stunde, keine
Überstunden-, keine Nachtschicht- und keine
Feiertagszuschläge. Blanker Hohn. Und dann stimmte die
Abrechnung noch nicht mal . . .

›Ja, normalerweise ist dein Geld am 15.da‹, hat er gesagt,
›richte dir ein Konto ein, Barzahlung gibt es bei mir nicht.‹
Ich zur Bank, Konto eingerichtet. Am 15. kein Geld da, am
16. kein Geld da. Ich den Adler angerufen: Wo bleibt denn
das Geld? Ja, sagt er, das ist schon weg, das müßte schon da
sein. Heute oder morgen wär das Geld da. Ich wieder hin,
nächsten Tag nochmal. Dann war das schon so weit, daß
kein Geld mehr war zum Tanken. Meine Verlobte hat mich
ja immer zur Arbeit gefahren. Gabs auch nie einen Pfennig
für die Anfahrt. Jedenfalls: Wie kommste jetzt zur Arbeit?
Und dann hat meine Verlobte bei ihm angerufen, so um den
20. herum: ›Herr Adler, da ist noch kein Geld auf dem
Konto!‹ Da lacht der sie am Telefon aus: ›Auf der Bank
kann ja auch gar nichts ankommen!‹›Wie?‹ sagt sie, ›kann
nichts ankommen auf der Bank?‹›Ja,‹ sagt er, ›das Geld hat
doch ein Arbeitskollege von Ihrem Mann!‹›Wieso?‹ fragt
meine Verlobte. ›Dem hab ich das gegeben, aber den
können Sie heute nicht erreichen – der macht heute länger!‹*

Da bin ich erstmal über die Hütte gelaufen wie so'n
Bekloppter, den Walter suchen mit der Lohntüte. Das ist
der zukünftige Schwager von dem Adler, der lief da mit
meinem Geld spazieren! Finde den, kommt der gerade
umgezogen raus – stimmte gar nicht, daß der länger machen
sollte, der hatte Punkt 14 Uhr Feierabend. Ich sag, Walter,
haste meine Lohntüte? Ja, sagt er und gibt mir eine
Quittung: ›Unterschreib mal!‹›Nee‹, sag ich, ›lieber erstmal

die Tüte nachzählen.‹ Da waren da 610 Mark drin für Februar. Da hat der 79 Stunden bezahlt, aber nur mit 9 Mark brutto! Und gearbeitet hatte ich 126 Stunden! Da fehlten über vierzig Stunden! Da bin ich auf die Barrikaden gegangen und habe gesagt: ›So geht's nicht!‹ ›Im nächsten Monat kriegst du den Rest‹, hat er mich vertröstet, ›und auch mehr Lohn.‹

Und im nächsten Monat dasselbe Spiel.

Die können mit uns machen, was sie wollen. Ich wurde erpreßt: entweder machst du Doppelschicht, oder du brauchst morgen nicht mehr zu kommen. Oder ich kam zur Hütte, sagt der Vorarbeiter: ›Hat der Boß dich nicht angerufen? Du brauchst heute gar nicht zu kommen.‹ Da konnte ich wieder nach Hause fahren.

Andersrum: ich komm von einer Doppelschicht auf ATH* um 23 Uhr nach Hause, liegt da schon eine Fahrkarte für mich von Adler, ich muß sofort nach Hamburg hoch, nachts um halb 1 ging der Zug. Morgens gegen 7 Uhr in Hamburg angekommen – kein Liegewagen und im überfüllten Zug konnte ich nicht schlafen –, acht Stunden hintereinander bei BAT (Zigarettenfabrik) gearbeitet und wieder nach Duisburg geschickt. Da bin ich dann mal so eben 26 Stunden auf den Beinen gewesen, ohne eine Stunde Schlaf.«

Jürgen legt mir die entsprechenden Stundenzettel vor, von den jeweiligen Vorarbeitern oder Meistern abgezeichnet. Im März ständig Schichten von 16 Stunden, 17 1/2 Stunden, 14 Stunden, 20 1/2 Stunden, »das alles hintereinander weg«.

Manchmal werden auch großzügig ein paar Stunden Schlafpause dazwischen gewährt. So am 12.3.: von 6 Uhr morgens bis 22 Uhr durchgearbeitet (16 Stunden), kurz nach Hause und 1 1/2 Stunden geschlafen. 0.30 Uhr nachts Beginn der neuen Schicht, bis zum nächsten Tag 21 Uhr durchmalocht (20 1/2 Stunden).

Zwei Tage später wieder Doppelschicht von 16 Uhr bis zum nächsten Tag 14 Uhr durch (22 Stunden). Am 18.3

Schichtbeginn 6 Uhr früh bis 14 Uhr (normal acht Stunden), bis man zu Hause ist: 15.30 Uhr. Schlaf bis 20 Uhr (4,5 Stunden). Kurz was gegessen. Neue Schicht, Beginn: 21.30 Uhr durch bis 7 Uhr früh (9,5 Stunden), Schlaf von 8.30 Uhr bis 14 Uhr (5,5 Stunden). Und wieder Arbeit von 16 Uhr bis nächsten Tag 14 Uhr an einem Streifen (22 Stunden).

»Wir haben immer die Faust in der Tasche gemacht«,* sagt Jürgen, »aber: ich hatte ja Arbeit, hab ich gedacht: Ganz ohne Arbeit wär's noch schlechter. Und wenn der Vorarbeiter einen brauchte, hat er gefragt, hör mal, machste länger? Hab ich am Anfang klipp und klar gesagt: wenn ihr was für Samstag/Sonntag habt, sagt Bescheid, ich verdien so wenig, ich muß die Schichten haben, sonst komm ich nicht auf mein Geld. Die meisten anderen, die Türken – waren ja fast nur Türken da bei Adler – die waren noch ein bißchen schlechter dran. Da hieß es einfach: du machst länger! Machste nicht, brauchste morgen nicht mehr zu kommen. Was heißt morgen? Kannste gleich gehen!«

Seinen Chef bekam Jürgen nur ganz selten zu sehen. »Der macht sich rar und läßt sich grundsätzlich verleugnen,* weil er ja alle ständig über's Ohr haut.* Ich hab ihn bei der Einstellung einmal gesehen, einmal auf Baustelle und einmal auf'm Gerichtstermin. Nur wenn er was von einem wollte, dann ruft er selbst bei einem an und verdonnert einen: ›Heute abend mußt du arbeiten. Wieder mal Sonderschicht.‹ Er sagt nie ›kannst du‹, immer ›mußt du‹. Sagst du dann ›nein‹, dann weißt du, was es für dich bedeutet: Schluß aus raus. Es war eine Arbeit für Strafgefangene, die ihre Eltern oder Kinder abgemurkst haben«, empfindet Jürgen:

»Im Wärmeaustauscher haben wir dringehangen. Da mußten die Spiralen gereinigt werden. Knüppelheiß und knüppelstaubig. Giftige Alkalistäube. Wir haben mit drei Mann die ganzen Tage durchgeknallt. Die Kollegen von Thyssen haben gefragt: ›Wie ist das? Werdet ihr denn nie abgelöst?‹

Es waren so dreißig, vierzig Grad. Und wenn man zu nah

an die Spiralen kommt, entsprechend wärmer. Die Spiralen gereinigt, alles per Hand, mit Stangen wird das rausgekloppt. Da saßen Schlackereste fest, was normalerweise durch den Kamin rausgeht, was sich verflüssigt hatte.

Das Zeug saß da bombenfest, jetzt. War direkt unter dem Tiefofen. Wenn du da 16 Stunden drin warst, bei der Bullenhitze, weißte, was du getan hast! Da waren wir drei Mann, die eine Schicht. Die beiden anderen waren zweimal auf Sanitätsstation, ich einmal, weil wir die Augen so dick rot hatten, wegen dem ganzen Staub da drin, keine Masken, nur dünne durchlässige Atemschutzmasken, aber keine Vollmasken. Dann: kein vernünftiger Abzug da drin, bleibt die Luft und der ganze Dreck drin stehen, und notgedrungen kannst du ja nicht alle zwei Minuten rausrennen. Und vor allen Dingen: mittags, vierzehn Uhr, sollte das unbedingt fertig sein, dann wurde das Ding mit Gas gefüllt. Dann haben wir da rumgefuhrwerkt. Einmal innerhalb von zwei Tagen 36 Stunden lang. Und dann immer abwechselnd: einen Tag da unten in der Bullenhitze, dann nächsten Tag, mitten im Winter, wieder auf freien Flächen gestanden, einmal bei 20 Grad Kälte. Da haben wir Eispickel losgeknallt. Ging mir total auf die Bandscheibe, auch wegen dem Temperaturunterschied da immer. Manche Tage bin ich wegen meinem Rückenleiden nur noch auf den Knien rumgekrochen, aber ich brauchte ja das Geld. Dann auch im Winter: auf so einer Arbeitsbühne, die war voll mit Kohleschlamm, da mußten wir die Bänder reinigen, wo der Koks drüber läuft. Ich konnte mich da kaum noch bewegen. Da hat sich ein türkischer Kollege was gebrochen, den Arm, weil da ja alles gefroren war, ist ausgerutscht. Nach sechs Wochen ist der voll wieder eingesetzt worden. Hat keiner Rücksicht auf die Verletzung genommen.

Ich hab den größten Fehler gemacht, daß ich vom Bergbau weggegangen bin. Ich war früher auf einer Zeche. Hab ich mein Geld schneller und leichter verdient. Zeche ist dagegen geschenkt!* Unter Tage,* an einer

Schwemmwalze, das ist dagegen ein Bombenjob! Ab und zu mußt du da richtig zulangen, klar, wenn da Murks kommt* – aber bei Thyssen war ja nur Murks, war ja nur mit der Hand. Da mußten wir schwerste Eisenbarren rausschleppen, mit zwei Mann, weil wir billiger waren als die Kräne.«

Durch die Hinhaltetaktik Adlers erhielt Jürgen für neun Wochen Fronarbeit 861 DM ausbezahlt. Er konnte seine Familie (zwei kleine Kinder) nicht mehr ernähren. Seine Mutter ging seinetwegen putzen, »sonst hätten wir echt hungern müssen. Ich mußte Schulden machen. Hier Schulden, da Schulden, jetzt noch Schulden.«

Jürgen war gezwungen, sich an das Sozialamt zu wenden: »Da hab ich erstmal monatlich 500 Mark gekriegt, aber die darf ich auch wieder zurückzahlen. Die sagen: schließlich haben Sie doch gearbeitet! Frag ich mich, wovon zurückzahlen?«

Bereits im Februar glaubt Jürgen das menschenunwürdige Spiel durchschaut zu haben. Er erklärt Adler seine Absicht, zu kündigen. Doch der macht neue Versprechungen: »Ich sag', wenn das so weitergeht hier, dann hau ich in 'n Sack.* Da sagt er: ›Komm, weißte was, dann kriegste eben 12 Mark netto.‹ Ich sag, das ist doch 'n Wort, dann laß uns das doch nächsten Montag holen. Sagt er, ja sicher, auf die Hand. Rest kriegste nachgezahlt. Nie gesehen das Geld.«

Am 20. März schmeißt Jürgen hin.

»Da hab' ich gekündigt, telefonisch, und dann noch anderntags schriftlich, mit dem Vermerk, daß, falls mein Lohn nicht kommen würde, ich dann Klage beim Arbeitsgericht erheben würde. Keine Reaktion darauf. Hab ich nochmal versucht, ihn anzurufen, war der Anrufbeantworter, hab ich da noch meinen Text draufgesprochen, keine Reaktion. Paar Tage später nochmal angerufen bei ihm, er hat nur gefragt, wer ist da, ich sag, Jürgen K . . Sagt er: ›Unterhalten Sie sich mit meinem Anwalt‹. Da bin ich vor Gericht gegangen. Arbeitsgericht. Der erste Termin – das war fürchterlich. Erstmal: der Adler war sich zu fein, da überhaupt zu erscheinen. Und dann hab ich mich gefühlt wie ein Angeklagter. Zweieinhalb Minuten hat der Termin gedauert. Dann war ich wieder draußen. Da hieß es nur: Sie haben die falsche Firma verklagt! Ich sag: wieso? Eine ›Adler-Heisterkamp KG‹ gäbe es nicht, es gäbe nur eine ›Adler KG‹ in Oberhausen. Moment, sag ich, das kann nicht sein, ich hab hier die Lohnabrechnung von der Firma ›Adler-Heisterkamp KG‹. Aber was sollte ich da machen, wenn du rechtlich nicht so bewandert bist,* ohne Anwalt auch, bist du aufgeschmissen. So 'n Kerl braucht doch nur eine gesunde Pleite zu machen, schon ist er erstmal aus dem Schneider.* Da hab ich sofort einen Anwalt genommen, aber der kostet ja auch wieder was. Ich krieg wahrscheinlich noch nicht mal Prozeßkostenhilfe, weil ich ja gearbeitet hab. Da können jetzt noch gut tausend Mark Anwaltskosten auf mich zukommen. Von dem Vergleich, den wir letztlich geschlossen haben, bleiben dann vielleicht auch nur noch ein paar Hunderter. So ein skrupelloser Geschäftsmann wie der Adler macht da immer einen besseren Schnitt, auch vor Gericht.

Jetzt, zum letzten Termin, kommt er und wollte mich da fertigmachen, ich wär'n Lüger und Betrüger und die Stundenzettel wär'n gefälscht. Die Stundenzettel habe ich alle von meinem Vorarbeiter unterschreiben lassen, und zwar in doppelter Ausführung, einen für die Firma Remmert und einen für mich. Dabei kam raus, daß ich im März – im Februar war ich ja noch nicht so schlau – im März 129 Stunden gearbeitet habe – war ja nur bis zum 20. März, darunter auch 36 Stunden hintereinander auf den Beinen.

Auf meiner Steuerkarte, die er vor Gericht vorlegen mußte, waren sage und schreibe* nur 434 Mark brutto eingetragen. Kein Firmenstempel. Alles andere hatte er unterschlagen. Der hat sich aufgeführt vor Gericht, als sei er der oberste Richter. Er ist dann ermahnt worden vom Richter, da hat er 'ne Richterbeleidigung losgelassen gegenüber den Laienrichtern: als Arbeitgeber könnte man ja von vorneherein hinschreiben, man erkennt sich für schuldig, weil man ja sowieso kein Recht kriegt. Oder wie er zu mir sagte: ›Betrüger . . . Urkundenfälscher‹.

Mein Anwalt riet mir zu einem Vergleich, weil sonst das Verfahren noch Monate, vielleicht Jahre weitergegangen wäre. Und ich brauche das Geld. Anstatt ausstehender 2735 DM auf der Basis von 9,50 DM Stundenlohn brutto – denn das andere war ja von ihm nicht schriftlich, nur mündlich abgegeben – ließ ich mich auf 1750 Mark Nachzahlung ein.

Und dann mußte ich die Steuerkarte nach dem Gerichtstermin nochmal zu Adler hinschicken. Die ist bis jetzt nicht zurück, auch wieder fast ein Monat. Und auch noch kein Pfennig von der Abfindung. Der muß jetzt die Sozialabgaben und Rentenbeiträge nachentrichten und läßt sich Zeit damit. Da läuft noch nicht mal ein Strafverfahren. Das Arbeitsgericht behandelt ihn wie einen Ehrenmann, der nur ein bißchen unordentlich ist. Und unsereins ist der Dumme!

Die können sich doch heute alles erlauben, die Unternehmer. Gerade auch die kleinen Subunternehmer, es gibt zu viele Arbeitslose, das ist es. Und zuwenig, die das Maul aufmachen, sich dagegen wehren, gegen solche Praktiken!«

Eine neue Arbeit konnte Jürgen nicht annehmen, weil ihn Adlers – übliches Geschäftsgebaren bei ihm – seine Steuerkarte nicht zurückgab:

»Den ganzen April ohne Steuerkarte, ohne Versicherungs- nachweis, und dann den halben Mai noch. Ich hab auch mit der Firma Remmert gesprochen wegen Einstellung. Haben die gesagt, gut, du kannst bei uns anfangen, mußt aber die Papiere beibringen, dann ist das in Ordnung. Ja, Papiere habe ich ja nicht gehabt, die hatte ja Adler. Dann hab ich mir ’ne Ersatzsteuerkarte geholt, komm’ mit der Ersatzsteuerkarte nach der Firma Remmert, da sagt der, nee, das geht nicht, du hast ja für uns gearbeitet, also mußt du auch die Originalsteuerkarte haben. Ich glaube, das ist nur Vorwand, die stecken doch mit Adler unter einer Decke.*

Das ist für den Herrn Adler nach meiner Meinung alles

viel zu billig abgegangen. Die nächsten Doofen fallen bestimmt schon wieder drauf rein,* da steht schon wieder in der Zeitung: ›Adler, Industriemontagen sucht . . . ‹. Ich weiß bloß nicht, wie der das macht, daß der die Leute bei der Arbeit hält, – das versteh ich nicht! Der hat offen zugegeben beim Arbeitsgericht: ›Ich hab keinen Mann beschäftigt, der mehr als 9 Mark brutto verdient‹«. Einen kleinen Trost gibt's für Jürgen:

»Es gibt Ausländer, die sind noch schlechter dran. So hatte er Pakistani für 6 Mark brutto bei sich arbeiten. Die hatten keine Aufenthaltsgenehmigung.«

Die Praktiken Adlers und die extreme Gefährdung bei der Arbeit belegen auch die folgenden Berichte türkischer Kollegen: *Hüseyin Atsis* (56), der schon in der Türkei die letzte Dreckarbeit machen mußte, hat bei Adler das Gefühl: »In Sibirien muß es besser sein als bei dieser Arbeit«. »Gefährlichere Arbeitsplätze« hat er vorher »nie gesehen«:

»In dem neu errichteten Ofen in Hamborn mußten wir zum Beispiel von der siebten Etage diese Rohre runterschleppen. Ich erinnere mich, wie wir zu zweit so ein Rohr runterschleppten. Wir mußten unterwegs höllisch genau aufpassen, weil wir wußten, das könnte unseren Tod bedeuten.

An einem Kran, etwa 70 Meter hoch, mußten wir da klettern und dort Staub zusammenkehren und dann die 50 kg-Säcke mit dem Staub nach unten schleppen. Das war sehr gefährlich und sehr schmutzig. Dann hab' ich den Meister gefragt, warum ich immer diese Arbeit machen muß. Da sagt er: ›Ja, du bist zumindest versichert, du hast ja deine Papiere, die andern haben keine Versicherung. Wenn was passiert, dann kann man noch etwas für dich tun.‹ Die sagten mir dann, der Adler hat nur wenige Arbeiter, die legal arbeiten, nur ein paar, die ordentlich versichert sind.«

Auch Hüseyin Atsis mußte seinem Lohn nachlaufen. Als er ihn schließlich auf sein ständiges Drängen hin in zögernden Teilzahlungen erhielt, lag der Gesamtbetrag weit unter dem, was er auf Grund des vereinbarten Stundenlohns und der ständigen Überstunden erwarten konnte. Statt der vereinbarten 10 DM Stundenlohn waren nur 9 DM berechnet und zusätzlich undurchsichtige Abgaben abgezogen. Für 184 Arbeitsstunden erhielt Hüseyin lediglich 724 DM und 28 Pfennig: »Als ich das Geld bekam, hab' ich mir gesagt, also mit diesen Leuten kannst du dich nicht anlegen. Und womöglich schaden sie die dir auch so, daß sie dich dann ausweisen. Dann hab' ich gesagt, am besten versuche ich jetzt, meine Papiere von ihm zu bekommen, und geb' mich mit dem Geld zufrieden. Aber er hat mir gesagt: Ich geb' dir deine Papiere nicht raus. Er sagte zu mir: Du mußt mir zunächst einmal unterschreiben, daß du sämtliche Forderungen erhalten hast. Nur dann werde ich dir deine Papiere aushändigen.«

Sait Tümen (25) und Osman Tokar (22) haben ähnliche Erfahrungen gemacht. Sait Tümen: »Ich hatte schon drei Monate bei Adler gearbeitet, und er hat mir in der ganzen Zeit nie eine richtige Abrechnung gemacht, nur immer da mal 100 DM, da mal 200. Aber ich hab' fast jeden Tag gearbeitet. Ich hab' mir von Freunden immer Geld geliehen, um leben zu können und gesagt, kriegt ihr sofort wieder, sobald ich mein Geld von Adler kriege. Weil der gesagt hatte, daß ich es ganz sicher in den nächsten Tagen bekomme. Als ich meinen Freunden meine Schulden nicht zurückzahlen konnte, haben die gedacht, ich betrüge sie, und haben nicht mehr mit mir gesprochen. So verlor ich meine Freunde. – Ich hab' dann versucht, woanders Arbeit zu bekommen. Aber die verlangten meine Papiere, sonst keine Arbeit. Bin ich zu Adler hin und hab' ihm gesagt, ich hab' neue Arbeit, aber nur wenn Papiere, und wollte mein restliches Geld haben. Da hat Adler gesagt: ›Du kriegst nur deine Papiere, wenn du unterschreibst, daß du kein Geld mehr von mir kriegst.‹ Ich hab' nachgedacht. Wenn ich in den nächsten Tagen die Papiere nicht vorgelegt, hätte ich die neue Arbeit nicht bekommen. Was sollt ich denn machen! Und mein neuer Chef ist mit Adler gut Freund. Da hab' ich

ihm unterschrieben, daß ich kein Geld mehr kriegen soll.
Der Zettel war schon mit Schreibmaschine vorgeschrieben.
Da hatte er ganz viele von. Darauf steht: ›Bestätigung.

Hiermit bestätige ich, daß ich aus meiner von vorneherein
zeitlich befristeten Tätigkeit bei der Fa. Adler-
Industriemontagen KG* keinerlei Ansprüche mehr habe.‹«

Und Osman Tokar: »Adler hat jede Woche immer ein
paar Stunden abgezogen, und daraufhin sind wir zu ihm
hingegangen. Da hat er gesagt: den Rest gibt's bei den
nächsten Rechnungen, aber da war das auch nicht. Sind wir
wieder hingegangen, hat er gesagt: das nächste Mal, das
nächste Mal, immer hat er uns so weggejagt. Als ich wieder
zu ihm hingegangen bin, hat er mir gesagt: wenn du mit den 9
Mark und 40% Abzügen runter nicht arbeiten willst, dann
brauch' ich nur eine Anzeige in der WAZ* aufgeben und
dann stehen am nächsten Tag 1000 Leute vor der Tür. Seid
froh, ihr seid doch Ausländer, wenn ihr Arbeit habt, hat der
zu uns gesagt.«

Auch er berichtet über krankmachende Arbeitsbedingungen: »Wir mußten an einer Anlage arbeiten, da
konnte man fast nichts sehen vor lauter Staub, und wir haben
nicht mehr richtig Luft gekriegt, das war fürchterlich. Nach
ein paar Tagen hatte ich schreckliche Schmerzen, so ein
Stechen im Herzen und in der Lunge. Da kam ein Kollege
von Thyssen und hat gesagt, der Eisenstaub, der wäre sehr
gefährlich, da könnte ich mir den Tod holen. Ich sollte mir
mal schnell eine Staubmaske geben lassen vom Chef. Da bin
ich zum Meister von Thyssen, aber der hat mir keine Maske
gegeben. Das wäre doch halb so schlimm, ich sollte mich
nicht so anstellen,* sondern schnell weiterarbeiten. Hat
richtig Druck auf uns gemacht: wenn wir in zwanzig Stunden
nicht fertig würden, müßten wir immer noch dableiben und
weitermachen. Wir durften da nicht raus.

Nach Feierabend bin ich sofort zum Arzt gegangen, ich
hatte schrecklichen Husten, und der Arzt hat mich
untersucht und hat mich gleich gefragt, wo ich denn arbeite?
Ich hab' gesagt: bei Thyssen, bei einer Unternehmerfirma,

und darauf hat er gefragt, wo mein Arbeitsplatz ist, ob da
Gas wäre oder Eisenstaub oder was anderes Gefährliches für
die Lunge. Daraufhin hab' ich ihm gesagt, daß da Eisenstaub
ist. Da hat er gesagt, daß ich nicht der einzige von Thyssen
bin, der mit solchen Problemen zu ihm kommt. Wenn ich
wirklich gesund werden will, soll ich mir eine andere Arbeit
suchen und verschrieb Medikamente.«

DIE STRAHLUNG

Eigentlich steht für mich (Ali) noch ein Arbeitseinsatz im
Kernkraftwerk Würgassen* an, dem ältesten AKW* –
Inbetriebnahme 1971 –, das besonders stark
reparaturanfällig ist. Für die jährlich stattfindende Revision
werden noch zuverlässige Leute gesucht. Ausländer,
Türken vor allem, werden bevorzugt eingestellt. Ich nehme
an, weil sie so mobil sind.

Über die Spätfolgen häufiger geringerer Strahlendosen
liegen in der Bundesrepublik keine exakten
wissenschaftlichen Erkenntnisse vor. Die meisten
Ausländer, die in den AKW's als Reparatur- oder
Reinigungskolonnen in den heißen, besonders
strahlungsintensiven Bereich geschickt werden, tauchen
Jahre oder Jahrzehnte später in den Statistiken nicht auf,
wenn sie an Hoden-, Prostata- oder Schilddrüsenkrebs
erkrankt oder gestorben sein sollten. Dann leben sie in
anderen Städten oder zurückgekehrt fern in ihren
Heimatregionen, und keiner fragt mehr danach, ob sie vor
langer, langer Zeit auch mal eine verhältnismäßig leichte
und saubere Arbeit für ein paar Tage, Wochen oder Monate
in einem deutschen Kernkraftwerk gemacht haben. Die
Betreiber der AKW's sind aus eben diesen Gründen daran
interessiert, mit einem verhältnismäßig kleinen Stamm fest
angestellter, eigener Leute auszukommen. Für die relativ

gefährlichen Arbeiten heuern sie über Subunternehmer immer wieder kurzfristig neue Leute an, die dann oft in wenigen Stunden oder Tagen, manchmal sogar nur Sekunden die Jahreshöchstdosis an Strahlen von 5000 Millirem weghaben. Ich habe türkische Arbeiter befragt, die sich für 10 DM Stundenlohn verdingt haben.

Ein Ehemaliger berichtet: »Bei Pannen müssen die Türken in der Regel ran. Sie werden dann als *Springer* in den verstrahlten, heißen Bereich geschickt und müssen da so lange aushalten, bis sie ihre Jahresdosis von 5000 Millirem weghaben. Das kann über Stunden gehen, in Extremfällen aber auch nur über Minuten oder sogar Sekunden. Die Kollegen nennen das *Verheizen*.« Regulär sind die Betroffenen damit für den Rest des Jahres »gesperrt«. »Aber es gibt Wege«, erklärt mir einer, »trotzdem woanders weiterzuarbeiten.« Wie, das will er nicht verraten. »Du kriegst sonst ja nirgends eine andere Arbeit.«

Um diese unter Umständen lebensbedrohenden Arbeitsbedingungen selber von innen erleben und beweiskräftig belegen zu können, habe ich (Ali) mich in Würgassen beworben. Das Problem ist, daß eine Sicherheitsüberprüfung vorausgeht. Ich habe Namen und Adresse meines Doppelgängers angegeben, sowie sämtliche Wohnorte der letzten zehn Jahre, auf daß* das Landesamt für Verfassungsschutz seine Schnüffel-Durchcheckaktion beginnen kann. Die Erfassungscomputer strengen ihr »Elefantengedächtnis« an: Teilnahme an Demonstrationen? Sonstige Aktivitäten? Auch das BKA* wird eingeschaltet. Normalerweise dauert eine solche Überprüfung sechs Wochen, in komplizierten Ausnahmefällen bis zu drei Monaten. Bei mir – das heißt bei meinem Doppelgänger – scheinen genauere Recherchen stattzufinden, jedenfalls nach zwei Monaten ist noch immer kein Ergebnis, weder positiv noch negativ, eingegangen. Vielleicht liegt's auch an der Ferienzeit. Auf jeden Fall kommt mir die Verzögerung gelegen, um ausnahmsweise

das Thema anders als geplant anzugehen. (Ein befreundeter
Arzt, Röntgenologe und Strahlenexperte, den ich in meinen
Plan eingeweiht hatte, mich als »Türke« den Strahlen im
AKW auszusetzen, hatte mich zudem eindringlich davor
gewarnt. Mein Gesundheitszustand – die durch den
Thyssenstaub entstandene chronische Bronchitis und die
allgemeine Schwächung auch als Folge des
Medikamentenversuchs – war bereits recht angeschlagen.
Den Körper jetzt noch zusätzlich der Strahlenbelastung
auszusetzen, hieße nach seiner Ansicht, daß eine bleibende
Strahlenschädigung als möglich bis wahrscheinlich
angenommen werden müsse.)

Obwohl ich mich nicht gerade in einem Zustand
übersprühender Lebensfreude befinde, im Gegenteil – ich
fühle mich so ziemlich am Ende, da ich mit der Rolle doch
zunehmend identisch geworden bin, und die beinahe
aussichtslose Situation meiner Kollegen und Freunde mich
selber mehr und mehr niederdrückt –, habe ich doch Angst
vor einem viel zu langsamen, von Strahlenkrebs
zerfressenen Dahinsiechen und einem womöglich über
Jahre andauernden Todeskampf. »Das kann dir den Rest
geben«, hatte mich mein Freund, der Röntgenologe,
gewarnt. So gebe ich zu, daß ich in diesem Fall feige bin und
mich auf Grund von Privilegien da raushalte. Hunderte und
Tausende ausländischer Arbeiter, denen sich diese
Arbeitsmöglichkeit bietet, müssen notgedrungen ihre
Gesundheit, unter Umständen sogar ihr Leben aufs Spiel
setzen, auch wenn sie sich körperlich in noch schlechterer
Verfassung befinden. Das Verlockende ist ja gerade, daß die
Arbeit meist nicht mit körperlichen Anstrengungen
verbunden ist, so daß es sich auch Kranke, Ältere und total
Erschöpfte ohne weiteres zutrauen.

Dazu kommt, daß die meisten Ausländer über die
besondere Gefährlichkeit dieser Arbeit überhaupt nicht
aufgeklärt werden. Auch als ich (Ali) mich dort bewarb und
mich ausdrücklich erkundigte: »Is Arbeit auch nich
gefährlich?«, wurde ich vom Personalchef beruhigt: »Nichts

anders als sonst in der Industrie auch!«

Wie die Arbeit in Würgassen wirklich aussieht, belegen einige Zeugenaussagen.

Frank M., Vorarbeiter in Würgassen:

»Einerseits, das ist ein Job, wo man schnell und zügig Geld verdienen kann. Ich als Vorarbeiter hatte auf meiner letzten Abrechnung 2500 Mark netto. Auf der anderen Seite würde ich da nie länger als fünf Jahre arbeiten. Wenn ich meinen Job auch verlieren würde. Nach fünf Jahren melde ich mich lieber arbeitslos. Die Strahlenbelastung ist viel zu hoch da, das Werk ist viel zu alt. Dann ist das ein Siedewasserreaktor, da hat man eine noch höhere Strahlung als bei den Druckwasserreaktoren. Da ist meiner Ansicht nach schon jede Kaffeetasse verseucht. Wenn man da überhaupt nur reingeht, hat man schon 10 Millirem auf dem Dosimeter, noch bevor man überhaupt angefangen hat zu arbeiten.«

Das Dosimeter ist ein Meßgerät, das jeder im »heißen Bereich« bei sich tragen muß. Es zeigt die Strahlung an, die am Arbeitsplatz im Laufe eines Tages entsteht. Aus Angst, nicht genügend Stunden aufschreiben zu können, wird es allerdings häufig manipuliert.

Ein ehemaliger Arbeiter aus Würgassen sagt: »Ist ja Selbstkontrolle. Du legst das Dosimeter einfach weg, in den Spind zum Beispiel, merkt doch keiner. Da kümmert sich keiner drum. Solange ich hier gearbeitet habe in Würgassen, hat mich keiner danach gefragt. Wo nichts ist, kann auch nichts aufgezeichnet werden mit dem Ding . . . Ich weiß von der Subfirma Reinhold & Mahler, da war ein Ding gelaufen: Die hatten einen ganzen Haufen Jugoslawen arbeiten lassen, ungefähr sechzehn Mann. Die waren alle illegal da, ohne Papiere. Die nehmen's oft mit den Sicherheitsbestimmungen gar nicht so genau. Als das aufflog, mußten die weg. Wurden ganz diskret weggeschafft. In Grohnde zum Beispiel, von den ganzen Schweissern, die da rumlaufen, sind vielleicht, wenn's hochkommt, zwanzig Prozent Deutsche. Sonst alles Ausländer.«

Und weiter Frank M.:

»Unsere Sub-Firma hat ungefähr 2500 Leute. Davon sind mindestens 1500 Ausländer. Die machen halt ihren Job da, und wenn die Revision beendet ist, dann werden sie wieder entlassen. Die meisten sind immer nur ein paar Wochen da. Die Leute, die werden am meisten verheizt. Die kommen da rein und kriegen eben soundsoviel Strahlung ab. In der Firma, wo ich arbeite, da sind Baustellenleiter, da sind Vorarbeiter, und die sind normalerweise länger da. Alle anderen sind nur kurz da. Wenn die einen befristeten Arbeitsvertrag haben, meinetwegen für eine Revision, und innerhalb von zwei Wochen die Vierteljahresdosis voll haben, sagt der Strahlenschutz im Werk, ihr kommt nicht mehr rein, dann werden die entlassen. Wir haben auch viele Türken, die aus der Türkei nur für kurze Zeit extra hierhergeflogen werden und dann solange schweissen müssen, bis sie die Dosis voll haben. Wenn Schweisser gebraucht werden, und die müssen im Strahlenbereich arbeiten, wo meinetwegen eine Stundendosis von 1000 Millirem ist, dann arbeiten die zwei Stunden und werden dann ausgewechselt und nach Hause geschickt. Dann kommen die nächsten, die arbeiten auch wieder zwei Stunden, dann haben die auch wieder 2000 drauf, dann müssen die auch nach Hause. Da wird immer ausgewechselt, solange, bis das fertig ist.

Normalerweise ist das so: Wenn die ausländischen Arbeiter kommen, dann wissen die gar nicht, warum sie nach zwei Tagen oder nach zwei Stunden schon wieder aufhören müssen. Da wird denen nur gesagt: Sie sind gesperrt. Dann müssen die weg und fahren nach Hause.«

Über die Arbeit von Reinigern am Reaktorbecken weiß Frank M. folgendes zu berichten:

»Wenn das Werk abschaltet, dann werden im Schnitt dreißig Prozent der Brennstäbe ausgewechselt. Die kommen dann ins Ablagerungsbecken. Da bleiben die über ein Jahr, damit sich die Strahlung abbaut. Wenn die Stäbe ausgewechselt werden, ist Wasser drin, und dann sind immer Leute von uns da, die müssen auch den Boden um das

Becken herum sauber halten, damit die Kontamination (äußere Verstrahlung, G. W.), nicht durchs ganze Werk getragen wird. Dann arbeitet einer direkt am Becken, und einer hält ihn fest, also gesichert mit einem Seil. Denn wenn einer in das Wasser fällt, muß er innerhalb von 10 Sekunden wieder rausgezogen werden, weil man in dem Wasser nicht schwimmen kann.«

Und der jugoslawische Arbeiter Dragan V.:

»Die haben mir bei meiner Einstellung über Strahlengefahr nichts erzählt. Die haben mir nur gesagt: meine Vierteljahresdosis ist 2500 Millirem, Jahresdosis 5000. Mehr haben sie nicht gesagt. Wie gefährlich das ist, ob das gefährlich ist, davon hat keiner was gesagt.«

Am 20. August 1982 wurden vierzehn Arbeiter von Fremdfirmen beim Auswechseln eines sogenannten »Sandfilters« in der Abgasanlage so stark verstrahlt, daß sie in die zuständige Strahlenklinik in Düsseldorf gebracht werden mußten. Die Werksleitung ordnete striktes Stillschweigen über den Vorfall an. Das Protokoll eines Arbeiters, der diesen Unfall in Würgassen miterlebt hat:

»Ich habe immer Angst, wenn ich da drinnen arbeite. Besonders seit dem Unfall. Da haben sie erst eine *Zeitsperrung* gemacht. Dann haben die Leute noch eine halbe Stunde drin arbeiten müssen. Und dann auf einmal: Vollsperrung. Unsere Schleifer, die waren unten sieben Meter tief. Die anderen haben alle im Treppenhaus gesessen. Davon ging ein Raum ab – da ist das ganze Zeug runtergekommen. In dem Raum hatten die ihre Werkzeugkiste stehen und Kabel liefen da raus, deshalb war die Tür natürlich offen. Die haben das alle gar nicht gemerkt, bis dann die Vollsperrung kam. Am Ausgang wollten die durch die Automaten durch, durch die Monitore (die die Strahlenbelastung messen, G. W.). Aber da kam raus, daß sie ganz verseucht waren.

Dann ging das los: Die mußten duschen und nochmal duschen, aber da war nichts zu machen. Wir anderen waren schon draußen, und die waren immer noch am Duschen. Die

haben bis nachmittags um drei geduscht und sich die Haut
fast runtergeschrubbt. Von halb zwölf an. Und dann kamen
sie um drei wieder raus. Wir sind kurz vor drei wieder rein.
Konnten wieder arbeiten. Bloß Maschinenhaus und
Gleiseinfahrt waren noch gesperrt. Am nächsten Tag,
Samstag, haben wir auch wieder gearbeitet, es fehlten ja
die Stunden. Da sind auch wieder alle Mann angerückt,
rein und wieder duschen bis mittags. Von morgens sieben bis
um zwölf. Aber ging nichts runter. Und montags dann ab
nach Düsseldorf, Strahlenklinik. Aber die haben nur
Messungen gemacht da, sonst nichts. Und dann waren fast
alle gesperrt für den Rest des Jahres. Durften nicht mehr
rein ins Werk.«

Der deutsche Arbeiter Horst T. hatte ebenfalls einen
Unfall: »In der Kondensationskammer hab ich mir eines
Tages den Schutzanzug, den Overall, aufgerissen. Als ich
nach der Schicht an die Monitore ging, leuchtete der ganze
Kasten auf, von oben bis unten. Ich dachte, das gibt's doch
nicht! Dann habe ich geduscht. Fast zwei Stunden. Immer
wieder: Dusche, Monitor, Dusche, Monitor. Nachher hab
ich mir die Haare schon nicht mehr gefönt. Das setzt sich in
die Poren rein, und dann kannst du stundenlang schrubben.
Die sagten mir, ich hätte um die 2800 Millirem
abbekommen, alles in allem. Aber wie soll ich wissen, ob es
nicht ein Vielfaches davon war? Da haben die mich einfach
entlassen. Angeblich Arbeitsmangel. Außerdem sei ich für
diese Tätigkeit nicht geeignet. Da wollte ich meinen
Strahlenpaß haben, in den ja alles eingetragen werden muß,
was du da abkriegst. Dann bekam ich den in die Hand, nach
langem Hin und Her – aber da war gar nichts eingetragen.
Da hieß es, ich soll ihn nach Kassel schicken, zum Sub. Das
hab ich getan. Und nach vierzehn Tagen haben die mich
angerufen, ob ich nicht wieder anfangen wollte. Jetzt habe
ich wieder einen neuen Strahlenpaß bekommen. Ich hab mal
reingeguckt, ich mußte den ja unterschreiben, da stand
nichts drin, gar nichts. So, als ob ich da noch nie gearbeitet
hätte . . . «

Einsicht in die Strahlenpässe, die gesetzlich
vorgeschrieben sind und als Nachweis über Verseuchungen
dienen, haben die wenigsten Beschäftigten. Die Pässe
bleiben im Büro der jeweiligen Subfirma, gehen schon mal
verloren oder zeigen geschönte Werte, wenn die Behörden
zur Prüfung kommen. Die Subchefs übernehmen ihre eigene
Art von Verantwortung für ihre Leute.

Die Atomindustrie verharmlost die Gefahr durch den
ständigen Kontakt mit kleinen und größeren Mengen
Radioaktivität, wo immer sie Gelegenheit hat. Wer zum
Beispiel das Atomkraftwerk Würgassen betritt, um im
»heißen Bereich« zu arbeiten, wird mit farbigen
Videofilmen »aufgeklärt«: »Die Strahlung ist vergleichbar
dem Sonnenlicht«, berichtet da ein flotter Sprecher aus der
Werbefilmbranche, und über den Bildschirm flimmert ein
braungebranntes Mädchen, das an irgendeinem
Südseestrand liegt, unter aufgespanntem Sonnenschirm.
Arbeiter berichten, wie ihnen Vorarbeiter die Angst
nehmen: »Das ist dieselbe Strahlenintensität wie zwei
Wochen Ferien an der Nordsee.« Der lockere Wahlspruch
aus Würgassen, der in jedem »Aufklärungsfilm« ein paarmal
wiederholt wird, heißt schließlich: »Jede unnötige
Strahlenbelastung vermeiden und jede *unvermeidbare*
Strahlenbelastung so gering wie möglich halten.«

Tatsächlich kalkuliert die Industrie von vornherein einen
bestimmten Prozentsatz Toter fest ein. Auf dem Papier.
Was wirklich mit den Menschen geschieht, kontrolliert
niemand. Die Bremer Strahlenforscherin Prof. Dr. Inge
Schmitz-Feuerhake:

»Man weiß heute, daß jede Strahlendosis, egal wie groß
oder wie klein sie ist, einen Schaden anrichten kann. Und
zwar entweder einen strahlenbedingten Krebs erzeugen
kann oder einen genetischen Schaden bei den
Nachkommen. Und das Tückische an den strahlenbedingten
Schäden ist ja, daß sie oft erst sehr, sehr viele Jahre nach der
Bestrahlung auftreten, also oft erst nach zwanzig, dreißig
Jahren. Die Kerntechnik in der Bundesrepublik ist ja noch

gar nicht so lange in Betrieb, daß man jetzt schon die Auswirkungen studieren könnte.«

Doch wer könnte beweisen, nach so langer Zeit, daß ein tödlicher Krebs von einem solchen Job im »heißen Bereich« eines Atomkraftwerks herrührt? Vorher werden die Arbeiter der Subunternehmen gesundheitlich überprüft – nach Beendigung der Arbeit nicht. Mord auf Raten?* Heimlich, ohne Zeugen, ohne Beweise, massenhaft. Jährlich arbeiten Zehntausende von Reinigern und Schweissern in deutschen Atomkraftwerken (in einem Jahr wurden allein in Würgassen bis zu fünftausend Menschen in die gefährliche Zone geschickt). Etwa die Hälfte davon Ausländer, die häufig in ihre Heimatländer zurückkehren, bevor die Folgen sichtbar, spürbar werden.

> Für die Sicherheit (auch die am Arbeitsplatz) von Atomkraftwerken ist in der Bundesrepublik der Technische Überwachungsverein (TÜV) zuständig. Das Institut für Unfallforschung beim TÜV Rheinland in Köln hat an den Bundesminister des Innern einen Bericht über »Menschliche Faktoren im Kernkraftwerk« weitergeleitet, der bisher nie veröffentlicht wurde. Darin untersuchen TÜV-Leute die »Probleme«, die sich durch den Einsatz von sogenanntem »Fremdpersonal« in den Atomkraftwerken ergeben – Probleme allerdings, die für die Industrie entstehen, nicht solche, die für die Menschen bestehen:
>
> »Probleme ergeben sich in erster Linie in der Zusammenarbeit mit unqualifiziertem Hilfspersonal von Dienstleistungsunternehmen, das zur Schonung des Eigenpersonals insbesondere für strahlenintensive Arbeiten eingesetzt wird. Dieses Personal ist nach Aussage des Betreiberpersonals häufig schlecht motiviert und arbeitsunwillig . . .«
>
> Kein Wunder, wer geht schon fröhlich ins AKW? An anderer Stelle heißt es allerdings:» . . . der Verzicht auf Fremdleistungen ist im Hinblick auf eine planmäßige Erledigung der anstehenden Arbeitsaufgaben nicht

denkbar.« Häufig entstünde »Personalmangel aufgrund der Strahlenbelastung und der damit verbundenen eingeschränkten Einsatzfähigkeit eigenen Personals.« Zudem: »Die zulässigen Strahlendosen werden oft innerhalb sehr kurzer Zeit (weniger Minuten) aufgenommen.« Weiter heißt es: »Eine Aufgabe für das eigene Personal ist es, speziell bei strahlenexponierten Arbeiten, bei denen es auf Schnelligkeit und Exaktheit ankommt, Fremdpersonal entsprechend einzuweisen . . . Eine genaue Einweisung ist oft nicht möglich (bei hoher Strahlung) oder der Aufwand ist unangemessen und der Zweck des Fremdpersonaleinsatzes würde verfehlt.« Trocken stellt das TÜV-Institut fest: »Die Mehrzahl des eingesetzten Fremdpersonals ist im allgemeinen unerfahren gegenüber dieser Gefährdung . . . Die mangelnde Anlagen- und Systemkenntnis schlägt hier zusätzlich negativ zu Buche, zumal eine genaue . . . Aufsicht dort nicht möglich ist, wo Fremdpersonal gerade zur Schonung (Begrenzung der Strahlendosen) des Eigenpersonals eingesetzt wird . . . Unvorsichtiges Verhalten des mit strahlenintensiven Aufgaben betrauten Fremdpersonals kann begünstigt werden durch ein Gefühl der Hilflosigkeit gegenüber einer weitgehend unbekannten Gefahr.«

Nur Insider und Wissenschaftler sind in der Lage, Meldungen wie die aus der *Frankfurter Allgemeinen* vom 29. Juli 1982 auf Anhieb* zu dechiffrieren. Unter der Überschrift »Allein zum Austausch der Rohre tausend Mann« berichtet das Blatt über Reparaturarbeiten in Würgassen und erwähnt in der Geheimsprache der Atomindustrie, daß dabei mit »1000 men-rem«* zu rechnen sei. »1000 men-rem«? Das klingt wie ein Geheimcode aus der Agentenszene oder vielleicht noch wie eine Sendefrequenz auf dem Kurzwellenempfänger. Die Konzerne allerdings wissen sehr genau, was es bedeutet. Mit dieser mysteriösen Maßeinheit läßt sich für Fachleute schnell umrechnen, wieviel Krebsfälle zu erwarten sind. Der ehemalige Leiter des Strahlenschutzes im amerikanischen Atomforschungszentrum Oak Ridge, Carl Z. Morgan (der von Wissenschaftlern gern als der »Vater der Strahlenschutzforschung« bezeichnet wird), sagt, daß »1000 men-rem« etwa 6-8 Krebstote bedeutet. Rein statistisch gesehen. Der schleichende Strahlentod könnte ebenso einen Mann, der von Adler geheuert ist, treffen wie einen von den anderen größeren Menschenhändlerringen, die Atomkraftwerke mit menschlichem »Strahlenfutter« versorgen. »Celten«* in Holzminden* etwa oder »Kupfer«* in Landshut* oder »Jaffke«* in Bremen. Oder . . .

KREBSRATE IN AKW HÖHER

Arbeiter in britischen Atomkraftwerken und anderen Nuklearbetrieben haben gegenüber dem Durchschnittsbürger ein höheres Risiko, an Prostatakrebs zu erkranken. Nach einer jetzt in London veröffentlichten Studie des britischen medizinischen Forschungsrates lag bei einer Gruppe von 1000 Arbeitern, die relativ hohen Strahlungen ausgesetzt war, die Zahl der an Prostatakrebs Gestorbenen achtmal höher als im nationalen Durchschnitt.

Die Wissenschaftler, die über ihre Ergebnisse in der Fachzeitschrift »British Medical Journal« berichteten, befaßten sich mit 3373 Todesfällen unter den 40 000 Männern und Frauen, die zwischen 1946 und 1979 bei der Atomenergie-Behörde Großbritanniens beschäftigt waren.

Nach Angaben der Studie war auch die Zahl der Todesfälle, die *durch Leukämie, Schilddrüsen- und Hodenkrebs* verursacht wurden, überdurchschnittlich hoch. Die Mediziner fanden zudem bei Frauen, die über lange Zeit einer schwachen Bestrahlung ausgesetzt waren, eine größere Zahl von tödlichen Erkanken an Eierstock- und Blasenkrebs.

Meldung aus der *Frankfurter Rundschau* vom 21. August 1985

Auch die wissen nicht, wie gefährlich diese Arbeit ist? Ein intensiver Test beweist, daß Adler es nicht einmal dann wissen will, wenn es ihm ganz deutlich gesagt wird.

DER AUFTRAG

ODER HOPP UND EX

– EINE INSZENIERUNG DER WIRKLICHKEIT –

»Mit entsprechendem Profit wird Kapital kühn. 10 Prozent sicher, und man kann es überall anwenden; 20 Prozent, es wird lebhaft; 50 Prozent, positiv waghalsig; für 100 Prozent stampft es alle menschlichen Gesetze unter seinen Fuß, 300 Prozent und es existiert kein Verbrechen, das es nicht riskiert, selbst auf Gefahr des Galgens. Wenn Tumult und Streit Profit bringen, wird es sie beide encouragieren (anheizen, G. W.). Beweis: Schmuggel und Sklavenhandel.«

Karl Marx, Das Kapital, Bd. 1, Kapitel: »Die ursprüngliche Akkumulation«, MEW* Bd. 13, S. 788, Fußnote 250.

Marx zitiert hier einen englischen Gewerkschaftsfunktionär namens Thomas Joseph Dunning, *Trade Unions and Strikes,* London 1860.

Wie es der Zufall so will: Adler hat seine Leute also auch im AKW Würgassen drin. Nicht viele, wie es so seine Art ist. Lieber unauffällig und dezentralisiert. Mal hier dreißig und dort zehn und da einen. Sollte er in Hamburg wider Erwarten hochgehen, dann läuft's im Ruhrgebiet bei Thyssen, Steag, MAN auf jeden Fall immer noch weiter. Und auch bei der Ruhrkohle in Süddeutschland. Wie war noch seine Devise: »Viel Kleinvieh gibt auch Mist.« – Und: »Gesetze sind dazu da, umgangen zu werden.« Der Menschenhandel Adler mit dem AKW Würgassen ist in etwa so beängstigend wie die Vorstellung einer Geschäftsbeziehung zwischen »Mr. Hyde«* und »Dr. Mabuse«.* Die kriminelle Energie eines Adler, in Anspruch genommen von den »technischen Sachzwängen« einer Kernkraftindustrie. Die Handelsware: Türken zum

Verheizen.

Ich will einmal durchspielen, wie es im schlimmsten Fall sein könnte, und entwerfe ein Szenarium. Freunde und Kollegen sind zum Mitspielen bereit: Der Kölner Schauspieler Heinrich Pachl übernimmt den Part des AKW-Sicherheitsbeauftragten Schmidt und mein Kollege Uwe Herzog die seines fachkundigen Assistenten Hansen.

Der Geheim-Auftrag:

Das AKW Würgassen kann aufgrund einer technischen Panne nicht ans Stromnetz angeschlossen werden. Millionenverluste. Gesucht werden türkische Arbeiter, die in den total strahlenverseuchten Bereich hineinklettern, um den Schaden zu beheben. Es ist damit zu rechnen, daß sie Strahlendosen in einer Höhe und Konzentration abbekommen, die schwerste gesundheitliche Schädigungen, wahrscheinlich als Spätfolge Krebs, hervorrufen werden. Bedingung: Die Türken dürfen von der Gefährlichkeit des Auftrags nichts erfahren und sollen nach Erledigung der Arbeit möglichst schnell in ihre Heimat zurückgeschickt werden. Adler, so erklärt »Schmidt«, sei in der Branche als besonders zuverlässig für derartige Aufträge bekannt. Erste Kontaktaufnahme übers Auto-Telefon. Ich (Ali) chauffiere Adler soeben von der Ruhrkohle/Wärmetechnik, Essen, nach Oberhausen zurück, als der Anruf eingeht:

Pachl/Schmidt: »Ja, guten Tag. Mein Name ist Schmidt, Leitung Strahlenschutz AKW Würgassen. Herr Adler, folgendes Problem. Ich sag Ihnen direkt, worum es sich handelt. Wir haben da einen Störfall, eine Panne, die wir technisch alleine nicht beheben können. Und da habe ich gedacht, daß Sie der richtige Partner für uns wären, um das zu regeln. Es geht um einen etwas intensiveren und ziemlich kurzfristigen Personaleinsatz. Die Frage ist folgende, weil die Sache sehr dringlich ist, ob wir uns jetzt – ich bin gerade hier in der Gegend im Ruhrgebiet – treffen könnten? Sagen wir in einer Stunde? Ich mache Ihnen folgenden Vorschlag, wenn Ihnen das möglich wäre: Autobahnraststätte Lichtendorf. Zwischen dem Westhofener Kreuz und dem Kreuz Unna. Sagen wir um halb zwei?«

Adler holt die Spezialkarte Ruhrgebiet aus dem Seitenfach an der Tür und studiert sie eingehend. Dann zu mir (Ali): »Wir müssen uns beeilen. Fahr mich schnell zu Remmert nach Oberhausen. Ich muß um halb zwei wieder in die andere Richtung. Autobahnraststätte Lichtendorf. Da wartet ein Kunde auf mich. Neuer Auftrag.« Nach Remmert, auf der Rückfahrt, hat er's sehr eilig. Er treibt mich (Ali) an, Geschwindigkeitsbegrenzungen zu ignorieren: »Gib Gas, ich kann es mir nicht erlauben, zu spät zu kommen.« Als eine Frau am Steuer eines Wagens nach dem Überholen nicht sofort die Fahrspur wechselt, gerät er geradezu außer sich: »Diese dumme Sau, dieses Arschloch, jag sie, daß sie rüberfährt, wir kommen noch zu spät.« Jetzt, wo er mit der Zeit in Verzug ist, spricht er plötzlich gegen seine Gewohnheit von »wir«. Mit fünfminütiger Verspätung erreichen wir die Raststätte. Er schnappt sich sein Aktenköfferchen, und schnellen Schrittes eilt er dem neuen Auftrag zu, nicht ohne mir (Ali) vorher noch eine Arbeit aufgetragen zu haben: »Nimm Bürste und Staubtuch aus dem Handschuhfach und mach innen alles tipp topp. Auch den Aschenbecher. Ich will kein Stäubchen sehen, wenn ich zurückkomme.« – »Alles klar«, sag ich kurz und prägnant. Das ist die Antwort, die ihm immer – wie ich herausgefunden habe – am besten gefällt.

Der Wagen meiner Freunde steht schon da, wie ich erleichtert feststelle. Während ich seinen Wagen wienere, zieht er drinnen in der Raststätte seinen neuen Auftrag an Land.

Es ist Mittwoch, 7.8., 13.30 Uhr, als sich die beiden AKW-Sonderbeauftragten mit Adler zu einem ersten Gespräch gegenübersitzen:

Pachl/Schmidt: »Wir stehen unter einem ungeheuren Zeitdruck. Und zwar müssen wir die ganze

Angelegenheit bis Freitag durchziehen . . . «
»Ich bin also ein mittlerer Unternehmer. Wir machen
alles mit. Unsere Kunden sind zum Beispiel die
Großindustrie, die Ruhrkohle und die Steag und so weiter
und so fort. Wir haben schon häufig für Sie (AKW
Würgassen, G. W.) gearbeitet.«
Pachl/Schmidt: »Wir haben mal zwei Möglichkeiten
durchgespielt. Wir wollen in diesem Fall acht zuverlässige
Arbeitskräfte, die brauchen in diesem Bereich bisher
noch nicht gearbeitet zu haben . . . «
Adler: »Ist klar.«
Pachl/Schmidt: »Die sollen also da reingeschickt werden.
Das ist das erste. Es kann sein, daß die Sache sehr schnell
behoben werden kann, es kann aber auch sein, daß es
länger dauert.«

Nach diesen einleitenden Worten, die den »heißen« Auftrag
nur anspielungsreich umkreisen, ist Adler sofort im Bilde.
Rasch betont er, daß er »morgen acht oder zehn zuverlässige
Leute rüberschicken« kann und stellt dann die gezielte
Frage, die den Profi in diesem Geschäft verrät: »Können wir
aber irgend etwas machen, was die Strahlenpässe angeht?«
Pachl/Schmidt ist vorbereitet und verlangt die erste
Illegalität: »Selbstverständlich ohne Strahlenpässe«, aus
Zeitgründen, die Störung müßte bis spätestens Freitag 18.00
Uhr behoben sein. Und Adler zögert nicht: »Ja, ohne
Strahlenpässe? . . . Sie brauchen morgen acht Mann ohne
Strahlenpässe. Alles klar! Ich mache meinen Job damit. Sie
machen Ihren Job damit. Vollkommen top-secret
undsoweiterundsofort.«
  So kann also Pachl/Schmidt mit weiteren Forderungen
fortfahren. Man verständigt sich schnell, daß nur Leute in
Frage kommen, die »nicht aus diesem Gebiet kommen«,
also »ausländische Arbeitskräfte«, die »sofort wieder
abgezogen werden« können. Und Pachl/Schmidt führt auch
gleich den Hauptgrund für das schnelle Verschwinden der
Arbeiter ein: »Es kann natürlich sein, daß irgendwas

passiert . . . « und beschwichtigt zugleich: »Das sind aber
nie monokausale Ursachen, wenn irgendwas auftritt, will
mal sagen, bei Krebs ist das nie nur eine Ursache . . . Bei
Krebs kann das 'ne Latenzzeit von zwanzig Jahren haben.«
Adler (erleichtert): »Ja, eben.« Pachl/Schmidt
(beruhigend): »Man kann's also nie direkt beweisen.«
    Aber dann legt Herzog/Hansen Zeichnungen vor, die
Adler keinen Zweifel mehr über das Todeskommando
lassen:

Herzog/Hansen: »Schauen Sie. Das hier sind die Rohre. Die
    haben 67cm Durchmesser. Da müssen die Leute
    rein . . . «
Adler: »Wo ist hier . . . der Kern?«
Herzog/Hansen: »Ja, das ist der Sicherheitsdruckbehälter.
    Zwischen dem Sicherheitsdruckbehälter und dem
    Maschinenhaus laufen die Rohre lang, durch die der
    radioaktive Dampf auf die Turbine strömt. Und mitten in
    diesem Rohr hier ist unsere ›Maus‹ steckengeblieben.«
Adler: »Hmh, Hmh.«
Herzog/Hansen: »Vielleicht kennen Sie das Gerät, das ist
    ein kleines Lasergerät, das inwendig die Rohre auf
    Schadstellen abtastet. Und diese Maus hängt fest, die
    kriegen wir nicht raus, das ist das Problem. Da müßten
    also die Leute rein, das ist körperlich nicht anstrengend,
    aber die Leute müssen soweit gesund sein.«
Adler: »Sind die. Ja ja. Klar.«
Herzog/Hansen: » . . . die müssen da rein. Die Sache ist
    nur: Wir können jetzt aus technischen Gründen nicht
    sagen, wie hoch die Strahlung in dem Bereich ist. Die
    könnte verdammt hoch sein.«
Adler: »Passen Sie auf: Sollen wir Plaketten mitschicken
    oder sowas?«
Herzog/Hansen: »Die Dosimeter stellen wir. Das ist kein
    Problem. Wir geben Sicherheitsanzug, alles. Nur ist die
    Frage, wie weit sich da Strahlung festgesetzt hat. Das
    können wir eigentlich erst richtig beurteilen, wenn die

wieder 'rauskommen.«

Adler (spricht wie ein Zuhälter über seine Arbeiter):»Also, ich habe Leute, zum Beispiel bei Thyssen laufen, da werden morgen acht von abgezogen, die besten such ich mir 'raus. Mit unserem Transporter sind wir morgen früh hier. Das sind also . . . , Ausländer. Ein Deutscher dabei, im Prinzip sind das nur Ausländer. Die blicken da nicht durch. Und dann, Schnauze halten, und nach einer Woche sind die wieder hier an Bord.

Haben Sie denn 'ne Möglichkeit, also, ich hab' Interesse, als Geschäftsmann, an einem längerfristigen Einsatz von weiteren Leuten. Das wäre für mich das Optimale. Reinigungsarbeiten, sowas, alles, auf Dauer . . . «

Pachl/Schmidt:»Ich mach' Ihnen folgenden Vorschlag: Wir wickeln erstmal diese Sache hier ab. Ich bin der Meinung, wenn das zu unser beider, aller Zufriedenheit abläuft, dann treten wir gerne nochmal mit Ihnen in Verbindung. Die andere Sache wäre, falls nun, sagen wir mal, ein bestimmtes Warnsignal kommt . . . «

Adler:»Ja . . . ?«

Pachl/Schmidt:» . . . haben Sie dann Arbeitskräfte . . . «

Adler:»Natürlich, Repertoire hab ich. Können sofort ausgetauscht werden.«

Pachl/Schmidt:» . . . die dann aus irgendwelchen Gründen auch wieder die Heimreise antreten müssen, in absehbarer Zeit.«

Herzog/Hansen:»Wir müssen uns auf alles gefaßt machen. Das Risiko ist groß. Die Rückkehrbereitschaft in die Türkei könnte man vielleicht auch mit 'ner Auslösung etwas attraktiver machen.«

Adler:»Ja, wenn man denen 'nen vernünftigen Preis gibt . . . «

Pachl/Schmidt (kann sich, was Bezahlung angeht, großzügig zeigen):»Mal abchecken, also, es wird sich so um die 120 000, 150 000 Mark handeln . . . «

Adler:»Sie haben mir jetzt die Probleme gesagt. Ich bin Unternehmer, ich mach also alles mit. Ich will 'ne Mark

verdienen, die Leute sollen 'ne müde Mark verdienen.
So. Jetzt such ich mir die Leute aus, ich kenn Ihre
Problematik. So. Wer steht zur Verfügung? Wer steht
beim Konsulat auf der Abschußliste?* Das weiß ich ja.
Wer hat Schwierigkeiten bei der Ausländerbehörde?
Weiß ich auch. So, die nehmen wir dann, ne.«

Damit ist für Adler das »Geschäft« klar. Er fragt nochmal
nach den Namen der beiden »Sicherheitsbeauftragten«:
» . . . der Herr Schmidt und der Herr . . . ?« – »Hansen«,
stellt sich Herzog/Hansen noch einmal vor, und Adler glaubt
sich zu erinnern: »Also, Sie kenn ich auch irgendwie dem
Namen nach . . . ja ja, aus Würgassen . . . « Das lukrative
Unternehmen stärkt sein Vertrauen. Und er versichert die
beiden »Partner« auch noch einmal seiner eigenen
Vertrauenswürdigkeit, um dann gleich die Sache auf den
Punkt zu bringen – das Geld:

Adler: »Also, ich hab meine Leute so im Griff. Wenn wir bei
'nem Kunden sind: die solln arbeiten, Augen zu,
arbeiten. Nicht rechts gucken, nicht links gucken. Wer da
quatscht, fliegt sowieso raus.
Das gibt's auch woanders, bei Thyssen kommt das schon
mal vor, daß wir da auch (so 'ne) Sachen machen müssen,
da kommt doch nichts raus, das bleibt dicht.
Also: Einsatz, das wär' morgen 8.8.85. So, dann lassen
Sie uns eben kurz nochmal festhalten: Was wollen Sie
dafür ausgeben?«
Pachl/Schmidt: »Unser Etat dafür liegt bei etwa so 120–
150 000 Mark. Das Risiko bei Ihnen, also wenn sich dann
später die Folgen 'rausstellen, dann müssen Sie Sorge
tragen, daß die weit genug weg sind.«
Adler: »Aber jetzt 'ne Frage nochmal, damit ich genau weiß:
Wenn die rauskommen, die kommen also geschädigt
'raus . . . nicht wahr?«
Pachl/Schmidt: »Ich denke, wir verstehen uns. Dafür
bezahlen wir ja auch. Das ist halt 'ne Kontamination, von

der wir sagen würden, das müßte man normalerweise anschließend behandeln. Nur ist's eben so, das können wir uns überhaupt nicht leisten, dann wird rumgefragt, oder wenn jemand länger hier ist, dann erzählt der, irgendwas spricht sich rum.* Also, das müssen wir mit allen Mitteln verhindern.«

Herzog/Hansen: »Die müssen sofort wieder weg! Müssen sofort wieder weg!«

Adler: »Alles klar . . . Ganz ehrlich also, ich hab jetzt Kameraden da, die krieg ich zusammen. Die schicken Sie dann in die gefährliche Zone, ne? Ne, das ist kein Problem.«

Soweit alles klar: »Kameraden« in die »gefährliche Zone« zu schicken, ist für Adler »kein Problem«. Bleiben nur noch Detailfragen zu klären.

Der Transport wird geregelt. Pachl/Schmidt wird einen Kleinbus vom AKW stellen, um die Truppe am nächsten Tag in Duisburg abholen zu lassen. Adler erklärt noch, daß seine Stammleute zur Zeit in Würgassen im Hotel »Zur Kurve« untergebracht sind und daß er bereit ist, selbst mitzukommen, um am besten gleich abzukassieren.

Gemeinsam verlassen sie die Raststätte. Am zufriedenen Gesicht Adlers glaube ich (Ali) erkennen zu können, daß er sich auf den Menschen-Deal eingelassen hat. Ich reiße ihm die Wagentür auf, wie er es verlangt, und wortlos betätigt er die automatische Schaltung, bis sich der weichgepolsterte Sitz in die für ihn angenehmste und entspannendste Lage verstellt hat.

»Nach Oberhausen zürück«, sagt er nur und schweigt sich aus. Er denkt nach. Eine Zeitlang vermute ich schon, daß ich ihm unter Umständen Unrecht getan habe. Daß er vor diesem so direkt verbrecherischen Auftrag doch zurückschreckt und ablehnt. So skrupellos ist er nicht. Kein Mensch kann durchgehend so abgebrüht sein. Er setzt keine Menschenleben aufs Spiel. Obwohl seine Leute bei Thyssen etwas langsamer und indirekter auch verheizt werden und der konzentrierte Schwermetallstaub mit der Zeit bei etlichen Kollegen wie eine Zeitbombe ebenfalls Krebs entstehen lassen wird, könnte er dort noch eher verdrängen. Hier ist die Situation noch um ein Vielfaches eindeutiger. Den Staub bei Thyssen wird jeder gewahr, auch wenn sich viele nicht über die Folgeschäden im klaren sind, die krankheit- und unter Umständen todbringende Strahlung im AKW kann keiner der Todeskandidaten ahnen. Vielleicht ringt er jetzt mit sich, überlege ich und hoffe bereits – er wird ablehnen.

Seine Überlegungen gehen jedoch in eine andere Richtung, wie ich bald merke. Er kritzelt Zahlen in sein kleines Notizbuch und scheint etwas auszurechnen. Plötzlich bricht er sein Schweigen und sagt: »Kannst du bis morgen ganz schnell sieben bis acht deiner Landsleute besorgen, die sich was verdienen wollen? Für eine gute Arbeit, muß aber hundertprozentig sein!«

Ich tue so, als überlege ich. Adler: »Wenn du's so schnell nicht schaffst, dann frag ich den K., der hat immer welche an der Hand.« K., einen türkischen Kollegen, hat er in eine Art Kalfaktorrolle gehievt, und wenn Adler um neue Leute verlegen ist, schleppt K. sie an.

»Ich kann auch«, sage ich (Ali) nur, »und was solln Leut' könne?«

»Die brauchen nichts besonderes zu können«, sagt Adler, »ich lege nur Wert darauf, es sollen die Ärmsten der Armen sein. Sag ihnen, ich war auch mal arm . . . «

Ich sehe ihn erstaunt an: »Sie ware arm? Wann ware Sie denn arm?«

»Jaaa, nach dem Kriege waren wir ja alle arm. Das können welche sein, die Angst haben müssen, ausgewiesen zu werden.« Er bemerkt meine Verblüffung und liefert schnell ein Motiv: »Ich will ihnen helfen, weil, denen geht es doch hier so schlecht, verstehst du. Ich war immer schon sozial eingestellt, ich bin von Haus aus nämlich Sozialdemokrat.«

»Was is'n das?« frag ich.

»Das ist die Partei, die für die Arbeiter da ist«, belehrt er mich, »da bin ich Mitglied.«

»Was für Arbeit?« will ich wissen und »Was Geld?«

»Die verdienen gutes Geld«, sagt er, »für zwei Tage 500 Mark. Und die Arbeit . . . sind leichte Reinigungsarbeiten, ganz sauber, wo sie sich nicht mal die Hände schmutzig zu machen brauchen . . . «

»Wo ist?« will ich (Ali) wissen.

Er sagt nichts Genaues, lügt vielmehr auch hier: »Es ist im Umkreis von hundert Kilometern.« (In Wirklichkeit liegt *Würgassen* ca. 300 km entfernt, G. W.).

»Es können ruhig welche dabei sein, die sich verstecken müssen, weil sie keine Aufenthaltsgenehmigung haben«, fährt er fort, »sie sollen dann aber bald, wenn der Auftrag erledigt ist, besser in die Türkei zurückkehren. Wenn du mir die Leute bringst, kriegst du auch 500 Mark.«

»Ja, könne es auch Leut ausse Asylheim sein?«

»Ja, nichts mit Behörden!« wehrt er ab. »Du mußt wissen: das ist black, das Geld . . . «

»Was is bläck?« frage ich.

»Schwarz, ohne Steuern. Das gebe ich denen so bar auf die Hand. Da braucht keiner Papiere und sowas zu zeigen. Das geht alles so unter dem Tisch, das ist denen doch lieber so. Dann haben sie Geld für die Türkei und können was damit anfangen. Sie sollen sich auch was zum Übernachten mitnehmen. Unterwäsche und so. Sonst kriegen die alles gestellt.* Wo findest du die denn?«

»Ach, da gib welch, die wohne versteckt inne Keller.«

»Oh, das ist gut«, sagt er, »wenn die im Keller wohnen, dann haben die auch sonst keine Kontakte. Wie viele sind das denn?«

»Ach, so fünf . . . «

»Ja«, sagt er, »dann guck nochmal so woanders rum, und vielleicht kriegst du doch deine acht zusammen. Ruf mich zu jeder Zeit an! Du kannst mich auch im Tennisclub anrufen. Am besten, du bringst die nicht mit zu mir nach Hause ins Büro, sondern in deine Wohnung, in die Dieselstraße, dann komm ich dann dahin, und dann werden die abgeholt. Nur eins ist wichtig: daß die mir dann auch verschwinden! Das will ich schriftlich haben, das müssen die einem auch vorzeigen, daß die hier raus müssen. Nicht, die müssen doch raus? Die werden doch alle gesucht von der Ausländerpolizei?«

»Ja«, sage ich, »manche so, manche so.«

»Also, das muß klar sein, daß die alle hier raus müssen! Nicht, daß ich erlebe, daß die sich hier Wochen später noch rumtreiben. Das ist Bedingung, das ist Voraussetzung für diesen Auftrag . . . «

Ich frage nochmal genauer nach der Arbeit, um die es gehen soll. Doch da sagt er nur: »Das verstehst du nicht, das wird denen schon klargemacht. Das ist überhaupt kein Problem. Wichtig ist, daß man diesen Menschen doch helfen muß, die haben doch hier genug gelitten . . . «

Er redet wie ein Pfarrer, plötzlich liegt so etwas Salbungsvolles in seiner Stimme. Doch dann ist er gleich wieder der Alte: »Nur: ich muß mich drauf verlassen können!«

»Alles klar«, sage ich.

Am Abend soll ich ihn anrufen, um Vollzugsmeldung zu erstatten. Abends 21 Uhr. Ich erreiche ihn telefonisch im Restaurant seiner Tennishalle. Er hat von seinem Auftraggeber Schmidt mitgeteilt bekommen, daß sechs Mann reichen. (Mehr konnte ich in der Kürze der Zeit nicht zur Teilnahme bewegen.)

Adler hat allem Anschein nach Probleme, frei zu reden. Vor Geschäftsfreunden und seinen Angestellten, die ihn kennen und durchschauen, kann er sich unmöglich als Wohltäter von Türken bekennen oder seine im Ruhrgebiet geschäftsförderliche Parteimitgliedschaft als »Partei für die Arbeiter« darstellen. Mit schallendem Gelächter würde das quittiert.

»Wie soll ich das die Kolleg sage, daß sie auch glaub'?«, bring ich ihn weiter in Verlegenheit. »Ja, ich kann das im Moment nicht sagen«, druckst er herum. »Ruf mich in einer

Stunde zu Hause an.«

Am Telefon zu Hause bekommt seine Stimme wieder einen leicht pastoralen Klang. Als ich (Ali) wieder insistiere und frage: »Und was soll ich sage, was, warum Sie so gut zu de Leut?«, findet er tatsächlich noch eine Steigerung seiner Wohltätigkeit. Er spricht nicht mehr von den »Ärmsten der Armen«, sondern von den »Ärmsten der Ärmsten« – »und denen will ich noch ein paar Mark geben«. Als ich jedoch einhake und versuche, ihm das Elend einiger türkischer Arbeiter eindringlicher vor Augen zu führen, kann er kaum mehr verbergen, wie ihn das kalt läßt. Nur um mich bei dem Geschäft bei der Stange zu halten, ringt er sich ein bemühtes »Darüber können wir uns dann unterhalten« ab und ist sogar auf meinen Vorschlag hin bereit, für die »Ärmsten der Ärmsten« eine Arbeitserlaubnis und Wohnung zu besorgen – wohl wissend, daß er den »Sicherheitsbeauftragten« versprochen hat, die ausländischen Arbeiter so schnell wie möglich verschwinden zu lassen.

Am nächsten Morgen. 9.30 Uhr.

AKW-Beauftragter Schmidt erkundigt sich bei Adler telefonisch, ob alles – wie besprochen – läuft.

Adler: »Ich hab' also soweit die Truppe zusammen, die steht. Jetzt sagen Sie nur mal ganz ehrlich, mit wem hab' ich's zu tun? Herr Schmidt vom Kernkraftwerk Würgassen sind Sie nicht. Das weiß ich also, Herr Schmidt; lassen Sie die Katze aus dem Sack. Wer sind Sie? Damit ich weiß, mit wem ich's zu tun habe. Und dann machen wir auch das Geschäft.«

Wir hatten damit gerechnet, daß Adler in Würgassen rückfragen könnte und dann herausbekäme, daß der echte Sicherheitsbeauftragte das Werk gar nicht verlassen hatte. Pachl/Schmidt hatte vorgebaut und Adler erklärt: »Versuchen Sie nicht, mich in meinem Büro zu erreichen. Die Sache läuft so geheim, daß ich mich Ihnen gegenüber dann verleugnen lassen und Ihnen leider sagen müßte: ›Ich

kenne Sie nicht, wir sind uns nie begegnet, und so einen
Auftrag gibt es nicht.‹ Wir sind ein hochempfindlicher
Sicherheitsbereich, und der Feind hört überall mit, selbst im
eigenen Haus.« Allem Anschein nach hat's Adler nicht
durch eigenen Anruf herausbekommen, sondern über
dritte. Aber auch für diesen Fall hatten wir uns eine Version
zurechtgelegt.

Pachl/Schmidt: »Also beruhigen Sie sich mal. Das ist eine
    Sache, die äußerst diskret zu laufen hat. Das ist für den
    Schmidt ein paar Nummern zu groß. Das ist ein direkter
    Vorstandsbeschluß.«
Adler: »Richtig. Hab' ich Verständnis für.«
Pachl/Schmidt: »Und zur Diskretion gehört natürlich 'ne
    bestimmte Vertrauensbasis . . . «
Adler: »Richtig, hab' ich auch.«
Pachl/Schmidt: »Wenn die nicht gegeben ist, meine ich,
    sollten wir die ganze Sache nochmal überdenken. Wir
    sind in einer Situation, die für uns . . . «
Adler: »Ja . . . «
Pachl/Schmidt: (mit gehobener Stimme, stark pathetisch)
    »Gerade weil wir für die deutsche Energieversorgung
    zuständig sind und uns gar keine andere Möglichkeit
    bleibt . . . «
Adler: »Ja . . . «
Pachl/Schmidt: »Ich hab's Ihnen ja gestern gesagt, wenn Sie
    anrufen, das läuft ja auch dort im innersten
    Sicherheitskreis, verstehen Sie?«
Adler (fällt ins Wort): »Richtig!«
Aber noch plagen Adler Zweifel, die allerdings mehr und
mehr durch das autoritätsbewußte Verhalten Pachl/
Schmidts zerstreut werden:
Adler: »Herr Schmidt, von wem krieg ich die Bestellung?
    Die schriftliche Bestellung?«
Pachl/Schmidt: »Da gibt's auch gar keine schriftliche
    Bestellung, verstehen Sie?«
Adler: »Ja.«

Pachl/Schmidt: »Passen Sie auf. Erstens, wir ham ja jetzt anstelle von acht nur sechs Arbeitskräfte. Das wären von der Summe 130 000 nur noch 95 000. Da sag ich . . . «

Adler: »Mh . . . «

Pachl/Schmidt: » . . . lassen wir drei gerade sein, sagen wir 110 . . . «

Adler: »Mh . . . «

Pachl/Schmidt: » . . . dadrin wären allerdings die Rückkehrprämie beziehungsweise der Rückkehranreiz.«

Adler: »Ja klar.«

Pachl/Schmidt: »Den ham wir ungefähr kalkuliert, pro Person um die 5000 Mark. Wir müssen davon ausgehen, daß das klappt und daß Sie das Geld auch an die Leute auszahlen, Herr Adler!«

Adler: »Aber selbstverständlich!«

Pachl/Schmidt: »Dann als Zweites müssen wir die Gewähr haben, daß es wirklich robuste Naturen sind.«

Adler: »Das sind die, ja.«

Pachl/Schmidt: »Also, wir haben ja kein Interesse, daß beim ersten Anflug von ein paar Milli-Rem die Leute umgepustet werden.«

Adler: »Nee nee, die können schon was vertragen und machen nicht so schnell schlapp.«

Pachl/Schmidt: »Und wenn Sie irgendwie 'ne Art von Kolonnenschieber brauchen, daß das auch ein Ausländer ist.«

Adler (fällt ins Wort): »Klar. Aber, Herr Schmidt, jetzt nochmal etwas. Das ist also im Auftrag des Kernkraftwerkes Würgassen?«

Pachl/Schmidt: »Ja.«

Adler: »Ne? Is das klar so?«

Pachl/Schmidt: »Das ist klar so. Das ham Sie völlig richtig verstanden. Wo sind Ihre Bedenken? Schauen Sie, Sie bitten mich, die Katze aus dem Sack zu lassen. Ich bin Ihnen hier sehr weit entgegengekommen.«

Adler: »Ja sicher.«

Pachl/Schmidt: »Ich weiß zum Beispiel nicht, wie weit Sie

beispielsweise auch erzählen oder so. Umgekehrt möcht ich jetzt mal bitten, wenn Sie irgendwelche Bedenken haben, dann sagen Sie mir, woher die Bedenken kommen, dann können wir darüber reden. Aber dann müssen Sie . . . «

Adler (fällt ins Wort): »Ja, ich hab Verständnis dafür, daß das unter äußerster Diskretion laufen muß undsoweiterundsofort, und daß man auch schon mal irgendwie inkognito das machen muß, da hab ich Verständnis für. Nur, wenn einer zu mir kommt und sagt, hier, ich bin . . . und stellt sich vor: mein Name ist Schmidt, Kernkraftwerk Würgassen, und ich weiß, das ist nicht so . . . wissen Sie, dann hab ich, wie gesagt, Bedenken: Auf was laß ich mich da ein? Laß ich mich tatsächlich mit der Energie AG ein oder mit wem laß ich mich ein? Wissen 'se, ich möchte nicht irgendwie grobfahrlässig oder grobstraffällig handeln, ne.« (Adler hüstelt): »Ja ich, Herr Schmidt, wenn ich so sagen darf, ich weiß es nicht, ich möchte wissen, ist mein Partner wirklich die Energie AG?«

Pachl/Schmidt: » . . . also ich überhör das mal* mit der groben Fahrlässigkeit . . . «

Adler: » . . . Ja.«

Pachl/Schmidt: » . . . möglichen Straffälligkeit. Wenn von Ihrer Seite da irgendwas ist, müßten Sie mir das natürlich sagen.«

Adler: »Nee, von meiner Seite . . . «

Pachl/Schmidt (fällt ins Wort): »Was da in Frage kommen könnte.«

Adler: »Von meiner Seite überhaupt nicht, Sie kriegen von mir die Leute.«

Ein Treffen wird ausgemacht. Adler schlägt den Busbahnhof vor dem Hauptbahnhof vor.

Pachl/Schmidt: »14 Uhr. Dann regeln wir das auch mit den finanziellen wie mit den Übergabemodalitäten. O.k., Herr Adler, machen wir's so?«

Adler (satt): »Ja natürlich.«

Der Verdacht ist soweit ausgeräumt. Die Profitgier macht
ihn unvorsichtig.

Donnerstag, 8.8., 12 Uhr.

Adler hat sich von einem türkischen Aushilfschauffeur in
seinem 280-SE-Mercedes nach Duisburg-Bruckhausen
fahren lassen, um sein Todeskommando in Empfang zu
nehmen.

Er läßt nicht direkt in der Dieselstraße parken, sondern in
der Hauptverkehrsstraße, der Kaiser-Wilhelm-Straße um
die Ecke, visavis der Thyssen-Kokerei. Sein Luxusgefährt in
diesem Elendsviertel erregt Aufsehen. Hinter den Gardinen
lugen ängstlich türkische Frauen heraus, befürchten unter
Umständen, daß wieder mal ein Hausabriß geplant wird
oder   Ruinen-Häuser   aus   hygienischen   Gründen
zwangsgeräumt und anschließend zugemauert werden
könnten. Türkische Kinder stehen in respektvollem
Abstand um den Adler-Mercedes herum und begutachten
ihn. Adler weiß sich nicht recht zu verhalten. Er raucht eine
Zigarette nach der anderen und schaut sich ständig um. Die
Rußwolken schleudern fast pausenlos aus den Thyssen-
Schornsteinen, und ein leichter Wind drückt den Dreck
direkt in das einen Steinwurf von der Hütte errichtete
Wohnviertel. Man riecht den Dreck nicht nur, man
schmeckt ihn, beißt auf Rußkörner, und manchmal brennen
die Augen. Bei bestimmten Schwefelkombinationen – je
nach Wetterlage und Tageszeit – würgt es einen in der
Kehle. Es gibt überdurchschnittlich viele Asthmatiker und
Bronchitiskranke in diesem Viertel. Die Kinder sind
auffallend blaß. Ein kleiner schmächtiger Junge fällt mir auf
– etwa fünf bis sechs Jahre –, dessen Gesicht ausgesprochen
ernst wirkt, müde, abgekämpft und alt wie bei einem
Erwachsenen.

Obwohl in der Duisburger Innenstadt die Sonne schien,
ist hier ein graues, trübes Licht; die Sonne ist hinter den
Fabrikwolken allenfalls zu ahnen, sie dringt nicht durch. Ich
beobachte Adler von der anderen Straßenseite aus schon die

ganze Zeit und spüre, wie unwohl er sich hier fühlt. Dieselstraße und Umgebung ist für ihn der Abschaum, die Vorhölle. Die eigentliche Hölle liegt für ihn innerhalb der vom Thyssen-Werkschutz bewachten Zäune und Mauern. Dort ist die Luft noch unerträglicher, und zusätzlich donnert der Arbeitslärm.

Zu uns in die Produktion hat sich Adler noch nie verirrt, das würde seine zarte Seele zu sehr belasten, und er bekäme am Ende noch Alpträume.

In seinem maßgeschneiderten Anzug wirkt Adler in dieser Umgebung total deplaziert und obszön fast und unwirklich wie die Saubermänner auf den Wahlplakaten, die man in diesem Viertel lange hängen läßt, da es sich hier nicht lohnt, für Konsumartikel groß zu werben, ausgenommen für Bier- und Zigarettenmarken.

Unser »letztes Aufgebot« besteht aus sechs türkischen Freunden, die ich eingeweiht habe, worum's geht. Zu meiner Verwunderung sind sie über Art, Zweck und Ziel des Auftrags und Adlers unverfrorene Gewissenlosigkeit weniger erstaunt als ich. Sie leben in dieser Realität bereits lange und haben einiges erlebt. Auch ihnen sage ich nicht, daß ich Deutscher bin, um keinen so großen Abstand zwischen uns entstehen zu lassen. Das könnte wiederum Adler spüren und ihn mißtrauisch machen.

Über eine Parallelstraße schleuse ich unsere Gruppe, ohne daß Adler uns sieht, in meine Wohnung in der Dieselstraße. Dann hole ich Adler ab. Ihm wäre lieber, wenn die »Leute«, so nennt er sie, zu ihm auf die Straße runterkämen, aber ich sage: » Nix gut, zu gefährlich, weil welche kei Papier.« Damit fädele ich den beabsichtigten Schluß der Geschichte bereits ein, aber hiervon erst später.

»Wenn's unbedingt sein muß«, sagt Adler und macht sich auf den Weg in die Dieselstraße 10. Im Treppenhaus riecht's stark nach Pisse. Die Klos liegen alle außerhalb der Wohnung im Treppenhaus. Ein Abflußrohr ist verstopft. Hastig stapft Adler mit mir die Treppe herauf, und im ersten Zwischengeschoß schließ ich die Tür auf und präsentiere ihm meine türkischen Freunde als einsatzbereit.

»Tag«, sagt er kurz, als er 'reinkommt, überfliegt die Gruppe und zählt sie ab: »Zwei, vier, sechs. Alles klar. So, paßt auf. Also – versteht ihr überhaupt alle deutsch.«

»Ja, die meiste könne«, lüge ich. (Damit erreiche ich, daß er sich die Mühe macht, eine kleine Ansprache zu halten, auf daß er um so durchschaubarer wird.)

»Wir sind ein Montageunternehmen in Oberhausen«, stellt er sich vor, »und haben den Auftrag, im Kernkraftwerk Würgassen Reparaturarbeiten durchzuführen. Das dauert zwei Tage, und wir brauchen fünf oder sechs Leute. Wir werden dafür gut bezahlt, und ihr sollt auch gut bezahlt werden. Also – wenn noch Fragen sind, fragt ruhig. Ich beantworte sofort alle Fragen.«

Er wirkt offen und sympathisch, und wer noch nie näher mit ihm zu tun hatte, kann erst mal von ihm eingenommen sein. Um ihn noch mehr kommen zu lassen, habe ich mit den türkischen Freunden vereinbart, daß sie auf türkisch Fragen stellen. Ich (Ali) – so gut wie ohne Türkisch-Kenntnisse – übersetze dann jeweils »frei«, das heißt, ich stelle an Adler die Fragen, die mir in dem Moment wichtig erscheinen. Es ist ihm bisher auch nie aufgefallen, daß ich (Ali) mich mit den türkischen Kollegen nie auf türkisch unterhalte und daß mein Deutsch so gar nicht das gewachsene Fremdsprachendeutsch eines Ausländers ist. Daß ich zum Teil ausgefallenere Begriffe verwende, einfach nur eine Endung weglasse, statt Prellung »Prell . . .« sage oder »Begeg . . .« anstatt Begegnung. Durch komplizierte Redewendungen gelingt es mir manchmal, ihm auch differenziertere Aussagen zu entlocken. Ihm fällt nichts auf, da »seine Ausländer« für ihn nichts weiter als Arbeitstiere sind. Solange sie für ihn geduldig malochen und funktionieren, ist er der letzte, der Ressentiments gegen Ausländer hätte. Im Gegenteil, er ist einer der wenigen, der sie wirklich zu schätzen weiß. Nur wenn sie es wagen, sich aufzulehnen, ihren längst überfälligen Lohn fordern, sind sie für ihn »Gesocks, Pack, Strauch- und Tagediebe«.* »Der

türkische Kolleg' will wisse«, frag ich ihn, »wie wir dahin
komm?«

Adler verkauft uns die Reise wie ein Werbeveranstalter
eine kostenlose Kaffee- und Kuchenbusfahrt zu
Ausflugszielen. »Alles ist frei«, sagt er, »um drei Uhr werdet
ihr mit einem Bus abgeholt vom Duisburger Hauptbahnhof
und mit einem Bus zwei Tage später auch wieder
zurückgebracht. Die Unterkunft ist frei, Verpflegung ist
frei, alles ist frei.« (Wieder fällt mir sein
Lieblingskitschschlager ein mit dem Refrain: › . . . *fern von
zuhaus und vogelfrei, hundert Mann, und ich bin dabei.*‹)

»Hier de Kolleg is skeptisch«, geh' ich Adler an,
»vielleicht ihm sag', warum 500 Mark – so viel Geld für so
wenig Arbeit?«

Da holt Vogel aus: »Ja, paß auf. Das ist folgendes. Ihr
kennt Deutschland. Haben wir so verschiedene Kraftwerke.
Ist auch ein Kernkraftwerk, wo wir jetzt arbeiten. Das liefert
zur Zeit keinen Strom, sondern wird generalüberholt. Und
dabei hat man festgestellt, da sind *irgendwelche* Dinge, die
müssen repariert werden. Das muß also ganz ganz kurzfristig
gemacht werden, weil die nächste Woche wieder Strom
liefern müssen. Und es ist auch so, zum Beispiel, es darf
nicht an die Zeitung heraus, daß das Kernkraftwerk so'n
kleinen Defekt hat, nämlich sonst kommen sofort die
GRÜNEN* undsoweiterundsofort. Und dann legen die
Kernkraftwerk still im Grunde genommen, ne.« Und mit
unverhohlener Abscheu in der Stimme: »Dat sind so
politische Gruppierungen in Deutschland . . . Die
Arbeiten, die müssen jetzt gemacht werden, damit das
Kraftwerk nächste Woche wieder Strom liefern kann. Dafür
bezahlen die auch *gutes Geld,* und ihr sollt eben *auch gutes
Geld* dafür haben.«

»Herr Adler«, bohr ich (Ali) weiter nach, »der eine sag:
von Deutsche immer betroge worde.«

Adler schluckt; um Zeit zu gewinnen, stellt er sich erstmal
dumm: »Wie bitte?«

»Der hat sag, von Deutsche immer betroge worde.«

»Aber sind Sie betrogen worden von mir?« kontert Adler.

Es ist leider nicht der richtige Zeitpunkt, ihm seine Betrügereien vorzurechnen, daß er mir fast noch 2000 Mark schuldet, bei einigen Arbeiten einen um den Lohn prellte, teilweise die Lohnsteuer und Sozialabgaben in die eigene Tasche steckte ›undsoweiterundsofort‹!

»Daß Sie ihne vielleich noch mal selbs sag', was Sie de Türk geb«, überspiel ich die Peinlichkeit der Situation. Ein Stichwort, so echt nach seinem Geschmack. Adler setzt sich in Positur, läßt sich von seinem neuen Chauffeur Feuer reichen und kann sich so richtig als Wohltäter der Erniedrigten und Beleidigten, von ihm und seinesgleichen Ausgebeuteten, darstellen: Der Arbeit»geber« Adler kommt zur Selbstdarstellung, der es sich nimmt, egal wo er's sich auch immer nehmen kann, und vielen seiner Leute die Gesundheit und Existenzgrundlage dazu.

»Seitdem ich selbständig bin, arbeite ich mit türkischen Mitarbeitern zusammen. Und bisher haben mich die türkischen Mitarbeiter noch nie hängen lassen undsoweiterundsofort. Ich bin da immer gut mit zurandegekommen,* im Gegensatz zu deutschen Mitarbeitern, und ich meine auch, ich will das auch weiter fortsetzen, daß ich mit türkischen Mitarbeitern weiterhin zusammenarbeite und ihnen Arbeit gebe.«

Er nennt's »zusammenarbeiten«, indem er kassiert und andere bis zum Umfallen und Verrecken für sich schuften läßt. Auch der Begriff »Mitarbeiter« ist so positiv »sozialpartnerschaftlich« besetzt, er soll wie Balsam klingen in den Ohren der Geschundenen und Ausgepreßten.

»Da sin welch, die soll ausgeweis werde in Turkei«, stoß ich ihn aufs Thema.

»Ja, das braucht nicht unbedingt«, sagt er großzügig. »Wir nehmen deshalb nämlich keine Deutschen dafür, das will ich euch ganz ehrlich sagen, weil die zu viel erzählen. Die gehen dahin und erzählen undsoweiterundsofort. Und das ist bei euch, das kenn ich bei den türkischen Mitarbeitern, die halten den Mund. Versteht ihr das? Darum nehm ich keine

Deutschen. Die Deutschen kann man doch vergessen.«
»Der Ayth«, ich zeige auf einen der türkischen Kollegen,
»wohnt in de Keller . . . «
Adler unterbricht mit einer Handbewegung: »Na ja. Gut.
O.k. Macht nix. Ich weiß von nix.«
»Man kann doch mal helfe vielleich«, hak ich nach.
Und wieder pflegt er sein Image, wie die meisten
Unternehmer der Nachkriegszeit: »Helfen, natürlich. Da
bin ich gerne zu bereit gegenüber den Ärmsten. Ich bin
selber von Haus aus Sozialdemokrat, das heißt SPD-
Mitglied. Also ich bin für Arbeiter da. Wir wollen also zum
Beispiel den Leuten helfen, die soll'n mal ein paar Mark
verdienen jetzt, und wenn sie dann in die Türkei zurück
müssen, habt ihr 500 Mark oder irgend etwas und . . . habt
ihr noch ein paar Mark verdient, ne.«
Ich (Ali) zeige auf den türkischen Kollegen Sinan: »Er
frag, ob nich gefährlich is die Arbeit.«
Wieder so ein Stichwort für Adler, seine Rede würde
jedem Pressesprecher eines AKW alle Ehre machen: »Nein,
das ist nicht gefährlich. Es ist ein großes Kernkraftwerk, und
die Schutzvorrichtungen sind so extrem, wie's in
Deutschland ist. Die deutschen Kernkraftwerke sind ja die
sichersten Kernkraftwerke, die's überhaupt gibt. Da
arbeiten ja Tausende von Leuten auf dem Gelände. Von
Gefährlichkeit ist da überhaupt nix.«
Ich (Ali): »Is noch nie was passiert?«
Adler: »Da ist in Deutschland noch nie was am
Kernkraftwerk passiert.«
Das mag sogar stimmen, was das Kernkraftwerk betrifft,
obwohl ganz in der Nähe des AKW Würgassen ein
Düsenjäger abstürzte. Wäre er auf das Werk gestürzt, hätte
es wahrscheinlich eine Katastrophe unvorstellbaren
Ausmaßes gegeben. Allerdings Menschen sind bei Unfällen
in AKW's häufiger zu Schaden gekommen, und auch
offiziell hat die bundesdeutsche Kernkraftindustrie bisher
fünf Todesfälle zugegeben.
Für Adler ist die Arbeit jedenfalls »nicht gefährlich«.

Auch schwer ist sie nicht, wie er versichert. Und als ich (Ali) wissen will: »Müsse se hoch klettern?« weicht er aus: »Ne, das ist also, ja, das ist also im Kraftwerk, weiß ich nicht, aber sind ja alles die Etagen, nicht wahr.«

Ich (Ali): »Er will noch wisse, was genau mache?«

Adler: »Das sind Reparaturarbeiten, Schlosserarbeiten, leichte Schlosserarbeiten, leichte Reparaturarbeiten. Die müssen allerdings gemacht werden. Darum fünf oder sechs Mann. Wir haben uns das ausgerechnet, das geht also nicht anders. Wir müssen fünf oder sechs Mann dabei haben, um das in zwei Tagen fertigzustellen. Da werden die Leute reingeschickt. Die Schutzvorkehrungen sind da. Also, in erster Linie gilt bei denen, das werdet ihr auch merken, der Mensch!«

Es muß ihm selbst so ungeheuerlich in den Ohren klingen, daß er's noch weiter ausführt und seine Verarsche und Menschenverheizung noch mehr kaschiert:

»Also, daß dem Menschen nichts passiert, der da arbeitet, klar! Die Schutzvorkehrungen sind also so extrem. Ein Kernkraftwerk, auch wenn es stillgelegt ist, strahlt natürlich etwas. Aber man wird euch sagen, wie weit man gehen darf, und da wird man sofort zurückgezogen. Daß also die Gesundheit des Menschen nicht gefährdet ist. Das werdet ihr auch selber merken. Ich meine, sonst, könnt ihr auch sagen, sonst legen wir die Arbeit nieder oder so was. Das werdet ihr selber merken. Nur, es ist so, wir legen also Wert darauf: Wir machen die Arbeit, wir bezahlen für die Arbeit, und dann wird vergessen. Es wird nicht darüber gesprochen, daß zum Beispiel ein Defekt war. Also, darauf legt das Kernkraftwerk großen Wert. Klar, da gilt: Schluß – Aus! Bis zum nächsten Mal. Kommt schon mal öfters vor, daß wir derartige Aufträge haben. Wir müssen ganz diskret sein und ganz den Mund halten und arbeiten. Schluß – Aus. Und dafür gibt's Geld! So, alles klar so. Wir fahren also heute mittag los, spätestens Samstagnachmittag ist der Job erledigt, werdet ihr in Duisburg am Hauptbahnhof wieder abgesetzt, geht nach Hause hin, und der Fall ist geritzt.

Kriegt euer Geld, und wir reden nicht mehr darüber. Is das vernünftig?«

Betretenes Schweigen meiner türkischen Freunde. Irgendwo hört die Lust am Spielen auf.

Wie alle geschickten Betrüger ab einer bestimmten Gehaltsstufe beteuert Adler seine Seriosität zum wiederholten Mal: »Alle meine Leute, die ich beschäftigt habe, kriegen ihr Geld. Das ist also keine Frage, wenn wir das ausmachen. 250 Mark kommen morgen schon rüber, 250 Mark wenn Arbeit zu Ende, sofort Bar-Kasse. Der Ali, mein Fahrer, fährt mit, um euch zu betreuen. Haltet euch an den, der verbürgt sich auch, daß ihr euer Geld kriegt.«

Und nochmals betont er die Perfektion und Fürsorge der deutschen Atomindustrie: »Arbeitskleidung wird von dort gestellt. Arbeitsschuhe werden gestellt. Helme werden gestellt. Alles wird gestellt. Und wie gesagt nochmals: Nicht drüber reden. Vor allen Dingen nicht mit Zeitungsfritzen, sonst . . . !«

Mit großer Geste zieht er einen Fünfzigmarkschein aus der Brieftasche und überreicht ihn mir (Ali) mit den Worten: »So, ich geb dir jetzt die fünfzig Mark mit, damit die Jungs noch was essen können. Die müssen ja wat im Magen haben, ein Häppken, damit sie uns nicht gleich zusammenklappen, wenn sie mit der Arbeit anfangen. Ist das klar?« Und beim Hinausgehen (väterlich, gönnerhaft): »So, dann macht's gut, Jungs. Bis drei Uhr. Kann ich mich drauf verlassen! Alles klar?«

Fünfzig Mark geteilt durch sieben. Macht für jeden eine Henkersmahlzeit im Wert von 7,14 DM.

Mir fällt wieder seine Lieblingsschnulze auf seiner ständig einliegenden Kassette im Autoradio ein. Vom »Befehl und vom Weg, den keiner will . . .«, ist da die Rede und: »Tagein, tagaus, wer weiß wohin. Verbranntes Land* und was ist der Sinn?« Und immer wieder der Refrain: Vielleicht ist es auch nur wegen dieser namentlichen Anspielung sein Lieblingslied, und er hört über das Pathos hinweg und nimmt's rein zynisch:» . . . vogelfrei und ich bin dabei.«

14 Uhr, Treffen Adler mit Sonderbeauftragten Schmidt und dessen Assistent Hansen im Bahnhofsrestaurant Duisburg.

Es werden noch mal alle Einzelheiten im Klartext und unmißverständlich besprochen, damit sich Adler später nicht auf Verständigungsschwierigkeiten oder Inkompetenz herausreden kann.

Herzog/Hansen:»Herr Adler, wir haben heute morgen neue Meßwerte gekriegt. Sie übertreffen noch unsere schlimmsten Befürchtungen. Das wird 'ne schwierige, ganz heikle Aktion. Da ist die Strahlung im Rohr, wo die rein müssen . . .« (schaut absichernd zu den Nebentischen, flüstert):»die Strahlung ist vergleichbar mit der dreißigfachen Jahreshöchstdosis, die Ihre Leute dann auf einen Knall abbekommen. Das kann böse ausgehen.«

Adler: Und was passiert denn zum Beispiel, wenn das nicht gemacht wird?«

Herzog/Hansen:»Dann können wir nicht ans Netz gehen.* Unmöglich! Das zerreißt uns dann die Rohre. Millionen und Milliarden Mark Produktionsausfall.«

Adler:»Ja, da hilft ja nix. Da müssen die rein und das regeln.« Und zur eigenen Beruhigung:»Ich weiß ja offiziell von nichts. Sie fordern Leute von mir ab, ich liefere, und die kommen dann in den Bus rein. Und Sie befördern die nach Würgassen hin. Dann ist für mich der Fall im Grunde genommen gegessen. Schluß – Aus. Strafbar mach ich mich ja nicht. Ich kann Ihnen versichern, daß die Leute nicht allzuviel Fragen stellen, die wissen ja nicht mal, wo Würgassen ist . . .«

Das einzige, was ihn interessiert, ist»money«,»black«, »cash« und»steuerfrei«.

Adler:»Was mich interessiert, wie krieg ich mein Geld? Läuft das bei der Energie AG durch die Bücher?«

Pachl/Schmidt:»Das läuft nicht direkt über die offiziellen Schienen, sonst würden wir auch nicht in dieser diskreten

Weise . . . «

Adler: »So'n Deal zu machen, das führt natürlich auch zu einigen Gedankengängen bei mir. Ich helf Ihnen dabei, das Ding, sagen wir mal, aus der Scheiße zu ziehen. Da könnten Sie mir auch entgegenkommen, die gesamte Summe ›black‹.«

Pachl/Schmidt: »Das ist 'ne Sonderklasse. Das taucht überhaupt nicht auf.«

Adler (gierig): »Hör'n Sie, wie zahlen Sie denn den Rest? Scheck oder bar?«

Pachl/Schmidt (bleibt hart): »Erste Hälfte cash. Zweite Hälfte Verrechnungsscheck.«

Adler: »Und der Scheck wäre von Energie AG?«

Pachl/Schmidt: »Das läuft nicht so direkt. Der Scheck ist von einer neutralen Quelle.«

Adler: »Nicht, daß da nachher das Finanzamt von Wind bekommt!«

Herzog/Hansen: »Hatten Sie denn schon mal Schwierigkeiten mit Behörden?«

Adler: »Nö, wissen Sie, wenn Sie da Ihren Verpflichtungen nachkommen. Ich krieg auch immer meine Unbedenklichkeitsbescheinigungen von der AOK und vom Finanzamt, und das Arbeitsamt weist mir offiziell sogar Leute zu. (Lacht) Die woll'n ja nur Mäuse* sehen. Wenn sie einigermaßen pünktlich zahlen, dann lassen die sie auch in Ruhe.«

Herzog/Hansen: »Wie regeln Sie das, wenn Leute von Ihnen einen Arbeitsunfall hatten? Können Sie damit umgehen? Verstehen Sie, wir wollen nicht, daß die nachher dann zum Arzt gehen und so.«

Adler: »Das wird geregelt. Mein Kunde wird damit nicht belästigt. Das taucht in der Unfallstatistik gar nicht auf. Wir hatten da jetzt so'n Arbeitsunfall bei der Ruhrchemie. Da hatte der Kunde gar nichts mit zu tun. Was kann denn im Extremfall passieren? Daß die sofort umfallen?«

Herzog/Hansen: »Dann wird's schwierig, wenn da einer drin

umkippt. Der ist ja dann ungefähr zehn Meter da drin.«

Adler (unbekümmert):»Kann man den nicht mit einem Seil oder so wieder rausziehen?«

Herzog/Hansen:»Müßten wir versuchen, aber ist verdammt schwierig. Das Rohr hat eine starke Krümmung. Wir müssen sehen, daß wir da nicht so Brecher nehmen, die so'n Riesenkreuz haben.«

Adler (beruhigt ihn):»Ne, haben die alle nicht. Das sind doch arme Schweine, die nicht mal satt zu essen haben. Die haben doch nichts auf den Rippen.«

Herzog/Hansen:»Wir hoffen, daß sie uns nicht gleich umkippen. Rein strahlentechnisch sind unsere Erfahrungswerte so: Falls es zu starken Kontaminationen kommt oder Inkooperationen, dann werden die Leute in vier Wochen frühestens – aber dann müssen sie weg sein! – akute Strahlenschäden haben. Das ist dann Haarausfall, Impotenz, Erbrechen, Durchfall, totale Schlappheit undsoweiter. Was Langzeitschäden angeht: darüber haben wir sowieso keine Kontrolle, und wenn ein Krebs Jahre später ausbricht, dann ist dieser Einsatz längst vergessen.«

Adler:»Ich meine, ich werde da nicht kopfscheu bei. Ich werd' da doch nicht kopfscheu bei. Ich geh da ganz cool ran. Job ist Job, und ich habe Verständnis dafür, daß in Kernkraftwerken einiges läuft, was nicht unbedingt an die Öffentlichkeit darf, klar. Das ist mein Job, und jeder andere macht seinen Job.«

Herzog/Hansen:»Na, unter uns gesagt: Würgassen ist ein Schrotthaufen.«

Adler:»Ja, ich weiß, wegen des Alters schon. – Sind Sie eigentlich der Herr Simon, mit dem ich's vor Jahren mal zu tun hatte?«

Herzog/Hansen (orakelhaft):»Also, glauben Sie nicht, daß ich der bin, den Sie vor sich haben!«

Ich (Ali) trete an ihren Tisch.

Adler:»Ah, da ist er. Das ist der Herr Ali, der die Truppe zusammenhält, betreut und auf alles aufpaßt.«

Zu mir: »Ist das klar? Was die Herren sagen, ist die Anweisung.«

Und. »Sind die Jungs o.k.?«

Ich (Ali): »Die frage immer, die wolle alles wisse, die Kollege sind wie die Kinder manchmal. Immer frag, immer frag. Da sind welche, die meine, sie müsse wie mit de Drache kämpfe . . . so gefährlich wär.«

Adler: »Ach was, Kernkraftwerke sind sicher, die sichersten der Welt. Hab ich ja denen heute morgen auch schon gesagt. Schutzvorrichtungen, alles ist ja da.«

»Alles klar«, sage ich. Adler schickt mich zur »Truppe«, die schon die ganze Zeit auf dem Bahnhofsvorplatz wartet.

Als ich raus bin, sagt Adler zu den AKW-Beauftragten: »Der weiß natürlich nicht, worum es geht. Der ist deren Vertrauensperson. Wenn der sagt, das läuft, dann läuft das. Der paßt auf, daß das kein Hühnerhaufen wird,* daß die auch richtig arbeiten. Die sind ja wie die Kinder. Wenn die fragen, wollen sie auch 'ne ruhige Antwort haben.«

Herzog/Hansen will wissen, ob »Ali« auch »ein zuverlässiger Mann« sei, und gibt Adler Gelegenheit, sich wieder mal als Wohltäter aufzuspielen und das Blaue von Duisburgs Himmel herunterzulügen:

»Die arme Sau, wissen Sie, den hab' ich, na, vor anderthalb Jahren geholt. Wissen Sie, was der gemacht hat, um seinen Lebensunterhalt zu verdienen?«

Pachl/Schmidt: »Ne.«

Adler: »Als menschliches Versuchskaninchen für irgendsolche Ärzte. Haben die dem Spritzen gegeben.«

Herzog/Hansen: »In der Türkei?«

Adler: »Hier! In Deutschland. Daß es so was gibt, also das kann ich überhaupt nicht begreifen. Daß sie's mit Tieren machen, ist schon schlimm genug.«

Herzog/Hansen: »Das hat der gemacht?«

Adler: »Hat er gemacht! Kam der zu uns, torkelte so durch die Gegend, das fiel mir so auf. Da bin ich mal der Sache nachgegangen und hab' den gefragt, was ist denn los? Da sagt der: Ich hab' wieder Spritze gekriegt von Doktor, da krieg ich achthundert Mark pro Woche dafür! Ich sag: Jetzt hört's aber auf! Das ist 'ne Sauerei! Jung, jetzt ist Schluß! Das ist so'n guter Kerl.«

Herzog/Hansen will wissen: »Wie haben Sie denn die Leute jetzt genau eingewiesen?«

Adler erstattet korrekt Vollzugsmeldung: »Daß sie ins Kernkraftwerk gehen, daß sie dringende Arbeiten machen müssen, die so wichtig sind, daß das Kernkraftwerk wieder ans Netz gehen kann, daß das ruhig über die Bühne gehen soll, daß da nicht irgendwie Presse undsoweiterundsofort, daß da kein Aufhebens von gemacht werden soll.* Ich hab' gesagt: die Vorkehrungen sind da, deutsche Kernkraftwerke sind die sichersten Kernkraftwerke, die es überhaupt gibt. Ist klar! Ihr kriegt ja Schutzanzüge, ihr kriegt alles, ihr werdet gesichert sein.«

Pachl/Schmidt: »Bedingung ist: innerhalb der nächsten vierzehn Tage haben die zu verschwinden . . . «

Adler: »Innerhalb der nächsten vierzehn Tage sind die weg.«

Pachl/Schmidt: »Vom Winde verweht!«

Adler: »Das läuft! Vor allen Dingen, ich hab' keine große Verwaltung oder so was, bei mir weiß keiner, wenn was läuft. Ich bin der einzige, der was weiß, und das ist auch richtig so! Wenn ich da erst noch zehn Mann unterrichten müßte – das könnt' ich vergessen. Also, Sie können sich auf mich verlassen. Wir machen alles mit!«

»Wir machen alles mit«, ist der Leitsatz der Adlers und der meisten anderen Partner und Menschenzulieferer der Konzerne in Industrie und Bauwirtschaft.

»Wir machen alles«,† ist die Parole des Kapitalismus, wobei hinzuzufügen wäre: »Alles, was Profit bringt.« Und wenn bisher, von Versuchen im Dritten Reich abgesehen (Restverwertung ermordeter KZ-Häftlinge,* Wert: 11,50 DM an Fetten und Knochen für Leim pro Leichnam), keine Menschen zu Seife geschmolzen werden, geschieht das nicht aus Gründen der Humanität, sondern es ist nur so, daß es sich nicht lohnt, aus Leuten Seife zu machen.

Adler verläßt zusammen mit Schmidt und Hansen die Bahnhofsgaststätte, um die »Truppe« in den zu erwartenden Bus zu verladen.

Das Problem bestand darin, daß wir den Test nicht so weit treiben konnten, einen Bus zu organisieren und in Würgassen vorzufahren. Am nächsten Tag würde Adler dort, wie angekündigt, erscheinen, um die Hälfte seines »Lohns« gleich »cash«/»black« zu kassieren. Eine Zeitlang erwäge ich, ihn schockartig und sinnlich erfahr- und erfaßbar mit dem zu konfrontieren, was er annimmt, angerichtet zu haben. Auch Eichmann* hat die Leichenberge ja nie zu Gesicht bekommen, er hat »nur« die Transport der noch Lebenden in die Massenvernichtungslager zu organisieren gehabt. Ich hatte vor, einige der »strahlengeschädigten« türkischen Freunde abends in einem Zimmerchen des Hotels »Zur Kurve« in Würgassen Adler zu präsentieren.

† »Wir machen alles«, lautete der Werbespruch des Krupp-Konzerns. Nach dem Motto: »Mein Ziel ist, dem Staat viele treue Untertanen zu erziehen und der Fabrik Arbeiter eigener Façon.« Und die Untertanen funktionierten dann so gut, daß sie sich 1914 in einen Krieg hetzen und von britischen Granaten zerfetzen ließen, auf denen die Buchstaben KPZ (Krupp-Patent-Zeitzünder) eingeprägt waren. So konnte sich Krupp an dem Krieg doppelt bereichern. An gefallenen englischen und toten deutschen Soldaten. Für jeden gefallenen deutschen Soldaten kassierte Krupp 60 Mark an Lizenzgebühren vom britischen Waffenkonzern Vickers. Als Deutschland den Krieg verloren hatte, war Krupp 400 Millionen Goldmark reicher, um dann vor 1933 rechtzeitig 4738440 Mark in den neuen Kriegsvorbereiter Hitler zu investieren. Wo es Profite herauszuschlagen galt, da schlug sie Krupp heraus, im kleinen wie im großen, als gefallenen Soldaten und aus gerade noch so eben am Leben erhaltenen zigtausend Zwangsarbeitern, die zum Teil auf Werksgelände in Hundehütten – schlimmer als Sklaven – untergebracht waren. »Slaven sind Sklaven« stand auf Schildern an den Außenmauern der Krupp-Werkstätten.

Vom Maskenbildner präpariert: sich ablösende »Hautfetzen« im Gesicht, büschelweise ausfallende Haare und total apathisch im Bett und auf dem Fußboden liegend.

Es ist auch so deutlich genug. Was fehlt, ist lediglich ein Schluß, der Adler nicht mißtrauisch macht, daß hier etwas inszeniert wurde, und ihn am Ende zur Flucht ins Ausland veranlaßt – unter Verwischung von Spuren und Vernichtung belastender Dokumente.

Das beste ist, es löst sich wie ein Spuk vor seinen Augen wieder auf. Wie der Flaschenteufel, der, entfesselt, sich wieder klein macht, in die Flasche zurückkehrt und – Korken drauf!

Als Adler, Hansen, Schmidt und ich (Ali) auf ihre »Truppe« zugehen, auf daß sie verladen und verheizt werde, schieben sich plötzlich mit gezückten Ausweisen »Polizeibeamte in Zivil« dazwischen. Ausweiskontrolle. Zwei der Türken suchen fluchtartig das Weite, die anderen werden erst einmal »abgeführt«. Es ist alles stark verlangsamt wie in einer ersten improvisierten Theaterprobe. Auf Adler muß es zeitlupenhaft überdeutlich wie in einem Alptraum wirken.

Es gab noch eine beinahe folgenschwere Panne. Einen der beiden Freunde, die ursprünglich die Zivilstreife spielen sollten (vorsorglich mit Handschellen und Spielzeugrevolvern ausgestattet), ein Oberstudiendirektor und ein protestantischer Pfarrer, verwechselt Adler mit dem versteckt operierenden Fotografen Günter Zint, geht auf ihn zu und begrüßt ihn. Pachl/Schmidt reagiert sofort und macht das beste daraus. Er stellt vor: »Das sind unsere Sicherheitskräfte vom AKW, für diesen Sondereinsatz abkommandiert, die sichern vorsichtshalber den Platz ab.« Adler lobt: »Wirklich gut organisiert.« Nur, wie jetzt zum Ende kommen? Ich bespreche mit den türkischen Freunden, ob sie sich echte Polizisten als Greiftruppe leisten können. Einige haben die Papiere nicht dabei, aber das würde alles nur um so realitätsnäher machen, wenn sie erst einmal auf die Wache abgeführt würden.

Einer von uns ruft die Polizei an, unter genauer Ortsbeschreibung, wo Menschenhandel mit illegal eingereisten Türken stattfindet. Bereits fünf Minuten später fahren zwei Zivilstreifen mit sechs Beamten vor, springen aus ihren Fahrzeugen und gehen auf die Gruppe der türkischen Freunde zu. Dann sehen sie den Fotografen Günter Zint, der fünfzehn Meter weiter postiert ist und mit Tele voll auf sie drauf hält. Sie beziehen's folgerichtig auf sich und vermuten – wie ich später von der Duisburger Kripo inoffiziell erfahre –, eine Zeitschrift wolle ihnen eine Falle stellen, um zu belegen, wie leichtfertig und mit welchen Methoden Ausländer auf bloße Denunziation hin verhaftet werden können. – Sie gehen zu ihren Fahrzeugen zurück und machen sich aus dem Staub.

Jetzt sind wir so schlau wie vorher. Die Zeit eilt.

Adler wird unruhig, da der »AKW-Bus« immer noch nicht vorfährt. Gesine, die Freundin von Sinan aus unserer Truppe, hat die rettende Idee. Aus einer Studentenkneipe in Bahnhofsnähe holt sie zwei Gäste, die in der Schnelle natürlich nicht in Einzelheiten eingeweiht werden können. Wir sagen ihnen nur, daß die simulierte Verhaftungsaktion dazu dient, einen großen Fisch aus der Menschenhändlerzunft zu entlarven. Sie sind bereit. Der eine ist, wie sich später herausstellt, Stadtrat der Grünen.

Entsprechend antiautoritär und liebenswürdig »verhaften« sie unsere türkischen Freunde. Das Gegenteil von realistischer Brutalität. Sie nehmen unsere Freunde regelrecht in den Arm, als sie sie »abführen«. Jedoch Adler schluckt's, wie gesagt.

Ayth, der sich wehrt, wird der Arm auf den Rücken gedreht, ich (Ali) lauf hinterher, und Adler, der immer noch nicht wahrhaben will, wie da vor seinen Augen das Geschäft zerrinnt, stellt mich (Ali) – außer Atem zurück – ängstlich zur Rede: »Was geht da vor?«

»Polizei«, sag ich nur, »verhaftet, weil kein Papier.« Das

war das Zauberwort. Mit leicht eingezogenem Kopf und auffallend schnellen Schritten, nach allen Seiten witternd, macht Adler eine deutliche Fluchtbewegung in Richtung seines vor einer Bushaltestelle parkenden Mercedes, wobei er den Laufschritt gerade noch vermeidet, wohl um nicht aufzufallen und weil er's seiner Seriösität schuldig ist.

Seine Geschäftspartner läßt er einfach auf der Straße stehen. Pachl/Schmidt läuft ihm noch nach und verlangt eine Erklärung: »Was ist da los, warum gehen die alle laufen? Wie kann das passieren? Sie haben doch gesagt, das ist zuverlässig.« Adler, ohne seine Flucht zu unterbrechen, kurzatmig im Weiterhasten: »Sicher, alles zuverlässig. Rufen Sie mich gleich im Auto an«, und während er in den Wagen springt, der sich gleich in Bewegung setzt, ruft ihm Pachl/Schmidt noch nach: »Herr Adler, wir brauchen Sie als Partner . . . «

EPILOG

ODER DIE BANALISIERUNG DES VERBRECHENS

Damit alles seine Ordnung hat, ruft Pachl/Schmidt gegen Abend Adler nochmals an. Adler am Telefon (leicht verlegen, versucht runterzuspielen): »Ja, Herr Schmidt, das war ja'n Ding heute mittag.«

Pachl/Schmidt (stark vorwurfsvoll): »Ja, was war denn das bei Ihnen, Herr Adler?«

Adler: »Ja, ich weiß es auch nicht. Die war'n nicht ganz sauber, die Jungs. Ich kann denen ja auch nur vor'n Kopf gucken.«

Pachl/Schmidt: »Ich weiß nicht, wie Sie sich die Lösung vorstellen?«

Adler: »Ja, passen Sie auf, ich hab' das jetzt soweit organisiert, ich liefere Ihnen neue Leute.«

Pachl/Schmidt: »Nein, so geht das überhaupt nicht mehr, Herr Adler. Sie brauchen jetzt für die Sache überhaupt nicht mehr zu organisieren, weil wir das jetzt selbst organisiert haben. Die Sache mußte doch, das hatten wir Ihnen ja gesagt, bis morgen 18 Uhr vorbei sein. Wir hatten Sie für'n Profi gehalten, Herr Adler.«

Adler (in der Defensive): »Da sind also zwei Mann drunter gewesen von den Sechsen . . . «

Pachl/Schmidt (fällt ihm ins Wort): »Zwei Mann, zwei Mann, wissen Sie, was das für'n Prozentsatz ist, zwei Mann von sechs?«

Adler: »Ja.«

Pachl/Schmidt: »Können Sie sich selbst ausrechnen, Herr Adler, das ist ein Drittel, Herr Adler, ein Drittel, 33,3% sind das, versteh'n Sie?«

Adler: »Ja was machen wer jetzt?«

Pachl/Schmidt: »Ja, was machen wir jetzt, Herr Adler. Wir hatten die beiden Leute, die das abgesichert haben. Von uns aus lief alles am Schnürchen, wir haben den Bus gehabt – und Sie fahren weg. Sie sind noch nicht mal in der Lage, ein klärendes Gespräch zu führen. Wie's weiter geht? Wir müssen jetzt alles umorganisieren – ohne Sie. Auf Wiederhören!« (Knallt den Telefonhörer auf die Gabel.)

Eine halbe Stunde später melde ich (Ali) mich bei Adler.

Adler geht bei mir (Ali) gleich in die Offensive: »Was hast du mir denn da für Leute angeschleppt? Das war ja die reinste Unterwelt!«

Ich (Ali): »Ich hab Ihne aber sagt, die zwei aus de Keller ha'm kei Papier. Die Polizei hat se mitgenomm.«

Adler (amüsiert, lacht): »Ja, das hab ich gesehen.«

Ich (Ali): »Die ander wolle Geld. Sind ja nich schuld. Habe ander Arbeit lasse und jetzt nix.«

Adler (verächtlich): »Jetzt werden die auch noch unverschämt. Sag ihnen, die Sache ist gestorben. Gibt nix.«

Ich (Ali): »Aber Sie sage doch, Sie wolle ihne helfe!«

Adler: »Ja, aber dafür müssen sie erst einmal arbeiten.«

Ich (Ali): »Polizei war in de Dieselstraß und wollt alles wisse. Ich nix da. Jetzt soll ich komme und aussage . . . «

Adler (unterbricht mich): »Ja, Sie sagen natürlich nicht meinen Namen! Ich will, ich kann da nichts mit zu tun haben, klar!«

Ich (Ali) (unschuldig): »Was soll ich ihne sage?«

Adler: »Ja, Sie sagen zum Beispiel, da wär ein Herr Müller oder wer gewesen, der hätte Arbeit versprochen, und da hätten Sie die Jungs angesprochen. Da . . . «

Ich (Ali): »Wenn'se wisse wolle, wie der aussah?«

Pause

Adler: »Ja, gar nichts sagen – wissen Sie nicht!«

Ich (Ali): »Nichts wisse?«

Adler: »Und Sie verstehen nichts. Sagen am besten: Sie verstehen kein Deutsch.«

Ich (Ali): »Ja. Könne wer nich noch was tun für die Kolleg?«

Adler: »Für die Jungs nicht, für Sie aber wohl. Machen wir später. Mein Auftraggeber hat vielleicht dumm aus der Wäsche geguckt.* Die waren vielleicht sauer. So'ne Scheiße! – Also, wenn jemand kommt, sagste, ein Herr Müller oder was aus Duisburg . . . wo der wohnt, weißte nicht, wo der sitzt, weißte auch nicht. Und du hättest das organisiert und die sollten ein bißchen arbeiten.«

Ich (Ali): »Soll ich nich sage mit Atom?«

Adler: »O nein nein nein nein nein, um Gottes willen! (und lachend): Wen haben sie denn jetzt gekriegt?«

Ich (Ali): »Zwei aus de Keller. Die müsse jetzt raus in Turkei.«

Adler (satt, fröhlich, gleichzeitig beruhigt): »Werden in die Türkei geschickt, arme Kerle! Scheiße, so was! Aber daß da am Hauptbahnhof so viele Polizisten rumlaufen, das konnte ich ja nicht ahnen!«

Ich (Ali): »Aber Sie extra haben sagt, Hauptbahnhof treffe.«

Adler (vorwurfsvoll): »Hättest du mir vorher was sagen sollen, hätten wir's eben woanders gemacht.«

Der nächste Tag, Freitag, der 9.8.

Adler läßt sich von Alis »Bruder« Abdullah, seinem neuen Chauffeur, um 10 Uhr abholen. Er fährt im weiteren Umkreis die Banken ab, registriert gutgelaunt die Kontoeingänge, holt seinen Beuteanteil bei der Firma Remmert ab und plaudert während der Fahrt mit seinem neuen Fahrer Abdullah über seine momentanen Sorgen.

Adler: »Das sind vielleicht saulange Lieferfristen, mußte ein Jahr vorher bestellen, um das neue Modell auch rechtzeitig geliefert zu bekommen.«

Wachstum um jeden Preis, heißt immer noch die Devise im Kapitalismus, wenn auch nicht mehr wild expandierend und explodierend. ›Wenn's nicht vorwärts geht, dann geht's zurück‹, ist die Urangst aller Feldherrn, Eroberer und Kapitalisten bis in unsere Zeit hinein. Adler ist der konjunkturellen Lage entsprechend bescheiden: »Ich steige vom 280 SE* auf den 300er SE* der neuen Serie um. Im Herbst wird das sein. Dann ist der jetzt schon anderthalb Jahre alt.« (Der jetzige hat mit allem Schnick-Schnack und Drum und Dran an die 100 000 DM gekostet, der neue wird weit drüber liegen.)

Abdullah (stößt Adler aufs Thema): »Die zwei sitzen jetzt im Gefängnis.«
Adler: »Die werden wahrscheinlich abgeschoben. Tut mir richtig leid für die Jungs. Aber auf der anderen Seite will ich Ihnen mal was sagen. Wahrscheinlich ist es sogar besser für die Jungs. Was haben die denn hier in Deutschland? Können sich nicht frei bewegen, oder nicht?«
Abdullah: »Stimmt eigentlich. Also in der Türkei ist schönes Wetter . . . «
Adler: »Ja, was wollen die dann hier? Hier wohnen sie im Keller. Immer Angst vor der Polizei. Haben keine

Arbeit, kein Unterhalt, nix haben sie.«
Abdullah: »Arbeit auch nicht.«
Adler: »Was hält die denn noch hier?«
Abdullah: »Ali ist natürlich jetzt ein bißchen traurig.«
Adler: »Naja. Ist halt in die Hose gegangen.* Wir hätten uns
nicht am Bahnhof treffen sollen. Wir hätten uns woanders
treffen sollen. – Verdammte Scheiße! Am Hauptbahnhof
laufen ja immer die Polizisten rum.«
Abdullah: »Das ist der einzige Punkt.«
Adler: »Ja ja.«
Abdullah: »Meinen Sie, daß Sie von da noch mal dann
Auftrag kriegen?«
Adler: »Von denen immer. Bin ich schon lange drin in
Würgassen, geht jahrein, jahraus so weiter . . .«
Abdullah: »Die bezahlen sicher auch unheimlich gut?«
Adler: »Ja, von denen kriegen wir immer Aufträge. Haben
wir gar keine Probleme mit. Jetzt im Moment ist der
stinksauer. Das Schlimme dabei ist ja bei meinem
Kunden, das ist ja ein ganz seriöser Laden. Nur
manchmal ist bei denen ein Einsatz nicht so ganz astrein.
Die hatten auch Angst, weil zum Beispiel, wenn das
rausgekommen   wär   durch   die   Zeitung
undsoweiterundsofort,   daß   das   Kraftwerk   defekt
war . . .«
Abdullah: »Die hatten noch mehr Angst.«
Adler: »Die hatten noch mehr Angst.«
Beide lachen.
Adler: »Die gingen sofort flitzen da, haha. Die hatten noch
mehr Schiß in der Hose. Normalerweise kommt man in
das Atomkraftwerk nur rein, wenn man einen gültigen
Strahlenpaß hat. Das schreibt der deutsche Staat so vor.
Die Direktion vom Atomkraftwerk sagt: Scheiß was
drauf. Die Leute kommen so rein, ohne Strahlenpaß. Ist
schon mal ein Vergehen! Da muß man aufpassen. Die
verletzen Gesetze in Deutschland und drum hatten die
auch Angst vor der Polizei.« (Lacht)
Abdullah: »Aber dafür zahlen die natürlich gutes Geld,

nicht?«

Adler: »Dafür zahlen die gutes Geld. Daß sie verletzen
Gesetze, wir gehen halb ran an die Gesetze, verstehst du?
Dafür wird dann gezahlt. Das ist eine Sache dann. Wenn
der deutsche Staat das wüßte, was die da machen, auch
jetzt, was sie jetzt machen, dann sind die dran!*
Verdammte   Scheiße.   Jeder   Tag   voll   neuer
Überraschungen, glauben Sie das?« (Lacht)

Abdullah: »Als die die Kollegen abgeschleppt haben, hab
ich vielleicht Angst bekommen.«

Adler: »Da hatte doch einer von den Polizisten zwei Mann
gleichzeitig im Arm, so, nicht, (Deutet es an.) Vielleicht
wär ich da auch noch mitgenommen worden. Die hätten
erst mal dumme Fragen gestellt, und das kann ich mir
nicht   erlauben   in   meiner   Position.   Mit   Polizei
undsoweiter will ich nichts zu tun haben.«

Abdullah: »Bei uns in Türkei zum Beispiel gibt es nicht
solche Gesetze.«

Adler: »Ich weiß. Da ist das viel freier. Aber hier ist es doch
so, für jeden Scheiß machen die hier ja ein Gesetz. Ohne
daß man sich versieht, hat man schon wieder ein Gesetz
verletzt. Mann, hier in Deutschland, das kann man echt
vergessen. Und da sind die scharf hinter her, das wird hier
so scharf geahndet. Wenn das rausgekommen wär, der
Generaldirektor von dem Kraftwerk, der wär mindestens
für ein Jahr ins Gefängnis gegangen. Ist schlimm. Darum
muß man da auch sehen, daß man da nicht reinkommt.
Daß man da sauber bleibt . . .
Mir könnte sowieso nichts passieren. Wären Gesetze
verletzt, wären die vom Kraftwerk das gewesen. Die
hätten die Gesetze verletzt.
Die haben zu mir gesagt: Wir brauchen sechs Mann für
dringende Reparaturarbeiten. Hab ich gesagt: O.k.,
könnt ihr haben. Was ihr mit den sechs Mann macht, das
weiß ich ja nicht. Wenn ihr die so reinlaßt, ohne Paß oder
irgend etwas, ist ja deren Sache, oder nicht?«

Abdullah: »Versteh ich nichts von.«

Adler: »Laß man. Sind wir wieder um eine Erfahrung reicher. Nächstes Mal treffen wir uns auf jeden Fall nicht mehr aufm Hauptbahnhof. Ja, das ist doch wohl klar – Scheiße!«

Dieser Fall wurde als Klein-GAU* durchgespielt. Vielleicht laufen in der Wirklichkeit bereits ähnliche oder schlimmere Aufträge in entsprechend größeren Dimensionen ab. Wenn die vorliegende Inszenierung dazu beiträgt, die Wachsamkeit und Kontrolle der Öffentlichkeit und einzelner Medien diesen Geheimwelten gegenüber zu verstärken und zu sensibilisieren, hat es den Aufwand gelohnt. Es ging hier nicht um Adler. Er ist in seiner kriminellen Energie und Phantasie eher mittlerer Durchschnitt. Nichts wäre falscher, als ihn zu dämonisieren. Er ist einer von zigtausenden Erfüllungsgehilfen und Nutznießern des Systems der grenzenlosen Ausbeutung und Menschenverachtung.

NOTES TO THE TEXT

57   **Asylrecht:** 'right to (political) asylum'. In the constitution of the Bundesrepublik the right to political asylum is a basic principle. Until the mid-seventies persons seeking asylum came mostly from the Eastern bloc, but, from 1975, there was a growing number of Asian refugees and this applied to Africa from 1977. Between 1973 and 1977 the influx trebled. The high point was reached in 1980. Since August 1982 a new law has been in force which accelerates the application procedure and limits the possibilities of appeal against refusal.

57   **Gettoisierung:** The concentration of immigrants into certain urban areas is described in the introduction (page 44).

58   **Kölsch:** ein leicht gebrochenes Kölsch: 'a slightly broken Cologne dialect'.

60   **die Wende:** lit. 'change', 'turn'. In October 1982 the FDP left the coalition which had kept the SPD in power. There was a general election on 6 March 1983 in which the CDU/CSU/FDP alliance was victorious, although the SPD gained more votes than any other single party.

60   **die CDU-Prominenz:** 'the leaders of the Christlich-Demokratische Union'. The CDU is the largest right-wing party with a strong Roman Catholic element. Founded in 1945, it was the ruling party for some twenty years after the establishment of the

Bundesrepublik in 1949. In alliance with the CSU and FDP it has returned to power with coalition victories in 1983 and, more narrowly, in 1987.

60   **Konrad-Adenauer-Haus:** CDU centre in Bonn called after Konrad Adenauer, first leader of the party and first Chancellor of the Bundesrepublik. He died in 1967.

60   **Kurt Biedenkopf:** Lawyer and CDU politician; at the time of *Ganz unten* had been general secretary of the party since 1977 and was chairman of the CDU *Landespräsidium* for Nordrhein-Westfalen.

60   **Türkes:** Colonel Alpaslan Türkes, leader of the neo-fascist Nationalist Action Party (now illegal) in Turkey. Blamed by the Republican People's Party in 1979 for a wave of political killings which preceded a military coup in 1980. For involvement in these killings and for charges connected with terrorism he was sentenced in 1987 to eleven years' imprisonment. In fact he had only one more day to serve in prison because of pre-trial imprisonment and remission.

60   **Norbert Blüm:** CDU politician; at the time of *Ganz unten* had been a member of the Bundestag since 1972 and Minister of Labour and Social Affairs since October 1982.

61   **Kohl:** Helmut Kohl: at the time of *Ganz unten* had been chairman of the CDU since 1973 and Chancellor of the Bundesrepublik since 1982; was leader of the opposition in the Bundestag from 1976 to 1982.

61   **ich (Ali):** Ali Levent Sinirlioglu was the name taken by Wallraff in his role as a Turkish Gastarbeiter. This repetitive double reference 'ich (Ali)' has real significance for Wallraff. 'Ali' was much more than a mere alias. In an interview with *Die Süddeutsche Zeitung* he said: 'Als Hans Esser bei BILD konnte ich nicht „ich" sagen. Das ist jetzt anders. Ich konnte mich in dieser neuen Rolle wieder mit mir identisch fühlen, und deshalb kann ich heute durchaus wieder

„ich" sagen. In diesem neuen Buch sage ich wieder „ich", indem ich mich angenähert habe an diesen türkischen Gastarbeiter namens Ali, den ich gespielt habe, darum habe ich im Buch auch dieses etwas schwer lesbare „ich (Ali)" immer geschrieben, wobei man das „Ich" als Vornamen und das „Ali" als Nachnamen lesen muß. Ich war immer beides. Wenn man „ich" sagt, muß das immer in Verbindung stehen zu anderen Schicksalen, Existenzen, Identitäten . . .' In the same month the following exchange occurred with an interviewer from *Sonntagsblick* who said: 'Sie waren Ali, sind noch Ali.' Wallraff: 'Nie ganz total, das nicht. In den extremsten Arbeitssituationen war ich's wohl. Dennoch hatte ich das Bewußtsein: Da komm' ich wieder raus.' 'Träumtest du als Ali?' Wallraff: 'Ja, sogar in seinem gebrochenen Deutsch.'

62 **Grohnde:** Atomic power station in Niedersachsen which has been the scene of anti-nuclear protests. Its capacity is 1361 MW.

63 **Faschingstag:** 'Fasching' is 'Shrovetide'. It is celebrated all over Germany, but particularly in southern Catholic areas and Austria. It culminates in 'drei tolle Tage', which are really four days, when there is endless merry-making with masked balls and numerous parties. It ends with Rosenmontag and Faschingsdienstag (Shrove Tuesday). 'Fasching' is the term used particularly in Bavaria and Austria.

64 **Nee . . . Rent' zahlt':** An example of the 'leicht gebrochenes Kölsch' (see note to page 58). It is not difficult to translate into Hochdeutsch. This passage would read: '»Nein«, antwortete ich (Ali), »gebt ihr mir einen aus. Ich bin arbeitslos. Ich habe für euch auch mitgearbeitet und habe auch für euch Rentenbeiträge [pension contributions] gezahlt.«'

'Gebt ihr mir einen aus' – '*You* buy *me* a drink.' The subject pronoun is introduced into the

imperative for emphasis. A note on every example of
Ali's dialect is not necessary, but particular
difficulties will be explained.

64   **Strauß:** Franz-Josef Strauß has been since 1961 the
leader of the CSU (Christlich-Soziale Union), the
Bavarian sister party of the CDU. In 1978 he became
Ministerpräsident of Bavaria. He has occupied
various national ministerial posts and is one of
Wallraff's old adversaries. His name recurs in the
chapter 'Rohstoff Geist'.

64   **die vielbeschworene Ausländerintegration:** see introduction page 44.

64   **Türk Masasi:** 'Turkish table'.

64   **Serefe! Prost!:** 'Serefe' lit. a version of the Turkish for
'to your honour', equated here with 'Prost'.

65   **Kölner Gürzenich:** A Gothic building in the centre of
Cologne, used in the Middle Ages as a ballroom.
Today major receptions and similar events are held
there, including Karneval sessions.

65   **Karneval:** 'Fasching' is called 'Karneval' in the
Rhineland.

65   **Richard von Weizsäcker:** Member of CDU, 1981–84
Governing Mayor of West Berlin, President of the
Bundesrepublik since July 1984.

65   **Neonazis:** Extreme right-wing groups in the
Bundesrepublik in recent years have resembled
National Socialists in the sort of behaviour described
here. There is, of course, no evidence that these
young fans are members of a particular political
group, although the NPD (see note 30 to the
introduction) is antagonistic to the integration of
foreigners.

66   **Sieg Heil! . . . Rotfront verrecke!:** Slogans shouted at
National Socialist gatherings in the time of Hitler.

67   **Ja mei . . . hingehört?:** Bavarian dialect for: Mein
Gott, wo sind wir denn? Haben wir nicht einmal hier
Ruhe vor diesen Mulitreibern. Wißt ihr nicht, wo ihr

hingehört? 'Mulitreiber' – mule-driver: 'Muli' – Austrian dialect for 'Maultier'.

67 **Ja geh . . . is fei guad:** Bavarian dialect for: Ja, geh', habt ihr das gehört? Ein Freund vom Strauß will er sein. Das ist sehr gut.

'geh' – Austrian/Bavarian (Passau is on the Austrian border) for 'get away!', expressing doubt and surprise.

67 **Wir Peiner:** 'Peiner' – 'men from Peine'. Peine is a town in Niedersachsen to the west of Braunschweig where there is a well-known steelworks. These 'Peiner' may well be from the steelworks.

70 **vor Gericht gebracht hatte:** There are references in the introduction to Wallraff's court appearances. In 1977, after a joint action by Wallraff and Ingeborg Drewitz in the Stuttgart Oberlandesgericht the court found for Strauß who was allowed to call Wallraff 'ein Untergrundkommunist'.

70 **Wischnewski:** Hans-Jürgen Wischnewski: SPD politician; at the time of *Ganz unten* had been a member of the Bundestag since 1957, SPD treasurer since 1984; vice-chairman of SPD 1979–82.

71 **McDonald:** The well-known fast food chain, originating in the USA, with branches and associates in many European countries.

78 **eine Art BILD-Zeitung:** See references to *BILD-Zeitung* in the introduction.

79 **Thiamin-Vorräte:** Thiamine is vitamin B_1.

79 **organisiert:** A member of an organization, i.e. a trade union.

80 **Subfirma GBI:** The subcontracting firm Gesellschaft für Bauausführungen und Industriemontage.

80 **meldet ihre Arbeitnehmer ordnungsgemäß an:** 'registers its employees according to the regulations'. The law requires that employees should be registered with the *Arbeitsamt*. This ensures that all obligatory social and health insurance contributions are made

and that the worker is covered by the industrial labour laws (*Arbeitsrecht*).

81   **Kölner Hohenstaufenring:** Part of the great old inner ring road which is a feature of Cologne.

81   **krankenversichert:** 'covered by health insurance'. In the Bundesrepublik every employee is required by law to have health insurance. Contributions come jointly from employer and employee, except for salaried employees above a specific maximum which is decided each year. Accident insurance contributions by the employer are obligatory.

81   **Krankenkasse:** 'health insurance office'. Various types of health insurance office exist in the Bundesrepublik: local health insurance offices (*Ortskrankenkassen*), company health insurance offices (*Betriebskranken-kassen*), health insurance offices for a particular trade (*Innungs-krankenkassen*). Application for benefit is made to the office appropriate to the employer in question who must give his employees the relevant information.

82   **Langenfeld:** A town of 37,000 population, 23 kilometres from Cologne.

82   **die Kohlen:** slang, 'cash', 'dough'.

83   **AG:** Aktiengesellschaft – 'joint stock company'.

83   **Union:** coalition of CDU and CSU.

84   **Christian Schwarz-Schilling:** CDU politician; at the time of *Ganz unten* had been a member of the cabinet since 1982 as Postmaster General.

84   **GmbH:** Gesellschaft mit beschränkter Haftung – 'limited liability company'.

85   **eine ruhige Kugel schiebt:** 'has a cushy number'.

86   **einen Zahn zulegen:** 'to get a move on', 'to get one's finger out'.

87   **Anatolien:** 'Anatolia': Asiatic Turkey. Originally a term applied to Asia Minor from the Greek for 'land of the rising sun' or 'Orient'.

87 **da hast du ein verdammtes Schwein gehabt:** 'you were bloody lucky there'.

88 **Bastuba:** a Düsseldorf building firm.

88 **er bindet uns einen Bären auf:** 'he has us on', 'he takes us for a ride', 'he tells us a tall story'.

88 **die meisten nehmen's ihm sogar ab:** 'most of us even buy it'.

89 **Krankenschein:** certificate entitling a patient to treatment.

89 **der kriegt . . . angehängt:** 'he'll get an action for damages for defamation pinned on him': 'üble Nachrede' is strictly 'defamation (of character)'. The German for 'slander' is 'Verleumdung', but 'slander' might fit better here.

90 **Alfred Keitel:** See introduction, page 30.

90 **Umsatz- und Lohnsteuern:** taxes on sales and income.

90 **Sozialversicherungsbeiträge:** 'social insurance contributions'. See note on 'krankenversichert', page 81.

91 **AOK:** Allgemeine Ortskrankenkasse.

91 **kannste:** 'kannst du': widespread conversational usage. This form for 'du' recurs in the book.

94 **muß schnell gehe:** es muß schnell gehen. The omission of final letters, both vowels and consonants, particularly 'e' and 'n', is typical of Ali's broken German.

98 **FELICITAS:** Die katholische Nachrichten-Agentur for the Bundesrepublik gave the following reply to an enquiry about FELICITAS: 'Es tut uns leid, Ihnen mitteilen zu müssen, daß eine Organisation mit Namen FELICITAS weder in unserem Hause noch beim Zentralkomitee der deutschen Katholiken bekannt ist.'

100 **ham die Hirte verloren:** (sie) haben die Hirte verloren.

100 **immer so aussetz:** es setzt immer so aus – 'it's always missing a beat'.

103 **El Grecos Darstellung des Großen Inquisitors:** the

portrait of Cardinal Niño de Guevara, painted about 1600, now in the New York Metropolitan Museum of Art.

104   **Ich bin Kurd:** Kurd – an inhabitant of Kurdistan, most of which is in Asiatic Turkey with other parts in the USSR, Iraq and Iran. The Kurds are a very independent people with strong religious (Moslem) beliefs and their own language, a dialect of Iranian. They have suffered some persecution under Turkish governments. It has been a punishable offence for them to write, or even speak, their own language.

107   **»Kresten«–gemeinde:** Cologne dialect for 'Christengemeinde'.

110   **Christof von Schmid:** (1768 – 1854) a Roman Catholic priest and schoolmaster who wrote mostly for children. Became a canon of Augsburg cathedral. This is a quotation from one of his hymns.

113   **Bhagwan:** the guru, Bhagwan Shree Rajneesh, founder and leader of the Rajneesh religious cult, which gained many adherents internationally in the seventies and early eighties. Born in Kuchwada, India, in 1931. He believes in reincarnation and claims to recall his own previous lives. In 1970 he introduced Dynamic Meditation. He took the title 'Bhagwan' ('God self-realized' or 'the Blessed One') in 1971, by which time he had a small western following. In 1981 he moved from Poona to Oregon where he established a community called Rajneeshpuram, surrounded by the Big Muddy Ranch. Centres developed in European countries, including Britain and West Germany, where the main community was at Schwebda. The Cologne centre was one of others in the Bundesrepublik. Affluence has been a feature of the movement. After problems in the USA he has now returned to a small village in North India.

114   **Lütticher Straße:** in central Cologne.

114   **Rajneesh:** the name of Bhagwan's cult.

114   **Sanyasin:** (usually spelt 'sannyasin') one who has passed through the 'sannya' or initiation ritual.

115   **Da hab ich wieder voll ins Fettnäpfchen getreten:** 'Then I really put my foot right in it again.'

116   **der ehemaligen Herrenrasse:** 'of the former master race': a basic, though fallacious, theory of the National Socialists postulated the existence of a pure, Nordic 'Aryan' race, to which the German people belonged and which was intrinsically superior to other groups. The hypothesis derived from a pseudo-scientific nineteenth-century work by Gobineau. Its principal Nazi exponent was Alfred Rosenberg in his *Mythos des 20. Jahrhunderts*. The theory provided the pretext for the elimination of supposedly inferior 'racial' groups. Rosenberg was condemned to death at Nürnberg in 1946.

116   **Venloerstraße, Friesenplatz:** die Venloerstraße – a very long road in Cologne starting at the Friesenplatz on the Hohenzollernring in the centre of the city and leading out to the suburbs.

119   **nix zu wohne:** 'nichts zu wohnen', i.e. 'keine Wohnung'.

120   **ihm ist danach!:** 'he looks like it!'; 'that's the state he's in!'

120   **sie nehmen's von den Lebenden:** 'sie verlangen einen überhöhten Preis'.

120   **Jurid-Werke:** Asbestos processing works in Hamburg.

120   **Gebirg Kaşgar:** The most mountainous area of Turkey lies in the east near the borders with the USSR and Iran.

123   **Weißte, ganz dunkel . . . verstehst?:** 'Weißt du, ich habe immer in ganz dunklen, nassen Wohnungen gelebt, jetzt will ich wenigstens in einem schönen Sarg liegen (*or*: in einen schönen Sarg kommen), verstehst du?' Moments of humour recur in Wallraff.

Commentators have used the word 'Eulenspiegeleien' of some of his ventures. Sometimes, as here, there is a mischievous touch.

127 **August-Thyssen-Hütte:** Thyssen is the great iron and steel giant. The company, Vereinigte Stahlwerke, was founded by August Thyssen who died in 1926. In 1981 the company employed more than 152,000 people. 'Hütte' – 'Hüttenwerk' – iron and steel works.

127 **Adler:** The name used by Wallraff for Hans Vogel, the subcontractor whose illegal hiring out of labour is the most important issue in *Ganz unten*. His firm was based in Oberhausen.

127 **Remmert:** Alfred Remmert, the subcontractor of labour and associate of Hans Vogel, implicated with him in the illegal hiring of a work force. Also based in Oberhausen.

128 **Mannesmann:** Company producing steel and machinery; 103,491 employees in 1981.

128 **MAN:** Maschinenfabrik Augsburg Nürnberg.

131 **V-mann:** Verbindungsmann – intermediary, contact.

132 **Wir legen von selbst einen Mordstempo vor:** 'we work at a hell of a speed of our own accord'.

135 **Arschsprache:** 'bloody lingo'. The vulgarisms 'Arsch-' and 'Scheiß-' are often used in speech as offensive prefixes, e.g. 'Scheißtürke' – 'bloody Turk'; 'arschklar' – 'bloody obvious'; 'Arschpauker' – 'bloody teacher'.

135 **Lünen:** A town of 72,000 population, 13 kilometres north of Dortmund with coal-mines and steelworks.

137 **Scheißding:** 'bloody thing': see note to 'Arschsprache' page 135.

138 **Viel Kleinvieh gibt auch Mist:** 'every little helps': (lit.) many small cattle also give manure.

140 **Euch kann doch keiner für voll nehmen:** 'no-one can take you seriously'.

140 **180 Mark Miete:** Reckoned on a monthly basis.

141 **Thyssen informiert:** This statement contains jargon typical of the company report.

141 **Wachstums- und Ergebnisträger:** 'growth and positive result factors'.

141 **Nachzügler konnten aufholen:** 'slow movers have managed to make ground'.

141 **Außenumsatz:** 'foreign turnover'.

141 **schwarze Zeilen schreiben:** 'to be in the black' (i.e. in profit).

141 **in der kürzlichen Hauptversammlung:** 'at the recent general meeting'.

141 **Investitionsgüter und Verarbeitung:** 'capital goods and processing'.

141 **Auftragseingang:** 'orders received'.

141 **Programmbereinigungen:** 'programme adjustments'.

141 **Ertragslage:** 'profit situation'.

141 **Belastungen . . . berücksichtigt:** 'Charges resulting from making good losses on previous orders were taken into account in the balance sheet at the end of the financial year'.

141 **die positive Ergebnisentwicklung hält an:** 'positive results continue to develop'.

142 **nicht-konsolidierte Beteiligung:** 'unconsolidated shares'.

144 **an die zwanzig Stück:** 'about twenty of them'.

145 **Oxy I:** 'Oxygen I'.

146 **juristisch erfüllt es den Tatbestand der Nötigung:** 'in law it constitutes coercion'.

147 **Sinteranlage:** sintering plant: sintering is a process for manufacturing metal products by applying high pressure to metallic powders. The powders are pressed into an aggregate called a 'compact' which is heated to a temperature which ensures bonding of the particles which have been brought into intimate contact by the pressure.

148 **Interconti:**Inter-Continental – a chain of luxury hotels. The Inter-Continental is the largest hotel in

Cologne.

150   **Türkensau:** 'dirty Turkish swine'.

150   **wer Kumpels in die Pfanne haut:** 'whoever does the dirty on his mates'.

151   **war kaputt sicher – Fahrrad:** 'the bike would certainly have had it'.

152   **Rockefeller, Morgenthau: John Davison Rockefeller** (1839 – 1937) founded the great Standard Oil Company in the USA. He was a great public benefactor, donating, in his lifetime, more than 500,000,000 dollars to charities and educational institutions. He was succeeded by his son, also John Davison Rockefeller, who continued his father's munificence. **Henry Morgenthau** (1891 – 1967), US Secretary of the Treasury. In 1944 he advanced the Morgenthau plan, advocating the 'pastoralization' of Germany (i.e. total removal of industry) at the end of the Second World War. Initially accepted by Churchill and Roosevelt, the scheme was immediately disowned by the British Cabinet, which realized that a purely 'pastoral' Germany would need heavy foreign subsidies to keep going and that this would be an obstacle to European economic recovery.

153   **da gäb's von der Sorte Menschen keinen mehr, da glaub' man dran – keinen mehr:** Alfred is still convinced by the anti-Semitic arguments of the National Socialists which led to the extermination of millions of Jews and others in the territories of the Third Reich.

153   **KZ:** Konzentrationslager. It is true that the term 'concentration camp' originated in the Boer War of 1899 – 1902, fought in South Africa between the British and the Transvaal Republic/Orange Free State. The latter areas were controlled by Dutch settlers whose aim was to unite South Africa under a Dutch republican flag. The British General Kitchener

wished to 'concentrate' compulsorily evacuated Boer women and children in protected 'laagers' alongside railway lines. Such 'laagers' began as 'relief camps', but they were ill-prepared and undermanned. Poor diet contributed to the spread of disease and there was much privation which left a scar on the Afrikaaners. The term concentration camp was adopted for the Vernichtungslager in Nazi Germany which were exceptionally abhorrent in the cruelty and inhumanity of their régime.

153 **Churchill:** In the Boer War Winston Churchill was a correspondent with the *Morning Post*. He was captured and escaped. Nominally a member of the South African Light Horse, he held the rank of lieutenant.

153 **Die Juden haben's schon hinter sich!:** 'The Jews have already been through it (got it behind them)!' There is a real note of threat here if the words are spoken to a genuine Turkish worker.

154 **Der hat so'n Bart:** 'that's got whiskers on it', i.e. that's an old joke.

154 **Dr. Mengele:** Josef Mengele, a captain and doctor in the SS, responsible in 1943 at the Auschwitz concentration camp for medical experiments on living inmates and for selecting individuals for execution.

155 **dann geht dir schon die Galle hoch:** 'then your blood already begins to boil'.

155 **wenn du nicht langsam spurst:** 'if you don't begin to toe the line'.

155 **den hab' ich auf'm Kieker:** 'I'm keeping an eye on him': also means 'I have got it in for him'.

157 **Mülheim:** A town of 192,000 population in the Ruhr area, 13 kilometres from Duisburg.

165 **TÜV:** Technischer Überwachungs-Verein, the organization responsible in the Bundesrepublik for MoT testing. Private cars must pass the test every two

years. The owners of roadworthy vehicles are given a small plastic disc which is stuck to the rear number plate, indicating when the next test is due.

165 **Irreführung und Störung einer Amtshandlung:** 'giving misleading information and interfering with official business'.

167 **Amokläufer:** 'madman', (lit.) someone who runs amok. The word 'amok/amuck' is Malayan and applies to a state of frenzy, where the victim runs wild, murderously assaulting all who come in his way.

169 **Punkt in Flensburg:** The Federal Office for Motor Vehicles is in Flensburg. All traffic offences are centrally registered there and given penalty points according to the gravity of the offence. The driving licence is withdrawn when a certain number of penalty points is reached.

170 **my und muh:** 'my' is a pseudo-technical term used by Adler to make out that Ali's painting is unsatisfactory; 'muh' is Ali's version of 'my'.

170 **Da mußt du dich aber verdammt 'ranhalten:** 'but you'll have to get a bloody move on'.

171 **Da würd' ich doch hinschmeißen:** 'but I'd chuck it in'.

171 **von wegen ein Jahr Dauerarbeit:** 'no chance of a year's steady work'.

173 **Kuli:** coolie, slave, Indian or Chinese labourer: 'wie ein Kuli arbeiten' – 'to work like a black'.

175 **AOK:** See note to page 91.

175 **Um sich vor längst fälligen Zahlungen zu drücken:** 'to dodge payments that have long been due'.

177 **Karl Arsch:** 'sucker', 'Billy Muggins', 'at everybody's beck and call'.

177 **Lotto:** the national lottery.

178 **Fehlkonstruktion:** 'faulty model'.

178 **Vielleicht 'n Bekloppter . . . durchgedreht:** 'Perhaps he's crazy, a madman. Flipped his lid somewhere along the line'.

181 **Amassia:** Also spelt 'Amasia' or 'Amasya': ancient

town and vilayet (province) of Asiatic Turkey, in Yeshil-Irmak valley.

183 **Wenn Adler in 'n Knast gehn würde:** 'If Adler were to do time'.

184 **Not-Brause:** 'emergency shower'.

184 **bei Blasbetrieb:** 'when the blowers are working'.

186 **mit ziemlichem Karacho:** 'at a pretty high speed'.

186 **klotzt ran:** 'slog at it', 'get stuck into it'.

187 **Khomeni:** Ayatollah Khomeni: leader of the Islamic revolution in Iran. The point of the error is obvious.

187 **alle rotzen, husten und röcheln um die Wette:** 'we're all clearing our noses, coughing and gasping for breath as hard as we can'.

189 **ham wer:** 'haben wir'.

192 **unterschiedliche Angaben:** 'varying statements'.

195 **Bahnhofsberber-Milieu:** World of the down-and-outs. Presumably derived from a combination of 'Bahnhof' with 'Berber' in its original meaning since some of the homeless, hanging about in the vicinity of railway stations, were North Africans.

196 **Arzneimittel-Zulassungs- und Überwachungsstellen:** 'licensing and monitoring centres for drugs'.

197 **EKG:** ECG – electrocardiogram.

197 **hart im Nehmen:** 'hard to handle', tough.

198 **Vergleichende Bioverfügbarkeit . . . Phenytoin:** 'Comparative bio-availability with four different combined preparations containing phenobarbitone and phenytoin'. Bio-availability refers to the ease with which the drug can reach its target tissue. Phenobarbitone – a sedative and hypnotic drug. Phenytoin – (diphenylhydantoin) discovered in 1938, proved to be effective in controlling epileptic fits. A combined preparation of the two drugs is available under the proprietary name of Garoin.

199 **Wucherung des Zahnfleisches:** 'hyperplasia (excessive growth) of the gums'. Wallraff's description of possible side effects is substantially correct.

200   **Pharmastrich:** Taken from the colloquial reference to prostitution 'auf den Strich gehen' – 'to be/go on the game'. Here, something like 'the pharmaceutics game'.

201   **Dauerkanüle:** 'permanent cannula'; **Kanüle** – cannula. A cannula is a tube or stout hollow needle used for insertion into a blood vessel or body cavity.

203   **Kali-Chemie:** A large chemical company based in Hanover. 'Kali' means either 'potash' or 'potassium salts' in general.

203   **voll stationär:** 'a full in-patient'.

204   **Aldosteron-Antagonist:** Aldosterone antagonists are diuretics, counteracting the effect of aldosterone, a hormone which controls the reabsorption of sodium, and therefore water, from the kidney tubules.

204   **Mesperinon, Mineralkortikoid, Spironolacton:** Mesperinon and Spironolacton are both aldosterone antagonists. Mineralkortikoid – a mineral adrenal hormone. The corticoids are steroids. Spironolacton can produce gynaecomastia, abnormal enlargement of the male breast (see page 203).

205   **bei der Stange halten:** 'to make (someone) keep it up', 'to stop (someone) giving up'.

205   **Dr. Mabuse:** A fictional character created by Norbert Jacques (1880 – 1954). Dr Mabuse is a master criminal who runs a secret laboratory with plans for world domination. The famous director, Fritz Lang, made films in which he was the main character, and he has figured in a television series.

205   **nach Gutdünken:** 'at their own discretion'.

206   **Zahnfleischwucherungen:** See note to page 198.

208   **einem einen Denkzettel verpassen:** 'to give someone something to think about'.

209   **isse weg:** ist er weg.

210   **ein abgehobenes sanftes Schweben:** 'a gentle floating through the air'.

211   **eben nach dem Rechten zu sehen:** 'just to see that all's

in order'.

212 **verbranntes Land:** 'scorched earth': the tactic used by a retreating army in war to lay waste the country as it moves back so that the advancing enemy will be unable to live on the land.

212 **getreu seiner Lieblingsschnulze:** 'true to his favourite sentimental song': 'eine Schnulze' is a song, book, or film of sickly sentimentality.

212 **zugewunken:** dialect for 'zugewinkt'.

212 **zuck lasse:** zucken lassen.

213 **mer nur mache:** wir nur machen.

213 **die Kassenärztliche Vereinigung:** 'association of national health doctors'.

214 **Ein Sack wieder weniger:** 'one lazy bastard the less'.

214 **Steag:** Steinkohlen-Elektrizitäts-AG: a large concern in the power station field.

215 **Emscher-Schlamm:** 'Emscher mud'. The Emscher is a tributary of the Rhein in North-West Germany.

215 **der mahlt das Zeugs:** 'he grinds the stuff'.

218 **nur für Kanaken:** 'reserved for wogs'.

218 **Heile-Welt-Stimmung:** 'ideal world mood'.

218 **auf der Gutehoffnungshütte MAN:** 'in the MAN "Good Hope" works'. For MAN see note to page 128.

219 **Die sind nur aufs Bescheißen aus:** 'They're only out to cheat you'.

220 **Das weißt du doch selbst am besten, daß ihr 'ranklotzen könnt:** 'But you know better than anybody that your lot can get stuck in'.

222 **Veba, Klöckner, Krupp, Mannesmann:** All large industrial concerns.

224 **daß Linie in den Laden kommt:** 'that the business should have some clear line/policy'.

225 **unsere Truppe auf Vordermann bringen:** 'to get our work force straightened out'.

225 **Hungerlohn:** 'starvation wage'.

225 **Tariflohn:** 'standard agreed wage'.

227   **wir machen jetzt klar Schiff:** 'now we'll clear the decks'.

228   **wenn ihr nicht spurt:** See note to page 155.

228   **Schwager in spe:** 'prospective brother-in-law', i.e. someone who hopes to be his brother-in-law (from the ablative of the Latin 'spes' – 'hope')

232   **Puntilamanier:** the manner of Puntila: from *Herr Puntila und sein Knecht Matti,* a play by Bertolt Brecht, in which Puntila alternates between sobriety and intoxication. Matti is his chauffeur, so the point of Wallraff's comparison is clear.

234   **Matthiesen, Bäumer:** The former succeeded the latter as Environment Minister for Nordrhein-Westfalen. At the time of *Ganz unten* both were SPD politicians.

234   **Karl-Heinz Hansen:** retired headmaster, member of Bundestag in 1969, SPD member from 1961 to 1981, at the time of *Ganz unten* described as 'parteilos'.

234   **man hat's halt:** 'you just have it'.

235   **den gleichen Stallgeruch haben:** 'to be a member of the same clique'. Literally 'to smell of the same stable'.

235   **in den Griff kriegen:** 'to get the hang of, to get to know about'.

235   **die große Klappe riskiert:** 'risks opening his big mouth'.

236   **die Sau rauslassen:** 'to be a bloody nuisance' (here).

237   **Branchengeier:** 'vultures in this field'.

238   **doll:** dialect for 'toll'.

238   **der macht heute länger:** 'he's working overtime today'.

239   **ATH:** August-Thyssen-Hütte.

240   **Wir haben immer die Faust in der Tasche gemacht:** 'We always bottled up our anger'.

240   **er läßt sich grundsätzlich verleugnen:** 'he always pretends to be out'.

240   **weil er ja alle ständig über's Ohr haut:** 'because he's forever pulling a fast one on everybody'.

241 **Zeche ist geschenkt!:** 'mining's a gift!' ('es ist geschenkt' can also be used ironically to mean 'it's no great shakes').

241 **unter Tage:** 'below ground'.

242 **wenn da Murks kommt:** 'when there's a cock-up'.

242 **dann hau ich in 'n Sack:** 'then I'll pack it in'.

243 **wenn du rechtlich nicht so bewandert bist:** 'if you're not so well up in the law'.

243 **aus dem Schneider:** 'out of the wood'.

243 **sage und schreibe:** 'would you believe it'.

244 **die stecken doch mit Adler unter einer Decke:** 'but they're hand in glove with Adler'.

245 **Die nächsten Doofen fallen bestimmt schon wieder drauf rein:** 'the next lot of dummies are sure to fall for it again'.

247 **KG:** Kommanditgesellschaft – limited partnership.

247 **WAZ:** *Westdeutsche Allgemeine Zeitung*: based in Essen, the provincial newspaper with the highest circulation.

247 **ich sollte mich nicht so anstellen:** 'I shouldn't make such a fuss'.

248 **Kernkraftwerk Würgassen:** Würgassen in Nordrhein-Westfalen, an independent community until 1970, today a district of the town of Beverungen. The atomic power station at Würgassen has a capacity of 670 MW.

248 **AKW:** Atomkraftwerk – nuclear power station.

249 **auf daß:** 'so that' (slightly dated).

249 **BKA:** Bundeskriminalamt.

256 **Mord auf Raten:** 'murder by instalments'.

257 **auf Anhieb:** 'straight away, at the first attempt'.

257 **1000 men-rem:** A rem measures the biological damage produced in the human body by different types of ionizing radiation. The average annual dose per person in the USA is about 180 millirems. 100 rems may produce radiation sickness. With 300–800 rems there is severe radiation sickness. A dose of

more than 800 rems is fatal. 1,000 men-rems probably refers to the total rem count in a given situation which would be distributed over the number of men involved.

258   **Celten, Kupfer, Jaffke:** Firms which hire out employees for work in atomic power stations.

258   **Holzminden:** Old town on the Weser in Nordrhein-Westfalen, population 23,000.

258   **Landshut:** Old ducal town of Niederbayern on the Isar, population 52,000.

259   **MEW:** Marx-Engels-Werke.

259   **Mr. Hyde und Dr. Mabuse:** Mr Hyde – the evil alter ego of Dr Jekyll in Robert Louis Stevenson's *The Strange Case of Dr Jekyll and Mr Hyde* (1886). For Dr Mabuse see note to page 205.

265   **auf der Abschußliste:** 'on the black list'; 'er steht auf der Abschußliste' – 'his days are numbered'.

266   **irgendwas spricht sich rum:** 'something or other gets about'.

268   **Sonst kriegen sie alles gestellt:** 'Everything else is provided'.

273   **ich überhör das mal:** 'I'll pretend I didn't hear that'.

276   **Gesocks, Pack, Strauch- und Tagediebe:** 'riffraff, rabble, layabouts and wasters'.

277   **die GRÜNEN:** The Green Party which stands for conservation, anti-pollution and the preservation of the natural environment. The 'Greens' have gained ground steadily. This was reflected in the Bundestag elections of 1987. In association with the SPD the 'Greens' controlled the Landtag in Hessen until this coalition broke up in February 1987.

278   **Ich bin da immer gut mit zurandegekommen:** 'I've always managed very well with them'.

281   **verbranntes Land:** See note to page 212.

282   **ans Netz gehen:** Metaphor taken from tennis.

283   **Mäuse:** 'dough, bread, cash' – slang for 'money'.

285   **daß das kein Hühnerhaufen wird:** 'that it doesn't

become a disorganized muddle'.

286   **daß da kein Aufhebens von gemacht werden soll:** 'that there's to be no fuss about it'.

287   **KZ-Häftlinge:** 'concentration camp prisoners'.

287   **Eichmann:** See note 25 to Introduction.

292   **hat vielleicht dumm aus der Wäsche geguckt:** 'perhaps looked stupid'.

293   **280 SE, 300er SE:** car models.

294   **ist halt in die Hose gegangen:** 'is a complete flop'.

295   **dann sind die dran:** 'then they're for the high jump'.

296   **Klein-GAU:** GAU – größter annehmbarer Unfall – the worst acceptable accident. The sense here is that this was played through as a limited example of GAU. GAU is a term used in the atomic power industry.

BIBLIOGRAPHY

EDITIONS OF WALLRAFF'S WORKS

Die Reportagen (1976), Cologne: Kiepenheuer & Witsch. [This edition includes *Mein Tagebuch aus der Bundeswehr; Kasernenprotokolle. Soldaten berichten; Industriereportagen (1963–1966); Ketten aus Kalthof; 13 unerwünschte Reportagen; Neue Reportagen, Untersuchungen und Lehrbeispiele* (1970–1972); *Ausblick*.]

In collaboration with Jens Hagen (1973), *Was wollt ihr denn, ihr lebt ja noch,* Hamburg: Rowohlt Taschenbuch Verlag.

In collaboration with Bernt Engelmann (1973), *Ihr da oben – wir da unten,* Cologne: Kiepenheuer & Witsch. Extended edition 1975. Taschenbuchausgabe, rororo, Reinbek, 1976.

(1977)*Der Aufmacher: Der Mann, der bei ‚BILD' Hans Esser war,* Cologne: Kiepenheuer & Witsch.

(1979)*Zeugen der Anklage,* Cologne: Kiepenheuer & Witsch.

(1970)*Von einem, der auszog und das Fürchten lernte,* Munich: Weismann. Taschenbuchausgabe, 2001, Frankfurt-am-Main, 1979.

(1976) and (1984)*Bericht vom Mittelpunkt der Welt,* Cologne: Kiepenheuer & Witsch. [Includes *13 unerwünschte Reportagen (1969); Bisher unveröffentlichte Arbeiten (1967–1977)*]

In collaboration with Eckart Spoo (1975) *Unser Faschismus nebenan. Griechenland gestern – ein Lehrstück für*

morgen, Cologne: Kiepenheuer & Witsch.
(1981) *Bild-Störung,* Cologne: Kiepenheuer & Witsch.
(1986) *Günter Wallraffs Bilderbuch,* Göttingen: Steidl Verlag.
(1986) *Predigt von unten,* Göttingen: Steidl Verlag.

BACKGROUND WORKS

Bessermann, H. (1979), *Der Fall Günter Wallraff,* Mainz: Hase & Koehler.
Christian Linder (ed.) (1975) *In Sachen Wallraff,* Cologne: Kiepenheuer & Witsch. Erweiterte Neuausgabe, Reinbek, 1977.
Ulla Hahn and Michael Töteberg (1979) *Günter Wallraff,* Munich: C.H.Beck (Autorenbücher).
Christian Linder (ed.) (1986) *In Sachen Wallraff (Von den Industriereportagen bis Ganz unten),* Cologne: Kiepenheuer & Witsch.
(1986) *Günter Wallraffs* Ganz unten *und die Folgen,* produced by Kiepenheuer & Witsch, Cologne.
Gooch, S. and Knight, P., (1978) *Wallraff, the Undesirable Journalist,* London: Pluto Press.
John Howard Griffin (1962) *Black Like Me,* London: Collins; (1964) London: Panther.
Milne, B. (1983) *Life as Laughter (following Bhagwan Shree Rajneesh),* London: Routledge & Kegan Paul.
Thompson, J. and Heelas, P. (1986) *The Way of the Heart, the Rajneesh Movement,* Wellingborough: The Aquarian Press.
Milne, H. (1986) *Bhagwan, the God that failed,* London: Caliban Books.
Geiselberger, S. (ed.) (1972) *Ausländische Arbeiter,* Frankfurt-am-Main: Fischer Taschenbuch Verlag.
Ackermann, I. (ed.) (1982) *Als Fremder in Deutschland,* Munich: Deutscher Taschenbuch Verlag.
Daten und Fakten zur Ausländersituation, in the series *Mitteilungen der Beauftragten der Bundesregierung für*

Ausländerfragen, Bonn, June 1986.

Federal Republic of Germany: *Information Booklet No. 119* in the series 'Information Booklets for Migrant Workers and Emigrants'.

Karsten Schroeder, *Between Residence and Integration – The situation of foreigners in the Federal Republic of Germany*, Sozial-Report, Inter Nationes, Bonn, SR 9-85 (e).

ARTICLES

Günter Wallraff, 'Dichterthron als Plattform (Über Heinrich Böll)', *Westfälische Rundschau (Beilage)*, 17.12.1977.

'Wallraff trifft Biermann' (Gespräch) *konkret*, number 1, 1978.

Günther Cwodjrak, 'In die Zwange genommen', *Die Weltbühne*, Jahrgang 28: 1654-1656, 1973.

Hans-Klaus Jungheinrich, 'Lehrstück Griechenland', *Frankfurter Rundschau*, 19.7.1975.

Karl-Christian Kaiser, 'Spitzel unter Reichen. Wo notwendige Enthüllung zum Selbstzweck wird', *Die Zeit*, 2.11.1973.

SELECT VOCABULARY

(meanings appropriate only to the text)
(separable verbs marked*)

die	**Abbruchfirma** demolition firm		**abmurksen*** to bump off, kill (slang)
der	**Abfall** waste		**abnehmen*** to inspect
	abfällig disparaging, derisive		**abnötigen,* Respekt abnötigen** to win respect
	abfinden* to compensate	sich	**abrackern*** to slave away, break one's back
die	**Abfindung** payment, paying off	die	**Abrechnung** statement (financial)
die	**Abgabe** contribution		**abrufbereit** on call
die	**Abgasanlage** waste gas installation	der	**Abschaum** scum
	abgebrüht hard-boiled, hardened	die	**Abschiebehaft** remand pending deportation
	abgefuckt shagged out, worn out (slang)		**abschmirgeln*** to sand down
	abgekämpft exhausted, worn out		**absegnen*** to give one's blessing
	abgesehen auf (+ **acc.**) intended for	der	**Absprung, den Absprung finden** to make a break
	abkassieren* to cash up, be paid	der	**Abstecher** excursion, trip
	abknallen* to shoot down	das	**Absterben** numbness
	abkommandiert detailed (in military sense)		**abtasten*** to test
das	**Ablagerungsbecken** settling tank		**abwegig** eccentric, bizarre
sich	**abmelden*** to ask permission to be away		**abwimmeln*** to get rid of, turn away
		die	**Abwimmlung** rejection, brush-off

ahnden to punish

der **Akkordlohn** rate for piece
  work

der **Alptraum** nightmare

anbeten* to adore,
  worship

anderntags the next day

andersrum the other way
  round

der **Anfangsverdacht** initial
  suspicion

anfeuern* to encourage,
  spur on

der **Anflug** trace, hint

angeberisch boastful,
  showy

angeblich so-called,
  alleged

angegammelt slipshod
  (from 'gammeln' – to
  loaf about)

angewidert nauseated

anheuern* to sign on/up

der **Anhieb – auf Anhieb –**
  straight away

**ankommen* auf: kommt
  drauf an** – that's what
  matters

der **Anlaß** cause, occasion

die **Anlaufstelle** starting point

das **Anliegen** request

**anmachen* – sie wird
  angemacht** – she is given
  the come-on (slang)

die **Anmeldebescheinigung**
  registration certificate

anpirschen* to creep up

anquatschen* to speak to,
  chat up

sich **anreichern*** to
  accumulate

anrichten* to cause

ansagen* to announce,
  declare

die **Anschuldigung** accusation

das **Ansinnen** idea,
  suggestion

die **Anspielung** insinuation,
  reference

anspielungsreich
  allusively, very
  indirectly

anstehen* to queue up, to
  be due, be on the
  agenda

**anstellen – was du
  angestellt hast –** what
  you've been up to

die **Antreiberei** slave driving

die **Anweisung** instruction

das **Anwesen** estate

die **Anzeige** report

die **Arbeitsklamotten** (pl.)
  working clothes

die **Arbeitsplatzbeschaffungsaktion** action for
  providing employment

der **Arbeitsvertrag** contract
  of employment

die **Arbeitszeitverordnung**
  the law governing
  working hours

der **Aromastoff** flavouring

das **Arzneimittelgesetz** law
  governing the
  manufacture and
  prescription of drugs

die **Aufenthaltsgenehmigung**
  residence permit

auffliegen* to break up,
  be busted

das **Aufgebot** (public) notice
  (legal), contingent,
  array

aufgekratzt high-spirited, full of beans

aufgeschmissen in a fix, stuck

aufkommen* für to bear the cost of

der **Auflauf** crowd, gathering

sich **auflehnen*** to revolt, rebel

aufleuchten* to light up

aufmüpfig rebellious

der **Aufnehmer** shovel

der **Aufpasser** supervisor

der **Aufstand, einen Aufstand machen** to rebel

der **Aufsteiger** ambitious climber, (often) social climber

die **Aufwand** expenditure

aufwendig lavish

aufwirbeln* to swirl up, raise (dust)

das **Ausbeutungsobjekt** victim of exploitation

die **Auseinandersetzung** clash, argument

der **Ausfall** absence

ausgefallen unusual

die **Ausgeglichenheit** balance, even temper, consistency

ausgelaugt exhausted

ausgesprochen definitely

die **Aushilfsquittung** receipt for temporary work

die **Auslösung** travel allowance

der **Ausmaß** size, degree

der **Ausnahmefall** exceptional case

ausnahmsweise just for once, as an exception

ausnehmen* to fleece, clean out

ausquetschen* to squeeze out

ausrangieren* to remove, throw out

ausreden* to finish speaking

aussetzen* to expose

der **Austauscharbeiter** worker who can be exchanged or replaced

auswendig by heart, from memory (see 'inwendig')

die **Auswirkung** effect

die **Autosattlerei** car upholstery

die **Ausweisung** expulsion

der **Bänderriß** torn ligament

die **Bandscheibenbeschwerden** trouble with slipped discs

die **Barzahlung** cash payment

beantragen to apply for

der **Beauftragte** representative

das **Bedenken** doubt, reservation

bedrückt depressed

sich **befassen mit** to deal with, look into

befristet limited, temporary

die **Begleiterscheinung** side effect

die **Begrenzung** limitation, restriction

die **Begriffsstutzigkeit** denseness

begutachten to examine

der **Behandlungsschein** treatment certificate

die **Beharrlichkeit** persistence

die **Beigabe** addition
die **Beihilfe** financial
    assistance, contribution
    beipflichten* to agree
    beisetzen* to inter, install
sich **bekennen zu** to confess to
der **Bekloppte** madman
die **Bekräftigung** confirmation
der **Beleg – als Beleg gelten –**
    to count as evidence
    belegen to verify
der **Beleidigte** the offended
    party, object of insult
    beliebig – zu irgendeiner
    beliebigen Zeit – at any
    time (the landlord)
    might choose
    benommen dazed, dopey,
    woozy
die **Benommenheit** daze,
    dazed/dopey state
der **Bereich** area, sphere
    bereuen to regret
der **Bergbau** mining
der **Berufsproband**
    professional guinea-pig
die **Berührungsangst** fear of
    being touched
    bescheinigen to certify,
    confirm
die **Bescheinigung** certificate,
    confirmation
    bescheuert dumb, stupid
die **Beschneidung**
    circumcision
    beschwichtigen to calm,
    pacify
die **Bestätigung** confirmation
die **Bestatterin** (female)
    undertaker
das **Bestechungsgeld** bribe
das **Besteck** cutlery, knife
    and fork

die **Bestrahlung** irradiation
die **Bestuhlung** seating
die **Bestürzung** consternation
    betätigen to operate
    betreten embarrassed
    betreuen to look after
der **Betriebsleiter** works
    manager
der **Betriebsrat** joint
    committee for a
    business, factory, etc;
    works committee
die **Betriebsversammlung**
    company meeting
der **Betroffene** victim,
    person affected
der **Betrüger** cheat, swindler
das **Bettlaken** sheet
der **Beuteanteil** share of the
    loot
sich **bewähren** to prove oneself
der **Beweis** proof
    beweiskräftig conclusive,
    forceful
die **Bewerbung** application
der **Bezirksleiter** district
    manager
der **Biß** punch, drive (slang)
die **Bierleiche** drunk
    bislang = bisher up to now
der **Blasenkrebs** cancer of the
    bladder
das **Blech** sheet metal
die **Blutbildung** blood
    formation
die **Borniertheit** narrow-
    mindedness, bigotry
der **Börsianer** stockbroker
die **Brammenstraße – die**
    Bramme is an ingot or
    large slab of steel or
    iron; **die Straße** is the
    line in the steelworks

along which these slabs
are moved

das **Brecheisen** crowbar
der **Brechreiz** nausea
die **Brechstange** crowbar
der **Bremsbelag** brake lining
der **Brennstab** fuel rod
brenzlig dicey, precarious
der **Brustton** chest note/tone
brutto gross
das **Buch – zu Buche schlagen**
– to make a significant
difference
buddeln to dig (slang)
die **Bügelfalte** trouser crease
die **Bullenhitze** sweltering
heat
bullig brawny
der **Bundestagsabgeordnete**
member of (national)
parliament
der **Bürge** guarantor
der **Bürgerkrieg** civil war

das **Dahinsiechen** wasting
away
dalli dalli on the double,
look sharp, chop chop
dankenswerterweise
generously
die **Demütigung** humiliation
der **Denkzettel – er will ihm
einen Denkzettel
verpassen** – he wants to
give him something to
think about
die **Devise** maxim
dichthalten* to keep one's
mouth shut, hold one's
tongue
die **Dienstleistung** service
der **Doppelgänger** double
die **Doppelschicht** double shift

drall strapping, sturdy
drauf und dran sein to be
on the point
dreckstarrend thick with
dirt
die **Dreifachschicht** triple
shift
dreist bold
der **Druckwasserreaktor**
water pressure reactor
sich **dumm und dusselig
verdienen** to earn a
fantastic amount
durchdrehen* to crack up
durchwurschteln* to
muddle through

der **Edelstahl** high grade steel
der **Edelstein** precious stone
der **Eierstockkrebs** cancer of
the ovaries
einbläuen* (lit.) to dye
into, (here) to drill into
someone
eindeutig clearly,
definitely
eingefallen haggard
eingeschnappt crossly
sich **einhaken* bei** to link
arms with
einkalkulieren* to reckon
with, take into account
**einlegen* – Erholungszeit
einlegen** – to have a
break/rest period
einleuchtend plausible,
clear, obvious
einlöten* to solder in
die **Einsatzfähigkeit** fitness for
action
der **Einsatzleiter** chief of
operations
der **Einsatzort** place of work

einschalten* to call in

die Einschränkung reduction

einsetzen* to appoint

sich einstellen* auf to prepare for

die Einstellung employment, attitude

eintrichtern* to drum into

der Eisenwichser iron polisher

die Endabnahme final inspection

entfachen to kindle

entrückt lost in a dream

entsorgen to dispose of

entsprechend appropriate

die Enttarnung unmasking, blowing (my) cover

erbrechen to vomit

der Erbschaden hereditary defect

das Erdreich soil, earth

der Erfassungscomputer records computer

ergattern to get hold of

das Erkenntnisinteresse interest in knowing the facts

die Erledigung completion (of work)

die Erleichterung relief: used humorously as in er erleichterte ihn um seine Brieftasche – he relieved him of his wallet'

die Erleuchtung inspiration

das Ermittlungsverfahren preliminary (legal) proceedings

erpressen to extort, blackmail

erschleichen to obtain by stealth

der Erstickungsanfall attack of asphyxia

der Erzbrocken lump of ore

der Facharbeiter skilled worker

die Fachkommission commission of experts

fachmännisch by experts

der Fahnder investigator

das Farbband paint shop line

faseln to drivel

fassungslos stunned

das Fehlverhalten abnormal behaviour

Feierabend end of work for the day

feixen to smirk

der Feldjäger infantryman, military policeman

festgepappt stuck fast

festhalten* to record

die Festschrift commemorative publication

die Fischverarbeitungsfabrik fish processing factory

fix und fertig done in, worn out

der Fleischwolf mincer

die Flickschusterei botching, botched up job

die Fließbandarbeit work on the assembly line

flitzen to whizz, dash

flockig fluffy

der Flugstaub flue dust

das Flüssigprotein liquid protein

fönen to dry

das Förderband conveyor belt

der Förderturm standing rig

der Fraß food, grub, nosh

die **Fronarbeit** drudgery, slavery

die **Fuselfahne** smell of hooch (cheap alcohol)

der **Gabelstapler** fork lift truck

der **Gabelstaplerfahrer** fork lift truck-driver

der **Ganove** crook

das **Gauklerpärchen** couple of travelling entertainers

gediegen high quality

die **Gefangenenseelsorge** spiritual welfare of prisoners

gefügig machen to bend to one's will

geifern to say venomously

geil randy

das **Geländer** railing

gelegen – etwas kommt mir gelegen something comes at the right time for me

der **Gemeindevorstand** parish council

sich **genehmigen** to indulge in

geraten zu to belong to, come under

der **Gerichtstermin** day/date of the trial

geschafft worn out, shattered

das **Geschäftsgebaren** business methods

das **Geschwafel** waffling

die **Gesinnung** conviction

die **Gesundheitsschädigungszulage** additional payment for health damage

das **Gewerbeaufsichtsamt** health and safety inspectorate

die **Gewinnspanne** profit margin

die **Gießereianlage** foundry

die **Glaubensberatungsstelle** religious advisory centre

die **Gleiseinfahrt** entrance track

der **Grillschaber** grill scraper

der **Großgastronom** large restaurateur

die **Großfahndung** large scale manhunt

großspurig flashy, showy

gröhlen/grölen to bawl

gutschreiben* to credit

halbbekehrt half converted

die **Hammelohren** sheep's ears

handgreiflich violent

der **Handkantenschlag** karate chop

der **Harnblasenkrebs** cancer of the bladder

die **Hauptbatzen (pl.)** main sums of money

der **Hautausschlag** skin rash

sich **herausreden*** to talk one's way out of it

die **Herumhampelei** fidgeting about

hervorgehen* aus to come out of, result from

heuern to hire

hineingeraten* to get involved in, to get into, to get in the way of die **Hinhaltetechnik** stalling, delaying tactics

hintersinnig cryptic

die **Hitzewallung** hot flush

der **Hochofen** blast furnace

der **Hodenkrebs** cancer of the testicles

der **Hohn – blanker Hohn** utter scorn

die **Holzbohle** wooden board

der **Hormonhaushalt** hormonal balance

der **Hubwagen** lifting truck

die **Inbetriebnahme** inauguration, bringing into operation

der **Installateur** plumber

die **Intensivstation** intensive care unit

inwendig from within, from the heart

der **Irokesenpunker** punk with Mohican hair style

die **Jacketkrone** jacket crown (dentistry)

die **Jahreshöchstdosis** maximum permissible annual dose

der **Jugendherbergsmief** stale youth hostel atmosphere

der **Kakelak** cockroach

der **Kalfaktor** odd-job man

die **Kalfaktorrolle** role of odd-job man

die **Kaltwalzstraße** cold rolling train

das **Karnickel** rabbit, bunny

die **Karre** old banger

die **Kartei** card index

kaschieren to hide, conceal

das **Kellergewölbe** vaulted cellar

Klemm und Klau nicking and pinching

klobig hulking great

der **Knebelvertrag** restricting/muzzling contract (from **Knebel** = gag)

der **Knoblauchgestank** stink of garlic

Knoblauchjuden garlic-stinking Jews

knüppelheiß hot as hell

ködern to tempt

die **Kohlemahlanlage** coal grinder

die **Kokerei** coking plant

die **Kolonne** gang (workmen)

die **Konjunktur** economic situation

das **Kopfabmachen** beheading

der **Kopfkissenbezug** pillow-slip

kotzen to puke, throw up

der **Kragen – es geht mir an den Kragen –** I'm in for it

kraxeln to clamber (up)

krebserzeugend carcinogenic

der **Kreislaufschock** shock to the circulatory system

die **Kreislaufstörung** disorder of the blood circulation

das **Kreuz** small of back

die **Kripo** C.I.D.

das **Kubbeln** itching, tingling

der **Kümmeltürke** wog (pejorative for Turk)

der **Kündigungsgrund** reason for dismissal

der **Kündigungsschutz** job protection, protection against wrongful dismissal

die **Kurve – die deutsche Kurve** – the German section (of football stadium)

die **Lähmung** paralysis

der **Laienrichter** lay judge

lasch feeble

lästig tiresome, annoying

lauernd furtive

das **Laufgitter** safety rail, walking rail, (also 'playpen')

laut (+gen. or dat.) according to

lediglich merely, simply

das **Legierungsmetall** alloy

der **Leibeigene** serf

leibhaftig in the flesh

der **Leibwächter** bodyguard, minder

der **Leierkastenonkel** organ grinder

die **Leiharbeit** hired labour

der **Leiharbeiter** hired worker

die **Lenkbewegung** steering movement

die **List** trick, ruse

die **Lohnabrechnung** wages slip

die **Lohnfortzahlung** continued payment of wages

die **Maßeinheit** unit of measurement

maßgeschneidert made to measure

die **Machenschaften** wheeling and dealing

der **Magen-Darm-Krebs** gastro-intestinal cancer

malochen to graft, work hard (slang)

der **Malocher** heavy worker (slang)

das **Mangan** manganese

die **Mangelernährung** food which is deficient

markig bombastic

der **Maschinenschlosser** engine fitter

der **Matschberg** heap of sludge

der **Meister** (here) foreman

die **Meldepflicht** obligation to register

der **Menschenpulk** group, bunch (of people)

miefigkitschig – nichts Miefigkitschiges – no stale kitsch

der **Mischling** half-caste, coloured (South Africa)

mittelbar indirectly

der **Monteur** fitter, machinist

die **Montur** gear, rig

nachdenklich thoughtful, pensive

nachentrichten* to pay off the arrears

der **Nachschub** supplies

nachträglich additional, for a later date

nachvollziehen* to understand

nachweisen* to prove

naheliegen* to suggest itself

der **Nahrungskreislauf**
    nutritional cycle
die **Nase** run (painting)
die **Nebenstelle** branch
die **Nörgelei** moaning,
    grumbling
die **Notwehr** self defence
das **Nutztier** working animal

das **Obduktionsergebnis** post-
    mortem finding
die **Ockerfarbe** ochre paint
    onanieren to masturbate
die **Ordnungswidrigkeit**
    infringement of the
    regulations

die **Palette** palette, range
die **Pampe** mush
der **Papphut** cardboard hat
der **Pater** father (ecclesiastical)
die **Pauschale** flat rate
der **Pauschalwochenlohn**
    inclusive weekly wage
    pfäffisch sanctimonious
die **Pfanne – in die Pfanne
    hauen** to do the dirty
die **Plakette** badge
die **Plane** tarpaulin, hood
    pleite bankrupt
die **Pleuelstange** connecting
    rod
der **Polier** site foreman
die **Pranke** great paw
das **Preßluftgebläse**
    compressed air blower
    prellen to swindle,
    cheat
der **Prostatakrebs** cancer
    of the prostate gland
die **Provision** commission
der **Prozess – kurzen Prozess**

    machen – to make short
    work of
    prustend snorting

    quatschen to blather,
    chatter
das **Quecksilber** mercury

sich **räkeln** to loll about,
    stretch out
    ramponiert bashed about,
    worse for wear
    räudig mangy
die **Razzia** police raid
    regelrecht really, properly
    reibungslos smoothly,
    without a hitch
der **Rekordumsatz** record
    turnover
die **Rentenversicherung**
    pension scheme
der **Rentner** pensioner
    repräsentativ prestigious
der **Riesenbottich** giant tub
der **Ringverein** wrestling club
    roden to clear (land)
die **Roheisenfähre** pig-iron
    ferry
das **Röhrenwerk** pipe factory
der **Röhrleitungsbau**
    construction of pipes
der **Röntgenologe** radiologist
der **Rückkehranreiz** incentive
    to return home
die **Rückkehrbereitschaft**
    willingness to return
die **Rücksicht, Rücksicht
    nehmen auf** (+ **acc.**) to
    consider
    rückwirkend
    retrospectively
    ruckzuck at the double,

without ceremony

der **Rüffel** ticking-off

rumfuhrwerken* to bustle around

rummakeln* to find fault

rund – das geht rund – there's a lot to do

der **Sachzwang** force of circumstances

salbungsvoll unctuous

die **Saturiertheit** prosperity

die **Sauerei** bloody scandal

der **Sauhaufen** load of layabouts

schal stale

das **Schaleisen/Schäleisen** peeling or stripping tool

der **Scharfmacher** agitator **er ist kein Scharfmacher** he doesn't get up in arms

der **Schattenriß** silhouette

der **Scheißkanake** bloody wog (slang)

der **Scheinwerkvertrag** fictitious work contract

scheppern to clatter, rattle

die **Schererei** trouble

die **Schiffe** piss (slang)

schiffen to piss

schikanieren to harass, bully

der **Schilddrüsenkrebs** cancer of the thyroid gland

schillernd shimmering

die **Schinderei** slavery

die **Schlacke** clinker, slag

der **Schlackenberg** slag heap

die **Schlacksreste (pl.)** clinker

schlapp limp, floppy, listless

der **Schleifer** slave driver

schlingern to lurch

die **Schmeißfliege** bluebottle

das **Schmiergeld** bribe

der **Schmutzfink** dirty slob

die **Schnauze – Schnauze halten –** to hold one's tongue

der **Schnickschnack** paraphernalia

der **Schnursenkel** shoelace

schräg fishy, suspicious

die **Schramwalze** trench roller

die **Schranke – einen in die Schranken weisen –** to put someone in his place

schrottreif fit for scrap

das **Schunkellied** drinking song

die **Schunkelmusik** lively, lilting music

schunkeln to link arms and swing from side to side

die **Schuppe/Schippe** shovel

schüren to stir up

die **Schutzgelderpressung** extortion of protection money

schwadronieren to bluster

der **Schweißer** welder

der **Schweißerschein** welder's certificate

schwelen to smoulder

die **Schwerbehinderung** (serious) disablement

der **Sehwinkel** visual angle

das **Selbständigsein** independence

die **Selbstdarstellung** self-portrait

die **Selbstverleugnung** self-denial

der **Sicherheitsbeauftragte** safety representative

der **Sicherheitsdruckbehalter** containment vessel

die **Sicherheitsvorkehrung** safety precaution

der **Siedewasserreaktor** boiling water reactor

siezen to address as 'Sie'

sinnieren to ruminate

der **Söldner** mercenary

das **Söldnerlied** mercenaries' song

Sollzahlen debit figures

die **Sonderausstattung** special equipment, special fittings

der **Sondereinsatz** special input (of labour), special use of labour, special action

der **Sozialversicherungs-beitrag** social insurance contribution

das **Spalier** row, line, guard of honour

die **Spanplattenfirma** chipboard firm

die **Spedition** removal firm, haulage contractor

der **Speichel** spit, saliva

das **Spesengeld** expenses

spicken to lard, to cover

der **Spind** locker

spindeldünn thin as a rake

der **Spitzbube** villain

der **Sprechchor** chorus of voices, shouting in unison

das **Sprungmesser** flick knife

die **Spüle** sink

staffeln to grade

der **Stahlabstich** tapping of molten steel

der **Stahlbaubetrieb** steel girder construction business

das **Stahlgerüst** steel scaffolding

die **Stammannschaft** permanent team

der **Stammarbeiter** member of permanent work force

die **Stammbelegschaft** permanent staff

die **Stammtruppe** permanent work force

die **Stange – von der Stange –** off the hook

stänkern to stir things up

der **Staubreiz** dust irritation

der **Staubschwaden** (usually plural) dust cloud

der **Staubverließ** dusty dungeon

stempeln to clock in/on, clock out/off

die **Stempeluhr** time clock

der **Steuerberater** tax consultant

die **Steuerfahndung** investigation of tax evasion

der **Steuerhinterzieher** tax dodger

die **Steuerkarte** statement of pay with tax deductions

der **Stiel** handle

der **Stil – in größerem Stil –** in a bigger/pretty big way

der **Stoßtrupp** (lit.) raiding party, strike force

der **Straftatbestand – als**

Straftatbestand – as constituting a criminal act

die **Strafversetzung** disciplinary transfer

der **Strahlenpaß** radiation pass

die **Strahlenschutzforschung** research into radiation protection

stramm (here) tight, i.e. drunk (slang in this meaning)

der **Stückpreis** unit price

stundenmäßig of the number of hours

Sturm klingeln to keep on ringing the bell

der **Subunternehmer** subcontractor

die **Suchtgefahr** danger of addiction

die **Sumpfblüte** (lit.) marsh flower but metaphorically a person who flourishes in a decaying society

das **Tagespensum** daily quota

die **Tatortbesichtigung** viewing the scene of the crime

die **Taubheit** numbness

die **Tennismasche** tennis dodge

das **Titan** titanium

der **Tobsuchtsanfall** fit of rage

tölpelhaft foolish, silly

torkeln to stagger, reel

die **Transparenzkommission** fact finding commission

das **Tschinderasassa** rousing blare

tückisch treacherous

der **Türkendepp** Turkish twit

türmen to run off, skedaddle

tuscheln to whisper

die **Übelkeit** nausea

überdimensional huge, oversized

übereinstimmend in agreement, agreeing

sich **übergeben** to vomit

überhören (to pretend) not to hear

überschlagen to estimate roughly

übersehen to overlook, fail to notice

übersprühend effervescent

der **Überzug** cover

umpusten* to blow over

der **Umsatz** turnover

der **Umsatzzahlen** turnover figures

die **Umtaufe** rebaptism

umverteilen* to redistribute

unbedacht rash, thoughtless

unberechenbar unpredictable

undurchsichtig obscure, vague, unexplained

unentgeltlich free of charge, without reward

der **Unfug** nonsense

ungehalten indignant

das **Ungetüm** monster

der **Unrat** refuse, filth

unterlassen to omit

die **Untermauerung** underpinning, support

unterschlagen to withhold, suppress

unterstellen to assume, suppose

die **Untertanenmanier – in Untertanenmanier –** subserviently

unübersehbar incalculable

unübersichtlich blind

unverschämt-anmaßend outrageously presumptuous

der **Urkundenfälscher** document forger

verabreichen to administer, prescribe

verarschen to mess/muck around (slang)

sich etwas **verbitten** to refuse to have something

verdrängen to suppress

verfemt ostracized, (originally) outlawed

sich **verflüssigen** to be liquefied

der **Vergleich** out-of-court settlement

verheizen to burn out

verheizt sent to the slaughter (military)

verhetzt incited (to violence), inflamed

verklärt transfigured

verkümmert withered, stunted

sich **verleugnen*** to deny oneself: **ich habe mich als Türke verleugnet** I disowned my Turkish identity

verleumden to slander

vermeintlich supposed

die **Vermögensanlage** property investment

verpennen to oversleep

sich **verpissen** to sneak away, piss off

die **Verrenkung** contortion

versagen to fail

versauen to mess up

sich **verschanzen** to take cover

der **Verschleiß** wear and tear

verschlissen worn out, threadbare

verschwitzt sweat-stained

verseucht infected, contaminated

der **Versicherungsnachweis** insurance certificate

verstauchen to sprain

der **Verstoß** violation, offence

die **Vertrauenswürdigkeit** trustworthiness

die **Vertraulichkeit** familiarity

vertrösten to put off

das **Vertun** waste

verweisen to refer, ascribe

verwurzelt deeply rooted

die **Verzinkung** galvanizing

der **Verzug – in Verzug** in arrears

vogelfrei outlawed

die **Vollzugsmeldung** message that all has been carried out

der **Vorarbeiter** foreman, ganger

vorausgesetzt taking for granted, assuming, presupposing

vorleben* to set an example

vornherein – von

vornherein from the start/outset

vorprogrammiert preordained, sure to happen

der **Vorschaltbischof** intervening bishop: taken from

das **Vorschaltgesetz** interim law

der **Vorschlaghammer** sledge hammer

der **Vorschuß** advance (money)

die **Vorsehung** providence

vorsorglich as a precaution

die **Vorsprache** visit

der **Vorstandsbeschluß** decision of the board

waghalsig foolhardy

die **Wählerschicht** section of voters

die **Wahrnehmungstrübung** disturbance in perception

die **Walzendreherei** turning shop

die **Wanne** (bath) tub

die **Wechselschicht** changeover shift

wegmachen* to get rid of

wegpfänden* to seize, impound

wegsacken* to collapse

das **Wegtreten** mental confusion

weiterschuften* to go on working

der **Werkschutz** factory security (service)

der **Wiederkäuer** ruminant: in the context Adler is referring to the process of regurgitation

wienern to polish, shine

der **Wirkstoff** active substance

das **Wirtschaftswunder** economic miracle – applied to the West German economic recovery after the Second World War

wollüstig sensual, voluptuous

der **Wortführer** spokesman

der **Würdenträger** dignitary

zack! pow! zap! chop chop! – also **zack! zack!**

der **Zahlungseingang** ingoing payment

der **Zahn** – **auf den Zahn fühlen** – to sound out, grill

die **Zeche** bill, coal-mine: **auf der Zeche sitzen bleiben** – to be left with the bill

die **Zehe** clove (garlic)

die **Zeitversperrung** time limitation

zermürbend wearing, trying

das **Zipperlein** gout

zublinzeln* to wink at

der **Zuhälter** pimp, procurer

zukunftsweisend forward looking

zulangen* – **richtig zulangen** – to work really hard

zulässig permissible
zulegen* to pay extra
zulöten* to solder, to seal with solder
zurückgreifen* auf (+ **acc.**) to fall back on, have recourse to

der **Zusammenhang** – ein enger **Zusammenhang** – a close correlation

sich **zusammentun*** to get together

zusätzlich additional

die **Zutat** addition, extra

zweischneidig two-edged: **das ist ein zweischneidiges Schwert** – that cuts both ways

das **Zwinkern** blinking, winking

zwitschern to twitter